TOM EGELAND

Wolfsnacht

Buch

Kristin Bye ist erfolgreiche Fernsehmoderatorin beim norwegischen Sender ABC, wo sie ihre eigene Talkshow, »ABC Debatt«, hat. Bei einer Livesendung zum Thema Tschetschenienkonflikt kommt es zur Katastrophe: Die geladenen Gäste entpuppen sich als tschetschenische Freiheitskämpfer und nehmen alle Menschen im Studio als Geiseln. Ihre Forderungen: Unabhängigkeit für Tschetschenien, 25 Millionen Euro Lösegeld, freier Fluchtweg und die Auslieferung des Terroristen Aslan Gairbekow. Mit ihm haben die Geiselnehmer noch eine Rechnung offen, denn er ist ebenfalls Tschetschene, floh aber nach der Zerschlagung seiner militärischen Einsatzgruppe aus dem Land und lebt nun unter anderem Namen als Asylant in Norwegen. Die Fernsehnation ist während des Dramas im Studio live dabei, denn die Geiselnehmer bestehen darauf, dass ABC auf Sendung bleibt und setzen diese Forderung durch, indem sie eine der Geiseln erschießen. Der Polizei gelingt es tatsächlich, Aslan aufzuspüren, und er lässt sich gegen einen Großteil der Geiseln austauschen. Aber es tauchen immer mehr Fragen auf: Warum übernimmt plötzlich eine geheime Sonderabteilung die Befehlsgewalt in der russischen Botschaft? Warum soll die norwegische Regierung zwei Flugzeuge zur Verfügung stellen? Auf welcher Seite steht die Dolmetscherin Anette? Wer ist Aslan wirklich, und was wollen die Geiselnehmer in Wahrheit erreichen? Erst im letzten Moment gelingt es der Polizei, die Geiselnehmer zu stoppen und die wahren Hintergründe ihrer Tat zu klären …

Autor

Tom Egeland, geboren 1959, ist in Norwegen berühmt für seine spannenden Thriller. Zwei Jahre *vor* dem Erscheinen von Dan Browns »Sakrileg« schrieb Tom Egeland seinen internationalen Bestseller »Frevel«, der in viele Sprachen übersetzt wurde. Seit 1992 arbeitet Tom Egeland als Nachrichtenchef bei dem norwegischen Fernsehsender TV2 in Oslo. Weitere Romane von Tom Egeland sind bei Goldmann in Vorbereitung.

Von Tom Egeland außerdem bei Goldmann lieferbar:

Frevel. Roman (46092)

Tom Egeland

Wolfsnacht

Roman

Aus dem Norwegischen
von Günther Frauenlob
und Maike Dörries

GOLDMANN

Die Originalausgabe erschien 2005
unter dem Titel »Ulvenatten«
bei Aschehoug, Oslo.

Umwelthinweis:
Alle bedruckten Materialien dieses Taschenbuches
sind chlorfrei und umweltschonend.

1. Auflage
Deutsche Erstausgabe Januar 2007

Umschlaggestaltung: Design Team München
Umschlagcollage: gettyimages/Peter und gettyimages/Puetzer
Redaktion: Kristina Lake-Zapp
KC · Herstellung: Str.
Satz: Uhl+Massopust, Aalen
Druck und Bindung: GGP Media GmbH, Pößneck
Printed in Germany
ISBN-10: 3-442-46254-1
ISBN-13: 978-3-442-46254-4

www.goldmann-verlag.de

Einem Mythos zufolge ist der Wolf das einzige Tier,
das es wagt, einen übermächtigen Feind anzugreifen,
ein Tier, das lieber stirbt, als seine Freiheit zu verlieren.
Die Tschetschenen haben einen eigenen Namen
für besonders mutige Menschen.
Sie nennen sie berzloi*: Wolfsmenschen.*

Siri Lill Mannes, *Livvakt i helvete –*
Aleksandr og krigen i Tsjetsjenia (Leibwächter in der Hölle –
Aleksandr und der Krieg in Tschetschenien)

Personen

Terroristen:

Ramzan Jewlojew, 35
Edil, 42
Islam, 30
Mowzar, 32
Roza, 32
Sjamil, 24

Geiseln:

Grethe Aslaksen, 49, Staatssekretärin im norwegischen Dezernat für Einwanderung, Migration und Flüchtlinge (UDI)
Frank Berthelsen, 59, Arbeiterpartei
Kristin Bye, 36, Programmleiterin
Bernt Bøe, 58, Außenminister, liberal-konservative Partei Høyre
Silje Gran, 39, Fortschrittspartei
Jussup Idigow, 34, tschetschenischer Asylbewerber
Magomed, 51, tschetschenischer Asylbewerber
Sjapti, 36, tschetschenischer Asylbewerber
Anette Wiik, 32, Dolmetscherin
Kameraleute, Aufnahmeleiter

Polizei:

Curt Austli, 28, Polizeiobermeister, Einsatzkommando Delta
Rune Berglien, 36, Polizeiobermeister, Einsatzkommando Delta
Bjarne Bø, 57, PolizeihauptmeisterValdres
Thomas Fjell, 46, Hauptkommissar, Verhandlungsleiter
Leif Grønaasen, 35, Kommissar, Einsatzkommando Delta
Birger Hassel, 29, Kommissar, Staatsschutz (PST)
Oscar Haug, 34, Kommissar, Einsatzkommando Delta
Børre Henrichsen, 28, Polizeiobermeister, Einsatztruppe Romerike
Bjørnar Lehmann, 41, Leiter Einsatzkommando Delta
Ronny Lystad, 37, Polizeiobermeister, Einsatzkommando Delta
Vidar Mørch, 31, Polizeiobermeister, Einsatzkommando Delta
Elsebeth Røed, 49, Polizeipräsidentin Oslo
Aksel Schjelderup, 43, Kommissar, Einsatzleiter, Chef vor Ort
Willy Skogen, 34, Polizeiobermeister, Einsatztruppe Romerike
Kåre Viken, 38, Polizeiobermeister, Einsatzkommando Delta
Geir Wilhelmsen, 33, Polizeiobermeister, Einsatzkommando Delta

Krisenstab der Regierung:

Vidar Erichsen, 39, Staatssekretär, Büro des Ministerpräsidenten
Elsebeth Røed, 49, Polizeipräsidentin Oslo
Bjørn-Tore Viksveen, 57, Ministerpräsident
Justizminister, Verteidigungsminister, Kommunalminister, Regierungsrat, Staatsrat des Auswärtigen Amtes, Bezirksräte der betroffenen Bezirke, Polizeichefs der betroffenen Direktionen

Übrige:

Gunnar Borg, 77, pensionierter Journalist
Jon Flatabø, Leiter des Asylantenheimes in Valdres
Aslan Gairbekow, 35, tschetschenischer Asylbewerber, Freiheitskämpfer
Sergej Habibulin, Korrespondent, Itar-Tass
»Ismael«, neuer Kontaktmann des Botschafters im russischen Außenministerium (MID)
Wladimir Jaroff, Leiter des Nachrichtendienstes, russische Botschaft
Pjotr Jeremejew, 54, üblicher Kontaktmann des Botschafters im russischen Außenministerium
Aleksandr Waleriy, Sicherheitschef, russische Botschaft
Ruslan Wlasow, 35, Asylbewerber
Igor Woronin, 60, russischer Botschafter
Astrid Wahl, 59, Chefredakteurin, Kanal ABC
Fridtjof Zachariassen, 27, Produzent, Kanal ABC
Zjenja, 19, Guerillasoldatin in Tschetschenien

**Oslo,
Montag, 13. Juni 2005,
22.00 Uhr**

Niemand fürchtet die Dunkelheit, die einen umschließt, ehe man geboren wird. Trotzdem tragen wir alle eine ungeheure Furcht in uns vor dem Abgrund, der uns im Tod erwartet. Warum? Wo liegt der Unterschied?

Ich erinnere mich an das erste Mal, als ich einen Menschen getötet habe. Den entsetzten Blick, den herzzerreißenden Schrei… Es sagt viel, dass ich mich daran gewöhnt habe.

22.00 Uhr – 22.07 Uhr

1

Studio 2, 22.00 Uhr

In den Sekunden, bevor die Erkennungsmelodie durch das Studio dröhnte, erkannte sie, dass irgendetwas ganz und gar nicht stimmte. Da war etwas in seinem Blick. Sie erinnerte sich nicht an seinen Namen. Einer der tschetschenischen Asylbewerber.

Dieser Blick…

»Noch zehn Sekunden bis zur Sendung!« Die Stimme des Produzenten schallte aus der Lautsprecheranlage.

Kristin Bye umklammerte das Mikrofon. Die Scheinwerfer an der Decke blendeten sie. Die Fernsehkameras ähnelten Hightech-Laser-Waffen. Sie stand auf einem ovalen, etwa einen Meter hohen Podium, und ihre Gesprächspartner und das Publikum saßen auf einer halbkreisförmigen Tribüne. Die Gruppe der tschetschenischen Asylbewerber war in der oberen Reihe platziert; eine verlotterte Versammlung mit weiten, uniformartigen Jacken, die sie unbedingt hatten anbehalten wollen, obgleich es Mitte Juni und im Studio glühend heiß war. Die Repräsentanten der norwegischen Behörden hatten eine Reihe unter ihnen Platz genommen, auch sie in ihren Uniformen: graublaue Anzüge, smarte Kostümchen, professionelles Lächeln.

Plötzlich fiel ihr der Name wieder ein. Ramzan! Einer der Asylbewerber, der mit der Redaktion Kontakt aufgenommen und sie über die Verhältnisse in seinem Heimatland informiert hatte. Jetzt saß er lässig zurückgelehnt da und sah sie an. Wie ein Exhibitionist in einem dunklen Hauseingang.

Die Stimme des Produzenten krächzte in ihrem Ohrhörer: »Drei … zwei … Erkennungsmelodie ab!«

Das Studiolicht wurde gedimmt, als die Melodie losdröhnte: schmissige Fanfarenklänge mit tiefen Bässen und scharfen Synthesizern. Lichtblitze zuckten durch das Studio. Dann wurde die Musik heruntergefahren, und eine Männerstimme rief: »Meine Damen und Herren! Kanal ABC heißt Sie willkommen zu Norwegens beliebtester Diskussionssendung *ABC-Forum.* Moderation – Kristin Bye!« Die Musik erreichte ihren Höhepunkt, während Kristin ins Bild lief und den Applaus entgegennahm. Kamera zwei rollte schnell über das Parkett, und eine Krankamera senkte sich von der Studiodecke zu ihr nach unten. Lachend breitete sie die Arme aus und blickte gut gelaunt in Kamera eins. Kamera drei spielte ein oder zwei Sekunden mit ihrer Nahaufnahme.

Die Stimme des Produzenten: »Kristin – bitte schön! Kamera eins!«

Lächelnd heftete sie ihren Blick auf die Linse der Kamera: »Herzlich willkommen! Das Thema unserer heutigen Sendung lautet: Verrat an den Tschetschenen!«

Kristin stieg vom Podium hinunter und ging zu den Diskussionsteilnehmern. Ihre Knie zitterten. Wenn sie nervös wurde, dachte sie immer an Gunnar. Sie stellte sich den grau gewordenen, alten Knaben in seinem Sessel zu Hause in Frogner vor. Er schaut mir zu, dachte sie, und dieser Gedanke beruhigte sie in der Regel. Doch nicht an diesem Abend.

Routiniert richtete sie ihren Blick von Kamera eins auf Kamera drei:

»Wir freuen uns über unsere Gäste am heutigen Abend, die uns erläutern werden, warum das Thema Tschetschenien auch für uns wichtig ist. Denn auch, wenn dieses Land weit entfernt ist, hat die Welt nicht das Recht, es zu vergessen!«

Die Verhältnisse in Tschetschenien und die norwegische Asylpolitik waren nicht gerade prickelnde Themen, das sah sie wohl ein. Als sie bei einer Redaktionssitzung zum ersten Mal damit gekommen war, hatte der Redakteur entsprechend die Augen verdreht und gesagt, es sei dem norwegischen Fernsehpublikum völlig egal, was da irgendwo weit weg in Tschetschenien passierte. Kristin hatte ihm die Zunge herausgestreckt. Sie wussten beide, dass es nur einen Grund dafür gab, dass *ABC-Forum* Norwegens Diskussionssendung mit der höchsten Einschaltquote war: Kristin Bye. Sie war die beliebteste Fernsehmoderatorin des Landes, die auf allen Titelseiten der Boulevardpresse prangte, wenn sie einem Mann auch nur einen Blick zuwarf. Und das tat sie durchaus das eine oder andere Mal … Der Redakteur hatte sie gewarnt: Die Quote würde katastrophal werden. Aber natürlich hatte sie ihren Willen durchgesetzt.

Bin ich deshalb heute Abend so nervös?, dachte sie. Was, wenn wirklich niemand zusieht?

»In der ersten Reihe …« Kristin registrierte die rote Lampe an Kamera zwei, die auf die Diskussionsteilnehmer gerichtet war. »… sitzen Außenminister Bernt Bøe, liberal-konservative Partei Høyre, und Grethe Aslaksen, leitende Staatssekretärin im norwegischen Dezernat für Einwanderung, Migration und Flüchtlinge UDI. Ich möchte mit einer Frage an Außenminister Bøe beginnen: Können Sie mit wenigen Worten die Tragödie in Tschetschenien skizzieren?«

Der Bergenser Bernt Bøe hatte viele Jahre als Anwalt in seiner Heimatstadt gearbeitet, ehe er in die Landespolitik eingestiegen war. Sein Gesicht war schmal und kantig mit etwas zu eng stehenden Augen. Bøe beugte sich vor.

»Seit hunderten von Jahren betrachten die Russen die Tschetschenen nicht nur mit Skepsis und Geringschätzung, sondern mit Verachtung«, sagte er. Seine Stimme klang bestimmt und autoritär. »Dementsprechend haben die Russen die Tschetschenen behandelt: wie Banditen, Terroristen, Rebellen. Die Tschetschenen waren nie bereit, sich zu unterwerfen – weder dem zaristischen Russland noch der Sowjetrepublik oder dem heutigen russischen Regime. Für viele Russen sind die Tschetschenen Abschaum. Sie sehen die Tschetschenen, wie man hier in Norwegen in den Dreißiger- und Vierzigerjahren des letzten Jahrhunderts die Zigeuner angesehen hat: als Pack! Für die westliche Welt gilt Tschetschenien mit einer gewissen Berechtigung zudem als Brutstätte des islamistischen Terrors. Die Zustände im heutigen Tschetschenien kann man beinahe als gewalttätige Anarchie bezeichnen.«

»Warum ist das so?«, warf Kristin ein.

»Darauf gibt es viele Antworten. Für die verarmten Tschetschenen sind die Russen Besetzer und Aggressoren. Die Tschetschenen selbst betrachten sich als Freiheitskämpfer. Das Tragische ist nur, dass sich die tschetschenische Gesellschaft als Demokratie und Staat nahezu aufgelöst hat. Es herrschen Fanatiker und Verbrecher, und die moderaten Kräfte haben ihre liebe Mühe, die Aufmerksamkeit und Sympathie der Welt zu wecken.«

Kristin blickte in Kamera eins: »Ich möchte darauf aufmerksam machen, dass wir auch den russischen Botschafter eingeladen haben. Dieser hat es jedoch abgelehnt, an der Diskussionsrunde teilzunehmen.« Sie wandte sich wieder zur Tribüne. »Heute Abend bei uns zu Gast sind auch Frank Berthelsen von der Arbeiterpartei und Silje Gran von der Fortschrittspartei, die beide klare Standpunkte zur norwegischen Asylpolitik in Bezug auf Tschetschenien haben. Aber zuerst einmal…«, sie stieg die Treppe zwischen den Bankreihen hoch und wurde von der Krankamera eingefangen, »… sollten wir diejenigen zu Wort kommen lassen, von denen diese Sendung handelt: die Asylbewerber aus dem bürgerkriegszerrütteten Tschetschenien.« Sie warf einen Blick auf das Pappkärtchen mit den Namen der Diskussionsteilnehmer. »Ich möchte gar nicht erst den Anschein erwecken, als könnte ich ihre Namen richtig aussprechen, weshalb ich mich mit den Vornamen begnüge: Ramzan, Sjamil, Islam, Edil, Mowzar, Jussup, Sjapti, Magomed und Roza, die einzige Frau unter ihnen! Ich heiße Sie alle herzlich willkommen! Und bei den Tschetschenen sitzt unsere Dolmetscherin Anette Wiik.«

Die Stimme des Produzenten ertönte im Ohrhörer: »Kamera drei!«

Kristin wandte sich zu der roten Kameraleuchte: »Sind die Tschetschenen rücksichtslose Rebellen und Terroristen – oder sind sie Idealisten in einem gerechten Kampf für Unabhängigkeit und Loslösung von Russland?«

»Kamera eins!«

»Sollen die norwegischen Behörden sie als Opfer auf der Flucht vor Verfolgung behandeln – oder sie in ein ungewisses Schicksal zurückschicken?«

Kristin wandte sich wieder an die Tschetschenen in der oberen Reihe der Tribüne. »Ramzan, Sie sind aus Tschetschenien nach Norwegen geflüchtet, warum?«

Die Dolmetscherin, Anette Wiik übersetzte schnell. Er hob den Blick und sah Kristin an.

Dieser Blick…

Ramzan Jewlojew verschränkte mit herrschaftlicher Würde die Arme vor der Brust. »Tschetschenien ist eine stolze Nation! Und wir sind ein ehrbares, furchtloses Volk!« Er sprach Englisch mit kräftigem Akzent, doch mit einem reichen Wortschatz und fehlerfreier Grammatik. »Wir Tschetschenen…«, er sprach das Wort in seiner eigenen Sprache aus, *nokhtsje*, »… sind bereit, alles für unsere Freiheit zu geben. Wir sind Wölfe. Die stolzesten aller

Tiere! Wir sind Wolfsmenschen! *Berzloi.*« Seine Stimme wurde immer eindringlicher. »Wir fürchten niemanden. Und niemand kann uns aufhalten!«

»Sie wollen also sagen…«, begann Kristin.

»*Freedom for Chechnya!*«, rief er und reckte die Faust in die Höhe.

Auch die anderen Asylbewerber hoben die Fäuste.

»Es lebe *Itsjkeria!*«, fuhr er fort und benutzte den tschetschenischen Namen für sein Volk.

»*Oh shit!*«, kam die Stimme des Produzenten durch den Ohrhörer.

»Ja, ja«, lachte Kristin nervös in Kamera drei, »manche sind eben engagierter als andere.« Sie trat einen Schritt zurück, um die Aufmerksamkeit von Ramzan abzulenken.

Im gleichen Moment erhob er sich. »*Long live the Chechen people's fight!*«, brüllte er.

»*Please, Sir!*«, sagte Kristin.

Ramzan blickte zur Kamera und rief etwas auf Tschetschenisch.

»*Please, Sir, sit down!*« So etwas war ihr noch nie passiert. Der Albtraum eines jeden Moderators: während einer Liveübertragung die Kontrolle zu verlieren. »Jetzt möchte ich das Wort an…«

»*Chechnya! Chechnya! Chechnya!*«, skandierte Ramzan.

»*Please, Sir!*«, wiederholte Kristin.

Ramzan schob die rechte Hand in die Jackentasche und zog eine Pistole hervor. Er richtete die Waffe auf Kristin, die mit offenem Mund stehen blieb.

»Kristin?« Die Stimme des Produzenten klang dünn und verunsichert.

Sie stieg eine weitere Stufe auf der Tribüne nach unten, weg von Ramzan, blickte in die Kamera und versuchte, etwas zu sagen. Ihr Mund war staubtrocken. »Wir … es tut uns leid … dies …«, brachte sie stotternd hervor.

»*I am a wolf!*«, brüllte Ramzan.

»Weg von ihm!«, rief der Produzent im Ohrhörer. »Kristin, er ist im Bild! Versuch wegzukommen. Sag etwas!«

Sie hörte, was er sagte, doch die Worte drangen nicht bis zu ihr vor.

»*Chechnya! Chechnya! Chechnya!*«, brüllte Ramzan weiter.

Ihre Beine gehorchten ihr nicht. Die Knie bebten. Sie sah in Kamera drei, brachte aber kein Wort heraus. Ihre Hand zitterte so stark, dass sie sich das Mikrofon gegen die Lippen schlug.

»*I am fighting for freedom for Chechnya!*«

Beim Reden knöpfte sich Ramzan die Jacke auf.

»*And I will die for Chechnya!*«

Benommen vor Angst registrierte Kristin, dass sich auch fünf der anderen Tschetschenen erhoben und die Jacken aufknöpften – Sjamil, Islam, Edil, Mowzar und Roza.

Als sich Ramzans Jacke öffnete, verstand sie erst nicht, was sie sah. Papprollen? Leitungen?

Dann kapierte sie.

Eine Bombe.

Er war ausgestattet wie ein Selbstmordattentäter.

2

Regie, 22.05 Uhr

»PK an Regie!« Die Stimme der Produktionskontrolle drang durch die internen Lautsprecher.

Produktionschef Fridtjof Zachariassen saß vor einem Kontrolltisch, der an die Kommandozentrale eines Raumschiffs erinnerte. Leuchtende PC-Bildschirme, Knöpfe und Schalter in allen Farben, Hebel und blinkende Dioden. An der Wand ein paar Meter vor ihm waren rund dreißig Fernsehmonitore in drei Reihen montiert. Jede Studiokamera hatte ihren eigenen Monitor. Hierher wurden via Satellit auch die Livesignale von überall auf der Welt gesendet. In der aktuellen Sendung sollte es Liveschaltungen nach Moskau und in ein Asylantenheim in Trondheim geben. Es gab eigene Monitore für Grafiken und Untertitel mit den Namen und Titeln der Mitwirkenden. In der Mitte der Wand prangte ein großer Bildschirm, der das Bild zeigte, das an die Zuschauer draußen ausgestrahlt wurde.

Fridtjof drückte den Sprechknopf: »Regie auf Empfang!«

»Was sollen wir tun?«

»Schaltet die Sendung ab!«

»Okay, empfangen, PK an Regie und Sendeleitung, wir unterbrechen die Übertragung aus Studio 2 und gehen auf das Pausenbild – fünf… vier… drei… zwei… eins!«

Kristin Bye und Ramzan Jewlojew verschwanden von den Monitoren und wurden von einem Bild ersetzt, auf dem »Kurze Unterbrechung« stand.

3
Mobile Einsatzleitstelle, 22.06 Uhr

»Null-eins an U-null-fünf, bitte kommen!«

Der operative Einsatzleiter der Polizei Aksel Schjelderup hatte das Kommandofahrzeug mit zwei Rädern auf dem Bürgersteig geparkt. Bei geöffneter Tür aß er ein Würstchen aus einer Imbissbude, die Füße auf dem Bürgersteig, und beobachtete eine Gruppe Kosovo-Albaner, die er in Verdacht hatte, illegale Taxis zu betreiben. Es war ein warmer, klarer Juniabend mit dünner Bewölkung. Schönwetterwolken, konstatierte er zufrieden und leckte etwas Ketchup ab, der auf die Uniformmütze in seinem Schoß zu tropfen drohte. Obgleich er erst dreiundvierzig Jahre alt war, waren seine Haare grau und schütter. Genau wie bei seinem Vater und Großvater, aber wie diese war er auch muskulös und kräftig gebaut. Der Familientradition folgend war er Polizist geworden.

Der Polizeifunk knackte erneut: »Null-eins an U-null-fünf!«

Schjelderup sprach ins Mikrofon: »U-null-fünf, höre.«

»Null-eins an U-null-fünf und alle Einheiten – fahren Sie umgehend zum Sender ABC. Eine mit Schusswaffen und Bomben bewaffnete Gruppe Tschetschenen hat die Diskussionssendung von Kristin Bye übernommen!«

Aksel Schjelderup hörte auf zu kauen. »Können Sie das wiederholen?«

»Sender ABC!«, kam es bellend von der Leitstelle. Die hatten keine Geduld, insbesondere nicht die jüngeren Kollegen. »Bewaffneter Überfall während einer Livesendung!«

»U-null-fünf, bin unterwegs!« Er schmiss den Rest der Wurst weg, legte den Sicherheitsgurt an und raste mit Blaulicht und Martinshorn die Straße hinunter. Knisternd gingen zahlreiche andere Bestätigungen freier Streifenwagen im Polizeifunk ein. Vorsichtig überquerte er bei Rot eine Kreuzung, gab aber wieder Gas, sobald er die gerade Strecke vor sich sah. Die Pflastersteine ließen den Wagen zittern.

Tschetschenen? Er erinnerte sich an den tschetschenischen Terroranschlag auf das Theater in Moskau vor ein paar Jahren. Es hatte zahlreiche Opfer gegeben, als die Russen Gas in die Räumlichkeiten geleitet hatten. Ganz zu schweigen von der Tragödie in Beslan, bei der hunderte Kinder und Lehrer in einer Schule getötet worden waren. Aber in Oslo? Während einer Livesendung?

Er stellte den Sirenenton um und überholte eine Straßenbahn. In Gedanken bereitete er sich auf das vor, was jetzt vor ihm lag. Als operativer Einsatzleiter hatte Aksel Schjelderup die Verantwortung für die Organisation und Leitung der Polizeiarbeit vor Ort. Das Blaulicht huschte über die Hauswände. An der nächsten Ampel bog er nach links ab und scheuchte mithilfe des Lichtsignals vier Wagen auf die Bürgersteige. Mit heulender Sirene nahm er eine Abkürzung durch eine kurze Einbahnstraße, fuhr dann ein paar hundert Meter über die Busspur, überholte einen Lastwagen, stieg für einen Fußgänger auf die Bremse und gab schließlich wieder Vollgas, als er die breite, dreispurige Straße in Richtung der Sendeanstalt von ABC erreicht hatte.

Ein paar hundert Meter vom Ziel entfernt schaltete er die Sirene aus. Ein Victor-Einsatzfahrzeug von der Hundeführereinheit und ein Wagen aus Majorstua waren bereits vor Ort. Schjelderup parkte den großen Leitstellenwagen quer auf der Straße vor dem Empfangsgebäude des Senders ABC.

4

Studio 2, 22.07 Uhr

Kristin stand regungslos da und musterte die bewaffneten Tschetschenen. Alle sechs waren wie Selbstmordattentäter ausgerüstet.

Ramzan Jewlojew reckte die Faust in die Höhe. »*Freedom for Chechnya!*«

»Ich bitte Sie!«, sagte sie laut.

Die Stimme des Produzenten im Ohrhörer. »Kristin, wir sind nicht mehr auf Sendung.«

»Dies hier ist eine Fernsehsendung, Sie können nicht einfach …«, begann sie, ehe ihr die Bedeutung von Fridtjofs Worten klar wurde. *Nicht mehr auf Sendung.*

»*Silence!*« Ramzan fuchtelte mit seiner Pistole herum.

Hinter ihr schluchzte jemand.

Außenminister Bernt Bøe erhob sich und starrte Ramzan Jewlojew mit einer Mischung aus Wut und Verblüffung an. Sag etwas!, dachte Kristin. Du hast doch Einfluss – nutz ihn! Greif ein! Tu was!

Doch der Außenminister begnügte sich damit, schnaubend wieder Platz zu nehmen.

»Neue Regeln, neues Regime!«, sagte Ramzan. Schritt für Schritt stieg er von der Tribüne herunter. »Alle hör'n auf mein Kommando! Wer nicht tut, was ich sage, stirbt!«

Jemand schluchzte.

»Also wirklich! Sie können doch nicht …«, begann Silje Gran.

»Ruhe!«, fiel er ihr ins Wort.

»Nein, jetzt hören Sie mir mal zu!«

Der Schuss traf einen Scheinwerfer an der Decke. Glas klirrte, Scherben und Glasstaub rieselten auf sie herab. Ramzan sah Silje Gran durchbohrend an. »Sie wollten etwas sagen? Nicht?« Höhnisch blickte er in die Runde. »Regel Nummer eins: Wer zu fliehen versucht, wird erschossen.«

Er gab Sjamil ein Zeichen, der an die Studiotür trat und sich dort breitbeinig und mit bedrohlicher Miene aufbaute.

»Regel Nummer zwei: Alle tun, was ich sage. Wer sich weigert, wird erschossen.«

Einer der Asylbewerber, Sjapti, rief etwas auf Tschetschenisch. Ramzan stürmte auf die Tribüne und schlug ihm ins Gesicht. Dann ging er wieder nach unten.

»Regel Nummer drei«, fuhr er unbeeindruckt fort. »Wenn jemand mich oder einen der anderen angreift, geht die Bombe hoch.« Er schlug sich auf die Brust. »Und dann sterben wir alle!«

Er sah sich im Studio um.

»Ich bin bereit zu sterben. Sie auch?«

Ich war erst vier Jahre alt, kann mich aber trotzdem noch an den Abend erinnern, an dem sich Großvater in dem morschen Bett aufrichtete, wild mit den Armen herumfuchtelte und starb. Draußen heulte der Wind. Regen peitschte an die Wände. Koksgraue Wolken pressten sich an das tschetschenische Gebirge.

Großvater war so alt geworden, wie es niemand für möglich gehalten hatte, und noch Wochen danach sprach man darüber, was den alten Kauz schließlich dahingerafft haben mochte. Nur die wenigsten ließen sich auf die logischste aller Antworten ein: das Alter.

Mama trauerte, wie es sich für eine gute Tochter geziemte, insbesondere für eine aus dem Tal der Tränen, und Papa zimmerte einen Sarg und hob ein Grab aus, das dem ehrwürdigen, alten Mann gerecht wurde. Sie begruben ihn vier Tage, nachdem er seinem Todeskampf erlegen war – einem Kampf, der mich noch viele Jahre danach verfolgte. Damals dachte ich, er hätte gegen unsichtbare Geister und Dämonen angekämpft, die aus dem Reich des Todes emporgestiegen waren, um ihn zu holen. In meinem Versteck hinten in der dunklen Ecke hatte ich das wispernde Lachen der kleinen Teufel im Wind gehört und mir den Abgrund vorgestellt, der sich dort vor ihm in der Ewigkeit auftat.

Irgendwie war ich beständig vom Tod umgeben. Großvaters Tod war natürlich und stand im Einklang mit der Natur und den Gesetzen Allahs – im Gegensatz zu den Todesfällen, die ich in meinem späteren Leben miterleben musste.

Was mich zum Terroristen hat werden lassen?

Sie nennen mich so.

Terrorist. Mörder. Henker.

Ich will keine Entschuldigungen für mich finden. Ich übernehme die Verantwortung für alles, was ich getan habe.

Ich wurde von einem Land geformt, das durch ständige Übergriffe gemartert wurde. Durch Mord und Vergewaltigungen, Folter und Entführungen. Unterdrückung. Das Blut an meinen Händen ist ebenso das Blut Moskaus. Wenn mich nachts die Toten heimsuchen und ihre Anklagen vorbringen, sollte nicht nur ich aufhorchen.

Doch der eigentliche Grund, weshalb ich zu dem wurde, der ich bin – dem, den sie fürchten –, ist das Grausame, das meiner Familie angetan wurde.

22.08 Uhr – 22.16 Uhr

1
Eilmeldung, NTB, 22.08 Uhr

Eilmeldung
Geiseldrama –

OSLO (NTB). Eine Gruppe tschetschenischer Terroristen hat während der live ausgestrahlten Talkshow *ABC-Forum* in der Sendeanstalt ABC eine große Anzahl Geiseln genommen. Außenminister Bernt Bøe (H), die Parlamentarier Frank Berthelsen (AP) und Silje Gran (FRP), Chefin des Dezernats für Einwanderung, Migration und Flüchtlinge, sowie die Moderatorin Kristin Bye befinden sich unter den Geiseln.

---- aka – ol – bk
22.08   341 Zeichen

2
Studio 2, 22.10 Uhr

Mein Gott, das alles habe ich ganz allein zu verantworten!, dachte Kristin. Sie hatte sich etwas abseits von den anderen auf einen freien Platz auf der Tribüne gesetzt, das Gesicht in die Hände gepresst. Ihre Sendung, ihr Thema, ihre Gäste.

Sie erinnerte sich an den Morgen, an dem Ramzan Jewlojew mit ihr Kontakt aufgenommen hatte. Tagelang hatten sie und ihre Redakteure mit den verschiedensten Asylantenheimen und Interessenverbänden telefoniert, um Gesprächsteilnehmer für die Sendung zu finden. Doch die meisten derjenigen, die aus Tschetschenien geflohen waren und in Norwegen Asyl beantragt hatten, zögerten oder standen der Sache kritisch gegenüber. Die Angst saß noch zu tief, und viele mussten Rücksicht auf Verwandte im Heimatland nehmen oder fürchteten Repressalien der Russen. Diejenigen, deren Asylanträge noch nicht entschieden waren, hatten keine Ahnung, wo sie landen würden, wenn sie abgelehnt wurden. Die Redaktion war immer unruhiger geworden. Doch dann hatte das Telefon geklingelt, und Ramzan hatte sich vorgestellt und gefragt, ob es noch möglich sei, an der Sendung teilzunehmen und einige weitere Aspekte zu diskutieren. Jemand im Asylantenheim hätte ihm den Tipp gegeben. Kristin hatte keinen Grund, ihm zu misstrauen. Man hatte seine Identität sowohl im Asylantenheim als auch im Dezernat für Einwanderung, Migration und Flüchtlinge bestätigt. Ramzan hatte noch weitere Tschetschenen vorgeschlagen, die bereit seien, im Fernsehen aufzutreten. Kristin und ihre Redakteure hatten mit ihnen gesprochen. Ramzan wusste sich von allen am besten auszudrücken, aber alle waren sie ihnen glaubwürdig und reflektiert vorgekommen.

Ramzan war der Anführer. Etwa Mitte dreißig. Rotblonde Haare, blaue Augen. Schön auf eine raue Art.

Sjamil, ein Jugendlicher Anfang zwanzig, erinnerte Kristin an einen ihrer Vetter.

Edil, in den Vierzigern, still, dunkel, kräftig.

Mowzar, etwa dreißig, braune Augen und dunkelblondes Haar.

Islam, ebenfalls um die dreißig, rabenschwarzes Haar und Bart.

Roza, die Frau, Anfang dreißig, mit langen, dunklen Haaren und braunen Augen.

Wie verhielt es sich mit den anderen drei Asylanten, Jussup, Sjapti und Magomed? Waren auch sie Terroristen?

Ramzan stieg auf das Podium der Moderatorin. Kristin folgte ihm mit dem Blick. Er sah zu einem der zahlreichen Bildschirme an der Decke empor. Dann drehte er sich um, nahm ein Handy aus der Tasche und schirmte beim Sprechen den Mund mit der Hand ab. Als er das Telefon wieder in die Tasche geschoben hatte, wandte er sich Kamera eins zu, an der noch immer das rote Licht leuchtete.

»Dies ist unsere erste Forderung! Gehen Sie wieder auf Sendung!«

»Wir können jetzt nicht live senden …!«, begann Kristin.

»Ruhe! Gehen Sie auf Sendung! Sofort!«

»Ich kann das nicht entscheiden. Der Produzent auch nicht. Sie müssen verstehen, dass …«

»Das ist keine Bitte! Das hier muss ausgestrahlt werden! Jetzt!«

»Nur die Chefredaktion kann entscheiden, ob …«

»Wenn wir nicht wieder auf Sendung gehen«, sagte Ramzan und richtete seinen Blick von der Kamera weg auf Kristin, »erschießen wir eine Geisel!«

3

Regie, 22.12 Uhr

Produzent Fridtjof Zachariassen brach der kalte Schweiß aus. Auf den Fernsehbildschirmen sah er das Studio aus verschiedenen Blickwinkeln. Ramzan thronte mitten auf Kristins Podium. Der Terrorist starrte in Kamera eins. Mit zitternden Fingern wählte Fridtjof die Handynummer der Chefredakteurin Astrid Wahl.

»Ich bin gerade auf dem Weg zum Auto!«, rief sie, ehe er etwas sagen konnte.

»Hier ist Fridtjof! Ich habe die Produktionskontrolle gebeten, die Sendung zu unterbrechen ...«

»Gute Entscheidung!«

»... aber jetzt fordern die Terroristen, dass wir wieder auf Sendung gehen!«

Er hörte, dass sie stehen blieb. »Die können doch nicht verlangen, dass wir live von einer Geiselnahme berichten!«

»Sie drohen damit, jemanden zu erschießen!«

»Wir dürfen uns doch nicht von einer verzweifelten Interessengruppe ausnutzen lassen!«

»*Interessengruppe?*«

Die Stimme wurde spitz. »Es ist unverantwortlich, eine Geiselnahme zu senden!«

»Und wenn sie jemanden erschießen?«

»Das können wir in der Redaktion nicht allein entscheiden. Ich werde mich mit der Polizei in Verbindung setzen und mit ihr das Dilemma besprechen.«

»*Dilemma?* Das ist blutiger Ernst, Astrid!«

»Wenn ich im Auto bin, rufe ich die Polizei an! Ich bin in zehn Minuten in der Redaktion!«

Frustriert knallte Fridtjof den Hörer auf die Gabel. Warum konnte sie ihn nicht einfach bitten, wieder auf Sendung zu gehen? Es war doch in jedem Fall besser, der Forderung nachzugeben, als ein Menschenleben zu riskieren? Gab es Prinzipien, die wichtiger waren als ein Menschenleben? Die Zuschauer konnten doch abschalten. Es wurde schließlich niemand gezwungen, sich das anzusehen.

Auf dem Monitor erkannte er, dass Ramzan jemanden zu

sich rief. Einer aus dem Publikum, der Asylbewerber Magomed, erhob sich zögernd. Ein großer, magerer Mann Mitte fünfzig. Ramzan winkte ihn zum Podium.

Unwillkürlich hielt Fridtjof den Atem an.

»Er stirbt!«, brüllte Ramzan in die Kamera. »Nehmt die Sendung wieder auf! Sofort! Ich erschieße ihn, wenn du nicht tust, was ich sage.«

Du. Nicht Sie oder ihr. *Du.*

Fridtjof schob seinen Stuhl vom Kontrolltisch zurück.

»Tu etwas!«, flüsterte der Bildtechniker.

»Astrid Wahl wollte die Polizei anrufen!«

»Du musst etwas tun, Fridtjof! Tu was! Schnell!«

4

Studio 2, 22.14 Uhr

Kristin stürzte zum Podium, wurde aber von Mowzar brutal gestoppt. »Nein!«, schrie sie Ramzan zu, als der Terrorist sie zurückschubste. »Tun Sie das nicht!«

Ramzan sah zu ihr nach unten und legte die Mündung der Pistole an Magomeds Schläfe. Zitternd schloss dieser die Augen.

Ihr Gast. Ihre Verantwortung.

»Er stirbt, wenn Sie nicht wieder auf Sendung gehen!«, sagte Ramzan.

Magomed stotterte etwas in seiner Muttersprache.

»Wir können wieder auf Sendung gehen!«, sagte Kristin. »Aber das wird ein paar Minuten dauern. Von uns hier hat keiner dafür die Befugnis! Die Polizei und unsere Redakteure werden das regeln. Geben Sie uns noch etwas Zeit!«

»Zeit?«, fragte Ramzan. »*Time…*«

»Nur ein paar Minuten! Bitte!«

»Sie brauchen nur etwas Zeit?«

»Zeit!«, wiederholte Kristin. »*Please!*«

Magomed murmelte etwas auf Tschetschenisch. Er fleht, dachte Kristin. Ich verstehe nicht, was er sagt, aber ich höre, dass er um sein Leben fleht.

»Hm«, brummte Ramzan. »Zeit, also? Okay, Sie sollen Zeit bekommen.«

»Danke, vielen Dank!«

»Zweieinhalb Minuten. Sind wir dann nicht wieder …«, er klopfte mit der Mündung der Waffe gegen die Schläfe des Mannes, »… erschieße ich ihn.«

»Aber zweieinhalb Minuten reichen nicht …«

»Um 22 Uhr 17!«

»Bitte, können Sie nicht …?«

»Ab *jetzt!*« Ramzan hob seinen linken Arm und blickte auf seine Armbanduhr. Seine rechte Hand drückte die Waffe an den Kopf der Geisel.

Magomed zitterte und kniff die Augen zusammen.

»Fridtjof«, rief sie und wandte sich in die Kamera, »Du kriegst das doch hin, oder? Jetzt! Er meint es ernst! Okay? Fridtjof? Hörst du?«

5

Regie, 22.14 Uhr

Er hörte. *Oh yes,* und wie er es hörte.

Unter dem großen Fernsehbildschirm mit dem Pausenzeichen, das an die Fernsehzuschauer ausgestrahlt wurde, hing eine elektronische Uhr mit roten, leuchtenden Ziffern. Stunden, Minuten, Sekunden.

22.14.55.

Zwei Minuten.

Das ist nicht meine Entscheidung, dachte Fridtjof, ich kann so etwas nicht bestimmen!

Aber die Chefredakteurin war nicht im Haus. *Warum rief sie nicht an?* Und wie um alles in der Welt sollte sie wissen, ob die Terroristen es wirklich ernst meinten? Außerdem wäre es der größte Fehler, den Forderungen von Terroristen nachzugeben. Das wussten alle.

Trotzdem …

Und die Polizei? *Wo zum Henker war die Polizei?*

22.15.30.

Das ist alles nicht wahr, dachte er, ich träume nur!

Wie ein Insekt mit Facettenaugen betrachtete er das Studio aus den verschiedensten Blickwinkeln, Monitor für Monitor. Er sah die Geiseln von vorn, von hinten und von der Seite. Den Geiselnehmer mit der Pistole. Und Kristin Bye, die so aussah, als wüsste sie nicht, ob sie weglaufen oder Ramzan ins Gesicht springen sollte.

Die Chefredakteurin hat mir die Order gegeben zu warten …

22.15.45.

6
Studio 2, 22.16 Uhr

Magomed blickte starr vor Entsetzen zu Kristin, ehe er die Augen wieder zukniff. Ramzan Jewlojew stand breitbeinig da. Die Mündung der Waffe zeigte noch immer auf die Schläfe des Opfers. Er blickte auf seine Armbanduhr.

Er wird es tun!, erkannte Kristin voller Panik. Sie sah es ihm an. Da war etwas in seinem Blick. In seiner Stimme.

»Fridtjof!«, schrie sie.

7
Regie. 22.16 Uhr

»*Twenty seconds*«, sagte Ramzan und starrte Fridtjof aus dem Monitor an. Zwanzig Sekunden.

»Astrid Wahl hat gesagt, sie will die Polizei anrufen«, sagte Fridtjof vor sich hin. »Ich kann diese Entscheidung nicht treffen! Sie hat mir versprochen zurückzurufen! Sie wollte das mit der Polizei abklären!«

»*Ten seconds.*«

»Sollten wir nicht…«, begann der Bildtechniker.

»Studio 2 an PK«, sagte Fridtjof ins Mikrofon.

»*Five seconds.*«

»PK hört.«

»Ich glaube, er wird schießen! Es ist wohl das Beste, wenn wir wieder auf…«

Weiter kam er nicht.

Er sieht die Bilder der Ereignisse in Studio 2 aus vier verschiedenen Blickwinkeln. Die vier Kameras fangen alles aus ihrer jeweiligen Position ein. Geben jedes Detail an die Monitore weiter.

Er sieht, wie Ramzan die Geisel auf die Knie drückt.

Wie er einen Schritt zurücktritt.

Wie er schießt.

Er sieht die Geisel zur Seite kippen.

Zucken.

Still werden.

Sterben.

8
Studio 2, 22.16 Uhr

»Nein, nein, nein, nein, nein!«, schrie Anette Wiik. Sie war aufgesprungen, als der Schuss fiel. Jetzt sackte sie zusammen.

Ramzan Jewlojew stand mit der rauchenden Pistole in der Hand da. »So läuft das«, sagte er düster. Er neigte den Kopf zur Seite und blickte in Anettes Richtung. Es lag etwas Herausforderndes, Triumphierendes in seinem Blick. Einen kurzen Moment lang sahen sie sich in die Augen.

»Nein, nein, nein«, murmelte sie und schüttelte den Kopf.

Ramzan drehte sich zu Kamera drei um. Ausdruckslos. Er ging die wenigen Schritte zu Kristin und zeigte mit der Pistole auf sie. »Komm!«

Sie schluckte. Und kam. Ihre Beine vermochten sie kaum mehr zu tragen.

»Jetzt probieren wir das Ganze noch einmal«, sagte er und hob die Pistole.

Kristin wimmerte.

»Wenn wir nicht in zwei Minuten wieder auf Sendung sind …«, sagte Ramzan leise, ehe er seine Stimme erhob und mit der Mündung auf ihre Schläfe tippte, »… dann erschieße ich *sie!*«

Bei Tagesanbruch lichtete sich der Nebel, der jede Nacht von den Bergen herunterzog. Unser Haus lag auf einem Höhenzug mit Aussicht über das fruchtbare Tal, den Fluss und die Berge. Vom Hofplatz aus konnte ich meinen Blick über die Gipfel schweifen lassen, die sich wie Inseln aus dem Meer des wogenden Nebels erhoben. Der Gebirgswind stach wie tausend Nadeln. In der Regel war ich vor den anderen auf, jeden Morgen saß ich allein auf der Bank vor dem Haus, während mir der eisige Wind ins Gesicht fuhr. Manchmal sah ich Adler oder Habichte über den blanken Himmel schweben. Die Berge waren endlos.

Der Fluss unten im Tal war voller großer Kiesel, und ich stellte mir immer vor, wie die Strömung sie aneinanderstieß, so dass es unter Wasser klickte und klackerte. Wenn ich gemeinsam mit dem Adler im Fluss badete, tauchte ich manchmal unter, um das Klicken der Kiesel in den Stromschnellen zu hören. Aber ich vernahm nie den Laut, den ich mir so gerne vorstellte, wenn ich auf der Bank vor dem Haus saß und die Sonne der Landschaft Leben einhauchte.

Nach einer Weile hörte ich Mutter in der Küche hantieren. Immer musste Tee gekocht, mussten Eier gebraten und Bohnen aufgewärmt werden. Mama war klein und dick. Ihre Augen lächelten beständig. Sie stammte aus einer armen Familie in einem weit entfernten Tal irgendwo tief in den Bergen. Sie nannte es das »Tal der Tränen«. Ich bin nie dort gewesen und weiß nicht, wie es wirklich heißt. Denn »Tal der Tränen« konnte es ja nicht heißen. Sie wollte nicht über ihre Kindheit sprechen. Als wollte sie uns mit ihrer Vergangenheit verschonen.

Sie sagte immer, dass sie es nicht besser haben könnte als jetzt mit Papa, mir und meinen Geschwistern. In unserem Haus am Fuß der Berge. Diese magischen Morgen, ehe die Welt erwachte … Ich habe es geliebt, allein für mich auf der Bank zu sitzen. Mama kam dann immer mit einer dampfend heißen Tasse Kräutertee zu mir nach draußen. Manchmal haben wir ein paar Worte gewechselt. Aber in der Regel reichte ein Augenkontakt, ein Lächeln.

Wir waren arm. Aber wer war das nicht? Wir waren tüchtige Jäger, und am Hang hinter dem Haus hatte Mutter einen Küchengarten mit Kohl und Kartoffeln und anderem Gemüse. Manchmal bekam Papa einen Auftrag vom Kraftwerk unten in der Stadt, und ab und an erhielt er sogar Lohn. Doch, doch, wir kamen zurecht. Meine Kleider übernahm ich von meinem älteren Bruder. Mama und Papa flickten unsere Schuhe. Wir hatten jeden Tag etwas zu essen auf dem Tisch und mehrmals im Monat Fleisch. Wir beklagten uns nicht.

Wenn das Frühstück bereitet war und Papa und meine Geschwister aufgestanden waren, kam auch ich vom Hofplatz herein. Die Küche war inzwischen wohlig warm. In unserer Familie nahmen wir das Frühstück und das Abendessen immer zusammen ein. Das war eine Tradition. Vielleicht nichts Besonderes, aber für uns war es wichtig.

Erst nach dem Frühstück konnte der Tag beginnen. Die einen hatten Arbeiten auf dem Hof oder unten in der Stadt zu erledigen, die anderen mussten zur Schule. Ich ging nicht gern in die Schule. Sie zwangen uns, Russisch zu sprechen und zu schreiben. Die Sprache des Herrenvolkes. Zu Hause redeten wir in unserer Muttersprache. Eine uralte Sprache, die seit mehreren tausend Jahren zwischen den Bergen weitergegeben worden war. Die russischen Lehrer verhöhnten unsere Sprache. Redeten wir Tschetschenisch, schlugen sie uns.

22.17 Uhr – 22.29 Uhr

1

Rezeption Sender ABC, 22.17 Uhr

Der Schrei war lang gezogen und schrill.

Der Einsatzleiter vor Ort, Aksel Schjelderup, versuchte, den Laut zu lokalisieren. Irgendwo dort drinnen. Eine Frau. Panisch, verzweifelt.

Gleichzeitig knackte es im Polizeifunk: »Null-eins an U-null-fünf, bitte kommen!«

Schjelderup ergriff das Mikrofon des mobilen Funkgeräts und versuchte, durch die getönten Scheiben der Rezeption des Senders ABC etwas zu erkennen. Der Einblick wurde durch das reflektierende Blaulicht der Streifenwagen und Ambulanzen gestört. »U-null-fünf-alpha, ich höre.« Die Ergänzung alpha bedeutete, dass er das Einsatzfahrzeug verlassen hatte.

»Oh, mein Gott, mein Gott«, schluchzte die Frauenstimme.

»Null-eins. Wir haben einen Anruf vom Sender ABC erhalten, dass eine Geisel erschossen worden sein soll?«

Erschossen. Zwei Kommissare der Dienststelle Majorstua, die ein Absperrband zwischen zwei Laternen aufspannten, hielten in ihrer Arbeit inne. Schjelderup erkannte, dass sie das Gespräch verfolgt hatten. »Davon weiß ich nichts«, antwortete er. »Ich werde es überprüfen.«

Rasend schnell näherten sich zwei Wagen der Hundeführereinheit und eine Einheit des Sondereinsatzkommandos. Weitere

Streifen sperrten den Tatort weiträumig ab und leiteten den Verkehr um.

»Ich nehme zwei Jungs vom Einsatzkommando Delta mit in die Rezeption. Dann melde ich mich mit weiteren Informationen, U-null-eins-alpha, Ende.«

Er winkte zwei Kollegen vom Einsatzkommando zu sich. Sie trugen schusssichere Westen, Sturmmasken, Helme und Maschinenpistolen. Allein der Anblick dieser Männer in voller Montur sollte eigentlich ausreichen, den Teufel wieder in die Hölle zu jagen, dachte Schjelderup.

Die Rezeption war beinahe verwaist. Die Frau, die so herzzerreißend geschrien hatte, stand weinend an dem länglichen Empfangstresen. Telefone klingelten, doch niemand nahm die Gespräche entgegen.

Die Frau zuckte beim Anblick der bewaffneten Polizisten zusammen.

»Sie haben die Geisel erschossen!«, jammerte sie. »Und jetzt wollen sie Kristin erschießen. Ich kann das nicht mehr mit ansehen!«

»Wo haben Sie das gesehen?«, fragte Schjelderup.

»Auf dem internen Monitor.« Sie deutete auf einen Bildschirm, der in den Rezeptionstisch eingelassen war. »Der arme Mann. Die haben ihn einfach abgeknallt!«

Auf dem Monitor erkannte er die Kulissen von *ABC-Forum*. Er beugte sich über die Mattscheibe und zuckte zusammen. Ein Terrorist hatte seine Waffe auf Kristin Byes Kopf gerichtet. Daneben, am Boden, lag eine Leiche. Die Terroristen waren ausgerüstet wie Selbstmordattentäter.

Erst jetzt begriff Aksel Schjelderup, womit er es hier eigentlich zu tun hatte. Er richtete sich auf und brauchte ein paar Sekunden, um sich zu sammeln.

»Wo sind die anderen, die hier arbeiten?«

Die Empfangsdame sah ihn verwirrt an. »Ich bin allein hier. Mit meiner Kollegin. Die ist in die Kantine gegangen. Die anderen sind in Studio 2. Und in der Regie. Und oben in der Hauptredaktion im zweiten Stock.«

»Könnten Sie mir behilflich sein und mir einen Plan des Gebäudes aufzeichnen?«, fragte Schjelderup. »Bis wir die Pläne vom Architekten haben. Fangen Sie mit der Rezeption an, dann das Studio, die Regie, die Treppen, Büros und so weiter. Würden Sie das für mich tun?«

»Natürlich«, sagte sie und unterdrückte ihr Weinen.

Schjelderup ging wieder nach draußen, um die Polizeieinheiten zu koordinieren, die nacheinander eintrafen. Er gab einem Kollegen von der Dienststelle Zentrum den Befehl, die technischen Zeichnungen des Sendergebäudes zu besorgen, und zwar vom Keller bis zum Dach. Ein anderer erhielt die Order, sich im Rathaus eine Übersicht über alle unterirdischen Tunnel und Kanalschächte des Viertels zu verschaffen. Zwei Polizisten der Dienststelle Majorstua sollten sich Zugang zum Nachbargebäude verschaffen, damit dort Männer auf dem Dach postiert werden konnten.

Schjelderup nahm acht bewaffnete Beamte des Sondereinsatzkommandos mit ins Sendergebäude, um es zu durchsuchen und zu sichern. Zwei wurden in der Rezeption postiert, zwei sollten sich mit Sandsäcken und Gewehren im Zugangsbereich zum Studio 2 verbarrikadieren, der Rest wurde zur Rekognoszierung ausgeschickt.

2

Regie, 22.17 Uhr

»Regie an PK.« Die Stimme des Produzenten Fridtjof Zachariassen zitterte. »Nehmen Sie uns wieder auf Sendung.«

»Es liegt eine Leiche im Studio, Fridtjof! Da können wir nicht…«

»In einer Minute erschießt er Kristin! Wir müssen wieder auf Sendung gehen. Ich schalte ein Übersichtsbild des Studios von der Krankamera an der Decke. Ich übernehme die Verantwortung. Wir müssen auf Sendung gehen!«

»Haben Sie mit Astrid Wahl gesprochen…?«

»Geht auf Sendung, jetzt!«

»Auf Ihre Verantwortung. Ich zähle runter. Drei-zwei-eins… *on air!*«

Die Pausenmeldung auf dem Hauptmonitor wurde durch ein Bild von Studio 2 ersetzt.

Fridtjof lehnte sich in seinem Stuhl zurück und seufzte schwer.

»Good boy!« Ramzan Jewlojews Stimme. Auf dem Monitor sah Fridtjof, dass der Terrorist die Waffe sinken ließ. Kristin atmete aus und sackte zusammen.

»Du weißt schon«, sagte Ramzan in Kamera drei, »dass ich da draußen Leute habe, die alles für mich verfolgen. Wenn ihr mich zu täuschen versucht und die Sendung erneut unterbrecht, stirbt eine Geisel!«

3
Rezeption Sender ABC, 22.18 Uhr

»*Schjelderup! Runter!*«

Die Stimme hatte eine Schärfe, die nicht zum Nachdenken einlud. Aksel Schjelderup hörte, wie sich eine Tür öffnete, und spürte den Lufthauch im Nacken. Er zögerte nicht. Als er sich auf den Boden warf, sah er, dass die zwei Kollegen des Sondereinsatzkommandos ihre Maschinenpistolen in Anschlag gebracht hatten. Blitzschnell rollte er sich über den Boden.

»*Polizei! Hände hoch! Sofort!*«

Die Stimmen waren kraftvoll, tief.

Der Fremde blieb in der Tür zum Treppenaufgang stehen. Sein Blick schweifte durch die Rezeption, als wöge er das Risiko ab, zu fliehen oder anzugreifen. Ein entschlossener Blick, furchtlos. Dunkle Augen, schmales Gesicht. Kurze Haare, glatt rasiert. Etwa dreißig. Enge Jeans, enges T-Shirt. Drahtiger, trainierter Körper. Zögernd hob er die Hände.

»Ich…« Er hatte einen ziemlich starken Akzent.

»Ruhe!«, brüllte der Polizist.

»Aber…«

Schjelderup erhob sich und stellte sich hinter die zwei Kollegen.

»Drehen Sie sich um! Langsam! An die Wand!«

»Ich…«

»An die Wand!«

»Aber ich…«

»AN! DIE! WAND! JETZT!«

Unterdrückte Wut blitzte in den Augen des Mannes auf. Mit erhobenen, geballten Fäusten drehte er sich zur Wand.

»Hände an die Tür!«

Der Ausländer tat, was die Polizisten verlangten.

»Bleiben Sie ruhig!«

Während ihn der eine mit der Waffe in Schach hielt, nahm der andere eine Leibesvisitation vor.

»Wer sind Sie?«

»Ich bin Asylbewerber.« Wieder dieser starke, russische Akzent.

In der Gesäßtasche der Jeans fanden sie zusammengefaltete Ausweispapiere. Der Mann versuchte, sich umzudrehen. Der Polizist presste ihn hart gegen die Tür. »Stehen Sie ruhig!«

Sein Kollege blätterte durch die Papiere. »Asylbewerber aus Russland.«

»Aber ...«, stotterte er.

»Ruhe!« Brutal bogen sie ihm die Hände auf den Rücken und legten ihm Handschellen an.

»Sie können uns alles im Präsidium erzählen«, sagte Schjelderup ruhig. Er wusste, dass die Kollegen schrien, um einen besseren Effekt zu erzielen. Dann nahm er das Mikro, das vor seiner Brust hing. »U-null-fünf-alpha an Null-eins!«

Der Mann versuchte, sich loszureißen. »Hören Sie ...!«

Einer der Polizisten rammte ihm sein Knie in den Rücken. »Ruhig stehen!«

»Null-eins, höre!«, antwortete die Einsatzzentrale.

Schjelderup trat einen Schritt von dem Mann weg. »Wir bringen euch einen Russen, den wir in der Sendeanstalt von ABC verhaftet haben.« Im Hintergrund vernahm er das Klingeln der Telefone in der Einsatzzentrale des Präsidiums. Bei ernsten Vorfällen herrschte dort ein einziges Chaos aus Telefonanrufen, Nachrichten, laut gerufenen mündlichen Mitteilungen und hektischen Meldungen über den Polizeifunk. Alle Welt rief an. Zuschauer, Medien, Kollegen.

»Äh, Entschuldigung U-null-fünf-alpha, wer?«

»Ein russischer Asylbewerber.«

Jemand sprach mit dem Ärmsten in der Einsatzzentrale. »Null-eins an U-null-fünf-alpha, Asylbewerber?«

Schjelderup spürte, wie sich all die Informationen im Kopf des Operators kreuzten. »Null-eins, ich schicke ihn mit zwei Mann von Foxtrott.«

»Verstanden! Warum ist er verhaftet worden?«

»Er wurde auf dem Weg in die Rezeption aufgegriffen. Es könnte sich bei ihm um einen Helfer außerhalb des Studios handeln. Aber das ist nur ein Verdacht. Es ist nicht sicher, dass er etwas mit dem Terroranschlag zu tun hat. Er muss verhört und überprüft werden.«

4

Auf dem Weg in die russische Botschaft, 22.20 Uhr

Tschetschenische Banditen!

Der russische Botschafter Igor Woronin setzte sich in die Botschaftslimousine. Im Autoradio wurde in den Nachrichten darüber berichtet, dass die Situation im Sender ABC ebenso dramatisch wie unübersichtlich sei.

»Schneller!«, knurrte Woronin seinen Chauffeur an.

Er war eben vom Krisenstab informiert worden. Er hatte zu Hause gesessen und gelesen, als das Telefon klingelte. Hatte keinen Nerv gehabt, sich diese Fernsehdebatte anzusehen. Natürlich wusste er, dass er das als Botschafter hätte tun sollen, aber er konnte es einfach nicht. Nicht nach den Grausamkeiten, die diese tschetschenischen Barbaren Monica angetan hatten.

Er blickte durch die getönten Scheiben nach draußen. Ich muss Gunnar anrufen, dachte er und tastete seine Taschen nach dem Handy ab. Er wusste, wie viel seinem Freund an Kristin Bye lag. Mit einem Lächeln dachte Woronin an den Abend vor einundvierzig Jahren in Moskau zurück, als Gunnar und er sich zum ersten Mal begegnet waren. Eine zufällige Begegnung, wie Gunnar annahm. Oder auch nicht. Woronin wusste von seiner Schwäche für Alkohol und Frauen und hatte dem gefeierten Journalisten eine Honigfalle gestellt. Eine verführerische Agentin mit Namen Natalja... Sie – oder präziser ausgedrückt: ihr Versprechen auf eine Flasche Whisky – hatte ihn mit auf Zimmer 525 des ehrwürdigen Lenin-Hotels am Kutuzowski Prospekt gelockt. Damals stand dem KGB noch der ganze fünfte Stock zur Verfügung. Mit allen Schikanen: Spionspiegel, Filmkameras, Fotoapparate und Tonbandgeräte. So viele Journalisten, Diplomaten, Politiker und Wirtschaftsbosse waren ihnen damals in die Falle gegangen, nur nicht Gunnar Borg. Er hatte seinen Whisky getrunken und Nataljas aufreizenden Striptease mit dem gleichen kühlen, distanzierten Interesse verfolgt, mit dem sich ein Sozialanthropologe nach einem langen Tag in der Savanne den Stammestanz eines afrikanischen Dorfes angesehen hätte. Als sie sich des letzten Kleidungsstückes entledigt hatte, hatte er ihr applaudiert und mit *thumbs up* in Richtung Spiegel gegrüßt. Danach war er auf dem Bett eingeschlafen. Woronins KGB-Kollegen waren außer sich vor Wut, doch Woronin hatte damals schon gedacht, dass dieser Gunnar Borg ein Typ nach seinem Geschmack war.

Drei Tage später waren sie ausgiebig essen gegangen – der Beginn ihrer fragilen Freundschaft.

5

Vor dem Sender ABC, 22.22 Uhr

Der norwegische Korrespondent des russischen Pressedienstes Itar-Tass, Sergej Habibulin, kam mit rund achtzig Stundenkilometern um die Ecke geschossen. Der Lada donnerte zuerst in ein paar orangefarbene Plastikkegel, die quer über die Straße aufgestellt waren, ehe er durch das Absperrband der Polizei raste und einen knappen halben Meter vor einem Polizeiwagen zum Stehen kam.

Acht Polizisten zielten auf ihn, als er aus dem Wagen taumelte.

»Immer mit der Ruhe«, rief er, »ich bin Journalist!« Er suchte nach seinem Presseausweis.

Zwei Polizisten mit Maschinenpistolen näherten sich ihm.

»Journalist!«, wiederholte er und wedelte mit seinem Presseausweis herum. »Itar-Tass! Tut mir leid! Ich hatte es wohl etwas zu eilig?«

Während der eine der Polizisten seinen Presseausweis überprüfte, hielt Sergej Habibulin den Atem an.

Der andere Polizist trat einen Schritt vor. »Sagen Sie mal, haben Sie getrunken?«

5

Rezeption Sender ABC, 22.23 Uhr

»Haben wir schon eine Verbindung zu den Geiselnehmern?«, fragte Bjørnar Lehmann. Der Leiter des Sondereinsatzkommandos stand mit Aksel Schjelderup in der Rezeption des Fernsehsenders. Das Sondereinsatzkommando Delta war eine Eliteabteilung aus spezialausgebildeten Polizisten, die im Umgang mit Geiselnahmen, Sabotage, Terroranschlägen und organisierter Kriminalität trainiert waren.

Obgleich Lehmann kaum größer war als Schjelderup, fühlte dieser sich deutlich kleiner. Lehmann war ein kräftiger Mann mit Kurzhaarfrisur, wachsamen Augen und schmalen Lippen, die wie dafür gemacht zu sein schienen, kurze, scharfe Kommandos zu erteilen. Er blickte auf mehrere Jahre als Truppenführer der norwegischen Blauhelme im Libanon zurück.

»Bis jetzt kein Kontakt!«, antwortete Schjelderup. »Die Kommunikation läuft zwischen den Geiselnehmern und dem Produzenten. Fjell sollte gleich da sein.«

»Fjell?« Lehmann pfiff durch die Zähne. »Dann sollten die Terroristen auf der Hut sein!«

Thomas Fjell war der erfahrenste Verhandlungsleiter bei Geiselnahmen der gesamten Osloer Polizeibehörde. Er hatte eine Ausbildung am FBI-Trainingscenter Quantico in Virginia/USA hinter sich und war Dozent für die Handhabung von Geiselnahmen und Gesprächsführung an der örtlichen Polizeihochschule.

»Warum ist er noch nicht da?«, fragte Lehmann.

»Er wird jeden Augenblick eintreffen.«

»Weiß er denn nicht, dass es eilig ist?«

»Er kommt von zu Hause. Hat sich freiwillig gemeldet. Aber er wohnt oben in Lørenskog.«

»Haben die Terroristen schon irgendwelche Forderungen gestellt?«

»Nicht soweit ich weiß.«

»Wie viele Geiseln?«

»Nach dem Mord sind es noch vierzehn.«

»Wer sind die Geiseln?«

Schjelderup warf einen Blick in sein Notizbuch. »Außenminister Bernt Bøe. Frank Berthelsen und Silje Gran aus dem Parlament. Grethe Aslaksen vom UDI. Eine Übersetzerin,

Anette Wiik. Außer dem Toten noch zwei weitere tschetschenische Asylbewerber, Kristin Bye, vier Kameraleute und zwei Aufnahmeleiter.«

»Der Außenminister?« Bjørnar Lehmann pfiff kurz. »Dann beruft die Regierung garantiert einen Krisenstab ein, und dann haben wir den Salat.«

»Das ist dann das Problem der Polizeipräsidentin.«

»Und damit auch unseres. Wie viele Terroristen?«

»Mindestens sechs. Die zwei tschetschenischen Asylbewerber, die sich bis jetzt nicht als Terroristen zu erkennen gegeben haben, könnten – theoretisch – mit ihnen verbündet sein. Außerdem haben wir einen Verdächtigen vor dem Studio verhaftet, aber der war Russe. Deine Jungs haben im Übrigen das Gebäude durchsucht und gesichert.«

»Das hoffe ich doch.« Lehmann lächelte zufrieden. Als Truppenführer des Kommandos Delta war es ihm wichtig, dass seine Mannschaft ihren Job mit Perfektion erledigte, ob sie nun unter seinem Befehl stand oder nicht. »Haben wir irgendein Profil von den Tschetschenen?«

»Das kann noch dauern. UD, UDI, PST und PU sind instruiert.«

»Wir haben nicht alle Zeit der Welt. Was wissen wir über die Terroristen?«

»Fünf Männer, eine Frau. Vier der Männer sind zwischen dreißig und vierzig, die Frau um die dreißig, der jüngste der Männer ist etwa Mitte zwanzig.«

»Welcher tschetschenischen Gruppierung gehören sie an?«

»Wir warten auf den Bericht vom Überwachungsdienst.«

»Welche Leute sind sonst noch im Gebäude?«

»Die Angestellten des Senders. Einige in der Regie, sieben als Geiseln im Studio. Zwei in der Rezeption, aber die werden gerade medizinisch versorgt, damit sie sich ein bisschen beruhigen.

Außerdem sind noch einige in der Nachrichtenredaktion im zweiten Stock.«

»Gibt es eine direkte Verbindung vom Studio zu den anderen Räumlichkeiten?«

»Keine. Das Studio hat nur einen Eingang, der unter Bewachung steht. Wir haben die Regie geräumt, bis auf die, die unbedingt dort sein müssen, und eine bewaffnete Wache aufgestellt. Die Redaktionsräume befinden sich in einem anderen Flügel des Gebäudes.«

»Studio 2 ist also abgesondert und unter Kontrolle?«

»Vollständig.«

Schjelderup führte Lehmann in einen großen, hellen Raum hinter der Rezeption. »Wir haben diesen Raum, die frühere Kantine des Senders, zur Operationsbasis und Kommandozentrale umfunktioniert. Diese Männer hier…«, Schjelderup nickte vier Technikern zu, die dabei waren, eine Reihe von Monitoren aufzubauen, »…sorgen dafür, dass wir Bilder und Ton vom Studio empfangen können. Wir erhalten die gleichen Signale wie der Regieraum, also alle Bilder, die der Produzent von den Kameras im Studio zugespielt bekommt. Und dieses Bild«, er deutete auf den Monitor ganz rechts, »ist das Bild, das die Fernsehzuschauer draußen in ihren Wohnzimmern zu sehen bekommen.«

»Habt ihr darüber nachgedacht, die Sendung abzubrechen?«

»Der Sender hat das versucht. Daraufhin haben die Terroristen eine Geisel erschossen.«

»Verstehe.«

»Wir sind dabei, die Signale zu bündeln und weiter ans Präsidium und die Polizeidirektion zu senden, so dass alle Mitarbeiter im OpStab und im PodStab Zugang zum gleichen Bildmaterial und den gleichen Informationen haben wie wir hier. Ich werde Thomas Fjell hier drinnen platzieren, an dem Kommandotisch in der Ecke, damit er diejenigen, mit denen er verhandelt, die ganze Zeit über sehen kann und mitbekommt, was da drinnen vor sich geht.«

»Wie sieht es mit den Sprengstoffexperten vom Militär aus?«

»Wir erwarten sie im Laufe der nächsten Stunde. Wir wollen sämtliche Schlüsselpersonen hier sammeln, sobald Fjell vor Ort ist. Dann gehen wir alles gemeinsam durch.«

»Du bist der Chef!«, sagte Lehmann.

Schjelderup war sich nicht sicher, ob er das tatsächlich so meinte.

7

Vor dem Sender ABC, 22.29 Uhr

»Danke, dass du angerufen hast, Igor!«, schloss Gunnar Borg. »Ich bin jetzt da. Ich rufe dich später zurück!« Mit der Hand, die immer zitterte, schob er das Handy wieder in die Innentasche. Sein linkes Auge tränte. Der Preis des Alters … Mit jedem Jahr hörte irgendetwas an ihm auf zu funktionieren.

Gunnar hatte Botschafter Woronin während des Kalten Krieges kennen gelernt. Mehrmals im Jahr aßen sie zusammen und diskutierten bis spät in die Nacht hinein. Igor Woronin hasste die Tschetschenen mit einem Mangel an Toleranz, der schon an Rassismus grenzte. Gunnar hatte nie ganz verstanden, warum. Er selbst hatte Verständnis für die Anliegen der Tschetschenen, wenn auch nicht für den Terror und die Gewalt.

Das Taxi hielt vor der Polizeiabsperrung, die im leichten Abendwind flatterte. Seine Finger zitterten, als er bezahlte. Mit gichtgequälten Bewegungen stieg er aus dem Auto.

Polizeiwagen, Ambulanzen und Feuerwehr standen kreuz und quer vor der gläsernen Fassade des Fernsehsenders. Blaulicht, elektronische Rufsignale, knackende Funkverbindungen, entfernte Sirenen und hektische Stimmen.

Kristin, mein kleines Mädchen, was hast du jetzt wieder angestellt?, dachte er besorgt. Per SMS hatte er ihr immer spitze Bemerkungen geschickt, wenn er erfahren hatte, welche Themen sie für ihre Sendung ausgewählt hatte. Sex, Zusammenleben, das Diktat der Mode, Sex, Schönheitsideale, Diät, Sex… Geschnatter und Gequassel, Menschen, die durcheinanderredeten und einander nicht zuhörten. Aber als Siebenundsiebzigjähriger war er sicher kein repräsentativer Zuschauer.

Ein junger Polizist mit umgehängter Maschinenpistole folgte Gunnar mit dem Blick. Er tastete nach seiner Geldbörse und fischte mühsam den uralten Presseausweis heraus. Am liebsten hätte er gesagt: *Ich bin ein Angehöriger.* Und hätte man ihn gefragt, hätte er gelogen und behauptet: *Kristin Bye ist meine Tochter.*

Gunnar wurde zu dem Medienbereich auf der anderen Straßenseite verwiesen. Er nickte einigen der jüngeren Kollegen zu. Irgendwann einmal, vor etwa zehn Millionen Jahren, hatten sie mit Respekt zu ihm aufgeblickt. *Gunnar Borg! DER Gunnar Borg!* Aber jetzt fragten die meisten von ihnen sich bestimmt, wer dieser alte Knacker war. Sogar seine Bücher, in denen er die besten Reportagen seiner Jahre beim *Dagbladet* gesammelt hatte, waren in den verstaubten Regalen der Osloer Antiquariate in Vergessenheit geraten.

Die Fotografen standen mit gezückten Kameras da, als könnten die Terroristen jeden Augenblick umgeben von Rauchbomben, Cheerleadern und Blasmusik aus dem Gebäude treten. Die Reporter standen in Grüppchen zusammen und erzählten sich Geschichten, die alle kannten. Die glänzende Fassade des Senders reflektierte das hektische Blitzen der Blaulichter. In einem Fenster in der zweiten Etage erkannte er das Gesicht von Astrid

Wahl. Sie war eine gedrungene Frau mit silbergrauem Haar und einem runden Gesicht, das immer freundlich aussah, selbst wenn sie wütend war. Vor vier Jahren war sie in einem Medienrummel, der einer Königin würdig gewesen wäre, von einer untergeordneten Redakteursstellung bei der Zeitung *VG* auf den Chefsessel des Senders ABC katapultiert worden. Astrid war eine der wenigen Kolleginnen, die er noch immer als enge Freundin betrachtete. Er hatte ihre Nummer in seinem Handy gespeichert. Als er sie anrief, sah er, wie sie ihr Handy holte und wieder ans Fenster trat.

»Wahl!« Kurz, sachlich. Astrid hatte einen Klang in der Stimme, der nie zu Vertraulichkeiten einlud.

»Hallo, Astrid, hier ist Gunnar.«

Nach einem kurzen Augenblick taute ihre Stimme auf: »Oh, Gunnar! Siehst du zu? Du weißt sicher, was hier abläuft?«

»Ich bin so schnell gekommen, wie ich konnte. Ich stehe draußen. Ist mit Kristin alles in Ordnung?«

Er sah, dass sie auf die Straße starrte. Als sie ihn erblickte, winkte sie. »Lieber Gunnar, komm doch hoch! Ich brauche jetzt wirklich jemanden, mit dem ich mich beratschlagen kann!«

»Du musst runterkommen und mich holen. Diese Gorillas von der Polizei glauben, das Gebäude zu besitzen.«

»Ich weiß, mit wem ich reden muss. Geh zur nächsten Absperrung und warte dort.«

Wenn ich zurückdenke an die warmen Momente des Glücks meiner Kindheit, sehe ich einen Sonnentag voller duftender Blumen, summender Hummeln und Lachen. So war es natürlich nicht. Ich hatte keine Ahnung von der Wirklichkeit.

Egal, ob ich Schule hatte oder nicht, schlenderte ich jeden Morgen die achthundert Meter zum Nachbarhof, wo mein Freund Adler wohnte.

Ich nannte ihn so. Und er nannte mich Wolf.

Wir waren stolz auf unsere Spitznamen. Schon seit wir im Sandkasten mit Tannenzapfen, Stöcken und runden Steinchen gespielt hatte, waren wir Adler und Wolf. Wölfe und Adler haben in der tschetschenischen Mythologie einen ganz besonderen Platz. Voller Stolz und Mut…

Adler war genauso alt wie ich. Ein schlagfertiger, schlauer Junge mit wachen Augen und einem Kopf voller Träume. Es war gut, einen Freund zu haben. Einen besten Kameraden. Einen, der nicht mein Bruder war. Einen, der mich durch dick und dünn begleitete. Wir gingen zusammen baden, sprangen nackt in den eiskalten Kolk hinter der Biegung des Flusses am Felsvorsprung, und gingen hoch oben in den Bergen auf die Jagd nach kleinen Tieren und Vögeln. Unsere Väter hatten jedem von uns eine Flinte gegeben, und wir brachten Fleisch in unsere mageren Töpfe.

Kaum war die Schule zu Ende, liefen wir nach Hause und weiter durch das Tal, an dem Fluss mit den Kieseln entlang, bis nach oben zu den Felswänden, wo es vor Wild nur so wimmelte.

22.30 Uhr – 22.58 Uhr

1
Studio 2, 22.30 Uhr

»Wenn die Polizei kommt, sterben wir alle!«

Ramzan Jewlojew öffnete seine Jacke und entblößte ein Gewirr aus Dynamitstangen und Kabeln, das mit grauem Klebeband um seinen Oberkörper gezurrt war.

Morgens im Bett, in den schlaflosen Momenten, wenn Kristin jedes aufkommende Gefühl von Gefahr zu verdrängen versuchte, lag sie oft da und dachte darüber nach, wie häufig es Zufälle waren, die einen von einer Katastrophe trennten. Bruchteile von Sekunden. Der Augenblick eines Zögerns. Die halbe Minute, die man brauchte, seinen Autoschlüssel zu finden, oder noch mit dem Nachbarn vor der Garage zu plaudern. Ein Zufall, der einen vor dem Frontalzusammenstoß auf der Autobahn rettete. Und das Seltsame dabei war: Man erfuhr es nie. Man rauschte einfach ein wenig zu schnell über den regennassen Asphalt, vorbei an der Stelle, an der das Leben möglicherweise hätte enden können.

»Ich sterbe! Du stirbst!«, sagte Ramzan. »Alle sterben! So einfach ist das. Wenn die Polizei kommt, oder wenn einer von euch meint, den Helden spielen zu müssen, enden wir alle wie er!« Er deutete mit einem Nicken auf den Leichnam neben der Tür.

Kristin sah widerstrebend zu dem Mann, den Ramzan erschossen hatte. Er lag auf dem Bauch, die Beine leicht gespreizt, den rechten Arm nach vorn gestreckt, als wolle er nach etwas greifen, das unerreichbar war.

Das ist alles meine Schuld, dachte sie. Wieso musste sie auch ausgerechnet ihre Nase in das Wespennest Tschetschenien stecken? Sie hätte jedes andere Thema wählen können. Etwas Unverfänglicheres.

Ramzan näherte sich einer der Kameras und baute sich in bedrohlicher Positur davor auf. »Wir haben folgende Forderungen«, sagte er auf Englisch. Dann verstummte er.

Er hatte den fünf anderen Terroristen unterschiedliche Plätze im Studio zugewiesen. Sjamil, der Jüngste, stand zusammen mit Edil neben der Flügelstahltür, die zum Korridor führte. Falls die Polizei das Studio stürmen wollte, müsste sie zuerst die Tür sprengen. Islam saß, halb verborgen, im hinteren Teil des Studios, wo sich Kulissen für andere Fernsehproduktionen stapelten. Mowzar und Roza standen vor der Tür zur Toilette.

Ramzan lief vor der Kamera hin und her.

»Folgende Forderungen«, wiederholte er. »*The foll-ow-ing demands.*«

Kristin stieg auf das Podium und setzte sich auf den für sie maßgeschneiderten Stuhl, den sie einnahm, wenn sie vorgab, den Teilnehmern einer TV-Debatte das Wort zu überlassen. Ihr Blick wanderte durch das Studio. Außenminister Bernt Bøe hatte die Arme fest vor der Brust verschränkt und ein Bein über das andere geschlagen. Sein Gesicht zeigte einen verbissen Ausdruck. Er ist wütend, dachte Kristin, vielleicht, um die Angst zu verdrängen. Bøe war seit über dreißig Jahren in der Politik und einer der profiliertesten Politiker seiner Partei. Neben ihm saß die blitzgescheite Silje Gran, der Shootingstar der Fortschrittspartei. Zwei der Kameramänner und die beiden Aufnahmeleiterinnen hockten zusammen in der oberen Bankreihe der Tribüne. Frank Berthelsen von der Arbeiterpartei holte hicksend Luft, als ob er weinte. Ein grauer, solider Arbeiterviertelpolitiker, der sich über die Jungsozialisten und den Osloer Stadtrat hochgearbeitet hatte und schrittweise zu einem der bekanntesten Gesichter der Partei geworden war, weil er nie mit seiner Meinung hinter dem Berg hielt. Die Chefin des Dezernats für Einwanderung, Migration und Flüchtlinge, Grethe Aslaksen, hatte die Augen geschlossen und die Hände gefaltet, als wartete sie darauf, dass endlich jemand sagte, alles wäre vorbei und sie könnten nach Hause gehen. Die Dolmetscherin Anette Wiik unterhielt sich mit zwei der Asylbewerber.

Oder waren die beiden auch Terroristen?, dachte Kristin. Wohl kaum. Genau wie die übrigen Studiogäste hatten auch sie ihre Handys abgeben müssen.

»Forderung Nummer eins!«, brüllte Ramzan Jewlojew in die Kamera. »Ein freies Tschetschenien!«

Das wird jetzt über die Fernsehanstalten auf der ganzen Welt ausgestrahlt, dachte Kristin. Die größte Nachricht internationalen Ausmaßes seit dem Tsunami.

»Forderung Nummer zwei: Alle tschetschenischen Helden sollen aus den Gefängnissen entlassen werden. Der tschetschenische Präsident wird eine Liste von den Personen bekommen, deren Freilassung wir fordern!«

Wir haben keine Chance, dachte Kristin mutlos.

Ramzan senkte die Stimme. »Forderung Nummer drei: fünfundzwanzig Millionen Euro in gebrauchten, nicht registrierten Scheinen!«

Ihr Blick fiel auf den Toten. Fünfundzwanzig Millionen Euro … Zweihundert Millionen Kronen … Sie drehte sich zu Ramzan um. Er klatschte die Pistole in die Handfläche. Die Kabel des Sprengstoffgürtels schlängelten sich über seinen Bauch und die Brust. Ihre Blicke begegneten sich. Sie sah zur Seite.

»Forderung Nummer vier: freies Geleit aus dem Fernsehstudio und aus dem Land! Ich verlange ein Flugzeug, das uns an einen Ort unserer Wahl bringt!«

Kristin sah zur Kamera zwei. Sie schaute lange direkt in die Linse, als wollte sie Blickkontakt mit den Leuten in der Regie herstellen. An dem leuchtenden roten Lämpchen erkannte sie, dass die Krankamera unter der Studiodecke die Bilder zu den Fernsehzuschauern übertrug. Auf diese Weise wurden Nahaufnahmen vermieden. Sie hörte, wie jemand auf der Tribüne ein Schluchzen zu unterdrücken versuchte.

»Und zu guter Letzt…«, sagte Ramzan. Seine Augen verengten sich. Er ging zu Kamera drei. »Filmen Sie das mit dieser!«, rief er. Die rote Lampe begann zu leuchten. »Forderung Nummer fünf ist eine Botschaft«, sagte er Unheil verkündend und schaltete auf Tschetschenisch um. Über eine halbe Minute redete er energisch in seiner eigenen Sprache auf die Kamera ein.

2

Sender ABC, 22.35 Uhr

Der Unterhändler der Polizei, Thomas Fjell, parkte seinen rostigen alten Peugeot ein Stück abseits der Rettungswagen. Er fuhr sich mit den Fingern durch das etwas zu lange, dunkle Haar, während sein Blick über den Kriegsschauplatz schweifte, auf dem es von Einsatzwagen und bewaffneten Polizisten nur so wimmelte. Er hatte sich am Morgen das letzte Mal rasiert, und auf seinen Wangen sprossen schwarzgraue Bartstoppeln. Er gehörte zu der Sorte Mann, die Frauen eher kernig als schön fanden: braune Augen, schmale Nase, hohe Stirn. Vor fünfundzwanzig Jahren hatte er mit Mühe die physischen Anforderungen der Polizeihochschule bestanden. Dafür war er einer der schärfsten Ermittler des Osloer Polizeipräsidiums.

Er nickte dem Schichtleiter vom Rettungsdienst zu, der eine reflektierende Weste mit dem Schriftzug »Ambulanzleiter« trug. Auf der Rasenfläche waren die Leute vom Rettungsdienst dabei, ein provisorisches Erste-Hilfe-Zentrum mit Operationstisch und lebensrettender, technischer Ausrüstung aufzubauen. Acht Mercedes-Rettungswagen und ein großer Mannschaftswagen standen mit offenen Hintertüren bereit.

Als Fjell zum Eingang des Fernsehsenders lief, hörte er mindestens ein Dutzend Kameras klicken. Dann war mit Sicherheit Schjelderup der Chef vor Ort, dachte er, da es keinem anderen so schnell gelungen wäre, ein Pressezentrum zu organisieren. Die Journalisten und Pressefotografen waren so platziert worden, dass sie alle Einsatzwagen im Blick hatten und so beim Warten beschäftigt waren. TV 2 und NRK hatte die Genehmigung bekommen, ein gemeinsames Podium für die Fernsehkameras und die Livereporter aufzubauen.

Fjell unterdrückte ein selbstgefälliges Grinsen, als er die Rezeption betrat und Schjelderup entdeckte. Er salutierte scherzhaft vor Bjørnar Lehmann vom Einsatzkommando. Die beiden unterbrachen ihr Gespräch und wirkten, zu Fjells Erstaunen, erleichtert, ihn zu sehen.

»Du kommst genau im richtigen Moment«, sagte Lehmann in einem Ton, von dem Fjell nicht recht sagen konnte, ob er ironisch war. Er hatte schon immer das Gefühl gehabt, dass Lehmann ihn für zu nachgiebig und weich hielt. Aber vielleicht projiziere ich auch nur meine eigene Unsicherheit auf ihn, dachte er.

»Bist du auf dem aktuellsten Stand?«, fragte Schjelderup.

»Ein Toter?«

»Und eine ewig lange Forderungsliste. Viel Glück bei den Verhandlungen!«, sagte Lehmann viel sagend.

»Ich habe darum gebeten, dich holen zu lassen«, sagte Schjelderup. »Aber da warst du schon unterwegs. Komm!« Schjelderup zog Fjell mit sich hinter den Rezeptionstresen und weiter in das Konferenzzimmer, das gerade zur Kommandozentrale umfunktioniert wurde. Lehmann kam hinter ihnen hergeschlurft. »Hier ist dein Platz«, sagte Schjelderup und zeigte auf einen mit Bildschirmen und Kommunikationsausrüstung überladenen Schreibtisch. »Diese Gegensprechanlage ermöglicht eine Zweiwegekommunikation mit den Geiselnehmern. Und noch besser: Du hast über alle Kameras den kompletten Überblick über das Studio 2.«

»Das ist das erste Mal, dass ich über einen Fernsehbildschirm verfolgen kann, was die Geiselnehmer machen«, sagte Fjell.

»Nicht nur du«, sagte Lehmann. »Auch ganz Norwegen und bald die ganze Welt, tippe ich.«

Fjell zog einen Bürostuhl an den Arbeitstisch und trommelte mit den Fingern auf die Tischkante. »Ist der Kontakt hergestellt?«

»Noch nicht«, sagte Schjelderup. »Wir wollten auf dich warten.«

»Gut.«

»Er hat den Fernsehzuschauern bereits seine Forderungen präsentiert.«

»Mist. Ich brauche eine Aufnahme davon! So schnell wie möglich.«

»Wird gemacht!«

»Gibt es schon Pläne zur Vorgehensweise?«

»Nicht wirklich«, sagte Schjelderup. »Die Situation ist chaotisch und vollkommen unübersichtlich. Wir können über die Vorgehensweise erst dann entscheiden, wenn wir Kontakt zu den Geiselnehmern aufgenommen und eine Vorstellung davon haben, was das Ganze eigentlich soll.«

»Wir warten noch ein wenig, ehe ich mich einschalte. Um sie mürbe zu machen. Ist das Gebäude evakuiert?«

»Nur die unmittelbare Umgebung von Studio 2. Die übrigen Tätigkeitsbereiche des Senders befinden sich weiter weg.«

»Ist damit zu rechnen, dass sich die Terroristen ihren Weg nach draußen freischießen?«

Lehmann schüttelte den Kopf. »Wenn es zum Schusswechsel kommt, wird der im Korridor vor dem Studio beendet. Ich kann …«

Er verstummte, als die Tür aufging und ein Trupp Polizisten, Feuerwehrleute und Sanitäter in den Raum drängten.

»Ich habe ein Treffen mit den Gruppenleitern der verschiedenen Einheiten und Dienststellen einberufen«, erklärte Schjelderup. Er klatschte in die Hände. Alle sahen ihn aufmerksam an.

»Leute! Für diejenigen unter euch, die mich noch nicht kennen – ich heiße Aksel Schjelderup und bin der operative Einsatzleiter der Polizei und damit der oberste Verantwortliche vor Ort. Das heißt, ihr liefert alle eure Berichte bei mir ab! Rechts von mir steht Bjørnar Lehmann, der das Sondereinsatzkommando leitet, einigen von euch sicher als polizeiliche Antiterroreinheit oder Delta bekannt. Und dort auf dem Stuhl sitzt der Verhandlungsleiter Thomas Fjell, der den Kontakt zu den Geiselnehmern herstellen und aufrechterhalten wird. Die beiden erstatten mir ebenfalls Bericht. Sowohl die Polizeidirektion als auch das Polizeipräsidium haben Krisenstäbe eingerichtet, die übergeordnet verantwortlich für die Bewältigung dieser Situation sein werden. Der Stab der Polizeidirektion arbeitet unter dem Namen PodStab, während der Operationsstab im Polizeipräsidium die Abkürzung OpStab bekommt. Die Grenze zwischen den Funktionen von PodStab, OpStab und des Krisenstabs der Regierung ist haarfein. Sämtliche Kommunikation zwischen dem Tatort und dem OpStab läuft über mich! Wir nehmen gerade eine Bestandsaufnahme der aktuellen

Situation vor und mit wem wir es zu tun haben. Es hängt alles davon ab, dass keiner, ich wiederhole – keiner – irgendetwas in Bezug auf das Studio oder die Geiselnehmer unternimmt, ohne es vorher mit mir abzuklären. Ich will hier keine Helden sehen! Keine kreativen Soloauftritte! Ambulanz und Feuerwehr warten die Entwicklung ab. Das Sanitätspersonal checkt gerade ab, ob unter den Geiseln jemand ist, der Medikamente benötigt. Für die Angehörigen ist in der Kantine ein Krisenzentrum mit drei Psychiatern und fünf speziell ausgebildeten Krankenpflegern aus dem Krankenhaus Ullevål eingerichtet worden. Soweit wir wissen, befinden sich momentan vierzehn Geiseln und sechs Terroristen im Studio. Da die wenigsten von euch bisher wohl schon mal mit so einer Situation konfrontiert gewesen sein dürften, wird Thomas Fjell euch jetzt eine kurze Einführung in die Situation der Geiseln geben. Thomas?«

Thomas Fjell stand auf, strich sich die langen Haare aus der Stirn und sah mit einem verlegenen Lächeln in die Runde.

»Wie ihr euch sicher vorstellen könnt, durchleben die Geiseln in diesem Moment ihre ganz persönliche Hölle. Bei einer Geiselnahme dreht sich alles darum zu überleben. In der ersten Phase steht der Schock im Vordergrund. Da ist alles noch völlig unwirklich. Man glaubt nicht richtig, dass das mit einem passiert. Man überlässt den Geiselnehmern die Kontrolle. Nach einer Weile tritt Phase zwei ein, in der die Geisel denkt, das Problem wird sicher bald gelöst und jeden Moment kommt die Befreiung. Viele Geiseln nähern sich in dieser Phase dem Geiselnehmer und bauen ein Zusammengehörigkeitsgefühl auf, was positiv ist, weil es für einen Geiselnehmer schwieriger ist, jemanden zu verletzen, den er kennt. Phase drei ist gekennzeichnet von Hoffnungslosigkeit. Die Geisel ist müde, erschöpft, kaum noch objektiv. Viele resignieren, geben auf. In dieser Phase ist es besonders wichtig, seine Gefühle unter Kontrolle zu behalten und jede Form von Aggression und Provokation zu vermeiden. Zugleich ist es aber auch wichtig, an dem Zusammengehörigkeitsgefühl festzuhalten und den psychischen Widerstand und Überlebenswillen zu stärken. Rein psychologisch betrachtet…« Fjell stockte. »Nein, ich verschone euch mit den psychologischen Reaktionsmustern und der kognitiven Response-Theorie. An der Polizeihochschule umfasst die Lehreinheit acht Stunden, aber hier und jetzt muss reichen, was ich euch erzählt habe.«

Gedämpftes Lachen.

»Vielen Dank, Doktor Freud.« Schjelderup wandte sich an Lehmann. »Bjørnar, würdest du jetzt etwas zu Delta sagen?«

Bjørnar Lehmann trat einen Schritt vor und stemmte die Hände in die Seite. »Das Sondereinsatzkommando sichert den Studioausgang ab und hat Leute an den Ausgängen des Lüftungssystems, vor den Luftschächten und an den Abwasserkanälen aufgestellt. Im Übrigen ziehen sie es vor, im Stillen zu operieren.« Mit einem verschmitzten Lächeln trat er einen Schritt zurück.

»Also keine Blendgranaten?«, flachste Schjelderup und erntete zurückhaltendes Gelächter. Dann schien er einzusehen, dass der Ton möglicherweise ein bisschen zu flapsig war. »Im Fall der physischen Konfrontation mit den Terroristen kann es sein, dass der eine oder andere von uns im Dienst akute Hilfe braucht. Ich bitte also den Einsatzleiter des Rettungsdienstes, die Kapazitäten diesbezüglich abzuchecken. Wir müssen auf Schussverletzungen, Explosionsverletzungen, Brandverletzungen und Schockzustände eingerichtet sein. Der Ordnung halber muss ich noch auf die Besonderheit hinweisen, die diese Geiselnahme von anderen so massiv unterscheidet: Alles, was in Studio 2 passiert, wird live im Fernsehen übertragen. In ganz Norwegen und – möglicherweise – auch im Rest der Welt. Das ist eine absolut außergewöhnliche Situation. Unter den Geiseln befindet sich auch Norwegens

Außenminister. Ich gehe daher davon aus, dass die Angelegenheit sehr bald ein Politikum sein wird und dass die wichtigen Fragen zu guter Letzt auf politischer Ebene geklärt werden und nicht strategisch direkt hier vor Ort. Ich erinnere außerdem daran, dass dies für uns alle eine Extremsituation ist. Die Geiselnehmer sind mit Handfeuerwaffen und Bomben ausgerüstet. Und sie sind, wie sie leider unter Beweis gestellt haben, bereit zu töten. Niemand von uns ist es gewohnt, unter so extremen Bedingungen zu arbeiten. Das kommt einer Kriegssituation verdammt nah!«

3
Hauptredaktion Sender ABC, 22.35 Uhr

Gunnar Borg umarmte Astrid Wahl kurz, bevor er sich auf den Ledersessel vor ihrem Schreibtisch fallen ließ und sie unter schweren Augenlidern hervor musterte. Er kannte Astrid noch aus der Zeit, in der sie Volontärin und er Starreporter beim *Dagbladet* war. Damals … Sie schloss die Glastür zur Redaktion, in der die Telefone nicht still standen. Am Nachrichten-Montagetisch bemühte sich der Dienst habende Leiter von ABC's Nachrichtensendung *24 Stunden!*, eine Sondersendung einzuschieben, aber es war beim besten Willen kein Sendeplatz frei. Die Terroristen nahmen die komplette Sendezeit in Anspruch.

»Das ist alles meine Schuld«, sagte sie kurz.

Er sah sie fragend an.

»Ich habe es zu verantworten, dass die Geisel erschossen wurde.«

»Hör auf, was hättest du denn machen können?«

»Ich hätte dem Produzenten Anweisungen geben müssen, wieder auf Sendung zu gehen, aber ich wollte zuerst mit der Polizei sprechen. Ich war zu feige, Gunnar. Zu feige, alleine eine Entscheidung zu treffen. Ich habe zu lange gewartet. Es dauerte eine Ewigkeit, bis sich beim Polizeinotruf jemand meldete. Und da war es zu spät.«

Die Worte hingen zwischen ihnen in der Luft.

»Man mag dir einiges vorwerfen können«, sagte Gunnar. »Aber feige bist du nie gewesen.«

Sie wurden vom Nachrichtenredakteur des Kanals unterbrochen, der anklopfte und den Kopf zur Tür reinsteckte. »Astrid, die internationalen Fernsehsender und Anstalten bombardieren uns mit Anrufen. Amerikaner, Engländer, Deutsche, Franzosen, Japaner, Australier… *You name it.* CNN. Sky News. BBC. Enex. ABC. CBS. Reuters. NBC. EBU. AP…«

»Ich hab's begriffen.«

»Alle warten auf die Genehmigung, unsere Bilder ausstrahlen zu dürfen.«

»Gib ihnen grünes Licht.«

»Sie senden mit einer halben Minute Verzögerung. Für den Fall…«

Er warf Gunnar einen schnellen Blick zu.

»Können wir das ebenfalls machen?«

»Nicht, ohne dass die Terroristen es mitbekommen.«

»Erkundige dich bei der Polizei, was sie uns empfiehlt.«

4

NHO-Seminar, Hotel Sundvolden, 22.35 Uhr

»… und vor diesem Hintergrund wird sich die Regierung für eine Reduzierung des Arbeitgeberbeitrags in einer Größenordnung von…«

Ministerpräsident Bjørn-Tore Viksveen wurde von einem Applaus unterbrochen, der mehr als deutlich zu verstehen gab, dass es bereits auf elf Uhr zuging, das Abendessen von viel und gutem Rotwein begleitet gewesen war, und dass die meisten Zuhörer bei dem Seminar des Hauptverbands der Norwegischen Wirtschaft und Industrie – kurz: NHO – bereits bei ihrer zweiten oder dritten Tasse Kaffee, wenn nicht bereits beim Kognak angekommen waren. Lachend hob der Ministerpräsident die Hände: »Meine Damen und Herren, geben Sie mir wenigstens noch die Gelegenheit zu sagen, in *welcher* Größenordnung!« Der Applaus schwoll an. Irgendwer pfiff und johlte. Der NHO-Präsident, der vor dem Rednerpult des Ministerpräsidenten saß, starrte betreten auf die Reste seines Karamellpuddings. »Die Regierung«, fuhr der Ministerpräsident fort, »wird also für eine Reduzierung des Arbeitgeberbeitrags …«

Im ersten Augenblick glaubte er, es wäre der leicht angetrunkene NHO-Direktor, der ihn am Ärmel zupfte. Irritiert drehte er sich um und stellte fest, dass es sich um seinen hyperkorrekten Staatssekretär Vidar Erichsen handelte. Viksveen legte die Stirn in Falten. Er konnte sich nicht erinnern, wann Erichsen ihn das letzte Mal bei einer Rede unterbrochen hatte, sollte dies überhaupt jemals geschehen sein.

»Was ist?«, sagte er etwas zu laut; der verärgerte Ausruf schallte durch den ganzen Saal.

Erichsen zog ihn von dem Mikrofon weg. »Der Justizminister!« Er reichte dem Ministerpräsidenten ein Mobiltelefon. Mit fragendem Blick führte er den Hörer zum Ohr. »Hallo?«

»Tut mir leid, Sie stören zu müssen!« Die Stimme des Justizministers war geschäftsmäßig und distanziert, wie immer, wenn er unter Stress stand. »Herr Ministerpräsident, wir befinden uns in einer Situation …«

Viksveen stutzte. Nicht einmal der Justizminister war normalerweise so formell.

»Ich rufe an, um Sie davon in Kenntnis zu setzen, dass vor

einer halben Stunde eine Gruppe tschetschenischer Terroristen die Sendung *ABC-Forum* in ihre Gewalt gebracht hat.«

»Was sagen Sie da?«

»Eine Gruppe tschetschenischer Terroristen …«

»Ich habe gehört, was Sie gesagt haben! Moment mal… Nimmt Bernt nicht an der Diskussionsrunde teil?«

Die Reichweite seiner Worte holte ihn in der kurzen Pause ein, die folgte. Viksveen begann, seine Papiere zusammenzusammeln.

»Bernt ist eine der Geiseln«, bestätigte der Justizminister. »Es befinden sich insgesamt vierzehn Geiseln im Studio. Einen Mann haben die Terroristen bereits erschossen …«

»*Erschossen?*«

Unter den Anwesenden, die immer noch auf einen Kommentar zur Reduzierung des Arbeitgeberbeitrags warteten, machte sich leises, ungeduldiges Raunen breit.

»Und sie werden erneut schießen, falls der Sender die Übertragung abbricht.«

5

Kommandozentrale der Polizei, 22.45 Uhr

Verhandlungsleiter Thomas Fjell drückte sich die Kopfhörer auf die Ohren und hörte auf die Geräusche in Studio 2. Hinter dem schwachen, statischen Rauschen waren leise Schluchzer und gedämpfte Stimmen zu vernehmen. Ein Techniker des Senders bereitete gerade zwei Headsets mit Kopfhörern und Mikrofon vor, über die Fjell direkt über die Gegensprechanlage mit den Geiselnehmern sprechen konnte. Fjell hatte einen Dolmetscher angefordert, falls die Verhandlungen in der Sprache der Terroristen geführt werden mussten.

Das erste Mal hatte sich Thomas Fjell als Vermittler versucht, als ein betrunkener Psychopath seine Frau und Tochter mit Benzin überschüttet hatte und damit drohte, sie anzuzünden. Fjell war nach der Rettung der Geiseln wie ein Held gefeiert worden. Dabei war der Desperado einfach irgendwann eingeschlafen, während Fjell mit ihm geredet hatte.

Fjell spielte das Video zurück, das man ihm gebracht hatte. Das Bild flackerte kurz, bevor sich Ramzan Jewlojew vor der Kamera aufbaute. »Wenn die Polizei kommt…«, er zeigte den Sprengstoffgürtel, den er unter seiner Jacke trug, »… sterben wir alle! Ich sterbe! Du stirbst! Alle sterben!« Dann folgte die Aufzählung der Forderungen, ehe er sich zu einer anderen Kamera drehte und die Perspektive wechselte. Ramzan Jewlojew schaute jetzt direkt in die Kamera. »Ich habe folgende Botschaft«, sagte er. Der Rest war auf Tschetschenisch.

»Weiß irgendjemand, was der letzte Teil der Botschaft beinhaltet?«, rief Fjell durch den Raum. Aber niemand hatte etwas verstanden. »Da müssen wir wohl auf den Dolmetscher warten«, murmelte er vor sich hin.

Thomas Fjell war ein friedliebender Mensch. Schon als Kind hatte er immer versucht, sich aus schwierigen Situationen herauszureden. Bei Geiselnahmen hatten sich im Großen und Ganzen zwei polizeiliche Vorgehensweisen herausgeschält: Verhandlung und Aktion. Bis 1970 gehörte der Angriff international zu den ersten Maßnahmen der Polizei. Viele Polizisten, besonders die jüngeren, wurden schnell ungeduldig, wenn Stunden vergingen und nichts passierte. Da war es verführerisch, mit Blendgranaten und Waffen zu stürmen. Mit der Zeit hatte sich die Taktik der Polizei geändert. In den vergangenen dreißig Jahren war die Verhandlungsstrategie immer bedeutender geworden. Die neue Linie passte zu Thomas Fjells Wesen. Er war überzeugt, dass Stillstand und Ruhe gut waren. Es war nicht die Polizei, der es an Zeit mangelte. Je mehr Zeit verging, desto erschöpfter und resignierter wurden die Geiselnehmer. In der Regel war es die Zeit – Hunger, Durst, Müdigkeit, Angst, Mutlosigkeit –, die einen Geiselnehmer mürbe machte, viel stärker als Drohungen, Argumente und leere Versprechungen. Deshalb sah Fjell es als seine vorrangige Aufgabe als Vermittler an, Zeit zu gewinnen, Entscheidungen hinauszuzögern, an andere Verantwortliche weiterzugeben. Man durfte nie mit einem Ja oder Nein auf die Forderungen eines Geiselnehmers antworten, sondern sollte immer erst abwägen, hinauszögern, die Anfragen an höheren Instanzen im System weiterleiten. Er hatte ein Talent, schnell mit verzweifelten Geiselnehmern in Kontakt zu kommen. Seine tiefe Stimme hatte etwas Beruhigendes, Vertrauenerweckendes.

6

Auf dem Weg nach Oslo, 22.55 Uhr

Die gepanzerte Limousine des Ministerpräsidenten und der zivile Polizeiwagen näherten sich Sandvika. Beide Wagen fuhren mit eingeschalteter Sirene. Die Blaulichter spiegelten sich im Kühlergrill und auf der Heckscheibe.

Ministerpräsident Bjørn-Tore Viksveen versuchte, mit dem Justizminister zu reden, verstand aber bei dem Lärm der Sirenen kaum, was der andere sagte.

»Nein, ich setze Sie als Stellvertreter des Außenministers ein«, rief er ins Telefon. »Wir müssen einen Krisenstab einberufen. In der ersten Runde will ich Sie dabeihaben, den Verteidigungsminister und den Kommunalminister sowie die Bezirksräte der betroffenen Bezirke, den Staatsrat des Auswärtigen Amtes und den Regierungsrat. Der Chef der Polizeidirektion soll kommen und die Polizeipräsidentin!«

»Die müssten wir von ihren jeweiligen Operationsstäben abrufen«, sagte der Justizminister. »Der PodStab ist eben erst in der Polizeidirektion ins Leben gerufen worden. Das Polizeipräsidium hat bereits um halb elf eine operative Führungseinheit eingerichtet, den OpStab.«

»Holen Sie sie raus! Wir sind in gut zehn Minuten da.«

Er schob das Handy in die Tasche und stieß einen tiefen Seufzer aus. Warum ausgerechnet jetzt? Norwegen war, was den internationalen Terrorismus betraf, bisher billig davongekommen. Die drei Flugzeugentführungen konnten kaum als terroristische Anschläge gesehen werden. Die Lillehammer-Affäre von 1973, als der israelische Geheimdienst den falschen Mann liquidierte, und das Attentat auf William Nygaard 1993, nach der Veröffentlichung von Salman Rushdies *Satanische Verse*, waren die einzigen Beispiele, die ihm einfielen. Während in den Siebziger- und Achtzigerjahren in Europa die radikale Linke wütete, standen in Norwegen die Rechtsradikalen hinter den wenigen »kleineren« Anschlägen. Die Polizei hatte während der Ölkrise Pläne zu Aktionen gegen die Ölraffinerie in Slagen aufgedeckt, außerdem gegen die israelische und ägyptische Botschaft nach dem Camp-David-Abkommen. Beim Überwachungsdienst der Polizei – dem PST – wurde gemunkelt, dass es Verbindungen zwischen der IRA und einer westdeutschen Terrorgruppierung mit zwei norwegischen Gruppierungen gegen den Ausbau des Alta-Staudamms gebe. Ansonsten war Norwegen von größeren Terroranschlägen verschont geblieben. Bis jetzt. Viksveen fluchte innerlich. Drei Monate vor der Wahl konnte er so etwas überhaupt nicht gebrauchen.

»Die Medien verlangen eine Pressekonferenz«, sagte Staatssekretär Vidar Erichsen.

»Alles zu seiner Zeit.«

»Sie sind ungeduldig. Die Fernsehsender und Rundfunkstationen bringen Sondersendungen. Die Deadline der Zeitungen rückt näher. Sie wollen wissen, wann?«

Der Ministerpräsident warf einen kurzen Blick auf die Uhr. »Um Mitternacht?«

»Geisterstunde«, sagte Erichsen in einem seltenen Anflug von Humor.

7
Studio 2, 22.58 Uhr

Zwei der Terroristen hatten Magomeds Leiche zur Tür gezogen und mit einer Decke verhüllt. Kristin betrachtete die Umrisse des Körpers. Ihr war schlecht. Die Angst ballte sich wie eine Faust in ihrem Bauch. Sie sah sich um. Einige Geiseln liefen ruhelos hin und her. Roza kam gerade mit Silje Gran, Grethe Aslaksen und einer Aufnahmeleiterin aus dem Toilettenraum im hinteren Teil des Studios zurück. Davor wartete Islam mit Frank Berthelsen und einem Kameramann. Ramzan Jewlojew hatte sich in die Mitte der Zuschauertribüne gesetzt.

Er sah Kristin an. Kalt, abschätzend.

Mehrere Geiseln sprachen flüsternd miteinander. Nur der Außenminister saß allein für sich. Zwei Kameramänner standen nach wie vor hinter ihren Kameras, wie um die Illusion aufrechtzuerhalten, dass das Ganze nichts mit ihnen zu tun hatte. Der Mann an der Krankamera hatte diese in einer Position arretiert.

Kristin ging zu Anette Wiik, der Dolmetscherin. Anette war eine dunkelhaarige Frau Anfang dreißig. Die letzten Jahre hatte sie in Moskau gelebt, um eine Zusatzausbildung zu machen, aber im Moment verbrachte sie den Sommer zu Hause in Norwegen. Sie hatte sich vor ein paar Wochen in der Textabteilung als Übersetzerin aus dem Russischen und Tschetschenischen vorgestellt.

»Wie geht es Ihnen?«, fragte Kristin leise und setzte sich neben sie.

Anette lächelte vage und unergründlich.

»Das ist alles so unwirklich«, seufzte Kristin. »Und diese Forderungen. Was hat er eigentlich ganz zum Schluss gesagt? Auf Tschetschenisch?«

»Das war sehr seltsam … Noch mehr Forderungen …«

»Was für welche?«

Anette biss sich auf die Lippe. »Sie wissen schon … blablabla … droht, jemanden umzubringen … blablabla … Frist sechs Uhr. Das sind noch sieben Stunden. In sieben Stunden kann viel passieren.«

»Hat er gesagt, wen er als Nächstes umbringen will?«

»Ja …«

»Anette?«

»Sie wollen es nicht …«

»Wen will er als Nächstes erschießen?«

Anette schluckte. »Sie, Kristin.«

Ein Erinnerungsfetzen im Alter von fünfundzwanzig Jahren: der Adler und ich auf der Jagd. Unter einem Baum finden wir ein Vogeljunges, das aus dem Nest gefallen ist. Verwirrt piepsend kriecht es auf dem Boden herum. Zerzaust, schwach.

»Was glaubst du, was für ein Vogel das ist?«, frage ich.

»Ein Adler jedenfalls nicht!«, antwortet er lachend.

Und zertritt ihn.

22.59 Uhr – 23.58 Uhr

1
22.59 Uhr

Er hatte ihn also aufgespürt. Ramzan Jewlojew. So nannte er sich jetzt!

Er verschränkte die Arme. Sein Herz hämmerte wie wild. Er saß mit dem Rücken an die Wand gelehnt, die Beine gespreizt.

Noch immer flimmerten die Fernsehbilder über seine Netzhaut. Ramzan Jewlojew… der Racheengel.

Er dachte: Es wird ein Massaker geben. Ein Blutbad. Dieser Mann kennt keine Skrupel.

Alles war Chaos. Und warum sollten sie auf ihn hören? Er war nur eine Stimme in der Nacht.

2
Studio 2, 23.00 Uhr

»Halten Sie mich für böse?«

Kristin zuckte zusammen. Sie hatte nicht bemerkt, dass Ramzan sich genähert hatte. Wie ein Schatten…

»Ja«, antwortete sie gleichgültig.

»Sie sind ehrlich.«

»Reicht Ihr Mut nicht, um mir zu sagen, dass Sie mich morgen Früh um sechs erschießen wollen?«

Etwas änderte sich in seinem Blick. Dann riss er sich zusammen. »Er wird kommen«, sagte er.

»Wer?«

»Und kommt er nicht, werde auch ich sterben.«

»Es ist mir egal, was mit Ihnen geschieht.«

Er amüsierte sich. »Sie sind ein harter Brocken.«

»Lassen Sie mich in Ruhe. Sie sind doch nur rücksichtslos.«

»Jeder Krieg fordert seine Opfer. Auch unter der Zivilbevölkerung. Unschuldige.«

»Und das ist tragisch.«

»Es gibt im Krieg keine Gerechtigkeit.«

»Ach, das sagen Sie?«

»Mein Volk ist seit hunderten von Jahren im Krieg. Wir haben nicht darum gebeten. Die Russen haben ihn uns aufgezwungen.«

»Und deshalb sind Sie bereit, Unschuldige zu opfern?«

»So wie die Russen, die Amerikaner, die Briten und Israelis tausende von Unschuldigen getötet haben.«

»Im Krieg, ja.«

»Unser Krieg ist nur etwas anders.«

»Terroristen folgen keinen Spielregeln.«

»Die Spielregeln machen die, die an der Macht sind.«

»Aber das sind wenigstens Regeln! Terroristen folgen ihren eigenen Gesetzen und ändern sie, wenn es ihnen passt.«

Er schnaubte. Kristin blickte ihn kalt an. »Diesen Regeln zufolge haben die Tschetschenen bewiesen, dass sie nicht in der Lage sind, ihr Land selbst zu regieren.«

»Wir haben nie die Chance dazu bekommen«, sagte er wie gelähmt.

»Habt ihr diese Chance nicht wieder und wieder missbraucht? Genau wie die Muslime in Afghanistan? Oder die Irakis?«

»Sie haben zu viele Vorurteile.«

Kristin warf gleichgültig den Kopf nach hinten.

»Sie gefallen mir.« Er sah sie mit einem Kopfnicken an. »Deshalb wird es mir noch schwerer fallen, sollte ich gezwungen werden, Sie zu töten.«

3
Büro des Ministerpräsidenten, 23.05 Uhr

Als Ministerpräsident Bjørn-Tore Viksveen und Staatssekretär Vidar Erichsen in den Sitzungssaal im obersten Stock des Regierungsgebäudes eilten, warteten die anderen Mitglieder des Krisenstabes bereits: Justizminister, Verteidigungsminister, Kommunalminister, Regierungsrat, der Staatsrat des Auswärtigen Amtes, die Staatssekretäre des Justiz-, Verteidigungs- und Kommunalministeriums sowie die Polizeipräsidentin und der Direktor der Polizeidirektion Oslo.

Viksveen begrüßte alle per Handschlag, ehe er sich an die Stirnseite des länglichen Sitzungstisches setzte. »Lassen Sie uns direkt zur Sache kommen«, sagte er. »Ich habe beschlossen, den Krisenstab der Regierung einzuberufen, um die Entwicklung zu überwachen und ganz konkret den Oberbefehl zu haben. Den operativen Stäben, die das Polizeipräsidium und die Polizeidirektion eingesetzt haben, obliegt die polizeiliche Verantwortung in Abstimmung mit dem Justizministerium. Unsere Aufgabe ist es, die notwendigen politischen Entscheidungen zu fällen und darauf zu achten, dass die betroffenen Ressorts koordiniert vorgehen und die involvierten Ministerien die Krise unter Berücksichtigung bestehender Gesetze und Abkommen handhaben. Eine andere Aufgabe ist es, die Allgemeinheit informiert zu halten. Der Krisenstab gilt ab diesem Moment«, er klopfte mit den Knöcheln auf die Tischplatte, »als eingesetzt.«

Der Ministerpräsident holte tief Luft. »Da Außenminister

Bernt Bøe unter den Geiseln ist, habe ich den Justizminister instruiert, die Aufgaben des Außenministers zu übernehmen. Das UD richtet einen ständigen Kontakt zu den russischen Behörden ein, zu Beginn erst einmal über die Botschaft.«

»Der Kontakt steht bereits«, bestätigte der Staatsrat. »Ich hatte eine Telefonkonferenz mit dem Botschafter Igor Woronin, und es ist abgesprochen worden, regelmäßig Kontakt zu halten.«

»Einer der Gründe, dass auch der Verteidigungsminister anwesend ist«, fuhr der Ministerpräsident fort, »ist, dass die Situation auf bedrohliche Weise einem kriegsähnlichen Zustand ähnelt, da sich Guerillasoldaten eines fremden Staates auf norwegischem Boden befinden. Wir sollten eine militärische Einheit bereithalten, falls die Polizei Unterstützung anfordert.«

»Das FSK, also das militärische Sondereinsatzkommando, ist in Bereitschaft«, versicherte der Verteidigungsminister.

»Bevor ich es vergesse«, sagte der Justizminister, »lassen Sie uns auch die Einsatzgruppe des Auswärtigen Amtes und des Justizministeriums konsultieren. Insbesondere die UD-Repräsentanten könnten Kenntnis von ähnlichen Vorfällen im Ausland haben.«

»Kümmere du dich darum! Fahren wir fort! Der Kommunalminister ist anwesend, weil einige der Akteure angeblich unter dem Vorwand ins Land gekommen sind, politisches Asyl zu suchen. Wir werden versuchen, der Frage auf den Grund zu gehen, mit welchen Personen wir es hier zu tun haben.«

»Wir haben deswegen bereits bei der Leitung des UDI und den Abteilungsleitern der betroffenen Abteilungen angefragt«, sagte der Kommunalminister. »Ihre eigene Direktorin ist unter den Geiseln, so dass der Vizedirektor die Leitung des Amtes übernommen hat.«

»Lassen Sie mich in diesem Zusammenhang hinzufügen, dass

die Polizei und das UDI bereits in vollem Gang sind, die Identität der Attentäter zu eruieren«, sagte die Polizeipräsidentin. »Die Ausländerbehörde, der polizeiliche Sicherheitsdienst und das UDI gehen koordiniert vor.«

Der Ministerpräsident blickte auf die Tischplatte. »Es ist wichtig zu unterstreichen, dass das operative und praktische Vorgehen in der Verantwortung der Osloer Polizei liegt und nicht bei der Regierung.«

»Natürlich«, bestätigte die Polizeipräsidentin.

»Gilt es«, der Ministerpräsident zögerte, »gewisse politische Rücksichten zu nehmen?«

»Ich nehme an, die Opposition wird eine Erklärung fordern«, sagte der Staatssekretär. »Da Silje Gran und Frank Berthelsen unter den Geiseln sind, werden die betroffenen Parteien alles mit Argusaugen verfolgen.«

»Deshalb ist es umso wichtiger, klar zwischen politischen Leitlinien und polizeilichen Operationen zu unterscheiden.«

»Wie sehen die politischen Leitlinien aus?«, fragte die Polizeipräsidentin.

Der Ministerpräsident blickte den Justizminister an. »Ich gehe davon aus, dass wir erst einmal die Entwicklung abwarten?«

Die Polizeipräsidentin sah skeptisch von einem zum anderen. »Das bedeutet?«

»Es kommt natürlich nicht infrage, den Forderungen nachzukommen«, sagte der Ministerpräsident. »Wir müssen Zeit gewinnen. Wie lauten übrigens die Forderungen?«

Die Polizeipräsidentin blickte in ihre Unterlagen. »Ein freies Tschetschenien. Eine nicht spezifizierte Anzahl Tschetschenen sollen aus der Haft entlassen werden. Fünfundzwanzig Millionen Euro in gebrauchten, nicht markierten Scheinen und schließlich: freies Geleit aus dem Land! Neben ein paar weiteren Forderungen auf Tschetschenisch! Wir haben uns den Schlussteil inoffiziell übersetzen lassen. Eine nicht namentlich genannte Person soll sich bis morgen Früh um sechs Uhr melden. Sollte sie dies nicht tun, wird Kristin Bye erschossen. Danach der Außenminister.«

»Warum wurde der Name der betreffenden Person nicht genannt?«

»Vermutlich rechnen die Terroristen damit, dass sie selbst weiß, dass sie hinter ihr her sind.«

»Mit anderen Worten: Wir sind gezwungen, vor sechs Uhr anzugreifen, sollte sich diese Person nicht melden?«

»Das«, sagte die Polizeipräsidentin, »unterliegt der Risikoabschätzung.«

»Etwas präziser, bitte?«

»Das Leben einer Geisel muss mit dem Risiko abgewogen werden, dass alle im Studio umkommen. Manchmal ist es richtig, ein Leben zu opfern, wenn dadurch andere gerettet werden können.«

4

Studio 2, 23.15 Uhr

Jussup Idigow war in einer verfallenen Trabantenstadt der tschetschenischen Hauptstadt Grosny aufgewachsen. Ein kluger Junge, ein Macher. Einer, der Sachen und Dinge gegen Provision erledigte. Mit achtzehn Jahren war er bereits der Kopf einer ganzen Bande. Mit neunzehn wurde er verraten. Drei Jahre lang saß er im Gefängnis. Als die russischen Einheiten in Grosny einmarschierten, wurde er erneut verhaftet, dieses Mal von einer Truppe russischer Fallschirmjäger, und während des neunzehn Stunden dauernden Verhörs wurde er so stark misshandelt, dass er beinahe gestorben wäre. Er erinnerte sich an die einzelnen Foltermethoden, doch die Erinnerungen hingen nicht miteinander zusammen, die grausame Nacht kannte keine Chronologie, sie bestand nur aus Bruchstücken. Als er in einem provisorischen Militärgefängnis vor den Toren von Grosny wieder zu sich kam, realisierte er, dass er bereits drei Monate dort war. Er wusste nichts mehr. Seine Zellenkameraden versicherten ihm, dass er mit ihnen gesprochen und alles getan habe, was die Russen von ihm verlangt hätten. Aber er erinnerte sich an nichts. Nur eben an diese Bruchstücke aus der Nacht in den Händen der russischen Folterknechte. Eines Nachts wurde das Militärgefängnis vom Volksheer angegriffen, das einen inhaftierten Anführer befreien wollte. Wer von den Häftlingen nicht entkam, wurde getötet. Jussup schloss sich der Einheit an, die ihn befreit hatte. Sechs Jahre kämpfte er im Volksheer. Zum Schluss konnte er nicht mehr. Eines Nachts floh er in die Berge. Er stahl von den Bauern oder bekam ein bisschen Essen zugesteckt. Schließlich gelang es ihm, über die Grenze nach Inguschetien und von dort weiter über Nordossetien nach Russland zu gelangen. Zu guter Letzt führte ihn seine Reise über Murmansk in die Finnmark, wo er als tschetschenischer Asylbewerber registriert wurde.

Er saß neben seinem Kameraden Sjapti. Sie wohnten in einem Asylantenheim in Hadeland und hatten voller Dank die Einladung angenommen, als Gäste an der Diskussionsrunde teilzunehmen. Ihre Tage waren lang, trist und grau. Und auch, wenn die Landschaft um das Heim herum sehr schön war, ging sie ihnen mittlerweile auf die Nerven.

Jetzt versuchte Jussup zu verstehen, was hier vor sich ging. Er kannte Ramzan Jewlojew nicht. Es gab zahlreiche Kampfzellen in Tschetschenien, und Ramzan musste die Führung einer davon übernommen haben, nachdem Jussup aus dem Land nach Norwegen geflohen war. Er stand auf und ging langsam auf ihn zu. Als er ein paar Meter von ihm entfernt war, richtete Ramzan seine Pistole auf ihn. Jussup hob die Arme. »Immer mit der Ruhe, Kamerad!«, sagte er auf Tschetschenisch.

»Was willst du?«

»Reden.«

»Warum?«

»Ich habe viele Jahre für unsere Sache gekämpft.«

»Was tust du dann hier in diesem Land?«

Er ist aus dem Süden, aus den Bergen, dachte Jussup, aber ich kann seinen Dialekt nicht genau einordnen.

»Meine Einheit wurde zersprengt«, antwortete er. »Die Russen verfolgten uns, und unser Anführer wurde erschossen. Ich konnte entkommen.«

»Wie hieß dein Kommandeur?«

»Uwais. Kanntest du ihn?«

»Kennst du Aslan Gairbekow?«

»Von dem hat doch jeder schon mal gehört…«

»Aber kennst du ihn?«

»Nein. Wir haben nie zusammen gekämpft.«

»Hast du ihn getroffen? Hier?«

»In Norwegen? Nein? Aslan Gairbekow soll in Norwegen sein?«

5

Kommandozentrale der Polizei, 23.20 Uhr

Verhandlungsleiter Thomas Fjell hatte das Kinn auf die Daumen gestützt. Er seufzte. Bald halb zwölf. Er sollte jetzt Kontakt mit den Geiselnehmern aufnehmen. Aber er zögerte. Das erste Gespräch war immer das nervenaufreibendste. Das entscheidende. Es war wichtig, den richtigen Ton zu finden. Man musste einander nicht mögen, auch wenn das tatsächlich mitunter vorkam, aber respektieren musste man sich, einander verstehen.

»Bist du bereit, Thomas?« Einsatzleiter Aksel Schjelderup hatte soeben die Kommandozentrale betreten.

»Gleich.«

Er war dankbar für Schjelderups Geduld. Wie ein Sportler musste er sich mental vorbereiten, sich konzentrieren, die richtige Einstellung finden. Er wusste besser als jeder andere, dass in den Köpfen von Geiselnehmern und Geiseln immer ganz spezielle Prozesse abliefen. Ein psychologischer Reflex als Folge der Tatsache, dass sie eingesperrt waren und ihr Leben bedroht wurde. Manch einer entwickelte sogar eine gewisse Form der Klaustrophobie. Andere vergruben sich in ihre eigenen Gedanken und Vorstellungen. Wieder andere wurden aggressiv und maßlos. Aber keine Situation glich wirklich der anderen. Diejenigen, mit denen der Umgang am leichtesten war, entpuppten sich oftmals als die am wenigsten Berechenbaren. Wie jemand, der unter Drogen und Alkohol stand. Anders als bei Räubern, die nicht rechtzeitig die Flucht ergriffen und in dem verzweifelten Versuch, ihre Haut zu retten, Geiseln genommen hatten. In solchen Fällen war es immer nur eine Frage der Zeit, bis sie aufgaben. Aber diese Geiselnehmer waren anders. Es würde schwerer werden, mit ihnen zu verhandeln. Sie waren berechnend, kalkulierend, ruhig. Und gefährlich. Alles war geplant. Sie wussten, was sie wollten, wie sie vorgehen mussten und was geschehen würde. Solche Geiselnehmer waren der Polizei oft drei bis vier Schritte voraus.

Doch das taktische Vorgehen war immer das Gleiche. Man musste zuhören. Zeit gewinnen. Die Verantwortung für mögliche Entscheidungen von sich weisen, weitergeben, verschieben. Dabei durfte man als Unterhändler gerne auch Zustimmung für die Forderungen der Geiseln zeigen. Aber es lag nicht in seiner

Macht, diese Forderungen zu erfüllen. Alles ging nur darum, Zeit zu gewinnen. Es machte nichts, wenn eine Belagerung mehrere Tage dauerte.

Fjell lehnte sich auf seinem Stuhl zurück. Schjelderup stand noch immer hinter ihm.

»Hast du etwas vom PST gehört?«, fragte Fjell.

»Nichts.«

Er wartete gespannt auf die Täterprofile. Als Unterhändler konnte er den psychologischen Analysen seiner Gesprächspartner viel entnehmen. Wenn es sich bei ihnen wirklich um Asylbewerber handelte, hatten sowohl UDI als auch PST eine ganze Reihe von Informationen über sie, die für seine Verhandlungen wichtig sein konnten. Saiten, die er spielen konnte. Handelte es sich um frühere Soldaten oder Deserteure mit einem tiefen Misstrauen ihren Offizieren gegenüber? Oder waren es loyale Kommandosoldaten mit großem Respekt für Autoritäten? Je mehr er erfuhr, desto klüger konnte er seine Verhandlungstaktik aufbauen.

Draußen hörte er eine Sirene, die mit einem Winseln erstarb. Kurz darauf kam ein junger, uniformierter Beamter, gefolgt von einem Mann mit Umhängetasche und zerzausten Haaren, in den Raum. Der Dolmetscher.

Fjell gab ihm die Hand. »Wir haben eine Aufnahme von den Forderungen der Geiselnehmer. Am Schluss dieser Aufzeichnung sagt er etwas auf Tschetschenisch – glauben wir. Ich will wissen, was er sagt. Wort für Wort.«

Der Dolmetscher ließ das Videoband laufen und hörte zu. Dann spielte er es noch einmal ab und machte sich Notizen. An einigen Stellen stockte er und musste die Aufnahme noch einmal zurückspulen. Er schrieb schnell mit einem gelben Bleistift in ein liniertes Notizbuch. Als er fertig war, sah er Thomas Fjell an:

»Er sagt Folgendes: Du glaubst, dich verstecken zu können, du Ratte. Aber wir haben dich gefunden. Und wir werden dich aus deinem Erdloch ausräuchern! Jedes einzelne der Leben hier in diesem Studio liegt in deiner Hand. Wenn du nicht bis morgen Früh um sechs Uhr hier bist, erschießen wir Kristin Bye. Um sieben den norwegischen Außenminister. Um acht – na, ich brauche wohl nicht weiterzureden? Also, du Ratte, nun hast du endlich die Möglichkeit, der Welt zu beweisen, was für ein Held du bist!«

6

Studio 2, 23.25 Uhr

Außenminister Bernt Bøe saß steif und aufrecht da und starrte mit leerem Blick vor sich hin, als Ramzan Jewlojew vor ihm stehen blieb.

»Mr. Boe!« Auf Englisch klang das wie »Bow«. »Der Herr Außenminister persönlich.«

»Machen Sie sich bloß keine Illusionen!«, platzte Bernt Bøe hervor, und seine Stimme schien dabei irgendwie zwischen Entschlossenheit und Panik zu schwanken. »Die norwegische Politik folgt einer festen Linie! Wir verhandeln nicht mit Terroristen! Mein Leben spielt dabei keine Rolle!«

»Sie glauben also, es geht bei diesem Arrangement um Sie?«

»Die norwegische Linie steht fest! Wenn wir Terroristen einmal nachgeben …«

»Ihr führt keine Verhandlungen?«

»Genau!«

»Sie wollen aber doch wohl nicht, dass alle hier drinnen sterben?«

Bøe saugte Luft durch seine Zähne.

»Natürlich werdet ihr verhandeln!« Ramzan Jewlojew setzte

sich neben Bøe und legte seinen Arm um die Schultern des Außenministers.

»Und ihr werdet genau das tun, was ich sage.«

Bøe krümmte sich zusammen.

»Wenn nicht, erschießen wir euch«, sagte Ramzan leise. »Einen nach dem anderen.«

Bøe machte ein Geräusch, das wie ein verächtliches Lachen klingen sollte, doch es hörte sich eher an wie ein Schluchzen.

»Und sollte es notwendig sein, sprengen wir auch noch das Studio in die Luft.«

»Drohungen!«

»Brauchen Sie weitere Beweise dafür, dass ich keine leeren Drohungen mache?«

Bernt Bøe schielte unwillkürlich in Richtung des Toten am Boden.

»Genau!«, flüsterte Ramzan.

Der Außenminister blickte demonstrativ zur Decke.

»Sie wissen, dass wir es ernst meinen«, sagte Ramzan. »Sie lesen doch wohl Zeitung? Erinnern Sie sich an den Angriff auf das Krankenhaus in Kisljar 1996? Oder an die Aktion im Musical-Theater in Moskau 2002? Ganz zu schweigen von dem Anschlag auf die Schule in Beslan in Nordossetien?«

»Eine Schande war das!«

»Massaker, ausgeführt im Namen von Demokratien, sind auch eine Schande!«

»Rhetorik entschuldigt keine Barbarei! Norwegische Behörden können und wollen nicht mit Terroristen verhandeln! Das ist ein unumstößliches Prinzip!«

»Niemand da draußen will, dass hier drinnen jemand stirbt. Also wird man mit uns reden. Man wird versuchen, uns zu überreden, uns zu täuschen. Glauben Sie, ich kenne dieses Spiel nicht? Natürlich werdet ihr verhandeln!«

»Und Ihren Forderungen nachgeben? Niemals!«

»Sie vergessen etwas Wesentliches: Wir sind keine in die Ecke gedrängten Bankräuber. Leute, mit denen Ihre Polizisten vielleicht umzugehen wissen. Wir sind Freiheitskämpfer. Wir sind Soldaten im Krieg. Wir sind bereit, für unsere Überzeugung zu sterben! Unsere Aktionen werden bemerkt, Herr Außenminister! Und ebenso wie das Theater in Moskau und die Schule in Beslan wird dies hier«, er breitete die Hände aus, »in die Geschichte eingehen.«

7

Kommandozentrale der Polizei, 23.27 Uhr

Verhandlungsleiter Thomas Fjell ließ seinen Blick durch die Kommandozentrale schweifen. Ein Polizist und ein Fernsehtechniker waren dabei, ein Kabel von der Decke nach unten zur Technikzentrale zu verlegen. Das Faxgerät gab einen krächzenden Klingellaut von sich. Fünf Polizisten trugen weitere Computer herein, die mit der internen Polizeileitung verbunden werden sollten.

Thomas Fjell schloss die Augen und sah Ramzan Jewlojew vor sich. Er ist auch nur ein Mensch, dachte er. Er war auch einmal ein Kind. Er liebt seine Mutter und den Duft der Blumen. Er liebt gutes Essen, warme Haut und ein kaltes Getränk an einem heißen Sommertag. Er hat Tränen in den Augen, wenn ihn etwas anrührt. Er ist genauso wie wir alle. Er ist kein Monster. Er ist ein ängstlicher Mann mit einer Mission, einer Vision. Er spielt eine Rolle, wie ich die meine spiele. Er ist bereit, weit zu gehen, um sein Ziel zu erreichen, er ist bereit zu töten. Aber wie ich hat er Angst vor dem Tod.

Er ist nur ein Mensch.

Fjell wusste, wie leicht es war, Angst vor seinem Gegenüber zu bekommen. Wenn man sich zu fürchten begann, bekam man Respekt. Und wenn man sich an der Angst und dem Respekt vorbeigearbeitet hatte, lauerte eine neue Gefahr: dass man den anderen zu mögen begann.

Mit dem Kugelschreiber teilte er das obere Blatt des Blockes, der vor ihm auf dem Schreibtisch lag, in Vierecke ein. Sich Notizen zu machen – Eingebungen zu notieren, Reflektionen, Assoziationen –, war ein wesentlicher Bestandteil von Fjells Arbeitsmethodik. Nach einer Weile würden diese Notizen ein Muster ergeben, das die einzelnen Episoden nicht allein abdecken konnten.

Unterhändler der Polizei zu sein war eine anspruchsvolle Aufgabe. Aber er wusste, dass er gut war. Ein guter Zuhörer, verständig und in der Lage, sich in die Situation und die Gedankengänge seiner Gegner hineinzuversetzen. Zudem ein guter Redner, der Vertrauen schaffen konnte. Weil er selbstsicher war, gleichzeitig aber auch nachgiebig. Weil er logisch dachte und schlussfolgerte, ohne sich von Gefühlen leiten zu lassen. Er war ruhig und sicher. Vermutlich brauchten sie ihn deshalb. Viel zu viele seiner Kollegen waren ungeduldig, aufbrausend, provozierend. Er selbst war besonnen und zuverlässig. Schließlich war er auf einem abgelegenen Hof in einem tiefen Tal der Telemark aufgewachsen, umgeben von hohen Fichten und runden Hügeln. Seine Kollegen konnten vor Wut in die Luft gehen, ihre Gegenüber anbrüllen, ihnen drohen, doch ein guter Unterhändler macht nicht zu viele Worte und lässt sich niemals hinreißen, wütend zu werden.

»Fjell?«

Er öffnete die Augen. Aksel Schjelderup blickte auf ihn herab.

»Ich schlafe nicht«, sagte er etwas zu schnell. »Ich denke nach.«

»Der OpStab fragt, ob wir inzwischen Kontakt aufgenommen haben?«

Fjell füllte seine Lungen mit Luft und atmete langsam aus. Er wiederholte die Atemübung ein paarmal und dachte an die Vorlesungen, die er auf der Polizeihochschule gehalten hatte. An die neugierigen, eifrig notierenden Studenten. Seine Stimme im Hörsaal. Die schwierigen Worte. Über kognitive Verhaltenstheorie, bei der es darum ging, die Gedanken des Geiselnehmers in Richtung der Perspektive des Unterhändlers zu beeinflussen und dadurch seinen Standpunkt zu festigen. Über die zentralen und peripheren Möglichkeiten der Einflussnahme. Worte, Worte, Worte ... Für Thomas Fjell ging es in erster Linie um Vertrauen, Respekt, Offenheit. Und so weit dies möglich war, auch um Ehrlichkeit. Er musste selbst etwas geben. Manchmal war das alles andere als leicht.

Fjell setzte den Kopfhörer auf. Ein kleines Mikrofon war an einem dünnen Draht befestigt. Er schaltete das Tonbandgerät ein und drückte den Knopf, der die Verbindung zur Lautsprecheranlage im Studio freischaltete.

Schjelderup, Lehmann und etliche der anderen Polizisten stellten sich hinter ihn, um das Gespräch zu verfolgen.

»Darf ich um Ihre Aufmerksamkeit bitten? Mein Name ist Thomas Fjell«, sagte er auf Englisch, »und ich möchte Ramzan Jewlojew bitten, zu dem grauen Haustelefon zu gehen, das an der Wand neben der Tür hängt, damit wir miteinander reden können.«

Ramzan sah sich um, ehe er das Telefon erblickte. Einen Augenblick zögerte er. Dann trat er aus dem Bild des einen Monitors und lief in ein anderes.

Als er sah, dass Ramzan den Hörer abnahm, änderte Fjell den Kanal, so dass die Lautsprecher im Studio abgeschaltet wurden und nur noch die Leitung des Studiotelefons bedient wurde. Er drehte die Lautstärke der Wiedergabe in der Kommandozentrale hoch, damit alle hören konnten, was Ramzan sagte.

Die Sprechanlage rauschte und knackte. Einen Moment lang fürchtete er, die Technik hätte ihm einen Strich durch die Rechnung gemacht, doch dann hörte er Ramzan Jewlojews langsame Atemzüge.

»Mr. Jewlojew? *Are you there?*«

Stille.

»Mein Name ist Thomas Fjell, ich bin Hauptkommissar hier in Oslo und von meinen Vorgesetzten gebeten worden, als Bindeglied zwischen der Polizei und Ihnen zu fungieren.«

Punkt für Punkt folgte er dem Handbuch für das Krisenmanagement bei Geiselnahmen: Er war offen, ehrlich, persönlich. Er reduzierte seine eigene Rolle und vermied das belastende Wort »Verhandlungen«, das sofort Raum für weitere Forderungen einräumte.

Stille.

»Mr. Jewlojew?«

Doch Ramzan Jewlojew hatte bereits aufgelegt. Schjelderup deutete auf einen der Monitore. Ramzan stolzierte mit auf dem Rücken verschränkten Armen durch das Studio. Als wüsste er, dass er die Schlacht gewonnen hatte, dachte Fjell.

8

Vor dem Sender ABC, 23.28 Uhr

Die Sprengstoffexperten des Militärs fuhren in einer Kolonne von Militärfahrzeugen und Zivilwagen vor. Dick gepolsterte Männer schwankten aus einem mit Tarnfarben bemalten Spezialfahrzeug und wurden ins Gebäude geführt, wo sie der Einsatzleiter vor Ort in die Situation einwies und bat, sich für einen möglichen Einsatz bereitzuhalten.

9
Studio 2, 23.35 Uhr

Jussup Idigow zitterte. Es war viele Jahre her, dass er solche Angst gehabt hatte.

Sjapti stieß ihn an. »Du bist wahnsinnig!«

»Bin ich das?«

»Er hätte dich fast erschossen!«

»Der hat sie nicht mehr alle.«

»Du darfst ihn nicht provozieren!«

Sie saßen still da. Sjapti hatte nicht viel von seiner Vorgeschichte erzählt, aber genug, damit Jussup verstand, dass auch er über Kampferfahrung verfügte. Es waren viele Soldaten in Norwegen. Ein Bürgerkrieg führte unweigerlich zu zahlreichen Asylbewerbern mit militärischem Hintergrund.

»Glaubst du, wir haben eine Chance, hier rauszukommen?« Jussup nickte in Richtung Tür.

Sjapti starrte Jussup skeptisch an. »Da steht eine Wache.«

»Wenn wir zu zweit sind, wird es der Wache kaum gelingen, zu schießen oder die Bombe auszulösen.«

»Und die anderen fünf?«

»Wenn wir schnell genug sind, schaffen wir es nach draußen, ehe sie reagieren können.«

Sjapti sah alles andere als überzeugt aus.

»Hör mal zu«, flüsterte Jussup. »Er hält die Pistole mit der rechten Hand, er kann die Bombe also nur mit der linken auslösen. Ich möchte wetten, er hat den Auslösermechanismus auf dem Bauch oder auf der Brust.«

»Woher willst du das wissen?«

»Ich war selbst mehr als einmal so ausgestattet.«

Sjapti starrte ihn wortlos an.

»Wir haben das Überraschungsmoment auf unserer Seite. Wenn du seinen rechten Arm außer Gefecht setzt, so dass er die Waffe verliert, nehme ich seinen linken. Gleichzeitig öffnest du die Studiotür. Die anderen werden nicht rechtzeitig kapieren, was da läuft, und sie werden auch kaum in eine Position kommen, aus der sie schießen können, ehe wir beide draußen sind.«

»Da wäre ich mir nicht so sicher …«

»Hör mal, wie groß sind unsere Chancen denn hier drinnen?« Er bemerkte, dass er etwas zu laut flüsterte, zu engagiert, und dämpfte seine Stimme: »Glaubst du, die norwegische Regierung wird die Forderungen erfüllen? Niemals! Sie werden uns abschlachten, alle miteinander.«

10

Russische Botschaft, 23.35 Uhr

»Gunnar!« Igor Woronin presste das Telefon härter gegen sein Ohr. Der Botschafter saß in einem bequemen Kippstuhl hinter seinem gediegenen Schreibtisch. »Kann ich dir helfen?«

»Siehst du fern?«, fragte Gunnar.

»Ich ertrage das nicht! Ich erfahre auch so früh genug, was da geschieht.« Er hörte Gunnars schweren Atem durch das Telefon. »Etwas Neues von Kristin?«

Es vergingen ein paar Sekunden. Igor Woronin warf einen Blick auf sein bronzenes Namensschild, das leicht schräg auf dem Mahagonischreibtisch stand. Botschafter Woronin. Der Klang gefiel ihm. Botschafter der russischen Föderation in Norwegen. Er hatte es weit gebracht. Bei seiner Geburt hatte der Zweite Weltkrieg getobt, und nur um ein Haar hatte er die Hungersnot überlebt. Seine Eltern waren loyale Parteigenossen, und er selbst hatte sich für die Politik engagiert, weil er darin einen

Weg zum Wohlstand gesehen hatte. Via Komsomol und die Kommunistische Partei bekam er schließlich eine untergeordnete Stellung beim KGB.

»Igor«, begann Gunnar zögernd, »kannst du uns helfen? Irgendwie?« Gunnars Stimme in der knackenden Leitung. »Weißt du etwas, das uns helfen kann, Kristin sicher aus dem Studio zu bringen? Welche Möglichkeiten hast du? Wer sind diese verdammten Banditen? Was wollen sie?«

»Das Ganze ist sehr schmerzhaft für mich.« Igor Woronin seufzte. »Banditen, ja. Terroristen. Rücksichtslose Schurken. Tschetschenen eben.«

»Erspar mir diese russische Propaganda! Wer sind sie? Warum haben sie sich Norwegen als Ziel erkoren? Was können wir tun? Es muss doch etwas geben … Irgendetwas?«

Er hatte Gunnar Borg niemals flehen gehört. »Wir tun, was wir können! Ich persönlich führe in regelmäßigen Abständen Telefonkonferenzen mit dem norwegischen Staatsrat des Auswärtigen Amtes. Meine Mitarbeiter sind dabei, den Fragenkatalog der norwegischen Regierung und der Polizei zu beantworten. Ganz offiziell. Ich werde sehen, ob ich etwas Inoffizielleres herausfinden kann. Aber ich kann dir nichts versprechen. Ich kann es nur probieren.«

11

Studio 2, 23.40 Uhr

»Was halten Sie von dem tschetschenischen Widerstandskampf?«

Silje Gran hatte sich in ihrer eigenen Furcht vergraben, als Ramzan Jewlojew plötzlich mit einem schmeichlerischen Lächeln und seinem eindringlichen Blick vor ihr stand.

Sie erstarrte. »Die Fortschrittspartei hat zu diesem Thema

noch nicht Stellung bezogen«, stotterte sie. »Aber Sie sollten wissen, dass ich immer eine gewisse Sympathie für die Sache der Tschetschenen empfunden habe! Und für Ihr Volk!«

»Ach, wie politisch korrekt…«

Sie wusste nicht, was sie sagen sollte.

»Was wissen Sie eigentlich über Tschetschenien?«

»Nicht viel.«

»Und trotzdem hegen Sie Sympathie für unsere Sache?«

»Werden Sie uns töten?«, platzte sie heraus.

»Wenn es sein muss.«

»Wir haben Ihnen nichts getan!«

»Wann ist ein Krieg schon gerecht?«

»Sie sind in Norwegen!«

»Weil eine feige Ratte hier Zuflucht gesucht hat.«

Sie sah ihn ohne rechtes Verständnis an.

»Eine Pestratte«, fuhr er fort. »Und ich werde sie finden und ausräuchern!«

12

Büro des Ministerpräsidenten, 23.50 Uhr

»*Mr. President!*«

Die Stimme des Ministerpräsidenten Bjørn-Tore Viksveen klang andächtig. Die anderen im Sitzungsraum verstummten. Viksveen stand auf. Sein Gesicht war rot geworden. Er konnte sich ein Lächeln nicht verkneifen. Sein Handy war so klein, dass es in seiner Hand verschwand.

»Danke, dass Sie sich Zeit für mich nehmen«, sagte der amerikanische Präsident jovial. »Ich weiß, dass Sie viel zu tun haben, und werde mich kurz fassen, Mr. Viksveen.« Es hörte sich wie Wikes-wen an.

»Es ist mir eine Ehre, Mr. President.«

»Darf ich Ihnen hiermit das Mitgefühl und das Entsetzen des amerikanischen Volkes über die Terroraktion ausdrücken, die unsere freundlichen Alliierten, die Norweger, getroffen hat? Gleichzeitig möchte ich Ihnen jede nur erdenkliche Form von Hilfe anbieten. Ich habe meinen Botschafter in Oslo instruiert, einen Bereitschaftsdienst einzurichten, falls die Regierung, die Polizei, der Nachrichtendienst oder das Militär unseren Beistand brauchen sollten.«

»Meine Regierung und ich wissen das sehr zu schätzen, Mr. President.«

»Geiselnahmen sind ein erschütterndes Beispiel für den Fanatismus und die Boshaftigkeit des internationalen Terrorismus.«

»Ich bin voll und ganz Ihrer Meinung.«

»Besonders ernst wird es, wenn dieser blinde Terror ein friedliches Land wie Norwegen trifft, das in so hohem Grad Anteil hat an der internationalen Friedensarbeit und in dem jedes Jahr der Friedensnobelpreis vergeben wird.«

»Danke für Ihre Besonnenheit, Mr. President.«

»Wir im Weißen Haus hoffen, dass das Unglück, das jetzt Norwegen getroffen hat, noch mehr Länder dazu anregen wird, sich dem Krieg gegen den Terror anzuschließen, den die USA und ihre Verbündeten führen. Zögern Sie nicht, wenn es irgendetwas gibt, wobei die USA Norwegen helfen kann.«

»Vielen, vielen Dank. Ich werde Ihre Grüße weitergeben, Mr. President.«

»Good luck, Mr. Viksveen, *and God bless you all!*«

»*Thank you so much, Mr. President!*«

Als Viksveen aufgelegt hatte, blieb er einen Augenblick lang mit glänzenden Augen stehen.

»Der Präsident der USA«, sagte er in den Raum hinein. »Er hat uns seine Hilfe angeboten.«

»Schickt er einen Jagdbomber?«, scherzte der Justizminister.
Niemand lachte.

13
Studio 2, 23.58 Uhr

Jussup blickte von Ramzan Jewlojew, der sich mit Anette Wiik unterhielt, zu dem Terroristen, der die Studiotür bewachte. Zwei Stunden waren seit Beginn der Terroraktion vergangen. Die erste Spannung ließ nach. Die Terroristen begannen, sich zu beruhigen. Jussup kannte die psychologischen Mechanismen aus der Zeit, in der er noch selbst Aktivist war. Ein günstiger Zeitpunkt, um zuzuschlagen.

Er nickte Sjapti zu.

Jussup schlenderte von der Tribüne nach unten. Sjapti fingierte einen Hustenanfall. Jussup suchte den Blick des Terroristen an der Studiotür und lächelte, als wären sie alte Bekannte. Die Hände und Arme gut sichtbar neben seinem Körper, trat er auf den Geiselnehmer zu. Gleichzeitig ging Sjapti hustend durch die Bankreihen nach unten und setzte sich an den äußersten rechten Rand der ersten Reihe, nur wenige Meter von Jussup und dem Terroristen entfernt.

»Hallo, Kamerad«, sagte Jussup auf Tschetschenisch. Der Terrorist hob die Waffe und zielte auf ihn.

»Erkennst du mich nicht? Oder hast du einen Bruder? Ich habe bei Urus-Martan mit jemandem, der aussah wie du, in einer Einheit der Freischärler gekämpft! 1999! Urus-Martan?«

Der Terrorist neigte den Kopf.

»1999. Urus-Martan.« Er drehte sich um und winkte seinem Kameraden zu. »Sjapti, war das nicht im Oktober 1999, als wir die Russen angegriffen haben?«

Sjapti stand auf und näherte sich, während er erneut zu husten versuchte.

Der Terrorist trat einen Schritt zurück. »Bleibt genau da, wo ihr seid!« Er zielte mit der Pistole von einem zum anderen. »Ramzan!«

Jussup und Sjapti wichen mit erhobenen Händen zurück. »Immer mit der Ruhe«, sagte Jussup. »Ich wollte nur reden. Wir sind Landsleute, ich dachte, ich würde dich kennen!«

Ramzan presste die Mündung der Waffe in Jussups Nacken.

»Ich wollte nur reden«, winselte Jussup. »Ich dachte, ich würde ihn kennen!«

Roza kam angelaufen und richtete ihre Waffe auf Sjapti.

»Warum?«, fragte Sjapti. »Wir kämpfen doch für die gleiche Sache! Für Tschetschenien!«

Ramzan senkte seine Stimme. »Ich spucke auf feige Ratten, die fliehen wollen. Und ich werde nicht eine Sekunde zögern, euch an Ort und Stelle zu erschießen!«

Der Adler und ich wuchsen als beste Kameraden zwischen hohen Bergen und glänzenden Flüssen auf, die glucksend durch die Landschaft unserer Kindheit strömten. Wir waren arm. Aber die Natur, die uns umgab, war reich. Schön wie auf einer Ansichtskarte. Unser Alltag war unsere Wirklichkeit.

Meistens waren wir bei mir zu Hause. Es gefiel mir nicht beim Adler daheim. Da war etwas mit seiner Mutter und seinem Vater…

Damals gehörte Tschetschenien zur Sowjetunion, doch unsere Herzen schlugen nie für unseren mächtigen Nachbarn im Norden. Wer einen Fernseher hatte, lud die ganze Nachbarschaft ein, um die Fußball- oder Eishockeyspiele der russischen Nationalmannschaft zu verfolgen. Wir hielten immer zu den Gegnern, und wenn die Russen verloren, jubelten wir.

Abends im Schein der Flammen der Feuerstelle erzählte Papa von der Zeit, in der Tschetschenien eine freie Nation war. Wir sind ein winziges Land mit nur einer Million Einwohner. Aber wir sind ein stolzes, gottesfürchtiges Volk. Seit Jahrhunderten schon opfern meine Ahnen ihr Leben, um dieses Land vor den Russen zu schützen.

Vor mehr als zweihundert Jahren kam der russische Zar auf die Idee, dass dieses Land ihm gehörte. Wir widersetzten uns. Seine Soldaten brannten unsere Wälder nieder, vernichteten die Ernte, vergifteten das Wasser und töteten unsere Frauen und Kinder. Weil wir uns weigerten, unser eigenes Land herzugeben! 1785 strömten verzweifelte, wütende Männer zu Scheich Mansur. In seinem Zorn erklärte er den Ungläubigen, den Eindringlingen, den Russen den Heiligen

Krieg. Er war der Erste, der unseren Widerstand organisierte. Dann kam Sjamil, unser Held. Fünfundzwanzig Jahre lang, von 1834 bis 1859, hielt Sjamils Heer gegen das russische Imperium stand. Unser goldenes Zeitalter. Wir hatten unseren eigenen Staat in den Bergen, in dem wir im Einklang mit dem Islam und unseren eigenen alten Bräuchen lebten.

Europa las über Sjamils Heldentaten. In den Zeitungen wurde seinem Freiheitskampf gehuldigt. Aber Sjamil missverstand die freien Länder im Westen. Er glaubte ihnen, vertraute ihnen. Doch als er sie inständig um Hilfe bat, geschah nichts.

Und auch noch heute flehen wir die Welt um Hilfe an. UN, EU, USA… Doch niemand hört uns zu. Wir stehen allein da. Niemand kümmert sich. Niemand wagt es, Russland herauszufordern.

Niemand außer uns.

Den Wolfsmenschen.

23.59 Uhr – 00.10 Uhr

1

Kommandozentrale der Polizei, 23.59 Uhr

Mitternacht. Die Blaulichter blinkten wie ein Feuerwerk auf der Glasfassade des Nachbargebäudes.

»Hauptkommissar?«

Verhandlungsleiter Thomas Fjell sah Ramzan Jewlojew im gleichen Augenblick auf dem Fernsehbildschirm erscheinen, als er seine Stimme im Kopfhörer vernahm. Ich muss besser aufpassen, dachte er und richtete sich im Stuhl auf. *22.39 Uhr*, notierte er auf dem Block vor sich. *Geiselnehmer nimmt Kontakt auf.*

»Schlafen Sie, Herr Hauptkommissar?«

»Aber nein!«, antwortete er ein wenig zu munter und schaltete die Lautsprecher und das Tonband ein. Die anderen Anwesenden in der Kommandozentrale scharten sich um ihn.

»Hauptkommissar«, wiederholte Ramzan. »Gibt es keinen höheren Dienstgrad, den sie schicken konnten?«

Ungewöhnlich. Geiselnehmer stellten normalerweise selten die Autorität des Vermittlers infrage, indem sie seinen Rang bekrittelten, schon gar nicht im ersten Satz. *Gerissener Fuchs*, notierte er.

»Sie antworten nicht, Hauptkommissar? Gab es außer Ihnen niemanden?«

Bei einer Geiselnahme war es wichtig, dass sich der Vermittler in der Hierarchie nicht über den Geiselnehmer stellte, er durfte nicht derjenige sein, der bestimmte, wo es langging.

»Betrachten Sie mich nicht als Ihren Gegner«, sagte Fjell vorsichtig. »Nicht ich bin derjenige, der über ein Ja oder Nein zu Ihren Forderungen entscheidet. Ich bin da, um Ihre Forderungen und Meinung nach oben im System weiterzuvermitteln.«

»Unsinn!«

Ein scharfer Hund, dachte Fjell, der einem direkt an die Gurgel geht. »Aber zuerst einmal: Ist im Studio alles in Ordnung?«

Ramzans raues Lachen entmutigte Fjell. Er hatte einen Gegner vor sich, der nicht leicht zu durchschauen war. Er konnte nicht in ihn hineinsehen, ihn nicht lesen, interpretieren, die Signale deuten. So war es oft am Anfang.

»Wir haben eine Leiche und vierzehn Geiseln, die sich vor Angst fast in die Hose machen«, sagte Ramzan. »Nichts ist in Ordnung.«

»Brauchen Sie etwas? Wasser. Etwas zu essen?«

»Hauptkommissar, ist das hier nicht vielleicht eine Nummer zu groß für Sie?«

Provoziert mich, notierte Fjell.

»Sie haben noch nicht oft mit Terroristen verhandelt, was?«

Bezeichnet sich selbst als Terrorist, schrieb er. *Interessant.* Fjell suchte nach einer Antwort, die nichts von seiner Unsicherheit preisgab. Ihm fiel nichts ein. »Nein«, antwortete er ehrlich.

»Lassen Sie mich raten. Sie werden gerufen, wenn ein Gefangener einen Zellengenossen als Geisel nimmt. Oder wenn ein Drogenabhängiger in einer Apotheke Amok läuft. Oder wenn ein Besoffener seine Frau mit einem Messer bedroht. Habe ich Recht?«

Fjell fröstelte. Woher wusste er das?

»Ja, ich habe ein paar solcher Fälle gehabt«, räumte er ein.

1989 hatte er seine schwierigste Verhandlung in einem Geiselfall erlebt. Ein Bankräuber war von der Polizei überrascht worden und hatte vier Geiseln genommen. Er verlangte zehn Millionen Kronen, freies Geleit und Verzicht auf Anklage. Jede Forderung war für sich genommen unakzeptabel gewesen. Es hatte ihn mehr als acht Stunden Verhandlungen gekostet, in denen es im Grunde genommen um nichts ging. Fjell wusste das, und der Bankräuber wusste es ebenfalls. Als er einen Schuss abfeuerte, befürchteten alle das Schlimmste. Aber er hatte sich selbst erschossen.

»Hauptkommissar?«

»Ich bin hier.«

»Waren Sie der Beste, den man auftreiben konnte? Sind Sie der Liebling? Oder waren Sie zufällig bei der Arbeit und damit erreichbar?«

»Ich habe mich freiwillig gemeldet.«

»Aha. Der selbstlose Polizist, der so gerne ein Held wäre und den unmöglichen Fall lösen will.«

Fjell schluckte. War der Kerl ein verdammter Gedankenleser? *Psychisch manipulativ*, notierte er so energisch, dass das Blatt verrutschte.

»Aber haben Sie sich diesmal nicht eine etwas zu große Aufgabe vorgenommen, Hauptkommissar? Ein Geiseldrama, das live im Fernsehen übertragen wird. Übernehmen Sie sich da nicht?«

»Ich sehe das ein wenig anders«, antwortete Fjell. Aber der Teufel hatte es bereits geschafft, ihn zu verunsichern. Für wen hielt er sich eigentlich, dass er glaubte, so eine gewaltige Aufgabe meistern zu können? Wieso sollte ausgerechnet er diesen festgefahrenen Konflikt lösen? Würde er verantwortlich gemacht werden, wenn die Geiseln starben? Sollte nicht besser jemand mit mehr Know-how und Erfahrung als er diese ernste und schwierige Geiselsituation übernehmen? Ramzan Jewlojew war der anspruchsvollste Gegner, mit dem er jemals verhandelt hatte.

»Sie glauben also, dass Sie es schaffen, mich zur Vernunft zu bringen?«, sagte Ramzan.

Die Verhandlung war ein intellektuelles und psychologisches Rededuell. Als Unterhändler musste Fjell versuchen, die Sympathie und den Respekt seines Gegenübers zu gewinnen. Er musste Vertrauen ausstrahlen. Obwohl er damit gefährlich emotionales Terrain betrat. Es passierte schnell, dass man Sympathien für den Geiselnehmer entwickelte. Es kam immer wieder vor, dass Vermittler und Geiselnehmer das Gefühl hatten, eine Schicksalsgemeinschaft zu bilden.

»Für mich geht es hierbei nicht um …«

»Sie glauben, meine Soldaten und ich legen die Waffen weg und kommen mit erhobenen Händen aus dem Studio spaziert, weil Sie so ein ungeheuer tüchtiger Vermittler sind.«

Soldaten. Fjell notierte das auf dem Block. *Wichtig*. Er unterstrich die Worte dreimal. Sie sahen sich selbst als Soldaten. Eine wichtige Information, um sie zu verstehen.

»Ich glaube gar nichts, Ramzan.«

»Aber Sie wünschen sich etwas! Sie wollen Menschenleben retten. Sie träumen von Anerkennung. Ist das nicht der Grund, weshalb Sie sich freiwillig gemeldet haben? Weil Sie Anerkennung wollen?«

»Ich habe mich gemeldet, weil ich hoffe, damit einen Beitrag leisten zu können.«

»Weil Sie wissen, dass derjenige, der dieses Geiseldrama beendet, ein Volksheld sein wird. Aber vergessen Sie nicht, dass derjenige, der scheitert, ein Verlierer ist, ein Sündenbock, ein Volksfeind.«

Querulant, schrieb Fjell. Dann fügte er noch hinzu: *Manipulativ!!!*, und unterstrich es dick.

»Wir sehen das anders«, antwortete er steif.

Ramzan lachte wieder. »Ich höre es Ihnen doch an. Genau das

ist es, wovon Sie träumen: uns zur Vernunft zu bringen und dazu, die Hoffnungslosigkeit der Situation einzusehen, damit wir die Geiseln freilassen und uns mit erhobenen Händen ergeben. Dann können Sie die Lorbeeren für das abgewendete Drama ernten. Sie wollen auf die Titelseite. In die Fernsehnachrichten. Habe ich Recht oder nicht, Herr Hauptkommissar?«

Fjell legte den Kopf in den Nacken und sah an die Decke. Natürlich hatte der Teufel Recht.

»Hauptkommissar?«

»Sie haben in dem Punkt Recht, dass ich mir wünsche, den Konflikt zu lösen.«

»Sie wollen der Held sein, der den Fall gelöst hat.«

Mit so einem Gegner hatte er es noch nie zu tun gehabt. Einem, der seine fachliche Eitelkeit attackierte, der seine Autorität infrage stellte, der seine Integrität und Motive hinterfragte.

»Wir müssen gemeinsam nach einer Lösung suchen«, sagte Fjell.

»Sie und ich?«

»Sie und ich.«

»Hauptkommissar, was um alles in der Welt verleitet Sie zu der Annahme, dass wir zwei ebenbürtige Gesprächspartner sind?«

2

Studio 2, 00.05 Uhr

Sie reden miteinander, dachte Kristin Bye, immerhin etwas.

Ramzan Jewlojew stand mit dem Rücken zu ihnen an der Gegensprechanlage. Worüber konnten sie eigentlich verhandeln? Die Forderungen waren utopisch. Die norwegische Regierung würde derart absurde Bedingungen nicht akzeptieren und noch viel weniger die Russen oder Tschetschenen.

Sie dachte an den Tag, an dem das Ganze seinen Anfang genommen hatte. Es war ein Freitag gewesen, wenige Wochen nach der Tragödie von Beslan. Sie war von einem tschetschenischen Asylbewerber kontaktiert worden, der über die Grausamkeiten in seinem Land berichten wollte. Kein typisches Thema für ABC, doch Ruslan Wlasow war höflich, aber hartnäckig gewesen, und am Ende hatte sie ihn zu einem Treffen eingeladen. Er behauptete, Anführer einer Untergruppierung des Volksheeres gewesen zu sein, die er als »Freiheitskämpfer« bezeichnete, bei denen es sich aber zweifelsohne um Guerillas handelte. Anfangs war sie sehr skeptisch gewesen. Sie vermutete, dass er sie ausnutzen wollte, um ins Fernsehen zu kommen und seinen Asylantrag bewilligt zu bekommen. Aber nachdem sie ihn etwas genauer kennen gelernt hatte, schwand ihre Skepsis. Außerdem weigerte er sich, im Fernsehen aufzutreten. Aus Rücksicht auf seine Sicherheit, sagte er.

Es gelang ihr – unglaublich, aber wahr – die Programmchefin davon zu überzeugen, sie eine Dokumentation über Tschetschenien machen zu lassen. Da war die russische Botschaft in Norwegen eine härtere Nuss gewesen. Trotz einer Flut von Briefen, Faxen, Mails und Telefonaten – und am Ende sogar der Unterstützung vom Außenministerium – hatte ihr die Botschaft ein Visum verweigert. Die Begründung war schwammig und führte sicherheitstechnische und politische Argumente an. Ihre Verärgerung über die verwehrte Einreise war einer der Gründe, weshalb Kristin unbedingt Tschetschenien als Thema für *ABC-Forum* hatte haben wollen.

Es hatte sie nicht wirklich überrascht, dass die russische Botschaft es ablehnte, an der Sendung teilzunehmen.

3

Kommandozentrale der Polizei, 00.07 Uhr

Der Leiter des Sondereinsatzkommandos, Bjørnar Lehmann, und der Chef vor Ort, Aksel Schjelderup, saßen mit dem Hausmeister zusammen über den technischen Plänen des Sendegebäudes. Raum für Raum gingen sie den an Studio 2 angrenzenden Bereich durch. Vorläufig sah Lehmann nur zwei Zugriffsmöglichkeiten: die Studiotür und einen engen Lüftungskanal.

»Und was ist das hier?«, fragte er und zeigte auf einen Raum hinter der nordwestlichen Ecke von Studio 2, der wie ein Schacht aussah.

»Der Sicherungsraum«, erklärte der Hausmeister. »Ein kleines Kabuff mit Verteilerstativen für Kabel, Leitungen, Relais, Sicherungen und Schaltern.«

»Wie kommt man da rein?«, fragte Schjelderup.

»Möglichst gar nicht.« Der Hausmeister lachte. »Der einzige Zugang ist eine Kriechtür in der Ecke des Studios, hinter der Pferdedecke.«

»Pferdedecke?«

»Ja, so eine Art Vorhang zwischen der Wand und den Studiokulissen.«

»Und wenn Sie oder ein Elektriker dort hineinmüssen?«

»Dann schieben wir uns seitwärts hinter dem Vorhang entlang. Zwischen dem Vorhang und der Wand sind knapp dreißig Zentimeter Platz. Am Ende muss man runter auf die Knie und durch die niedrige Luke kriechen, die ist so an die fünfzig Zentimeter hoch, da kann man nur hoffen, dass man seit dem letzten Mal nicht zu viel zugelegt hat.«

Lehmann tippte mit dem Finger auf den Umriss des Sicherungsraumes. »Wie sind die Kabel verlegt?«

»In Röhren und Kabelkanälen. Die Kabelkanäle verlaufen unter dem Boden der Studios bis zur Trafostation im Keller.«

»Und wenn neue Kabel verlegt werden müssen?«

»Ein Heidenaufwand. Bei den einfacheren Eingriffen ziehen wir die Kabel einfach von einem Ende zum anderen durch. Bei größeren Aufträgen müssen die Elektriker durch die Kabelkanäle kriechen. Das ist eng und staubig. Ganz grausig. Das reinste Paradies für Ratten und Spinnen.«

»Gibt es einen Zugang aus dem Kabelkanal in den Sicherungsraum?«, fragte Schjelderup.

»Gewissermaßen, ja. Durch ein Stahlgitter im Boden.«

»Ein Gitter!«, platzte Lehmann heraus. »Theoretisch könnten wir also Polizisten durch den Kabelkanal in den Sicherungsraum schicken, von wo sie durch die Kriechtür hinter der Pferdedecke in Studio 2 gelangen?« Lehmann und Schjelderup wechselten Blicke.

Der Hausmeister sah sie skeptisch an.

»Wäre das möglich?«, fragte Schjelderup.

»Alles ist möglich«, sagte der Hausmeister. »Aber das ist ein Heidenaufwand! Grässlich eng. Und lebensgefährlich! Wir müssen den Strom abstellen, bevor jemand in den Kabelkanal kann.«

Lehmann seufzte. »Aber dann geht auch das Licht im Studio aus?«

»Nein. Das Studio wird über zwei unabhängige Stromkreise versorgt. Die Anlage ist so konstruiert, dass nach einer bestimmten Anzahl Stunden automatisch zwischen den Stromkreisen gewechselt wird, um Überbelastung und Überhitzungsbrände zu vermeiden. Fliegt in einem der Stromkreise beispielsweise eine Sicherung raus, springt die Anlage automatisch auf den anderen um. Man kann die Automatik aber auch manuell von der Trafostation unten in der Hauptanlage steuern.«

»Und dann könnten wir sicher durch den Kabelkanal kriechen?«, fragte Lehmann.

»Wenn Sie schlank genug sind.«

4
Eilmeldung, NTB, 00.09 Uhr

Eilmeldung
Geiseldrama –

MOSKAU (NTB). In einer kurzen Stellungnahme des russischen Präsidenten Wladimir Putin heißt es, der Präsident sei erschüttert und bedaure außerordentlich, dass Norwegen in den russisch-tschetschenischen Konflikt hineingezogen wurde. »Die Geiselnahme zeigt wieder einmal, für welche Terrorgewalt die radikalen tschetschenischen Separatisten stehen«, schreibt Putin in einer Erklärung, die vor wenigen Minuten über das russische Fernsehen ausgestrahlt wurde.

---- shb – pk – sk
00.09   400 Zeichen

5
Büro des Ministerpräsidenten, 00.10 Uhr

Die Pressekonferenz des Ministerpräsidenten begann mit zehn Minuten Verspätung und entwickelte sich zu genau dem Spektakel, das Bjørn-Tore Viksveen befürchtet hatte.

Als er die Tür zu dem ovalen Sitzungszimmer öffnete, in dem

die Medien warteten, wurde er vom grellen Licht der Fernsehscheinwerfer und dem Stakkato von mindestens fünfzig klickenden Kameras empfangen. Die ersten Fragen wurden ihm bereits entgegengeschleudert, als er die wenigen Schritte von der Tür zu dem Tisch mit den Mikrofonen ging. Die Stimmung im Raum war aufgeheizt, hektisch, aggressiv.

Er nahm Platz und räusperte sich. Bevor er seine einleitenden Worte ausgesprochen hatte – »Wie Sie wissen, wurde Norwegen heute Abend von einem erschütternden Anschlag gegen unsere Demokratie getroffen« –, waren bereits vier, fünf neue Fragen gerufen worden. Staatssekretär Erichsen sprang helfend ein, um die Versammlung einigermaßen zu beruhigen.

Die Hände vor sich auf dem Tisch gefaltet, äußerte er sich zu der Situation und der politischen Einschätzung. Mitten in seinem Referat schoss ihm heißkalt durch den Kopf, dass seine Zuhörer ja längst wussten, was er ihnen zu sagen hatte, dass er nur bereits Bekanntes übermittelte. Trotzdem machten sich die Journalisten eifrig Notizen.

»Die norwegische Regierung distanziert sich aufs Nachdrücklichste von dieser Form gewalttätiger Aktionen«, sagte er. Die Worte, die auf dem Papier so zuversichtlich wirkten, klangen ausgesprochen hohl und redundant. Er schaute von seinen Notizen auf. »Ich bin erschüttert und schockiert über das, was geschehen ist.« Seine Stimme zitterte. Erstaunt merkte er, dass seine Augen feucht wurden. »Eine Gruppe unschuldiger Menschen – unter anderem mein Kollege Bernt Bøe – wird für einen blutigen Kampf missbraucht, mit dem Norwegen nicht einmal peripher etwas zu tun hat!«

Er blickte in die Runde. Die Journalisten saßen mit ausdruckslosen, starrenden Gesichtern vor ihm.

»Noch irgendwelche Fragen?«, sagte er.

Die hatten sie.

Bezeichnet mich gern als störrisch und widerspenstig. Für mich ist es eine Frage des Stolzes! Ich trage die Sehnsucht meines Volkes in mir.

Tschetscheniens Geschichte wurde schon immer als verzerrtes Spiegelbild dessen wahrgenommen, was unserem mächtigen Nachbarn widerfahren ist. Als 1917 in Russland die Revolution ausbrach, erklärten wir unsere Selbstständigkeit. In dem darauf folgenden Bürgerkrieg mussten wir uns für eine Seite entscheiden. Wir entschieden uns für Rot. Lenin hatte den unterdrückten Nationen Freiheit versprochen. Alles Lügen… Stattdessen wurden wir eine autonome Sowjetrepublik. Tschetschenische Bauern wurden zur Kollektivlandwirtschaft gezwungen, die Moscheen wurden geschlossen, wer von Freiheit träumte, wurde verfolgt.

Im Zweiten Weltkrieg kämpften wir für unsere Freiheit gegen Hitler und Stalin. 1944 deportierte Stalin beinahe die gesamte tschetschenische Bevölkerung, entriss uns dem Land unserer Väter. Wie Tiere wurden wir bei Nacht und Nebel in Güterzüge gesteckt und nach Sibirien und Kasachstan zwangsumgesiedelt. 387 229 Menschen laut offiziellen sowjetischen Registern. Viel mehr waren wir nicht zu der Zeit.

Es war der reinste Völkermord. Über einhunderttausend Tschetschenen bezahlten die eiskalten Winter, Typhus, Hunger und Erniedrigungen mit ihrem Leben.

Bis 1957 existierte mein Volk nicht. Erst etliche Jahre nach Stalins Tod durften wir in unsere Heimat zurückkehren. Meine Großeltern gehörten zu denen, die lebend nach Hause zurückkamen. Aber was war davon noch übrig? Die Russen waren in ihre Häuser eingezogen, hatten ihre Arbeit übernommen, das Öl gestohlen. All das mussten wir hinnehmen.

Der Hass wuchs. Der Hass und die Sehnsucht nach Freiheit.

00.15 Uhr – 00.35 Uhr

1

Im Kabelkanal 00.15 Uhr

Polizeiobermeister Vidar Mørch vom Delta-Einsatzkommando lag auf dem Rücken im Kabelkanal unter dem Boden des Studios und wand und schob sich in Richtung des Sicherungsraumes von Studio 2. Er war schweißgebadet. Es war so eng, dass seine Nasenspitze an der Mauer und den daraus herausragenden Beschlägen entlangkratzte. Er schob sich nach hinten, ohne sehen zu können, was ihn erwartete.

Der Auftrag lautete zu untersuchen, ob der Weg durch den Kabelkanal und über den Sicherungsraum für einen Überraschungsangriff genutzt werden konnte. Wie gewöhnlich bei komplizierten und gefährlichen Erkundungsaufträgen hatte es Lehmann vorgezogen, nur einen Mann zu entsenden. Nicht nur deshalb, weil er nicht weitere Leben riskieren wollte, sondern auch weil Polizisten seiner Erfahrung nach bei dieser Art von Aufträgen am besten alleine arbeiteten.

»T1 an T3«, summte Lehmanns Stimme in seinem Ohrhörer. »Wie ist die Lage?«

»Lage: eng! Verflucht eng!« Das kleine Mikrofon war an seinen Hals geklebt worden.

Auf seinem Bauch lag eine Taschenlampe, weil nicht genug Platz für eine Stirnlampe war. Er schloss den Mund, als er unter einer Spinne hindurchkroch, die entweder unbegreiflich groß war oder ihm deshalb so riesig erschien, weil sie so nah war. Wovon leben die hier unten?, fragte er sich.

Die Luft war warm und roch nach Bauplatz, Zement und verbranntem Isoliergummi.

Normalerweise hätte er es vorgezogen, auf dem Bauch nach vorne zu robben. Doch dann würde er Schwierigkeiten bekommen, den Stahlrost anzuheben, wenn er am Ziel war. Und es war viel zu eng, um sich umzudrehen.

Irgendwo hinter sich hörte er etwas rascheln.

Mäuse? Ratten?

Er stellte sich ein Nest voller dicker, fetter Ratten mit nackten Schwänzen und blinzelnden Augen vor. Normalerweise fürchtete er sich nicht vor Ratten. Aber so eng, wie es hier war, hatte er keine Chance, wenn sie angriffen.

Er schob sich weiter die letzten Meter zum Sicherungsraum vor.

2

Studio 2, 00.19 Uhr

Ramzan Jewlojew klatschte hart in die Hände: »Alle mal herhören!« Er sah sich um. »Da das Schicksal es so will, dass wir eine gewisse Zeit zusammen verbringen, möchten wir gerne so viel wie möglich über Sie wissen. Deshalb wird Roza die Runde machen und alles einsammeln, was Sie so bei sich haben: Taschen, Portemonnaies, Ausweise und ähnliches. Wer etwas zurückhält, stirbt! Ich persönlich werde jeden erschießen, der etwas vor uns verstecken will. Verstanden?«

Er sah von einem zum anderen. Niemand wagte es, etwas zu sagen, sich zu bewegen oder auch nur seinem Blick zu begegnen. Er nickte Roza zu. »Gut, dann macht Roza jetzt die Runde.«

3
Sicherungsraum, 00.20 Uhr

»T3 an T1?«

»T1 hört.«

»Ich bin jetzt unter dem Stahlgitter.«

»Verstanden, T3. Kannst du es entfernen?«

Mit all seiner Kraft gelang es Vidar Mørch, das Gitter ein paar Zentimeter anzuheben. Vorsichtig und so lautlos wie nur möglich schob er es in den Sicherungsraum. »T1, das Gitter ist entfernt.«

Er fühlte sich wie ein Schlangenmensch, als er sich aus dem Kabelkanal in den dunklen, engen Raum wand. Dann knipste er seine Maglite an.

»T1, ich bin drin! Aber so eng und unangenehm wie es hier ist, glaube ich kaum, dass wir von hier aus einen Sturmangriff starten können.«

»Wie viele Männer haben da Platz?«

»Maximal vier oder fünf.«

»Empfangen.«

Er leuchtete mit seiner Taschenlampe herum, sah aber nur Leitungen, Relais, Stromzähler, Sicherungen, Dimmer, Kontakte und Schalter und hörte das niederfrequente Brummen der Hochspannung. Auf dem Boden lagen Kabelstummel, Isolierreste und ein Schraubenzieher.

Er hockte sich hin.

»T3 an T1 – bereit, die Kriechtür zu Studio 2 zu öffnen.«

»Sei vorsichtig. Viel Glück! Funkstille auf Kanal acht.«

4
OpStab, Polizeipräsidium, 00.22 Uhr

Der Vizepräsident und Kriminalchef der Osloer Polizei, der in Abwesenheit der Polizeipräsidentin, die zum Krisenstab der Regierung gehörte, den Operationsstab leitete, blätterte geistesabwesend durch die Papiere, die gerade auf seinen Schreibtisch gelegt worden waren. Er drehte sich zum Chef des PST um, der ihm gegenübersaß.

»Hast du dir das angesehen?«

»Die Profile?« Der PST-Chef nickte.

Der Vize-Polizeipräsident klopfte mit dem Kugelschreiber auf die Schreibtischplatte. »Ist dir das Gleiche aufgefallen wie mir?«

»Abgesehen davon, dass die Informationen mehr als dürftig sind?« Er grinste. »Nun, da wäre die Tatsache, dass alle im Laufe ein und derselben Woche vor Ostern in Norwegen angekommen sind und einen Antrag auf Asyl gestellt haben und sich all ihre Geschichten so anhören, als stammten sie aus der Feder ein und desselben Schreibers. Und schließlich, dass die Botschaft nicht eine einzige der angegebenen Identitäten bestätigen kann.«

»Etwa in der Richtung, ja.«

»Es sind aber ohne Zweifel Tschetschenen. Der Dolmetscher vor Ort kann gemäß Schjelderup sogar einige der Dialekte zuordnen.«

»Warum geben sie falsche Identitäten an?«

»Und konstruierte Geschichten? Um Aufnahme bei den norwegischen Asylbehörden zu bekommen?«

»Klingt für mich nach einer Kampftruppe.«

»Eine organisierte tschetschenische Aktion.«

Der Vize-Polizeipräsident winkte einen Assistenten zu sich und bat ihn, die Papiere Fjell und Schjelderup in der Sendeanstalt zu faxen.

5
00.25 Uhr

Das Dunkel in meiner Seele. Die Untaten. Das Blut, das ich vergossen habe.

Er saß zusammengesunken da wie eine Seeanemone, die sich zum Schutz vor Strudeln und Wellen geschlossen hatte, presste sich die Hände auf die Ohren und hielt die Augen geschlossen.

Er hatte keine Ahnung, wie viel Uhr es war. Die Zeit war für ihn bedeutungslos geworden.

Manchmal schreckte er nachts im Asylantenheim aus Träumen auf, die so real waren, dass sein Herz noch Minuten danach wie wild hämmerte. Der Blick eines von ihm Getöteten … Das Flehen eines Feindes, der realisiert hatte, dass sein Ende gekommen war … Die Körper, die er am Boden liegend zurückließ … So viele Bilder aus einem anderen Sein, einem anderen Leben. *Das Dunkel in meiner Seele …*

Bereute er?

Er knetete seine Hände. Ein Stöhnen kam über seine Lippen.

Er *wollte* nicht bereuen. Er wollte zu dem stehen, was er getan hatte. Er konnte es erklären. In Tschetschenien war alles anders gewesen. Doch jetzt, in Norwegen, wusste er, dass die Wirklichkeit, wie immer sie denn auch aussah, nicht so einfach war, wie er geglaubt hatte.

6
Sicherungsraum, 00.25 Uhr

Die Kriechtür war kaum mehr als fünfzig Zentimeter hoch. Der eiserne Handgriff an der winzigen Tür sah so fehlplatziert aus, dass man meinen könnte, ein Hobbit wohnte dahinter.

Polizeiobermeister Vidar Mørch legte seine Finger um den Griff. Seine Handfläche war schweißnass.

Vorsichtig drückte er den Griff nach unten. Er ließ sich nur schwer bewegen. Es war sicher lange niemand mehr im Sicherungsraum gewesen. Vidar Mørch hatte die Taschenlampe an die kahle Betonwand gelehnt, die dadurch einen gespenstischen Grauschimmer bekam.

Der Schließmechanismus quietschte.

Er hielt den Atem an.

So vorsichtig wie nur möglich presste er den Handgriff Millimeter für Millimeter nach unten. Als sich der Griff nicht weiter herabdrücken ließ, schob Vidar Mørch die Tür auf.

Die plötzliche Helligkeit stach ihm in die Augen. Er lauschte. Die quietschende Tür ließ sich nicht vollständig öffnen, wollte man nicht an den Vorhang stoßen, der als Kulisse diente. Wenn sich da etwas bewegte, würden das alle im Studio bemerken. War es trotzdem möglich für die Sondereinheit des Kommandos Delta, durch die Tür zu kriechen und sich zwischen Kulisse und Wand aufzustellen, um von dort aus einen Überraschungsangriff auf die Terroristen zu starten?

7
Kommandozentrale der Polizei, 00.26 Uhr

»Der OpStab ist der Meinung, dass die Terroristen einer Kampftruppe angehören und nicht einfach nur Asylanten sind, die sich zufällig zusammengeschlossen haben«, sagte der Einsatzleiter Aksel Schjelderup.

Thomas Fjell nickte. »Es deutet einiges darauf hin, dass diese Einschätzung richtig ist.«

»Alle sind im Laufe der gleichen Woche nach Norwegen gekommen«, fuhr Schjelderup fort, während er das Telefax des OpStabs las. »Sie haben fast identische Geschichten angegeben. Alles wirkt zurechtgelegt.«

»Ein gut geplanter und vorbereiteter tschetschenischer Terroranschlag auf norwegischem Hoheitsgebiet...«

»Aber ist das nicht ziemlich unprofessionell?«

»Tja. Sie sind über verschiedene Wege nach Norwegen gekommen. Vermutlich hatten sie keine Ahnung, dass diese Informationen an einem zentralen Ort gesammelt werden. Sie kennen nur die tschetschenische und die russische Bürokratie. Papiere und Informationen verstauben da erst einmal über Monate, wenn nicht Jahre, bis sie in irgendeinem zentralen Register landen. Auf jeden Fall bedeutet das, dass wir es nicht mit einer spontanen Aktion zu tun haben, sondern mit einem exakt geplanten Terroranschlag.«

»Dieser Gedanke gefällt mir gar nicht.«

»Gibt es etwas Neues über diesen Russen, den ihr festgenommen habt?«

Schjelderup verdrehte die Augen. »Laut OpStab wurden seine Personalien aufgenommen. Da aber nichts gegen ihn vorliegt, haben sie ihn wieder laufen lassen.«

8

Studio 2, 00.26 Uhr

»Ramzan!«

Ein scharfer Ruf. Die Terroristin, Roza, winkte den Anführer energisch zu sich.

Ramzan, der an der Tür stand und sich mit Mowzar unterhielt, lief durch das Studio.

Aufgeregt erklärte ihm Roza etwas, während sie wild gestikulierend auf die Kulisse hinter dem Programmleiterpodium zeigte. Mit militärischen Gesten dirigierte Ramzan zwei der Terroristen an je eine Seite des Vorhangs. Die beiden anderen trieben die Geiseln zu einer Gruppe zusammen, bauten sich neben ihnen auf und richteten ihre Waffen auf sie.

Ramzan schlich hinter die Pferdedecke. Die Kontur seiner Schulter zeichnete sich auf dem Vorhang ab, als er sich der Ecke näherte.

9

Sicherungsraum, 00.27 Uhr

Der leicht berauschende Effekt des Adrenalins machte ihn aufmerksam und hellwach.

Aus der Planzeichnung wusste Vidar Mørch, dass er sich in einer Ecke hinter der Decke auf der Rückseite des Programmleiterpodiums befand. Er füllte seine Lungen mit Luft, presste sich an den Türrahmen und achtete darauf, dass die Klapptür den Vorhang nicht berührte. Dann stemmte er erst die eine, dann die andere Hand auf den Studioboden. Vorsichtig drückte er die Schulterblätter zusammen und schob Kopf und Oberkörper durch die schmale Öffnung. Es konnte klappen! Wenn nur die Tür nicht an den Vorhang stieß...

Er biss die Zähne zusammen, während er sich aus dem Sicherungsraum schlängelte.

»T1 an T3!«

Er erstarrte. Die Stimme im Ohrhörer hallte in seinem Kopf wider. War Lehmann verrückt geworden? Wütend, beinahe panisch, riss er den Ohrhörer heraus und warf ihn in den Sicherungsraum, ehe jemand im Studio die Geräusche wahrnahm. Darüber musste er mit Lehmann später wirklich noch einmal reden! Mitten in einer Operation die Funkstille zu brechen! Wenn sie ihn nun gehört hatten? Er rührte sich nicht. Atmete langsam ein und aus, während er sich zu konzentrieren versuchte. Ich muss zurück, dachte er. Das kann eine Warnung gewesen sein. Lehmann würde die Funkstille nicht brechen, wenn es nicht wichtig war.

»T1 an T3! Bist du da? Im Studio geht etwas vor sich!«, summte es im Ohrhörer, aber das hörte er nicht. »T3! Rückzug! Ich glaube, es kommt jemand! Rückzug!«

10

Kommandozentrale der Polizei, 00.20 Uhr

»Er hört es nicht!«, platzte Bjørnar Lehmann hervor. »T3! Rückzug!«, schrie er ins Mikrofon.

»Antwortet er nicht?«, fragte Aksel Schjelderup.

Lehmann schüttelte den Kopf. »T1 an T3! Ramzan Jewlojew ist auf dem Weg hinter die Kulisse! Rückzug!« Er sah seinen Kollegen verzweifelt an. »Hörst du T3? Rückzug!«

Thomas Fjell wandte sich den anderen Kollegen zu. »Was zum Teufel geht da vor?«

11

Studio 2, 00.31 Uhr

Ramzan Jewlojew schleppte etwas. Was in aller Welt hatte er hinter dem Vorhang gefunden?, fragte sich Kristin. Es kam vor, dass die Techniker hinter dem Vorhang etwas lagerten, doch aus den Bewegungen zu schließen, musste es etwas Großes, Schweres sein.

Als Ramzan endlich wieder zum Vorschein kam, sah sie, dass er einen Mann über den Studioboden zog.

Einen bewusstlosen Polizisten.

Erst kapierte sie gar nichts. Polizei? Hinter der Kulisse? Dann dachte sie: Mein Gott, hat der etwa versucht, durch den Sicherungsraum ins Studio zu kommen?

12

Kommandozentrale der Polizei, 00.32 Uhr

Thomas Fjell starrte ungläubig auf den TV-Monitor. Triumphierend zeigte Ramzan Jewlojew seine Beute.

»Lebt er?«, fragte Fjell.

Niemand antwortete ihm.

»Wer ist das?«

»Vidar Mørch«, sagte Lehmann.

»Aufklärung«, ergänzte Schjelderup.

Fjell wandte sich seinen Kollegen zu. »Im Studio? Wie ist der da hineingekommen?«

»Durch den Kabelkanal«, sagte Lehmann.

»Und den Sicherungsraum«, fügte Schjelderup hinzu.

Fjell sprang so abrupt auf, dass sein Stuhl mit einem Knall zu Boden ging. Es wurde still in der Kommandozentrale.

»Und wann«, fragte Fjell, »hattet ihr gedacht, mich über diese Aufklärung zu unterrichten?«

»Tut mir leid«, sagte Schjelderup.

»Er sollte nur überprüfen, ob das ein möglicher Zugangsweg ist«, ergänzte Lehmann kleinlaut.

»Ich muss über jede taktische Maßnahme unterrichtet werden. Das wisst ihr doch genau! Das alles wirkt sich negativ auf die Verhandlungen aus. Das alles!«

»Natürlich«, sagte Schjelderup.

Fjell schüttelte resigniert den Kopf. »Jetzt habt ihr den Terroristen noch eine Geisel mehr gegeben, die sie in ihre Verhandlungen einbringen können. Und was für eine – einen Polizisten!«

Keiner von ihnen sagte etwas.

»Ganz davon abgesehen, bedeutet das einen Gesichtsverlust. Ramzan weiß jetzt, dass er uns nicht trauen kann.« Fjell stellte seinen Stuhl wieder hin und ließ sich darauf fallen. Er sah zu seinen zwei Kollegen auf. »Solche Geiselnahmeverhandlungen sind etwas verflucht Sensibles. Ein intellektuelles Rededuell, ein psychologischer Balanceakt. Dabei geht es nicht nur um Taktik, Bewaffnung, Überraschungsmoment, Kraft, Schnelligkeit und Stärke.«

»Danke, das reicht«, fiel ihm Lehmann ins Wort. »Wir sind keine Rambos. Wir sind durchaus auch in der Lage zu denken. Aber falls deine Verhandlungen nicht zum Erfolg führen, ist es doch wohl verdammt gut, noch Leute wie uns in petto zu haben, oder?«

Fjell schloss für einen Moment die Augen und nickte. »Entschuldigung«, sagte er. »Du hast natürlich Recht. Ich war nur so entsetzt. Denn jetzt hat Ramzan nicht nur eine Geisel mehr, sondern hunderttausend Bonuspunkte.«

13
Studio 2, 00.35 Uhr

Jussup beugte sich zu Sjapti und flüsterte: »Ich glaube, ich habe noch einen besseren Plan.« Sjapti schnitt eine Grimasse.

»Hör erst mal zu!«, beharrte Jussup.

»Sie hätten uns beinahe erschossen. *Erschossen!*«

»Weil alles zu langsam ging. Sie hatten Zeit, misstrauisch zu werden.«

»Kein Wunder.«

»Sie haben den Polizisten nicht erschossen!«

»Sie wollen ihn als Geisel!«

»Wir müssen schneller handeln! Entschlossener. Damit sie keine Zeit haben zu denken, zu reagieren!«

»Wie stellst du dir das vor?«

»Wenn es uns gelingt, die Wache an der Tür auszuschalten, sind wir schneller draußen, als sie schießen können. Erst müssen wir Verwirrung stiften.«

Sjapti stutzte. »Und dann?«

»Wenn keiner mehr auf uns achtet«, fuhr Jussup fort, »greifen wir die Wache an der Tür an.«

»Er wird schießen. Die anderen rufen.«

»Dann sind wir bereits durch die Tür.«

»Hohes Risiko.«

»Und wie hoch, glaubst du, ist es, wenn wir hier bleiben?«

»Niedriger.«

»Meinst du wirklich?« Jussup hob seine Stimme, riss sich aber zusammen, ehe er fortfuhr. »Diese Terroristen werden sich nicht der Polizei ergeben. Und die norwegische Regierung wird die Forderungen nicht erfüllen. Wie also, glaubst du, wird die Sache enden? Ich werde es dir sagen! Mit einem Blutbad!

In dem Jahr, in dem er dreizehn wurde, hätte der Adler beinahe einen Klassenkameraden erschlagen.

Ich war nicht in der Schule, als es geschah. Ich war in der Stadt, um Papa bei einer Holzlieferung zu helfen.

Anschließend erzählte der Adler mir, dass der andere beim Ballspiel gemogelt hatte. Die anderen hatten eine andere Version. Sie behaupteten, der Adler hätte die Beherrschung verloren, als er erkannte, dass er verlieren würde, und seinen Klassenkameraden beschuldigt zu betrügen. Der Junge hatte heftig protestiert. Der Adler konnte es nicht ertragen, wenn man ihm widersprach. Der kleinste Widerstand machte ihn rasend. Es brauchte nicht viel, damit er die Beherrschung verlor. Er hatte unseren Kameraden mit einer Wildheit überfallen, die sogar die Erwachsenen erschreckt hatte, die herbeigeeilt waren, um die beiden zu trennen.

Zum Glück war ich stärker als der Adler. Deshalb hat er mich niemals angegriffen. Aber ich habe ihm mehr als einmal angesehen, dass er es gern getan hätte.

Wäre der Adler nicht der Liebling des Rektors gewesen, wäre er ohne jeden Zweifel von der Schule geflogen. Aber dazu kam es nicht. Er erhielt nur eine mündliche Verwarnung im Büro des Rektors.

Unser Kamerad musste ins Krankenhaus. Es dauerte drei Wochen, bis er wieder in die Schule kam.

00.40 Uhr – 00.59 Uhr

1

Kommandozentrale der Polizei, 00.40 Uhr

»Unvorsichtig, Hauptkommissar, wirklich sehr unvorsichtig.«

Ramzan Jewlojew schüttelte den Kopf und gab einen tadelnden Schnalzlaut von sich. Seine Stimme hatte den nachsichtigen Unterton eines Menschen, der es genoss, überlegen zu sein.

»Wie geht es ihm?«, fragte Thomas Fjell.

»Es ging ihm schon mal besser. Aber er lebt. Noch.«

»Was wollen Sie damit sagen?«

»Sie wissen, was ich meine.«

»Er ist noch jung.«

»Ich bin auch nicht alt!«

»Er hat zwei kleine Kinder.«

»Hören Sie mein Schluchzen?«

»Ich wollte es Ihnen nur mitteilen.«

»Er hätte einen anderen Beruf wählen sollen, wenn er Angst hat, seine Kinder vaterlos zu machen. Was geht in euren Köpfen vor, einen unbewaffneten Mann ins Studio zu schicken?«

»Aufklärung«, antwortete Fjell ehrlich.

»Nicht sehr gelungen.«

»Ramzan, ich glaube …« Er zögerte, weil er kurz davor stand, den Kompetenzrahmen eines Vermittlers zu überschreiten und persönlich zu werden. »Ich glaube, Sie geben sich cooler, als Sie eigentlich sind.«

Stille.

»Ich glaube, Sie verstellen sich. Um Angst zu verbreiten.«

Stille.

»Habe ich Recht?«

»Wieso sollte ich darauf antworten?«

Gut, dachte Fjell zufrieden. Sowohl Antwort als auch Ton zeigten, dass Fjell etwas angestochen hatte, das Ramzan unangenehm war.

»Er heißt Vidar Mørch«, sagte Fjell. Den Geiseln einen Namen zu geben, eine Persönlichkeit, eine Identität, war wichtiger Bestandteil der Verhandlungspsychologie.

»Ich habe bereits eine Geisel erschossen«, reagierte Ramzan ungewohnt heftig. »Und ich habe keine Skrupel, noch eine zu erschießen.«

»Vidar Mørch«, wiederholte er. »Vater von zwei kleinen Kindern.«

2

Russische Botschaft, 00.40 Uhr

Botschafter Igor Woronin schaltete den Fernseher ab. Die Pressekonferenz der norwegischen Regierung war beendet, und in der letzten Viertelstunde hatten zwei Experten vom norwegischen Institut für Internationale Politik im Studio des NRK gesessen und unter Moderation des sendereigenen Russlandexperten die Situation analysiert. Woronin kannte die beiden Wissenschaftler und den Moderator. Nicht nur von den regelmäßigen Gesprächen über internationale und russische Verhältnisse, zu denen sie bei ihm zu Gast waren, sondern darüber hinaus auch aus den Akten, die der russische Geheimdienst über die eher privaten Bereiche ihres Lebens angelegt hatte.

Er sah sich die Liveübertragung aus Studio 2 nicht an. Die Bilder der völlig verängstigten Geiseln und der tschetschenischen Bastarde machten ihn krank. Davon abgesehen hatte er keine Zeit. Er musste sich auf die nächste Telefonkonferenz mit dem norwegischen Staatssekretär des Auswärtigen Amtes vorbereiten und einen Lagebericht für das MID erstellen.

Woronin war erstaunt, wie unbeholfen Ministerpräsident Viksveen mit den Medien umgegangen war. Statt den Fragen mit deutlichen Antworten Einhalt zu gebieten, hatte er ausweichend geantwortet, unentschlossen und unsicher, als wüsste er nicht genau, was er sagen sollte. Es gehörte zum Grundwissen politischer Psychologie, dass man selbstbewusst und autoritär auftreten musste. Bluffen, wenn es nötig war. Ein unsicherer Politiker ist wie ein feiger Köter zum Scheitern verurteilt, dachte Woronin.

Er warf einen Blick auf die Uhr. Gleich Viertel vor eins.

War es tatsächlich schon eine Stunde her, dass Gunnar ihn angerufen hatte? Es kam nicht oft vor, dass Gunnar jemanden um Hilfe bat. Die FSB-Leute in der Botschaft waren dabei, Informationen über die Terroristen zu sammeln, aber vorläufig hatten sie noch nichts Weltbewegendes gefunden.

Seltsam. Er hätte zumindest einen vorläufigen Bericht oder eine kurze Analyse erwartet. Aber nein. Nichts. Er beugte sich über den Schreibtisch und griff nach dem Kryptofon, über das er seine Gespräche mit dem Ministerium führte. Pjotr Jeremejew hatte die Nachtschicht im MID. Er antwortete knapp, einem Bellen nicht unähnlich. Dann, ehe Woronin etwas sagen konnte, schien er gesehen zu haben, woher der Anruf kam.

»Woronin? Was treibt ihr da drüben eigentlich?«

Für Pjotr Jeremejew waren alle Orte außerhalb von Moskau »da drüben«. Woronin verspürte einen leichten Anflug von Verärgerung über diese Frage. Als ob er oder die Botschaft in irgendeiner Weise für das verantwortlich wären, was diese tschetschenischen Hyänen veranstalteten.

»Pjotr«, begann er. »Diese tschetschenischen Ratten …«

»Herr Botschafter!«, fiel Pjotr ihm ins Wort.

»Was können Sie mir berichten?«

Das Zögern währte nicht länger als eine Sekunde, aber lange genug, um Woronin wissen zu lassen, dass etwas nicht stimmte.

»Aufgrund des außerordentlichen Charakters dieser Angelegenheit«, sagte Pjotr Jeremejew geschraubt, als würde er vom Blatt ablesen, »läuft jedweder Kontakt mit der Botschaft der russischen Föderation in Norwegen, die mit der Angelegenheit und allen damit verbundenen Themen zu tun hat, ausschließlich über Sektion zwölf des Ministeriums.«

»Sektion zwölf?«

»Ich werde Ihr Anliegen sofort an Sektion zwölf weiterleiten.«

Er wird abgehört, dachte Woronin verdutzt. Er weiß, dass jemand mithört, vermutlich dieselben Leute, die ihm vorgeschrieben haben, was er zu sagen hat.

Sektion zwölf …

Ein Klicken in der Leitung, kurze Unterbrechung. Dann eine tiefe, sonore Stimme: »Sektion zwölf.«

Woronin versuchte, die Stimme einzuordnen. Kannte er den Sprecher?

»Igor Woronin hier«, sagte er steif und formell. »Ich bin Botschafter an der Botschaft der russischen Föderation in Norwegen. Mit wem spreche ich, bitte?«

»Woronin!«, rief die Stimme aus, als wären sie alte Kriegskameraden, die sich nach langer Zeit endlich aufgespürt hatten.

»Wer sind Sie?«

»Mir ist zu Ohren gekommen, dass in Oslo eine Situation vorliegt. Gut, dass Sie vor Ort sind. Es dürfte bei Ihnen jetzt bald ein Uhr sein, nicht wahr?«

Das Erste, was Woronin auffiel, war, dass der Fremde seinen Namen nicht preisgeben wollte. Das Zweite war der Ausdruck »eine Situation«, der eigentlich nur von den Leuten des Federalnaia Sluschb Besopasnasti, des russischen Geheimdienstes, kurz: FSB, oder vom Militär benutzt wurde. Zum Dritten schien sein Gesprächspartner offenbar bestens über die »Situation« informiert zu sein.

»Weshalb Sektion zwölf?«

»Eine reine Formalität.«

»Wieso?«

Stille. Er ist es nicht gewohnt, Fragen gestellt zu bekommen, dachte Woronin. Das ist einer, dem die anderen zuhören, der es gewohnt ist, dass andere tun, was er sagt. Gefürchtet.

»Lassen Sie es mich so formulieren: Es wurde beschlossen, Woronin. Sektion zwölf bleibt mit Ihnen und der Botschaft in Kontakt wegen der Situation in Oslo. Haben Sie mich verstanden?«

Gebieterisch. Jede weitere Diskussion unerwünscht. Woronin hatte dieses Gefühl von Ohnmacht seit über zwanzig, ach was, dreißig Jahren nicht mehr gespürt. Damals hieß sein Heimatland noch Sowjetunion.

Er füllte seine Lungen mit Luft. »Natürlich, Herr ...?«

Kurze Pause. Woronin sah vor sich, wie der Fremde lächelte.

»Nennen Sie mich Ismael.«

3
Studio 2, 00.45 Uhr

Schneewittchen! Kristin biss sich auf die Unterlippe. *Wer wird sich um Schneewittchen kümmern?* Sie hatte den Kater am Tag, nachdem sie mit Christoffer Schluss gemacht hatte, gekauft, und das pechschwarze Tier aus Trotz Schneewittchen getauft. Schneewittchen war hundertmal männlicher als Chris und widersprach nie. Nach Chris war sie mit niemandem mehr zusammen gewesen, sie ertrug die Enttäuschungen nicht mehr. Außerdem war sie so berühmt, dass sie sich nie wirklich sicher war, ob es nicht die Prominente Kristin Bye war, der die Männer verfielen. Privat war sie eine andere als die, die auf den Titelseiten und auf dem Bildschirm posierte. Die bekannte Kristin Bye spielte eine Rolle, sei es nun als Moderatorin, als strahlender Premierengast oder als schlagfertige und humorvolle Interviewpartnerin in den schwachsinnigen Umfragen der Wochenblätter und Wochenendbeilagen. Kristin konnte noch nicht einmal genau sagen, ob sie die öffentliche Kristin Bye mochte. Jeden Abend, wenn sie von der Arbeit nach Hause kam und das Licht in der großen, leeren Wohnung in der Bygdøy Allee anmachte, rollte sie sich mit Schneewittchen auf dem Sofa zusammen, der schnurrend seinen Kopf an sie drückte. Die echte Kristin mochte Tee und Rotwein und Paulo Coelho und romantische Komödien, die sie sich auf DVDs auslieh.

Gunnar!, dachte sie. Hoffentlich dachte er daran. Er hatte einen Schlüssel zu ihrer Wohnung und wusste, wo das Katzenfutter stand. Er wäre sogar in der Lage, die Streu zu wechseln. Wenn er nur daran dachte. Wie sie ihn kannte, stand er jetzt draußen vor dem Sendegebäude und wartete auf sie. Oder er war oben bei Astrid Wahl. Manchmal fragte sie sich, ob die beiden wohl mehr als bloß gute Freunde waren. Gunnar und Astrid? Nicht ganz leicht, sich das vorzustellen. Aber sie wusste, dass er früher mal ein echter Charmeur gewesen war. Vor langer Zeit…

Sie hatte Gunnar immer schon bewundert. Als er ihr Anfang der Neunziger zu einer festen Anstellung beim *Dagbladet* verholfen hatte, war er bereits einer der Nestoren der Zeitung. Sie war damals nicht lange geblieben. Nach vier Jahren, unmittelbar bevor Gunnar in Rente ging, hatte sie einen Vertrag beim Sender ABC unterschrieben.

Sie sah sich um. Der bewusstlose Polizist war geknebelt und mit Kabelbindern an eins der Aluminiumrohre gefesselt worden, das zur Konstruktion der Zuschauertribüne gehörte. Der Vertreter der Arbeiterpartei, Frank Berthelsen, hatte sich auf einen Plastikstuhl vor der Studiowand gesetzt. Er war bleich und schwitzte. Besorgt ging sie zu ihm. Berthelsen hatte die Hände gefaltet und stützte sich mit den Ellbogen auf den Oberschenkeln ab. Sein Brustkorb hob und senkte sich hektisch, als hätte er Atemnot. Kristin ging neben ihm in die Hocke. »Wie geht es Ihnen?«

Er sah sie hektisch an, versuchte zu lächeln, aber sein Gesicht verzog sich zu einer Grimasse. O Gott, dachte Kristin, lass ihn jetzt nicht anfangen zu weinen.

Er kniff die Augen zu und biss die Zähne so fest aufeinander, dass die Haut über den Wangenknochen spannte.

»Berthelsen?«

»Es ist die Brust«, flüsterte er. Er sah sie an und nickte, als würde er sich nicht trauen, das Wort »Herz« auszusprechen. »Schreckliche Schmerzen.«

»Hatten Sie vorher schon Probleme mit … Brustprobleme?«

Seine Augen flossen über. Sie nahm seine Hand, um den Puls zu fühlen. Seine Haut war kalt, klamm. Sie legte die Finger auf die Innenseite des Handgelenkes. Der Puls raste. Er atmete in kurzen Schluchzern.

»Ich werde mit ihnen reden«, sagte sie.

»Nein! Warten Sie! Das dürfen Sie nicht. Ich weiß nicht, ob Sie … Bitte, sagen Sie nichts!«

»Sie müssen sich von einem Arzt untersuchen lassen!«

Seine Augen waren vor Angst geweitet. »Nein!«, flüsterte er.

Als ob die Schmerzen erst wirklich würden, wenn er sie ernst nahm und er damit den Tod auf sich aufmerksam machte. Als ob alles von selbst vergehen würde, wenn er nur ganz still dasaß, reglos, und wartete.

»Okay, dann warten wir erst einmal ab«, sagte sie. »Aber ich werde jemanden bitten, sich zu Ihnen zu setzen.«

4

Kommandozentrale der Polizei, 00.45 Uhr

»Hauptkommissar? Ist die Antiterrortruppe an ihrem Platz?«

Ramzan stand mit dem Rücken zur Kamera, aber Fjell konnte förmlich hören, wie er höhnisch grinste.

»Wir haben alles, was wir brauchen, Ramzan«, sagte Fjell. Er musste das Gespräch von allem ablenken, das mit Waffen, Kräfteverhältnissen und der Aussicht auf einen bewaffneten Abschluss zu tun hatte. »Wie geht es Vidar Mørch?«

»Hauptkommissar, welchen Kurs haben Sie besucht?«

»Kurs?«

»Welchen Kurs in Verhandlungspsychologie. Lassen Sie mich raten: an der norwegischen Polizeihochschule?«

Kennt die Bezeichnung Verhandlungspsychologie, notierte Fjell. Seine Eitelkeit hätte ihn um ein Haar dazu verleitet zu sagen: Nein, ich war der Gruppenbeste im Spezialkurs Geiselverhandlungen des FBI in Quantico. Dort hatte er auch gelernt, dass man immer darauf achten musste, seine eigene Rolle und Position kleiner zu machen, als sie war. Fjell lachte leise. »Sie scheinen ja keine besonders gute Meinung von mir zu haben.«

»Das ist wahr.«

Irritiert stellte Fjell fest, dass ihn das beleidigte. Er musste die Emotionen ausschalten. Wie alle Geiselunterhändler wünschte er sich tief in seinem Innern, dass sein Gegenüber ihn mochte und respektierte.

»Wie ist die Lage im Studio?«

»Dumme Frage, Hauptkommissar.«

»Brauchen Sie etwas?« Fjell wusste aus Erfahrung, dass die Chance auf ein glückliches Ende wuchs, je länger die Geiselnahme dauerte. Darum war eines seiner Ziele, jeden Zeitdruck und übereilte Lösungen zu vermeiden. »Braucht irgendwer ärztliche Hilfe?«

»Einen Psychologen, vielleicht.« Ramzan Jewlojew lachte herzlich.

»Werden Medikamente gebraucht? Haben Sie nachgefragt, ob eine Ihrer Geiseln auf Medikamente angewiesen ist?«

»An irgendwas sterben wir alle irgendwann.«

»Sie wünschen sich ja wohl kaum, dass eine Ihrer Geiseln an einem Asthmaanfall stirbt oder …«

»Hauptkommissar!« Das klang wie ein Peitschenhieb. »Vor zweieinhalb Stunden habe ich eine Geisel erschossen. Glauben Sie, mich kümmert das Wohlergehen der Geiseln auch nur im Geringsten?«

Fjell fuhr sich mit einer Fingerkuppe über den Nasenrücken. »Nein, wahrscheinlich nicht. Aber Sie wissen auch, dass Sie es mit Menschen zu tun haben, Menschen wie Sie und ich …«

»Verschonen Sie mich mit diesen Sentimentalitäten!«

Gut, dachte Fjell. Ein Gefühlsausbruch. *Zeigt Gefühle*, schrieb er. Gut. Er war nicht so kalt, wie er vorgab. Fjells Blick folgte den sich drehenden Spulen des Aufnahmegerätes, das ihr Gespräch aufzeichnete.

»Hauptkommissar!« Die Stimme hatte eine Schärfe bekommen, die Fjell mehr freute als erschreckte, weil das zeigte, dass es möglich war, zu ihm vorzudringen, an seinen Gefühlen zu kratzen.

Warm, fast väterlich: »Ja?«

»Wir brauchen etwas zu essen. Und kaltes, frisches Wasser. Das Leitungswasser in dem Toilettenraum ist warm und abgestanden.«

Endlich! Die erste richtige Forderung, eine erste Verhandlungsgrundlage. Die Forderungen für Tschetschenien, das Geld und freies Geleit waren unerfüllbar. Aber Wasser und etwas zu essen, damit ließ sich arbeiten.

»Ich notiere. Wasser und etwas zu essen. Ich werde es weiterleiten.«

»Das ist nichts, das weitergeleitet werden muss, das ist eine Forderung. Ein Befehl. Spätestens in einer halben Stunde will ich Wasser und etwas zu essen hier haben. Wenn nicht, erschieße ich eine Geisel. Den Polizisten. Oder Kristin Bye. Vielleicht ja auch den Außenminister. Wir werden sehen.«

»Verstanden. Ich werde mein Möglichstes tun. Sie müssen nicht die ganze Zeit drohen.«

»Sie tun Ihr Möglichstes? Hören Sie nicht, was ich sage? Das hier ist keine Verhandlung, Hauptkommissar, ich gebe Ihnen einen Befehl, den Sie auszuführen haben!«

»Ich höre genau, was Sie sagen. Ich werde es weiterleiten und mein Möglichstes tun. Aber Sie wissen genau, dass das nicht von mir abhängt. Sollten meine Vorgesetzten nicht überzeugt sein, kann ich ihnen dann ein Zugeständnis von Ihrer Seite machen?«

Zögernd: »Wie bitte?«

»Sie müssen mir eine Gegenleistung nennen. Irgendetwas. Zwanzig Liter Wasser und ausreichend Lebensmittel gegen zwei Geiseln? Irgendetwas, dass meine Vorgesetzten kooperationswilliger stimmt.«

»Mir war nicht klar, dass Sie Probleme mit den Ohren und Ihrer Auffassungsgabe haben, Hauptkommissar. Ich habe doch eben gesagt, dass dies keine Verhandlung ist. Wenn wir innerhalb der nächsten dreißig Minuten kein Wasser und was zu essen kriegen, stirbt eine Geisel!«

Ramzan warf den Hörer auf die Gabel. Auf dem Bildschirm konnte Fjell sehen, wie der Terrorist den Kopf schüttelte, als er sich von dem Telefon entfernte. Fjell lächelte. 1:0 für ihn. Er notierte Uhrzeit und Forderung auf dem Block: *Wasser und etwas zu essen.* Dann beugte er sich zum Polizeifunk vor und rief Aksel Schjelderup an.

5

Studio 2, 00.47 Uhr

Mit einem Stöhnen, das in ein Luftschnappen überging, kam Vidar Mørch zu sich.

Er blinzelte. Wo war er? Sein Kopf schmerzte und dröhnte. Er hatte das Gefühl, eine Beule von der Größe eines Apfels am Hinterkopf zu haben. Ein Autounfall? Er erinnerte sich an nichts. Was hatte er da im Mund? Wieso konnte er sich nicht rühren? War er gelähmt?

Panik ergriff ihn, sein Körper zuckte.

Er hing irgendwo fest. Gefesselt? Geknebelt?

Mühevoll hob er den Kopf. Die Schmerzen strahlten vom Hinterkopf über den ganzen Körper aus.

Das Fernsehstudio …

Allmählich kehrte die Erinnerung zurück.

Irgendetwas hatte ihn am Hinterkopf getroffen. Etwas Hartes. Schweres.

Nach und nach kamen die Bilder zurück.

Terroreinsatz … Kabelkanal … Sicherungsraum … Kriechtür …

Er neigte den Kopf zu Seite. Studio 2. Mit Kabelbindern an ein Aluminiumrohr von der Tribüne gefesselt.

Irgendwer musste ihn hinter der Kulisse abgefangen und direkt niedergeschlagen haben, als er angekrochen kam.

Er hatte das Bedürfnis, sich zu übergeben, und verspürte Panik, weil er mit gefesselten Händen und geknebelt an seinem eigenen Erbrochenen ersticken würde. Verzweifelt versuchte er, gleichmäßig und ruhig durch die Nase zu atmen.

Kristin Bye schaute unruhig zu Frank Berthelsen. Grethe Aslaksen, Chefin des UDI, saß bei ihm und hielt seine Hand, streichelte ihm beruhigend den Handrücken. Berthelsen sah fahl aus, seine Augen schimmerten matt. Kristin hatte Silje Gran die Situation geschildert, und sie bestand darauf, dass die Geiselnehmer informiert werden mussten, damit Berthelsen von einem Arzt untersucht werden konnte.

»Er will nicht«, sagte Kristin.

»Er ist nicht in der Verfassung zu erkennen, was gut für ihn ist. Sehen Sie ihn doch an! Er sieht aus, als könnte er jeden Augenblick einen Herzinfarkt kriegen. Er muss zu einem Arzt!«, beharrte Silje Gran.

»Ich werde mit…«, sie stockte, weil sie nicht wusste, wie sie die Terroristen betiteln sollte, »…ihnen reden.« Sie stand auf, atmete tief durch und ging auf Ramzan zu.

6

Kommandozentrale der Polizei, 00.50 Uhr

»Wasser? Was zu essen?« Aksel Schjelderup ließ sich auf einem der Schreibtische in der Kommandozentrale nieder und sah zwischen Thomas Fjell und Bjørnar Lehmann hin und her.

»Darum hat er gebeten«, sagte Fjell. »Was sagt der OpStab?«

»Der OpStab will wissen, was wir davon halten.«

»Und was halten wir davon?«, fragte Fjell.

»Hungern wir sie doch aus«, schlug Lehmann mit einem Grinsen vor, das wohl bedeuten sollte, dass er scherzte.

»Wasser und was zu essen, das ist eine gute Verhandlungsbasis«, konstatierte Fjell.

Lehmann räusperte sich. »Wir sollten zumindest darüber nachdenken, dem Wasser ein Betäubungsmittel zuzufügen.«

»Ein Betäubungsmittel?«, wiederholte Fjell skeptisch.

Schjelderup schüttelte den Kopf. »Du glaubst doch nicht, dass die Terroristen so unvorsichtig sind, alle gleichzeitig zu trinken?«

»Vielleicht nicht gleichzeitig. Aber nach drei Stunden in dem überheizten Fernsehstudio müssen sie doch unerträglich ausgetrocknet sein.«

»Die meisten von ihnen werden von dem Leitungswasser getrunken haben.«

»Egal. Jetzt kriegen sie frisches, kühles Wasser. Wir könnten ein Mittel nehmen, das erst in ein oder zwei Stunden wirkt. Nicht mit der Absicht, sie auszuschalten, sondern sie müde, träge, unkonzentriert zu machen. Sie werden das garantiert nicht mit dem Wasser in Verbindung bringen, das sie getrunken haben.«

»Und wenn einer von ihnen das Bewusstsein verliert und dabei eine Bombe auslöst?«, gab Fjell zu bedenken.

»Wenn die Sprengstoffgürtel echt sind, dürften sie kaum sehr stark sein. Ich glaube, die sind mehr Schein als Sein.«

»Eine Vermutung, Bjørnar. Sind wir bereit, aufgrund einer Vermutung das Leben der Geiseln zu riskieren?«

»Wir riskieren ein Massaker«, sagte Schjelderup.

»Ein Massaker riskieren wir in jedem Fall!«, sagte Lehmann.

»Solche betäubenden Mittel wirken bei jedem anders«, gab Fjell zu bedenken. »Frauen merken die Wirkung zuerst. Dann die kleineren Männer. Am Ende die großen. Ich plädiere dafür, auf einen Geiselaustausch hinzuarbeiten. Ein oder zwei Geiseln gegen Wasser und was zu essen. Ohne Betäubungsmittel.«

»Ramzan wirkte aber nicht sonderlich verhandlungswillig«, sagte Schjelderup.

Fjell zuckte mit den Schultern »Das ist sein Job. Er spielt eine Rolle. Genau wie ich.«

»Glaubst du, du kannst ihn unter Druck setzen?«, fragte Lehmann.

»Ich weiß es nicht. Aber einen Versuch ist es wert. Er zeigt erste Anzeichen von Stress.«

»Stress inwiefern?«, fragte Schjelderup.

»Erste Andeutungen von Gefühlsäußerungen«, sagte Fjell. »Er ist nicht einfach nur unmenschlich. Hart und aggressiv, das schon, und ein kaltblütiger Mörder, ja, aber trotzdem ein Mensch mit Gefühlen.«

»Sie sehen wohl in jedem Menschen noch das Gute, Thomas«, sagte Schjelderup.

»Es gäbe noch eine Möglichkeit...«, sagte Lehmann.

»Ja?«, sagten Fjell und Schjelderup wie aus einem Mund.

»Gas.«

Darauf antworteten weder Fjell noch Schjelderup etwas.

»Im Gegensatz zu einem Betäubungsmittel im Wasser wirkt das Gas unmittelbar und für alle gleichzeitig.«

»Was für eine Art Gas?«, fragte Schjelderup.

»Und wie willst du es einleiten?«, fragte Fjell.

»Ich habe ein paar Männer damit beauftragt, in einem Raum von der Größe von Studio 2 die Wirkungsweise verschiedener Gase zu testen«, sagte Lehmann. »Meine Idee, wenn wir uns für Gas entscheiden, wäre, einen Mann durch den Entlüftungskanal des Studios zu schicken. Von der Studiodecke führen Frischluftschächte nach draußen, die Platz genug für einen meiner Jungs bieten, damit er bis zum Gitterrost über dem Studio robben und das Gas dort einleiten kann.«

Schjelderup und Fjell sahen skeptisch aus.

»Zu riskant«, meinte Schjelderup.

Lehmann zuckte mit den Schultern. »Alles, was wir tun, ist riskant.«

»Hast du den OpStab über deine Idee informiert?«, fragte Schjelderup.

»Ich wollte erst mit euch darüber reden.«

»Ich schlage vor, du trägst den Vorschlag dem OpStab vor, damit die hohen Herren darüber beraten können«, sagte Schjelderup. »Und in der Zwischenzeit fährt Thomas damit fort, Ramzan weichzuklopfen.«

»Soll ich um den Austausch von vier Geiseln bitten, wenn sie Wasser und was zu essen haben wollen?«, fragte Fjell.

»Probieren wir es. Dann hast du die Möglichkeit, auf zwei oder eine Geisel zurückzugehen, wenn er sich weigert.«

»Was, wenn er weiter damit droht, eine Geisel zu erschießen?«

»Dann«, sagte Schjelderup, »wird er sein Essen und Wasser auch so kriegen.«

7
Studio 2, 00.59 Uhr

Jussup nickte Sjapti zu. Sie hatten Glück. Kristin Bye diskutierte mit Ramzan Jewlojew. Worüber wohl? Führte sie ihre eigenen Verhandlungen? Dummes Weibsbild, dachte Jussup, sie kapiert nicht, dass man mit diesen Männern nicht reden kann. Die einzige Sprache, die sie verstehen, ist Handeln.

Jussup saß in der unteren Bankreihe, ganz in der Nähe des Postens an der Tür. Sjapti wartete ein Stück davor, gebeugt, wie niedergedrückt von dem Ernst der Lage. In Wirklichkeit war er damit beschäftigt, ein Kabel zu spannen, das er kurz vorher, als er so getan hatte, als würde er sich die Schnürsenkel zubinden, um den Fuß eines frei stehenden Stativs geknotet hatte. Auf dem Stativ war ein großer, glänzender Scheinwerfer befestigt. Weder das Stativ noch der Scheinwerfer waren sonderlich schwer, weshalb es ein Leichtes sein würde, die Konstruktion zu Fall zu bringen, sobald man das Kabel spannte.

Fertig?, formten Jussups Lippen tonlos. Sjapti blinzelte kräftig. Jussup sah zu Kristin und Ramzan. Was hatten die beiden zu bereden? Jetzt ging Ramzan zu dem Abgeordneten, der wie ein Sack Kartoffeln auf einem Stuhl vor der Wand saß. Jussup hob diskret die Hand und zählte mit den Fingern: Fünf… vier… drei… zwei… eins! Er ballte die Hand zur Faust. Sjapti wickelte das Kabel um die Hand und ruckte daran. Als das Stativ mit dem Schweinwerfer zu wackeln begann, ließ er das Kabel los und stand auf.

»He, he!«, rief er und zeigte auf den Scheinwerfer. Eine der Geiseln schrie auf.

Jussup und Sjapti waren bei dem Posten an der Tür, ehe die wackelige Scheinwerferkonstruktion mit einem lauten Scheppern auf den Studioboden krachte. Sjapti packte das rechte Handgelenk des Postens, um zu verhindern, dass er schoss. Jussup schloss die Finger blitzschnell um den Türgriff.

Scheiße, dachte Jussup erstaunt, wir schaffen es!

Der erste Schuss traf ihn in die Schulter. Er drehte sich halb um und sah, wie Sjapti von dem Türposten übermannt wurde. Wer hatte geschossen? Er drückte den Türgriff runter und duckte sich, um dem nächsten Schuss auszuweichen. Es gelang ihm, die Studiotür einen Spalt breit zu öffnen. Für den Bruchteil einer Sekunde dachte er: *Ich schaffe es*, dann hörte er den Schuss und spürte den Schmerz im Nacken.

1991, in dem Jahr, als die Sowjetunion zusammenbrach, verließ der Adler die Berge, in denen wir aufgewachsen waren. Viele Jahre sollten vergehen, bis ich ihn wiedersah.

Unser gewählter Präsident Dudajew erklärte die Unabhängigkeit. Jelzin fluchte und schickte seine Truppen, die auf so energischen Widerstand stießen, dass sie sich winselnd zurückzogen. Es folgte eine Zeit der Anarchie … Paramilitärische Banden übernahmen das Ruder. Menschen wurden verschleppt, vergewaltigt, liquidiert. Die Gesellschaft befand sich in Auflösung.

Mein geliebtes Land …

Im Oktober 1994 wurden Dudajew und Grosny von den russenfreundlichen Truppen von Umar Awturkhanow angegriffen. Grosny wurde eingenommen, aber nur sieben Menschen wurden getötet. Die Tschetschenen zögern es bis zum Letzten hinaus, sich gegenseitig zu töten. Weil das Blutrache bedeutet. Die Truppen zogen sich genauso schnell zurück, wie sie gekommen waren.

Ermutigt durch den fehlenden Widerstand probierten die Russen es einen Monat darauf mit einem ähnlichen Einmarsch, der in einem blutigen Fiasko endete. Sie hatten geglaubt, Dudajews Armee hätte sich aufgelöst. Verlierer! Die russischen Soldaten hatten sich Bärte wachsen lassen, um wie tschetschenische Soldaten auszusehen. Sie konnten niemanden täuschen. Sie wurden massakriert.

Im Dezember kamen die Russen mit geballter Streitmacht zurück. Wir hatten keine Chance. Grosny fiel in russische Hände. Dudajew wurde ermordet. Zehntausende und aberzehntausende russische Soldaten walzten über uns hinweg.

1995 … Das Jahr des Teufels. In diesem Jahr verlor ich meine ganze Familie.

01.00 Uhr – 01.15 Uhr

1

Kommandozentrale der Polizei, 01.00 Uhr

Für Thomas Fjell entstand der Eindruck, als ob alles gleichzeitig geschah. Die Geschehnisse wurde zeitlich komprimiert; zusammengepresst; die Sekunden lösten sich auf und verschmolzen miteinander.

Zuerst die Schüsse. Scharfes Knallen im Lautsprecher.

Dann Lehmanns Stimme: »Es wird geschossen! Alle auf Position!«

Schließlich Knacken im Polizeifunk, gefolgt von Schjelderups ruhiger Stimme: »U-null-fünf-alpha an alle Einheiten! In Studio 2 wurde geschossen!«

Auf dem Fernsehmonitor sahen sie, dass die Terroristen eine leblose Gestalt ins Blickfeld der Kamera zogen. Blinzelnd versuchte Fjell zu erkennen, um wen es sich handelte. Der Mann lag mit dem Gesicht nach unten.

Schjelderup kam in die Kommandozentrale gerannt. »Hast du etwas gesehen?«

»Ein Mann wurde erschossen«, sagte Fjell. »Ich kann nicht erkennen, wer. Sie haben ihn gerade erst ins Bild gezerrt.«

»Sollen wir loslegen?«, fragte Lehmann.

»Jetzt?« Schjelderup starrte vom Fernsehbildschirm zu Lehmann.

»War ja nur eine Frage.«

»Es scheint sich vorerst wieder beruhigt zu haben«, sagte Fjell. »Ich werde Ramzan danach fragen. Über die Sprechanlage.«

»Tu das«, sagte Schjelderup.

Fjell beugte sich über das Mikrofon und rief Ramzan über den Studiolautsprecher. Als der Terrorist schließlich den Hörer abnahm, sah Fjell, wie er zur Kamera emporblickte.

»Was ist geschehen?«

»Ein kleiner Zwischenfall.«

»Könnten Sie das ein bisschen spezifizieren?«

»Zwei unserer Gäste waren offensichtlich der Meinung, dass es ihnen hier nicht mehr gefällt.«

»Zwei?«

»Einen haben wir übermannt und den anderen niedergeschossen.«

»Lebt er?«

»Noch.«

2

Studio 2, 01.02 Uhr

Der Gestank des Pulverrauches erinnerte sie an die Nationalfeiertage in ihrer Kindheit, als die Jungs in ihrer Klasse in Schweden gekaufte Chinakracher abgefeuert hatten.

Kristin Bye kniete neben dem bewusstlosen Jussup. Sie hatte den Seidenschal von Silje Gran um die Einschusswunde im Nacken gelegt. Gran presste ein Stück Stoff auf die Schulter. »Wie schlimm ist es?«, fragte Gran.

»Schwer zu sagen«, antwortete Kristin. »Eine Kugel ist direkt durch seinen Hals gegangen, die andere durch die Schulter.«

Der Seidenschal war bereits blutgetränkt.

»Kann eine Schlagader verletzt sein?«

»Dann würde er doch wohl stärker bluten?« Kristin sah zu Ramzan Jewlojew auf. »Er braucht einen Arzt! Sonst verblutet er!«

Ramzan drehte sich ohne ein Wort um.

»Das kümmert die nicht«, flüsterte Silje Gran resigniert.

Sjapti, der andere Asylbewerber, der zu fliehen versucht hatte, lag zusammengekrümmt hinten beim Kulissenlager. Sie hatten ihn besinnungslos geschlagen, ehe sie Handgelenke und Knöchel mit Kabelbindern zusammengebunden hatten.

Außenminister Bernt Bøe saß regungslos auf seinem Platz. Er hatte ihn seit Beginn der Geiselnahme nicht ein einziges Mal verlassen. Kristins Blick ließ ihn zusammenzucken. Als hätte er geschlafen und wäre soeben aufgewacht. Schließlich erhob er sich und fragte, ob er helfen könne.

»Gerne!«, sagte Kristin.

Er löste seinen Schlipsknoten und nahm die Krawatte ab.

»Was tun Sie?«

»Als Kompresse!« Er reichte ihr den Schlips. »Ziehen Sie den über der Schusswunde im Nacken fest und pressen Sie etwas anderes auf die Wunde in der Schulter.«

Kristin zog den Schlips um Hals und Nacken, doch es war schwierig, Druck auf die Wunde zu bekommen, ohne Jussup gleichzeitig zu würgen. Mit zitternden Fingern presste Kristin ihre Finger auf die blutende Wunde. Frisches Blut sickerte hervor.

»Mein Gott«, hauchte Silje Gran.

»Er wird sterben!«, rief Kristin Ramzan zu.

3
Russische Botschaft, 01.03 Uhr

»Ratten!«, blaffte Botschafter Igor Woronin.

Der Sicherheitschef der Botschaft, Aleksandr Waleriy, blickte ihn fragend an und reichte ihm die Geheimdienstdokumente, um die er gebeten hatte.

»Sie betrachten sich selbst als mutige Wölfe und tapfere Adler«, fuhr Woronin sarkastisch fort, »aber wenn es hart auf hart kommt, sind sie doch nur Ratten, Hyänen, Aas fressende Geier, Gesindel, Abschaum.«

In seiner Kindheit hatte ihm seine Mutter Märchen erzählt, in denen die Bösen immer die Tschetschenen waren. Sie waren es, mit denen seine Mutter gedroht hatte, wenn er die Bohnen und den wässrigen Kohl nicht essen wollte, und sie waren es auch, die in dunklen Gebüschen darauf warteten, dass kleine russische Kinder vorbeikamen, auf die sie sich stürzen konnten. Natürlich verstand der Botschafter, dass die Wirklichkeit nicht ganz so einfach war. Aber dennoch konnte er sich nicht von dem Gedanken loslösen, dass die tschetschenische Volksseele etwas Unreines in sich trug. Mischlingsblut. Viele von ihnen sahen wie Europäer aus, waren aber mit ganzer Seele Muslime. Aufmüpfig waren sie schon immer gewesen und zu keiner Zeit bereit, die russische Herrschaft zu akzeptieren. Tolstoi und Puschkin hatten das in ihren Büchern so treffend beschrieben. In Westeuropa hatten es die Nationen gelernt, mit den Grenzen und Herrschern zu leben, die ihnen der Lauf der Geschichte aufgezwungen hatte. Nicht aber die Tschetschenen. Wie tollwütige Köter hatten sie sich in ihrer Vergangenheit verbissen und es abgelehnt, sich zu unterwerfen und mit der Geschichte abzufinden. Generation auf Generation kämpfte gleichermaßen hartnäckig gegen die Übermacht. Natürlich muss ein solcher Starrsinn Einfluss auf die Volksseele haben, dachte Woronin, während er seinen Kaffee umrührte.

Monica war nur ein Beispiel dafür, was dieses Pack mit Menschen anstellen konnte.

»Hatten Sie Kontakt zur norwegischen Regierung?«, fragte Waleriy. Woronin nickte, sagte aber nichts.

»Wir sind viel zu vorsichtig mit ihnen umgegangen«, fuhr Waleriy fort.

»Zu vorsichtig?«

»Die verhalten sich doch wie ungezogene Bengel! Wenn man sie zu lange ihr Unwesen treiben lässt, kann man sie nie mehr disziplinieren.«

Woronin dachte einen Moment lang, Waleriy redete über die norwegische Regierung, dann dachte er an die Terroristen in Studio 2. Erst danach ging ihm auf, dass Waleriy das rebellische tschetschenische Volk meinte.

»Ein guter Vergleich«, sagte Woronin. »Wobei ich sagen muss, dass das russische Militär in dem Krieg vor zehn Jahren nicht gerade zimperlich mit den Tschetschenen umgegangen ist. Aber was soll man auch von jungen, russischen Soldaten erwarten, die es plötzlich mit Terror, Guerillaangriffen, Geiselnahmen und Enthauptungen zu tun haben.«

»Krieg ist Krieg!«

»Manch einer lässt sich beeindrucken von dem unermüdlichen Kampf der Tschetschenen. Dabei sind das Starrköpfe der schlimmsten Sorte, muslimische Aufwiegler!«

»Genau, Herr Botschafter! Es ist ein paar hundert Jahre her, dass der Zar in den Kaukasus einmarschiert ist! Seit hundertfünfzig Jahren gehört der Kaukasus nun zum russischen Reich! Und trotzdem kämpfen sie noch für ihre Unabhängigkeit!«

Mit einer müden Bewegung warf der Botschafter einen Blick auf seine TAG-Heuer-Armbanduhr, die er von einem deutschen

Kontaktmann geschenkt bekommen hatte. Im gleichen Moment klingelte das Kryptofon. Moskau. Der Sicherheitschef verließ hastig das Büro.

»Botschafter Woronin!«, antwortete er mit Nachdruck.

»Herr Botschafter! Hier spricht Ismael.«

Stille.

Er testet mich, dachte Woronin. Er lässt die Stille auf mich wirken. Aber ich habe keine Angst vor der Stille. Er ist es, der angerufen hat. Soll er reden.

»Sind Sie noch da, Herr Botschafter?«

»Natürlich.«

»Die Banditen haben eine weitere Geisel erschossen!«

»Wirklich?«

»Bei dem Versuch zu fliehen.«

Woronin blickte stumm vor sich hin.

»Wenn ich das nächste Mal anrufe, erwarte ich einen Lagebericht. In einer guten Stunde.«

»Ich werde Waleriy bitten, das zu erledigen.«

»Botschafter Woronin?«

»Ja?«

»Verfolgen Sie eigentlich die Liveübertragung?«

»Nein.«

»Nicht?«

»Mir wird übel dabei.«

»Sie sollten sich das wirklich ansehen, Woronin.«

»Das glaube ich nicht.«

»Ich kann Ihnen versichern, dass Sie etwas zu sehen bekommen werden, das Sie ungemein interessieren und verblüffen dürfte!«

4
Studio 2, 01.05 Uhr

Ganz zu Beginn seiner Karriere im Storting hatte Frank Berthelsen das Thema ambulante Notdienste in den jeweiligen Distrikten in seinen Fragestunden angesprochen. Er war ein junger Politiker, voller Engagement für all jene, die auf öffentliche Hilfe und Unterstützung angewiesen waren. Jetzt – mehr als dreißig Jahre später – wurde ihm bewusst, wie unverwundbar, ja unsterblich er sich damals gefühlt hatte. Die Schmerzen durchzuckten ihn wieder. Habe ich überhaupt eine Chance auf Hilfe, wenn mein Herz jetzt stehenbleibt?, dachte er. Wenn die sich noch nicht mal um den armen Kerl kümmern, der dort auf dem Boden verblutet, warum sollten sie dann einem alten Politiker mit Herzbeschwerden helfen? Machtlos betrachtete er den sterbenden Tschetschenen. Er dachte an seine Frau, die jetzt sicher bei guten Parteifreunden saß, die sich um sie kümmerten, und an seine zwei Kinder. Sahen sie jetzt zu?, fragte er sich. Die Schmerzen loderten hinter seinem Brustbein. Ihm war übel. Wenn es schlimmer wurde, musste er sich übergeben. Die Stiche in seiner Brust strahlten aus: in den Bauch, in den linken Arm und in die Schulter. Er erstarrte.

Herzinfarkt.

So, damit war es ausgesprochen.

Kein Zweifel. Er saß in einem Fernsehstudio, umringt von bewaffneten Terroristen, und war auf dem besten Weg, einen Herzinfarkt zu bekommen. Wie viel Pech konnte man eigentlich haben?

5
Büro des Ministerpräsidenten, 01.10 Uhr

»Er kommt«, sagte Staatssekretär Vidar Erichsen.

Der Krisenstab der Regierung hatte auf Sky News geschaltet, bei denen die Bilder aus Studio 2 nur in einem kleinen Viereck am oberen rechten Bildrand eingeblendet waren. Das Hauptbild zeigte den Haupteingang der Downing Street Nr. 10, Wohnung und Amtssitz des englischen Regierungschefs. Die kräftigen Lampen des Senders erhellten die berühmte schwarze Tür, als diese geöffnet wurde. Der Premierminister kam heraus und trat an die Mikrofone, die nur wenige Meter vor der Tür aufgebaut worden waren.

»Guten Abend«, begrüßte der britische Premier mit einem Lächeln die Pressevertreter, als bedauere er es, sie mitten in der Nacht aus den Betten geholt zu haben. »Ich habe ein kurzes Statement abzugeben: Die Regierung Ihrer Majestät der Königin möchte ihr Entsetzen über den sinnlosen Terrorakt ausdrücken, der sich in diesem Augenblick in einem norwegischen Fernsehstudio abspielt. Unsere beiden Länder haben durch die Geschichte hindurch eine enge und vertrauensvolle Beziehung gehabt. Nicht nur durch unsere Königshäuser, sondern auch durch die Wirtschaftsbeziehungen, den Tourismus, die Bildung und den Kulturaustausch. Im Namen des britischen Volkes möchte ich meinem Amtskollegen in Norwegen, Bjørn-Tore Viksveen, versichern, dass der Schmerz, unter dem jetzt unser norwegisches Brudervolk zu leiden hat, auch unser Schmerz ist. Wir wünschen der norwegischen Regierung Erfolg im Kampf gegen den Terror und beten dafür, dass bei der Lösung des Dramas nicht noch mehr Menschenleben verloren gehen.«

6
Studio 2, 01.15 Uhr

Kristins Hände waren blutverschmiert, als sie Jussup Silje Gran überließ, die seinen Kopf vorsichtig auf ihrem Schoß platzierte und dann ihre Hände auf die Schusswunde presste. Einen Moment lang fragte sich Kristin, wo sie sich waschen konnte, doch dann wischte sie das Blut einfach an ihren Kleidern ab. Sie ging zu Frank Berthelsen, der die beiden oberen Knöpfe seines Hemdes geöffnet hatte, um besser atmen zu können. Die UDI-Chefin, Grethe Aslaksen, saß noch immer neben ihm und hielt seine Hand. Sein Gesicht war blass und grau, die Pupillen rabenschwarz.

»Wie geht es Ihnen?«, fragte Kristin leise und hockte sich vor ihn hin.

»Wie geht es *ihm?*«, flüsterte Berthelsen und deutete auf Jussup Idigow.

»Er blutet stark.«

»Wird er sterben?«

»Ich weiß es nicht.«

Berthelsen schnappte nach Luft.

»Aber wie geht es Ihnen?«, wiederholte sie ihre Frage.

Er atmete mit raschen, hektischen Zügen. Der Blick, den er ihr zuwarf, sagte mehr als alle Worte. Kristin blinzelte ihm tröstend zu, ehe sie sich erhob und zu Ramzan Jewlojew ging, der entspannt auf der Tribüne saß.

»Nein«, sagte er, ehe sie überhaupt etwas sagen konnte.

»Es sind zwei«, sagte sie. »Beide brauchen dringend ärztliche Hilfe.«

»Zwei?«

»Frank Berthelsen. Das Herz. Es ist ernst. Er wird sterben. Können wir sie nicht rauslassen? Bitte!«

»Pokern Sie?«

»Pokern?«

Er verschränkte die Arme. »Je mehr Geiseln ich gehen lasse, desto schlechter werden meine Karten.«

»Sie haben auch keinen Wert, wenn sie tot sind.«

»Noch weniger Wert haben sie, wenn sie nicht mehr hier sind.«

»Was auch immer Sie für ein Ziel mit dieser Aktion verfolgen, ich begreife nicht, dass …«

»Halt's Maul!«

»… Sie keinen Respekt vor …«

»Maul halten! Ich bin nicht hier, um über Politik zu diskutieren!«

»Politik? Wie wäre es denn mit Moral?« Sie sah ihn lange an. Dann schüttelte sie den Kopf.

Er träumte von dem Bach, der durch den Wald am Rand der Trabantenstadt floss, in der er aufgewachsen war. Das Glucksen des Wassers, das hohe Gras am Ufer, die blendende Sonne, das entfernte Summen der Stadt … Er träumte von einem Nachmittag im Spätherbst, als er auf dem Rücken im Gras lag, über sich den hohen Himmel.

Jussup öffnete die Augen. Die Schmerzen waren ein dumpfes, anhaltendes Ziehen. Sie haben auf mich geschossen, dachte er. Ich bin getroffen.

Eine Stimme: »Er ist wach.«

Eine Frau beugte sich über ihn und presste ihre Hände auf seinen Nacken und seine Schulter. Er erkannte sie nicht. Sie hatten irgendein Stück Stoff um seinen Hals gewickelt. War er dort getroffen worden? Steckten die Kugeln noch in ihm, oder waren es Durchschüsse?

Er war kraftlos, sein Mund war trocken.

Die Stimme der Frau: »Sie haben viel Blut verloren.«

Werde ich hier sterben?, dachte er. In einem Fernsehstudio in einem Land weitab der Heimat? Er dachte an all die Jahre, die er daheim in Grosny überlebt hatte. An die Attentate, die Überfälle, die Schusswechsel, die Minen… Und jetzt sollte er hier sterben? In dem Land, in dem er endlich in Sicherheit zu sein glaubte? Er hatte ein morbides Verlangen zu lachen. Aber die Laute, die aus seinem Mund kamen, klangen wie ein Röcheln. »Oh, mächtiger Allah.«

»Schhh, schhh«, flüsterte sie.

Jetzt erkannte er sie. Die Politikerin.

Er erinnerte sich an einen Jagdausflug mit seinem Vater in den Bergen. Sah das Tier vor sich, das er erlegt hatte. Minutenlang hatte es mit weit geöffneten Augen und zitternden Beinen dagelegen, ehe das Leben aus ihm entwichen war. So fühle ich mich jetzt, dachte er. Wie ein Tier, das auf den Tod wartet.

01.16 Uhr – 01.59 Uhr

1

Kommandozentrale der Polizei, 01.16 Uhr

»Ich habe Ihren Wunsch nach Essen und Wasser an meine Vorgesetzten weitergegeben«, sagte Thomas Fjell.

Ramzan Jewlojew schnaubte ungeduldig.

»Natürlich sind sie bereit, auf Ihre Wünsche einzugehen«, fuhr Fjell fort, »aber wie erwartet, kam die Frage nach einer Gegenleistung auf.«

Ramzan schwieg so lange, dass Fjell auf den Monitor blickte, um sich zu vergewissern, dass er noch da war.

»Es kam die Frage nach einer … Gegenleistung … auf?«, fragte Ramzan.

»In einer solchen Situation ist es ganz normal, dass beide Seiten geben und nehmen.«

»Wir sind es, die die Geiseln haben. Ihr habt – nichts!«

Wir haben die Macht über dein Leben, dachte er. Aber er sagte es nicht.

»Sie könnten Ihre Bereitschaft zur Zusammenarbeit demonstrieren und jemanden für das Essen und das Wasser freilassen.« Wieder vermied er das Wort Geisel.

»Bereitschaft zur Zusammenarbeit?«

»Sie könnten zum Beispiel Silje Gran und Grethe Aslaksen nach draußen schicken.«

»Warum?«

»Oder Bernt Bøe und Kristin Bye.«

Indem er den Geiseln Namen gab, verschaffte Fjell ihnen eine Identität, was es den Geiselnehmern hoffentlich schwerer machte, sie als unpersönliche Objekte zu betrachten, die man opfern konnte. Gleichzeitig versuchte er, dem Geiselnehmer den Eindruck zu vermitteln, er stände auf seiner Seite, dass sie beide gemeinsam gegen die anderen operierten.

»Kommt nicht infrage.«

»Ich werde meinen Vorgesetzten Ihre Skepsis mitteilen. Aber ich muss Sie warnen, Ramzan, man erwartet von Ihnen einen gewissen Willen zur Kooperation, ehe man Ihnen Nahrungsmittel und Wasser bereitstellt! Sie kennen sich ja aus mit den Behörden!«

»Ich verlange Essen und Wasser!«

»Sie brauchen nicht zu schreien!«

»Essen! Wasser!«

»Ich habe Ihre Forderung notiert. Wie gesagt, ich werde …«

»Sofort!«

»Ich verstehe ja, dass Sie ungeduldig sind. Aber Sie müssen auch einsehen …«

»Nein! Sofort!«

»Ich werde Ihre Argumente weitergeben …«

»Geben Sie uns Essen und Wasser!«

»Wie Sie wissen, liegt das nicht in meiner Macht, aber ich werde …«

Die Verbindung wurde unterbrochen.

Aksel Schjelderup und Bjørnar Lehmann hatten während des ganzen Gesprächs hinter ihm gestanden. Fjell drehte den Bürostuhl um und atmete schwer aus. »Ja, ja, es hätte schlechter laufen können!«

Schjelderup seufzte tief. »Ich muss zu den Angehörigen, sie warten auf Information. Haben wir irgendeine gute Nachricht für sie?«

Fjell sah ihn mitfühlend an und schüttelte den Kopf.

»Was«, fragte Bjørnar Lehman, »hätte denn noch schlechter laufen können?«

»Er hätte uns ein Ultimatum stellen können. Das erste Gebot einer jeden Geiselnahme ist ein straffer Zeitrahmen!«

2

OpStab, Polizeipräsidium, 01.19 Uhr

»Was halten Sie von den Vorschlägen? Gas? Ein Betäubungsmittel im Wasser? Oder weitere Verhandlungen? Wer möchte sich dazu äußern?«

Oslos Vize-Polizeipräsident sah die Abteilungsleiter an. Die Männer am Tisch des Krisenstabes senkten die Köpfe. »Ich persönlich bin der Meinung, dass das Risiko höher ist als der Gewinn«, sagte der Vize-Polizeipräsident. »Die Gefahr ist groß, dass die Geiselnehmer Wind von der Sache bekommen, ehe sie selbst außer Gefecht gesetzt sind, und schießen oder die Bomben zünden.«

»Nun, in Moskau geschah das nicht«, deutete der Chef des PST an. »Die Terroristen haben weder geschossen noch ihre Bomben gezündet, als die Russen das Gas ins Musical-Theater geleitet haben. Die vielen Toten kamen durch das Gas.«

»Das war eine ganz andere Operation«, sagte der Leiter des Dezernats für Gewaltverbrechen. »Die haben das Theater gleichzeitig mit der Gaseinleitung gestürmt. Das Areal war wesentlich größer. Die Zahl der Geiseln enorm. Die Verhältnisse in Studio 2 sind viel beengter – schon allein die Tür begrenzt, wie schnell unsere Kräfte den Raum sichern können.«

3
Studio 2, 01.22 Uhr

Wie lang dauerte es, bis man an einem Herzinfarkt starb? Frank Berthelsen versuchte, sich an das zu erinnern, was er gelesen hatte. In den Parlamentsdebatten über die akute medizinische Versorgung in den Randgebieten des Landes hatten sie Tabellen über die Sterblichkeitsrate in Bezug zur Distanz diskutiert. Die Sterberate im Verhältnis zur Entfernung bis zum nächsten Krankenhaus. Bald war auch er eine solche Zahl. Statistik.

Die feurige Klaue straffte sich immer wieder rhythmisch um sein Herz. Jeder Atemzug schmerzte. So, dachte er, ist es also zu sterben. Ein langsamer Prozess. Der Organismus bricht allmählich zusammen. Wie glücklich können sich die schätzen, die einfach umfallen und von einer Sekunde auf die andere aus dem Leben scheiden.

Es war nicht der Tod selbst, vor dem er sich fürchtete, sondern die Zeit, die es dauerte zu sterben. Die Schmerzen.

Er dachte an seine Familie. Sie würden schon zurechtkommen. Seine Frau Sigrid war noch jung, sie würde sicher einen anderen Mann finden. Und seine Kinder gingen ihre eigenen Wege. Trotzdem vermisste er bereits jetzt sein Leben. Den Weg ins Parlament oder in die Parteizentrale und die Momente, wenn er abends spät nach Hause kam und sein Essen im Backofen fand. Die kleinen Details des Alltags. Für die meisten von uns, dachte er, ist das Leben eine Aneinanderreihung von Kleinigkeiten.

Würde er das Bewusstsein verlieren, ehe sein Herz stehenblieb? Er hoffte es. Manchmal schreckte er beim Einschlafen im Bett auf und rang nach Atem, weil er sich vorgestellt hatte, sein Herz hätte einen Schlag ausgesetzt.

Er blickte sich im Studio um. Sein Blickfeld war eingeengt, benebelt. Was für ein Ort zum Sterben, dachte er. Als unfreiwilliger Teilnehmer einer weltweit ausgestrahlten Realityshow. Was für eine unwürdige Art, aus dem Leben zu scheiden!

4

Büro des Ministerpräsidenten, 01.40 Uhr

»Gas?« Ministerpräsident Bjørn-Tore Viksveen runzelte skeptisch die Stirn. »Das ist eine rein polizeiliche Entscheidung. Ich finde aber, das klingt nach einem großen Risiko.« Er wandte sich fragend an die Polizeipräsidentin, die ihm schräg gegenübersaß. Vor den Fenstern des Sitzungszimmers funkelte das nächtliche Oslo.

»Meine Leute sind zu diesem Zeitpunkt auch eher skeptisch, was Gas oder Betäubungsmittel angeht«, sagte Polizeipräsidentin Elsebeth Røed. »Das Einsatzkommando hat diese Möglichkeit ins Spiel gebracht, falls wir eine Alternative zu den Verhandlungen brauchen. Aber wenn ich das richtig deute, sind die meisten im Moment noch recht zögerlich in Bezug auf eine derart drastische Maßnahme.«

»Ich sehe keinen Grund, den Konflikt zu diesem Zeitpunkt zu verschärfen«, sagte der Ministerpräsident. »Wenn wir einen Fehler machen, wissen wir nur zu gut, wem dafür die Verantwortung gegeben werden wird.« Er hörte sofort, wie hohl das klang, und fügte hinzu: »Das, was wir am wenigsten wollen, ist, das Leben der Geiseln oder ihre Gesundheit irgendwie in Gefahr zu bringen.«

5
Russische Botschaft, 01.45 Uhr

Nach den Sitzungen mit dem Sicherheitsstab der Botschaft, dem Geheimdienst und der Nachrichtenabteilung sowie der anschließenden Telefonkonferenz mit dem norwegischen Außenministerium folgte Botschafter Igor Woronin widerstrebend dem Rat Ismaels, sich die Liveübertragung aus Studio 2 anzusehen.

Die Aufforderung verwirrte ihn. Was hatte Ismael damit gemeint? Etwas, das ihn interessieren dürfte? Was immer er auf dem Bildschirm zu sehen bekommen würde, konnte ihn doch nur abstoßen.

Die Kamera zeigte ein Übersichtsbild. Terroristen und Geiseln saßen verteilt im Studio, einzeln oder in Grüppchen. Dieses Terroristenpack! Er starrte den Anführer an und versuchte, ihn mit den unzähligen Fahndungslisten und Rundschreiben in Einklang zu bringen, die von MID und FSB verteilt worden waren. Doch nichts an Ramzan Jewlojew kam ihm bekannt vor. Er ließ seinen Blick über den Fernsehbildschirm schweifen. Kristin Bye, Gunnars Quasi-Tochter, stand mit verschränkten Armen da und starrte, anscheinend ziemlich wütend, ins Studio. Kein Wunder. Ein mutiges Mädchen, hatte Gunnar gesagt. Er zweifelte nicht daran.

Erstaunlicherweise war eine Frau unter den Terroristen. Sie hatte ihm den Rücken zugedreht, doch die langen Haare, die ihr über den Rücken fielen, entlarvten sie. Er nahm an, dass es sich bei ihr um eine der »schwarzen Witwen« handelte, die gezwungen wurden, sich selbst als Selbstmordattentäter zu opfern, nachdem sie ihren Ehemann im Kampf verloren haben. Langsam drehte sie sich in Richtung Kamera.

Woronin legte die Ellenbogen auf die Tischplatte und formte

mit den Fingern eine Brücke. Er stützte sein Kinn auf die Daumen, während er die Ärmsten in Studio 2 betrachtete. Unten auf dem Drammensvei beschleunigte ein Auto. Irgendwo in der Botschaft rauschte ein Rohr.

Plötzlich erstarrte er. Sein Herz begann, so hart und schnell zu hämmern, dass es in seinen Ohren pfiff. Er packte die Armlehne. Seine Hände umklammerten das glatte Leder.

Zajotsika!

Das konnte doch nicht möglich sein? Er schnappte nach Luft.

Sie sollten sich das wirklich ansehen, Woronin. Ich kann Ihnen versichern, dass Sie etwas entdecken werden, das Sie ungemein interessieren und verblüffen wird!

Den Blick auf den Fernseher geheftet, richtete er sich langsam auf. Sein Bürostuhl reagierte auf die Verlagerung des Schwerpunktes mit einem freundlichen Wippen. Das war doch nicht möglich! Er fasste sich an die Stirn und kniff die Augen zusammen.

Zajotsika?

6

Studio 2, 01.48 Uhr

Kristin Bye streichelte Jussup über die Haare. Seine Augen drehten sich weg. Er war über lange Phasen hinweg bewusstlos, und wenn sie ein seltenes Mal Kontakt zu ihm bekam, röchelte er nur unverständlich. Er stirbt, dachte sie, mein Gast, in meinem Studio, in meinem Programm, und jetzt stirbt er.

Roza warf ihm einen raschen Blick zu.

Direkt hinter ihr saß Frank Berthelsen auf einem der Plastikschalenstühle und atmete rasch und hektisch. Sein Blick war matt.

Sie ließ ihre Hand über Jussups Stirn und Wange gleiten. Seine Augen lebten auf. Er sah sie direkt an. Sie lächelte ihm tröstend zu. »*It'll be all right*«, flüsterte sie. Er öffnete den Mund, als wollte er antworten, doch er sagte nichts. Seine Augen drehten sich wieder weg. Sie schüttelte ihn sanft. Er röchelte leise.

Frank Berthelsen hustete. Sie warf ihm einen ängstlichen Blick zu. Grethe Aslaksen, die bei ihm saß, klopfte ihm sanft auf den Rücken.

Die anderen Geiseln saßen still in einer Gruppe zusammen, als suchten sie Trost beieinander und wagten es nicht, die Terroristen daran zu erinnern, dass es sie gab.

Erneut begegnete sie dem Blick der einzigen Terroristin, Roza. Eine Frau musste doch Mitgefühl mit einem Sterbenden haben? Doch Rozas Blick war kalt und feindlich, und schließlich wandte sich Kristin an Ramzan. Er saß mit gespreizten Beinen, die Waffe auf dem Schoß, auf einer Zuschauerbank und betrachtete seine Nägel.

7

Russische Botschaft, 01.51 Uhr

Zajotsika. Botschafter Igor Woronin löste den Blick von seinen zitternden Händen und blickte zum Fernseher. Sein Herz hatte sich beruhigt, aber noch immer war er wie benommen.

Zajotsika war ihr Kosename. *Kleines Häslein*. Er war über die Jahre nicht so oft mit ihr zusammen gewesen. Die Umstände, dachte er, immer waren die Umstände schuld gewesen. In den ersten beiden Jahren hatte er nicht einmal etwas von ihr gewusst. Und dann … war das Fürchterliche geschehen. Mit Monica. Die Tragödie, durch die alles anders geworden war.

In all den Jahren hatte er sie immer mal wieder gesehen, und besonders in den letzten zehn Jahren hatte er einen Zugang zu ihr gefunden.

Was tat sie hier? In Norwegen? Jetzt?

Was für eine dumme Frage, dachte er sofort.

Sie sollten sich das wirklich ansehen, Woronin. Ich kann Ihnen versichern, dass Sie etwas sehen werden, das Sie ungemein interessieren und verblüffen dürfte!

Woher wusste Ismael von *Zajotsika?* Es musste ein Leck auf Seiten der Norweger geben. Er hatte niemals jemandem von ihr erzählt. Woher wusste Ismael überhaupt, dass er eine Tochter hatte?

8
01.58 Uhr

Er schreckte auf.

Automatisch warf er einen Blick auf die Uhr. Wie viel Zeit war vergangen?

Es dauerte einige Sekunden, bis die Wirklichkeit wieder Gestalt annahm.

War er tatsächlich eingeschlafen? Er wurde wütend auf sich selbst. *Eingeschlafen?* Wie konnte er nur?

Unsicher richtete er sich auf. Er hatte einen trockenen Mund. Die Hand schmerzte von all dem Hämmern gegen die Tür. Wie lange hatte er geschlafen?

»Hallo?«, rief er.

Das Echo hallte durch den Raum.

9

Kommandozentrale der Polizei, 01.59 Uhr

»Insekten und Tiere, die eine Gefahr wittern, haben drei Möglichkeiten«, sagte Thomas Fjell. »Einige stellen sich tot. Andere fliehen, und wieder andere gehen ihren Widersachern direkt an die Kehle.«

Er sah Bjørnar Lehmann vom Sondereinsatzkommando und den Einsatzleiter Aksel Schjelderup an. Hinter ihnen stand eine Gruppe von Polizisten, die neugierig warteten, was Fjell mit dem Biologieunterricht bezweckte.

»Eingesperrt zu sein gehört zum Bedrohlichsten, was sich Menschen vorstellen können«, fuhr er fort. »Wer an Klaustrophobie leidet, weiß, wovon ich spreche. Ein Fahrstuhl, der zwischen zwei Etagen stecken bleibt. Kein Weg nach draußen. Ein Sarg, der über einem zugenagelt wird. Gibt es schlimmere Gefühle der Angst?«

Fjell nickte in Richtung Fernsehmonitore. »In gewisser Weise geht es denen da drinnen jetzt genauso. Den Geiselnehmern auch, aber in erster Linie den Geiseln. Sie sind eingesperrt und in konstanter Todesangst. Dadurch geschieht etwas mit ihnen. Sie sind verzweifelt. Geraten sie unter Druck, kann niemand sagen, zu was sie imstande sind.«

Er spreizte die Finger. »Nach dem Terrorangriff auf das World Trade Center entschlossen sich viele der Eingeschlossenen, aus den Fenstern der oberen Etagen zu springen. Nicht alle sprangen aufgrund von Hitze, Rauch oder Flammen. Einige sprangen, weil sie nicht auf das Unausweichliche warten wollten. Sie wussten, dass sie sterben würden, dass alle Fluchtwege versperrt waren, dass sie keine Chance hatten, und statt auf den Tod zu warten, entschlossen sie sich, ihm entgegenzuspringen.«

Fjell schob seinen Stuhl etwas nach hinten. »Warum erzähle ich das? Weil ich will, dass Sie sich alle darüber im Klaren sind, wie schnell aus dieser Aktion ein Massaker werden kann. Das Studio ist wie ein Benzintank. Der kleinste Funke... Geiselnehmer und Geiseln sind kurz vor dem Siedepunkt! Ein verdächtiges Geräusch... eine Provokation... Die kleinste Kleinigkeit kann das Studio zur Explosion bringen. Im übertragenen und im wahrsten Sinne des Wortes.«

»So wie du das sagst«, meinte Lehmann, »hört es sich an, als sollten wir lieber früher als später handeln! Ehe etwas geschieht. Wenn wir jetzt einrücken, haben wir wenigstens noch das Überraschungsmoment auf unserer Seite. Wenn wir warten, bis die Terroristen zu schießen anfangen, sind sie es, die den Vorteil und den Vorsprung haben. Wir könnten einiges gewinnen, wenn wir die Initiative ergreifen.«

»Die Verhandlungslinie ist noch nicht verspielt! Noch nicht!«, sagte Fjell. »Die sind auf irgendetwas aus, das ich noch nicht richtig greifen kann. Sie handeln nicht logisch, jedenfalls nicht, wenn es nach meinen Psychologiebüchern geht. Da ist irgendetwas, das wir nicht wissen, das wir nicht sehen, nicht verstehen.«

Lehmann verschränkte die Arme. »Haben die Terroristen nicht so oder so einen psychologischen Vorteil, wenn sich die Sache in die Länge zieht? Je länger die Aktion dauert, desto handlungsunfähiger werden wir.«

»Wir haben die Kontrolle. Und das wissen sie.«

»Haben wir die? Hast du die Kontrolle? Ich habe sie, verdammt noch mal, nicht!«

»Noch haben wir die Kontrolle.«

»Ich persönlich«, meinte Lehmann, »würde sagen, wir sind bei dieser Terroraktion nur hilflose Statisten!«

»Wir haben keine Wahl.«

»Sie haben bereits zwei erschossen. Zwei Menschen! Wir können sie nicht so weitermachen lassen!«

»Sie machen nicht unbedingt weiter. Der erste Mord war eine zynische Machtdemonstration. Eine Demonstration der Terroristen, uns zu zeigen, wie ernst sie es meinen. Der zweite Schuss fiel, um eine Flucht zu verhindern. Wenn ein dritter fällt – vielleicht aus Panik?«

»Wir können nicht stillsitzen und zusehen, wie sie die nächste Geisel erschießen, wenn die Zeit rum ist«, sagte Schjelderup.

Fjell warf einen Blick auf die Uhr. »Vier Stunden, bis sie Kristin Bye erschießen wollen.«

»Was tun wir, wenn dieser Mister X auftaucht?«, fragte Lehmann. »Wir können ihn doch nicht einfach ins Studio schicken?«

»Wenn er kommt, haben wir ihn als Trumpfkarte für die Verhandlungen. Wir können ihn, theoretisch, gegen Geiseln austauschen. Das kommt ganz darauf an, um wen es sich handelt. Warum sie ihn in die Hände bekommen wollen.« Er wurde nachdenklich. »Aber du hast vollkommen Recht: Es ist nicht richtig, eine weitere Geisel zu den Terroristen hineinzuschicken.«

»Was, wenn er nicht kommt?«, fragte Schjelderup.

Fjell zuckte beinahe unmerklich mit den Schultern.

»Wir können nicht zulassen, dass sie Kristin Bye und den Außenminister töten«, sagte Lehmann. »Das versteht sich von selbst. Wir müssen zur Tat schreiten, ehe es sechs Uhr wird.«

»Die Frage ist, wie viele andere getötet werden, wenn wir eindringen, um ein Leben zu retten«, sagte Fjell.

»Meinst du, wir sollen Kristin Bye und Bernt Bøe aus Rücksicht auf die anderen Geiseln opfern?«

Fjell seufzte nachdenklich. »Was für ein Rechenstück! Wenn die zwanzig Personen im Studio umkommen, weil wir versucht haben, das Leben von einem oder von zweien zu retten, wäre das doch wohl noch schlimmer, oder? – Achtung, jetzt passiert was!«, platzte Fjell heraus. Auf dem Monitor sah er, dass sich Ramzan Jewlojew dem Haustelefon näherte. Kurz darauf klingelte der Apparat vor ihm auf dem Tisch. Er drehte die Lautstärke des Verstärkers hoch und setzt das Headset auf. Ramzans Stimme ertönte: »Herr Hauptkommissar! Wo bleiben das Essen und das Wasser?«

»Alles unter Kontrolle.«

»Ich habe gefragt, wo die Sachen bleiben!«

»Vorläufig stehen sie noch hier bei uns.«

»Bringen Sie sie rein! Jetzt!«

»Wir müssen reden.«

»Wir haben nichts zu bereden!«

»Meine Vorgesetzten sagen, Sie bekommen das Essen und das Wasser, sobald sie bereit sind, als Zeichen des guten Willens einige der Geiseln freizulassen.«

»Kommt nicht infrage.«

»Es ist nicht leicht, Ihnen etwas zu geben, wenn Sie nicht die Bereitschaft zeigen, uns ebenfalls entgegenzukommen.«

»Wir sind es, die die Bedingungen stellen, Hauptkommissar, vergessen Sie das nicht.«

»Natürlich, aber wenn wir diesen Knoten lösen wollen …«

»Der löst sich, wenn unsere Forderungen erfüllt worden sind!«

»Aber bis dahin müssen beide Seiten Verhandlungsbereitschaft zeigen.«

»Ich muss überhaupt nichts.«

»Das verstehe ich. Aber bitte haben Sie Verständnis, dass …«

»Fünfzehn Minuten! Ich rufe Sie in fünfzehn Minuten wieder an! Wenn Sie dann keinen besseren Vorschlag machen und uns Essen und Wasser bringen, erschießen wir eine Geisel! Fünfzehn Minuten, Hauptkommissar! Viertel nach zwei!«

Ich erinnere mich an den Tag, an dem das alles geschah, besser als an jeden anderen Tag meines Lebens. Es war ein Mittwoch, 1995. Das Jahr des Teufels.

Die Luft war klar, und das Gebirge zeichnete sich messerscharf gegen den Himmel ab. Ich war oben in den Bergen gewesen und hatte ein paar kleinere Tiere geschossen. Mein Magen knurrte. In einem Bach, der nach unten zum Fluss strömte, hatte ich eiskaltes Wasser getrunken, aber seit dem Frühstück nichts mehr gegessen. Ich fragte mich, wie Mama das Fleisch zubereiten würde. Ein leckeres Ragout? Ein würziger Eintopf? Das Wasser lief mir im Mund zusammen. Unbewusst ging ich schneller.

Der Wind war mild. Am blauen Himmel standen nur vereinzelte kleine Wölkchen.

Ich hatte die Büchse und den Sack mit dem Wild geschultert, als ich mich der letzten kleinen Anhöhe vor unserem Haus näherte. Mit einem Mal bemerkte ich, dass irgendetwas nicht so war, wie es sein sollte. Ich kann noch immer nicht sagen, was es war, das meine Aufmerksamkeit erregte. Aber ich blieb stehen und schnupperte wie eines der Tiere, das ich zuvor erlegt hatte, in der Luft. Ich sah das Haus vor dem üblichen bergigen Hintergrund, das Gebirge, das Tal, durch das sich der Fluss schlängelte. Eine dünne Rauchsäule wand sich aus dem Schornstein. Dann hörte ich das Lachen. Einen verstummenden Schrei. Und dann: einen Schuss. Ich begann zu laufen. Das Blut rauschte in meinen Ohren und füllte meinen Mund mit einem metallischen Geschmack. Das Gewehr und der Sack schlugen mir auf den Rücken und gegen die Hüfte.

Ich war nur wenige hundert Meter vom Grundstück entfernt, als ich sie sah. Vier oder fünf Soldaten traten aus unserem Haus. Russen. Grölend und lachend taumelten sie die Treppe hinunter auf den Hofplatz. Drei von ihnen fingerten an ihren Hosen herum. Wären sie aufmerksamer gewesen, hätten sie mich bemerkt. Aber sie waren nicht aufmerksam. Ich duckte mich hinter einen Busch. Sie sangen ein Trinklied. Zwei hoben ihre Flaschen. Sie mussten die Wodkaflaschen gefunden haben, die Papa hinter den leeren Blechdosen im Küchenschrank versteckte und die er wie ein Mullah bewachte. Nur wenn Fremde zu Besuch kamen und Papa richtig auftrumpfen wollte, kamen diese Flaschen auf den Tisch.

Aus meinem Versteck beobachtete ich die russischen Soldaten, die über den Platz taumelten und sich an einem Kosakentanz versuchten. Mein Mund war vor Angst ganz trocken. Hatten sie Mama oder Papa etwas getan? Meinem großen Bruder? Meiner kleinen Schwester? Einer der Soldaten trat an den Rand des Hofplatzes und erbrach sich. Die übrigen lachten. Ein anderer drehte mir den Rücken zu und pinkelte auf unsere Treppe, während ein dritter obszöne Bewegungen mit seiner Hüfte machte. Gelächter. Gegröle. Gejohle. Als sie die Flaschen geleert und an den Steinwall geworfen hatten, wo sie mit einem Klirren zerschmetterten, das bis in mein Versteck zu hören war, verschwanden die Russen hinter dem Haus. Der Motor eines Wagens startete. Ein Geländefahrzeug wurde zurückgesetzt, drehte und entfernte sich in Schlangenlinien.

Ich stürzte aus meinem Versteck und rannte den Pfad hinunter. Ich machte mich auf das Schlimmste gefasst. Meine Hände zitterten. Meine Knie waren so weich, dass ich beinahe gestürzt wäre.

Ich blieb stehen, als wagte ich es nicht, mich dem Haus zu nähern.

»Mama?«, rief ich. »Papa?«

Ein Windhauch kräuselte den Rauch, der aus dem Schornstein stieg.

Ich ging näher.

»Mama?«
Stellte den Fuß auf die unterste Treppenstufe.
»Papa?«
Ich stieß die Tür auf.
»Seid ihr da?«
Dann ging ich hinein.

02.02 Uhr – 02.40 Uhr

1

Studio 2, 02.02 Uhr

In vier Stunden bin ich tot…

Zum ersten Mal in dieser Nacht erfüllte dieser Gedanke Kristin mit eisiger, lähmender Angst. Erschrocken sah sie ein, dass die Gefahr, umgebracht zu werden, keine abstrakte Bedrohung war, sondern ein ganz reelles Risiko. Vier Stunden… Sie folgte Ramzan Jewlojew mit dem Blick, als er vom Haustelefon zurückkam. Sie hatte keine Ahnung, mit wem er da draußen sprach. Mit jemandem von der Polizei? Er wirkte wütend. Wahrscheinlich hatten sie eine seiner Forderungen abgelehnt.

Hätte sie die Kraft, ihre Würde zu wahren, wenn sie mit der Pistole an der Schläfe vor Ramzan kniete? Oder würde sie schluchzend zusammenbrechen, aus lauter Angst vor dem Tod? Sie sah schon die Schlagzeilen von morgen. *LIVE AUSGESTRAHLTES GEISELDRAMA! TERROR PER LIVEÜBERTRAGUNG! KRISTIN BYE OPFER DES GEISELDRAMAS! LIVE HINGERICHTET! BYE IM BLUTBAD!*

Obwohl die Klimaanlage lief, fühlte sich die Luft im Studio schwül und abgestanden an. Als ob sie einatmete, was die andere gerade ausgeatmet hatten. Sie hatte Kopfschmerzen. Ramzan sprach mit Edil, der, wie sie vermutete, der zweite Mann war. Edil wirkte ein paar Jahre älter als Ramzan und strahlte eine bedrohlich wirkende Ruhe aus. Ramzan redete erregt und mit fuchtelnden Armen auf ihn ein, doch Edil verzog keine Miene.

Ich werde sterben, dachte sie. In vier Stunden werden sie mich erschießen. Wenn kein Wunder geschieht. Reiß dich zusammen. Werd jetzt bloß nicht panisch. Sie schloss die Augen und versuchte, an ihre Mutter zu denken, an ihren Vater, die Großeltern, die Sennhütte in Juvdal. Sie versuchte, in den Erinnerungen Ruhe zu finden, aber sie konnte die ganze Zeit nur an eins denken: *Ich will nicht sterben!* Besorgt sah sie zu Jussup, der blutend am Boden lag, den Kopf auf Silje Grans Schoß. Ab und zu öffnete er die Augen, aber sie war nicht sicher, ob er wirklich bei Bewusstsein war. Er hatte nicht geantwortet, als sie ihn angesprochen hatte. Sein Blick war verschleiert und abwesend. Würden sie ihn wirklich sterben lassen? Und was war mit Frank Berthelsen? Grethe Aslaksen hatte die ganze Zeit bei ihm gesessen und ihn getröstet, während sich sein Zustand immer mehr verschlechterte. *Meine Verantwortung. Meine Gäste. Meine Kollegen.* Die Terroristen hatten sie getäuscht. Politiker, Experten, Asylbewerber, ihre eigenen Kollegen vom Sender… Alle waren sie in Studio 2 gefangen, weil sie ihren Job nicht sorgfältig genug gemacht hatte.

Sie sah in Kamera drei. Auch wenn die Bilder nicht öffentlich ausgestrahlt wurden, wusste sie, dass irgendjemand in der Regie – und wahrscheinlich auch von der Polizei – das Geschehen über jede der Kameras verfolgte. Das Handmikrofon hatte sie längst abgelegt, aber sie hatte nach wie vor das Mikroport an der Bluse und die Senderbox am Hosenbund. Sie schob den Arm hinter den Rücken und schaltete den Sender ein. »Bitte, helft uns«, sagte sie leise in das Mikrofon. »Jussup verblutet. Berthelsen hat Herzprobleme. Sie werden uns erschießen. Helft uns!« Sie kniff die Augen zu. Als sie sie wieder aufmachte, stand Ramzan vor ihr. Entging diesem Mann denn gar nichts? Wortlos entfernte er das Mikrofon von ihrer Bluse. »Clever«, murmelte er. Er drehte sie um und nahm ihr den Sender ab. Lächelnd, als ob ihn ihre Ungehorsamkeit amüsierte, schüttelte er den Kopf.

»Wollen wir uns setzen?«, fragte er.

»Seit wann fragen Sie um Erlaubnis?«

Er führte sie zur ersten Bankreihe. Sie setzten sich. »Erschöpft?«

Sie sah ihn an. Woher diese plötzliche Fürsorge?

»Natürlich«, sagte sie. »Erschöpft. Und ängstlich.«

»Kein Wunder.«

Sie war überrascht, wie aufrichtig er klang. Offenbar hatte er für einen Moment seine Rolle als böser Junge abgelegt.

»Werden Sie oder einer der anderen mich erschießen?«, fragte sie.

»Wenn er kommt, wird dich keiner erschießen.«

»Wer?«

»Die Ratte.«

»Wer ist er?«

»Einer, den Sie kennen!«

»Ach ja?«

»Aslan Gairbekow.«

»Wer? Ich kenne niemanden, der so heißt.«

»Lüge.«

»Glauben Sie, was Sie wollen.«

»Wo ist er?«

Sie schüttelte den Kopf.

»Ich weiß, dass Sie ihn kennen.«

»Ich kenne keinen Aslan Gairbekow!«

»*Wo ist er?*«

»Ich sagte doch, ich weiß nicht, wer das ist!«

»Sie lügen!«

»Und Sie sind verrückt.«

Ramzan sah sie mit einem unergründlichen Blick an.

Irgendwo im Studio hustete jemand. *Vier Stunden…*

»Sie hassen mich«, sagte er.

Sie blickte auf den Studioboden, wollte sich nicht manipulieren lassen.

»Sie hassen den, für den Sie mich halten.« Ramzan verschränkte die Arme vor der Brust. »Aber was wissen Sie schon von mir? Haben Sie das Recht, mich zu verurteilen?«

Sie kratzte sich nervös im Nacken.

»Jeder Mensch hat eine Vergangenheit, einen Hintergrund«, sagte er. »Ich weiß nichts über Sie. Ich bin in den Bergen aufgewachsen, in einem Haus in der Nähe eines Baches.«

Sie wusste nicht, was sie sagen sollte.

»Wir waren arm. Es kam vor, dass mein Magen knurrte, wenn ich mich abends schlafen legte, aber gehungert haben wir nie. Mit den Jahren wurde es besser.«

Sie schwieg noch immer.

»Sie fragen sich, wie ich so böse werden konnte? Was mich zu so einem Ungeheuer gemacht hat? Wollen Sie es wissen? Wollen Sie es wirklich wissen? Ich werde es Ihnen erzählen. Mein Land wurde vergewaltigt. Und damit nicht genug. Meine ganze Familie wurde abgeschlachtet!« Er heftete seinen Blick auf sie. »Meine Eltern. Meine Geschwister. Alle wurden abgeschlachtet wie die Tiere.«

Sie seufzte laut, schloss die Augen.

»Jetzt denken Sie vielleicht: Gibt ihm sein Wunsch nach Rache das Recht, andere abzuschlachten?«

Der Gedanke war ihr tatsächlich gekommen.

»Ich habe ein Ziel, eine Vision«, sagte er träumerisch. »Und manchmal müssen dafür kleinere Ideale etwas Größerem weichen. Hin und wieder muss jemand geopfert werden, um mehr zu retten.«

»Ausflüchte.«

»Finden Sie? Überlegen Sie doch mal. Die Weltgeschichte ist ein einziges, langes Beispiel dafür, dass Einzelschicksale nie wichtiger waren als das große Ganze. Glauben Sie, Cäsar hat auch nur einen einzigen seiner Soldaten gefragt, ob er es gerecht fand, für das Römische Reich zu sterben? Haben Ägyptens Pharaonen sich um das Wohl der Sklaven geschert, als sie die Pyramiden bauten?«

Mein Gott, er leidet an Größenwahn, dachte Kristin. »Ich habe nichts mit Ihrem Krieg zu schaffen«, sagte sie.

»So geht es allen. Selbst die Soldaten, die für ihr Land sterben, werden denken: Wieso ich? Das Leben ist ungerecht.«

»Ich bin kein Soldat.«

»Das sind wir alle.«

»Ich will nicht sterben!«, platzte es aus ihr heraus.

»Das will ich auch nicht. Aber wir haben nicht immer die Wahl.«

2
Eilmeldung, NTB, 02.05 Uhr

Eilmeldung
Geiseldrama –

STOCKHOLM/KOPENHAGEN (NTB). In einem gemeinsamen Telegramm der schwedischen und dänischen Regierung an den Ministerpräsidenten Bjørn-Tore Visksveen schreiben Schwedens Ministerpräsident Göran Persson und Dänemarks Ministerpräsident Anders Fogh Rasmussen, dass die skandinavischen Länder geeint im Widerstand gegen den internationalen Terror stehen. »Norwegen hat unsere ganze Sympathie und volle Unterstützung in dieser schweren Zeit«, heißt es in dem Telegramm.

---- sbj – fd – gk
02.05 406 Zeichen

3
Kommandozentrale der Polizei, 02.12 Uhr

»Herr Hauptkommissar! Sie sind aber früh dran. Drei Minuten vor der Zeit! Ich hoffe, Sie haben gute Nachrichten?«

Ramzan Jewlojews Stimme war gefühlskalt. Thomas Fjell presste den Bügel mit den Kopfhörern und dem Mikrofon so fest gegen die Wange, dass es wehtat.

»Hören Sie, Ramzan, ich habe einen Vorschlag.«

»Einen Vorschlag?« Zornig: »Ich dachte, ich hätte Ihnen klargemacht, dass eine der Geiseln stirbt, wenn Sie mir nicht innerhalb der nächsten drei Minuten Wasser und was zu essen bringen?«

»Ich weiß…«

»Einer stirbt!«

»Hören Sie mich an. Ich bitte Sie. Mein Vorschlag ist gut.« Fjell seufzte übertrieben deutlich. »Ramzan… Nicht nur Sie setzen mich unter Druck. Meine Vorgesetzten üben ebenfalls Druck auf mich aus. Sie wissen, wie Chefs sein können. Und…«

»Ich scheiß auf Ihre Chefs! Und ich scheiß auf Sie! Es gibt nur eine Sache, die zählt: Wasser! Essen! Wenn… gleich sind es nur noch zwei Minuten!«

»Das Wasser und das Essen stehen bereit. Aber meine Vorgesetzten verlangen ein Zeichen von Kooperationswillen. Und an dieser Stelle kommt mein Vorschlag ins Bild.«

Stille. Ein gutes Zeichen, dachte Fjell. Er hört zu. Er ist nicht so kompromisslos, wie er vorgibt.

»Sie können mir helfen, Ramzan. Und ich kann Ihnen helfen. Denn Sie haben ein Problem. Zwei, genau genommen. Sie haben eine angeschossene Geisel und eine weitere, die möglicherweise an einem Infarkt stirbt. Keine der beiden hat einen Wert für Ihre Verhandlungen. Beide sorgen nur für Komplikationen, wenn sie bei Ihnen im Studio bleiben. Sie nützen Ihnen nichts. Für mich sind sie als Verhandlungsargumente nicht mehr interessant. Sie sind beide sterbenskrank, Ramzan. Sie sind wertlos.«

Stille.

»Wir können sowohl Ihr als auch mein Problem lösen. Ich kriege zwei Geiseln von Ihnen. Meine Vorgesetzten sind zufrieden. Sie zeigen Kooperationswillen. Und Sie haben zwei Probleme weniger im Studio. Und außerdem bekommen Sie Essen und Wasser. Alle können zufrieden sein. Was sagen Sie dazu, Ramzan?«

Stille.

»Keiner muss das Gesicht verlieren«, fuhr Fjell fort. »Die Ehre bleibt unangetastet. Und jeder hat bekommen, was er wollte.«

Langsam, als müsse der Laut sich erst aus den Tiefen seines Körpers herausarbeiten, begann Ramzan zu lachen. »Sie sind dreist, Hauptkommissar!«

Ein Kompliment, dachte Fjell. Er notierte die Worte und die Uhrzeit auf dem Block. *02.14 Uhr. Dreist. Kompliment.* Doppelt unterstrichen. *Wird er weich??*

»Sie können den Tschetschenen haben«, sagte Ramzan. »Der macht nur Dreck. Mit dem Norweger warten wir noch ein wenig.«

»Er wird sterben.«

»Sterben werden wir alle, früher oder später.«

»Ich möchte beide.«

»Sie kriegen aber nur einen.«

»Was wollen Sie mit einer Geisel, die ...«

»Noch eine halbe Minute«, sagte Ramzan. »Dreißig Sekunden. Wenn wir uns nicht einig werden, erschieße ich eine Geisel.«

Er meint, was er sagt, dachte Fjell. Als hätte er seine Gedanken gelesen, sagte Ramzan: »Sie wissen, dass ich es ernst meine.«

»Können wir nicht darüber reden?«

»Zum Beispiel, wen ich erschießen werde? Kristin Bye? Den Außenminister? Die Dolmetscherin?«

»Ramzan ...«

»Fünfzehn Sekunden.«

»Hören Sie ...«

»Zehn Sekunden.«

Fjell hörte das metallische Klicken einer Pistole, die entsichert wurde.

»Warten Sie!«

»Ja?«

»Wir nehmen den Verletzten.«

»Ja?«

»Und Sie kriegen das Wasser und das Essen.« Fjell senkte den Kopf. Es war ihm zwar gelungen, die verletzte Geisel frei zu bekommen, aber diese Runde hatte er verloren.

4

Russische Botschaft, 02.15 Uhr

»Verfolgen Sie die Fernsehaufzeichnungen, Botschafter Woronin?«, fragte der Mann, der sich Ismael nannte.

»Woher habt ihr von ihr erfahren?«

Leises Lachen. »Woronin ... Ich dachte Sie wüssten besser als jeder andere, dass wir alles wissen.«

Wir. Wissen. Alles.

»Als Vater sollten Sie besser auf Ihre Tochter aufpassen«, fuhr Ismael fort.

»Ich ...«

»Ich weiß. Sie haben viel um die Ohren. Aber ist es nicht eine Ironie des Schicksals, dass Sie ausgerechnet in Norwegen tätig sind, während *Ihre Tochter...*« In Ismaels gedämpftem Lachen lösten sich die unausgesprochenen Worte auf.

»Wer sind Sie?«, presste er hervor.

»Wo ist Aslan Gairbekow?«, fragte Ismael.

Aslan Gairbekow. Der tschetschenische Rebellenführer, der sich als Asylbewerber irgendwo in Norwegen aufhielt.

»Woher soll ich das wissen? – Wer sind Sie?«, wiederholte Woronin.

Ismael schwieg. Lange. Okay, dachte Woronin, offenbar will er nicht antworten.

»Aslan Gairbekow ...«, sagte Woronin übertrieben geduldig. »Über unsere Kontakte haben wir herausgefunden, dass Aslan Gairbekow hier im Land als Asylbewerber registriert ist und unter geheimer Identität lebt. Es ist möglich, dass er die Forderungen der Terroristen im Fernsehen gesehen hat und sich auf dem Weg nach Oslo befindet.«

Ismaels Atemzüge drangen durch die Telefonleitung. Regelmäßig und tief.

»Wo ist Waleriy?«

Woronin legte die Stirn in Falten. Waleriy war jahrelang Sicherheitschef in Oslo gewesen. Es sprach für sich, dass Ismael sich nach ihm erkundigte. »Waleriy ist in seinem Büro, nehme ich an.«

»Sie sollten wirklich aufmerksamer sein.«

»Unsere Ressourcen sind nicht unbegrenzt. Und es wäre sehr hilfreich, wenn Sie uns an wichtigen Informationen teilhaben ließen.«

»Wir haben einen Auftrag für Sie.«

»Ach ja?«

»Auf dem Flugplatz Gardermoen steht eine Aeroflot-Maschine, die laut Plan morgen um 12.30 Uhr abheben sollte.«

»Abheben sollte?«

»Bedauerlicherweise werden die Passagiere ihre Flüge umbuchen müssen. Aufgrund eines technischen Fehlers.«

»Was für ein technischer Fehler?«

»Das Flugzeug wird für den Transport der sechs Terroristen und einer kleineren Anzahl Geiseln vorbereitet.«

»Was sagen Sie da?«

»Schicken Sie eine Operationseinheit der Botschaft. Waleriy wird sich um das Praktische kümmern. Der Flugkapitän und seine Mannschaft sind im Quality Airport Hotel Gardermoen untergebracht. Der Kapitän und alle Kräfte, die an Bord eine operative Funktion haben, müssen ab drei Uhr heute Nacht abflugbereit sein.«

»Jetzt verstehe ich gar nichts mehr.«

»Das spielt keine Rolle.«

»Wir wissen doch gar nicht, wie lange die Aktion noch …«

»Woronin, führen Sie einfach Ihre Befehle aus.«

»Ich bin es nicht gewohnt …«

Ismael legte auf.

5

Kommandozentrale der Polizei, 02.20 Uhr

»Hauptkommissar?«

Ramzan Jewlojews Stimme war leise, heiser, flüsternd.

»Ich bin hier«, antwortete Fjell.

»Wir warten auf das Wasser und das Essen.«

»Wir stehen draußen. Es ist alles bereit.«

»Hören Sie…«

»Ja?«

»Wenn Sie dem Wasser oder dem Essen etwas beigemischt haben…«

»Wir sind ja nicht dumm.«

»Ich verspreche Ihnen, wenn Sie etwas mit dem Wasser oder dem Essen gemacht haben…«

»Wir haben überhaupt nichts damit gemacht.«

»Die Geiseln kriegen zuerst was.«

»Selbstverständlich.«

»Sollte etwas mit ihnen passieren…«

»Das wird es nicht.«

»Sie können den Verletzten abholen, sobald wir sicher sein können, dass die Lebensmittel nicht kontaminiert sind.«

…not contaminated, notierte Fjell. *Möglicherweise militärische Vorgeschichte?*

»Wir würden ihn gern so schnell wie möglich rausholen, damit er medizinisch versorgt werden kann«, sagte Fjell.

»Ihr bekommt ihn, wenn wir sagen, dass alles in Ordnung ist.«

6
Studio 2, 02.25 Uhr

Der Schmerz war ein Punkt im Universum, das Bindeglied zum Bewusstsein. Ein brennender, pulsierender Kern, der seine glühenden Tentakel im ganzen Körper ausbreitete.

Jussup versank in der Bewusstlosigkeit und tauchte wieder auf. Alles war in dem hämmernden, lodernden Schmerz verankert. Zwischendurch, wenn er zu sich kam und die Frau ansah, die ihm über den Kopf streichelte und ihre Hand in seinen Nacken presste, wurde die Qual so intensiv, dass er in die Dunkelheit fliehen musste, in die Erinnerungen, in das Vakuum, in dem der Schmerz nur noch eine ferne, kalte Sonne war. Als er das nächste Mal die Augen öffnete, saß die Frau noch immer da. Er wusste nicht, wo er sich befand; er sah das Flussufer vor sich, an dem er als Kind gespielt hatte, und die Sonne, die durch das Laubwerk fiel.

»Geht es gut?«

Silje Gran sah zu Kristin Bye hoch, die vor ihr stand.

»Nein«, antwortete sie. Sowohl in der Partei als auch im Ausschuss des Stortings war sie für ihre knappen Antworten bekannt, wenn sie nicht in der rechten Stimmung war.

»Dumme Frage«, gab Kristin zu und setzte sich neben sie auf die Bank.

Silje Grans Blick wurde sanfter. »Ich wollte nicht grob sein. Aber das hier …« Sie breitete die Arme aus. »Ich fühle mich durch die Handlungsunfähigkeit der Polizei und der Regierung maßlos provoziert.«

»Wir wissen nicht, was sie unternehmen.«

»Wir wissen aber, dass bis jetzt noch nichts geschehen ist.«

»Haben Sie Angst?«

Sie atmete durch die Nase ein. »Natürlich!«

Schon wieder eine dumme Frage.

»Entschuldigung, so war das nicht gemeint.«

»Bald greift die Polizei ein und bringt alles in Ordnung.«

»Sie haben die Hoffnung noch nicht aufgegeben, sehe ich.«

»Natürlich werden sie kommen!«

»Seien Sie doch nicht naiv. Hier wird gar nichts passieren, solange Bjørn-Tore Viksveen an der Spitze der Regierung sitzt.«

»Glauben Sie, die Politik hat sich inzwischen eingeschaltet?«

»Das alles hat mit Politik zu tun.«

»In dem Fall will er wahrscheinlich nicht die Verantwortung für ein Fiasko übernehmen.«

»Oh, ich kenne Viksveen. Er wird garantiert seine Hände in Unschuld waschen, wenn es nicht nach seinen Vorstellungen läuft. Und falls die Polizei Erfolg haben sollte, wird er mit Vergnügen die Ernte einfahren.«

»Aber der Ministerpräsident bestimmt nicht über die Polizei.«

»Er bestimmt, über wen er will.«

»Ich bezweifle, dass sich die Polizei vom Ministerpräsidenten dirigieren lässt.«

»Die Polizei ist mit einer Sache wie dieser völlig überfordert.«

»Meinen Sie nicht, dass sie daran wächst?«

»Keine norwegische Behörde ist auf einen Fall wie diesen vorbereitet worden. Nicht auf so etwas Großes.«

Kristin Bye seufzte und schüttelte den Kopf. Silje Gran sah auf die Uhr. Im gleichen Augenblick donnerte etwas gegen die Studiotür.

7

Vor dem Sender ABC, 02.27 Uhr

Die Journalisten, Pressefotografen und Fernsehleute, die auf der anderen Straßenseite versammelt waren – hinter der Absperrung, die unter den Polizeikräften inzwischen nur noch als Schafsgatter bezeichnet wurde –, traten ungeduldig auf der Stelle. Etliche sprachen über Mobiltelefone mit ihren Kollegen aus den Redaktionen an den Umbruchtischen. Die meisten Morgenausgaben waren längst im Druck, aber die großen Zeitungen behielten ihre Angestellten in Bereitschaft, um gegebenenfalls im Laufe des Vormittags eine zweite und dritte Ausgabe oder Extranummer nachschieben zu können.

NRK, TV 2 und TVNorge strahlten live aus. Mit Genehmigung des Senders ABC blendeten sie die Bilder aus Studio 2 in der oberen rechten Ecke des Bildschirms ein, so dass man das aktuelle Geschehen verfolgen und zugleich die Beiträge der jeweiligen Kanäle mitbekam.

Um halb drei Uhr nachts verfolgten schätzungsweise zwei Millionen Norweger die Fernsehübertragung des Terrordramas. Weltweit näherte sich die Zahl anderthalb Milliarden.

8

Studio 2, 02.27 Uhr

Geir Wilhelmsen, Polizeibeamter und Gruppenführer der Einsatztruppe der Polizei Oslo, schlug mit geballter Faust gegen die Stahltür des Studios. Lehmann hatte ihm gesagt, dass die Tür schalldicht war, ein kräftiges Klopfen aber zu hören sein würde. Sein Herz schlug schnell. Diese sirrende Spannung war es, von der er geträumt hatte, als er sich bei der Polizei beworben hatte. Die kontrollierte Angst. Herr der Situation zu sein.

Links von ihm stand eine Kiste mit Butterbrotpaketen, Keksen und Obst auf dem Boden, rechts ein Plastikkanister mit zwanzig Litern Trinkwasser. Seine Chefs – Lehmann, Schjelderup und Fjell – hatten ihn gründlich instruiert. Wie er auftreten sollte, was er auf keinen Fall tun durfte, wie er auf die unterschiedlichen Szenarien reagieren sollte, welche Fragen ihm eventuell gestellt werden könnten, was er darauf antworten sollte … Es war alles mehrmals durchgegangen, analysiert und diskutiert worden. »Viel Glück«, hatten sie hinter ihm hergerufen. In dem Augenblick hatte er sich schrecklich allein gefühlt. Gleich würde er zu den Terroristen ins Studio gehen. Das Risiko, dass er selbst zur Geisel wurde, war groß. Er hatte seiner Freundin vorher noch eine kurze SMS geschickt – *I love u* – bevor er sich mit dem Wasser und den Essenssachen zielbewusst in den Gang begeben hatte, der zum Studio führte.

Er wartete einen Moment, dann klopfte er noch einmal. Zweimal. Er wollte nicht ungeduldig wirken. Nicht provozieren.

Der Türgriff bewegte sich nach unten. Langsam öffnete sich die Tür. Das Erste, was er sah, war der Lauf einer Pistole. Dahinter: zwei dunkle Augen.

»*Food! Water!*«, sagte er und streckte seine leeren Hände vor.

Die Tür wurde noch ein Stück weiter geöffnet. Hinter dem Mann in der Türöffnung standen zwei andere mit schussbereiten Waffen. Der erste Mann trat in den Gang hinaus und musterte Geir prüfend. »Reinkommen! Sofort!«, schrie er auf Englisch. Geir Wilhelmsen griff den Wasserkanister mit der rechten und die Essenskiste mit der linken Hand und beeilte sich, ins Studio zu kommen.

»Stopp! Stehen bleiben!«

Es überraschte ihn, wie viel kleiner das Studio war, als er es sich vorgestellt hatte. Auf dem Fernsehbildschirm hatte es viel größer gewirkt.

Vor ihm auf dem Boden, unter einer Decke, lag die Leiche der ersten erschossenen Geisel. Ein Stück dahinter erblickte er den verletzten Tschetschenen. Er erkannte Kristin Bye wieder. Hinter der Tribüne sah er die Beine seines Kollegen Vidar Mørch, der an das Gerüst gefesselt war. Hinter den Männern, die ihre Waffen auf ihn richteten, kam Ramzan Jewlojew auf ihn zu. Geir blieb reglos stehen, stellte nicht einmal den Kanister oder die Kiste ab. Du musst den Terroristen jegliche Initiative überlassen, hatte Fjell gesagt. Tu nichts, was Verwirrung stiften könnte. Sie werden dir sagen, was du zu tun hast.

»Wasser? Essen?«, fragte Ramzan.

Ziemlich überflüssige Frage, dachte Geir. Er nickte.

»*Down! Down! Down! Down!*«

Geir zuckte zusammen, setzte Kanister und Kiste ab und ging langsam in die Knie.

»*Down, pig!* Runter! Leg dich auf den Bauch! *Down!*«

Er legte sich auf den Bauch und spreizte Arme und Beine. Jemand drückte ihm ein Knie in den Rücken. Gleich darauf nahmen ein paar schnelle und routinierte Hände eine Leibesvisitation vor. Sie drehten ihn auf den Rücken und wiederholten das Ganze. Als sie fertig waren, zogen sie ihn auf die Beine.

»Unternimmt die norwegische Regierung bald mal was?«, rief eine Frau. Geir sah hoch. Silje Gran von der Fortschrittspartei. »Wie lange wollen die denn noch warten?«

»*Shut up!*«, schrie Ramzan.

Zwei der Terroristen nahmen die Kiste mit dem Essen und das Wasser. Der eine riss das Papier von einem Proviantpaket, klappte die Brotscheiben auseinander und schnupperte misstrauisch.

»Wenn ihr was ins Essen oder Wasser getan habt…«, sagte Ramzan drohend.

»*No, no!*«, sagte Geir und hob die Hände. »Nichts.« Er versuchte, entwaffnend zu lächeln. »Kann ich jetzt… jemanden mitnehmen?« Fjell hatte ihm eingeschärft, nicht das Wort Geisel zu benutzen.

Ramzan sah ihn lange an. »Nein«, sagte er.

Geir zögerte. Seine Chefs hatten ihn darauf vorbereitet, dass es durchaus sein konnte, dass ihm die Geisel ausgehändigt wurde, aber auch, dass er eine Abfuhr bekam. Er durfte unter gar keinen Umständen anfangen zu argumentieren. Trotzdem empfand er es als ungeheuer sinnlos, sich selbst in Lebensgefahr zu begeben, ohne eine der Geiseln retten zu können.

»Oder, warten Sie«, sagte Ramzan. Die Andeutung eines Lächelns kräuselte seine Mundwinkel. »Nimm den da mit!« Er nickte in Richtung der Leiche unter der Decke.

Geir schluckte. Er schlug die Decke zur Seite und griff nach dem Handgelenk des Toten.

»Raus!«, blaffte Ramzan und schickte ihn mit einer Handbewegung weg.

Einer der Terroristen öffnete die Tür. Geir zog die Leiche hinter sich her aus der Tür. Zwei der Terroristen richteten ihre Pistolen auf ihn. Er zog Magomed mit sich nach draußen. Die Studiotüren schlugen hinter ihm zu.

Silje Gran rollte sich in einem Winkel der Zuschauertribüne zusammen. Sie versuchte, das Gefühl von Hoffnungslosigkeit auszublenden. Sie war es gewohnt, die Kontrolle zu haben. Jetzt fühlte sie sich machtlos. Die Panik lauerte direkt unter der Oberfläche. Die norwegische Regierung würde den Forderungen niemals nachgeben. Nicht solange Viksveen Ministerpräsident war. Und die Terroristen würden niemals aufgeben. Sie waren viel zu entschlossen, viel zu konkret in ihren Forderungen. Ihrer Meinung nach sollte die Regierung ihnen stärker entgegenkommen. Immerhin ging es hier um unschuldige, norwegische Menschenleben. Die Tschetschenen kämpften einen gerechtfertigten Befreiungskampf gegen mehrere Jahrhunderte russischer Oberherrschaft. Hätte irgendjemand die norwegischen Widerstandskämpfer während des Krieges als »Terroristen« bezeichnet? Wohl wahr, sie hatten keine Unschuldigen als Geiseln genommen, aber auch im Widerstandskampf hatte es viele zivile, unschuldige Opfer gegeben. Silje Gran drehte sich auf die Seite und legte ihre Wange auf die Hände. Im Grunde war es nur recht und billig, wenn die Regierung und die Polizei wenigstens einen Teil der Forderungen erfüllten. Zumindest so weit, dass sie dieser abgeschlossenen Hölle entkommen konnte. Warum dauerte das so lange? Das war so typisch für die Viksveen-Regierung! Aufschieben, hinauszögern, aussitzen ... *So verflucht typisch!* Die Terroristen hatten ihre Forderungen vor mehr als vier Stunden gestellt, aber die Regierung hatte sich noch in keiner Weise geäußert. War es da verwunderlich, dass die Terroristen ungeduldig wurden? Die Politiker und Polizisten fühlten sich so sicher in ihren offenen, luftigen Büros, von wo aus sie dem Geschehen auf den Bildschirmen folgten, als wäre das hier ein spannender Actionfilm. Aber verdammt noch mal, dachte sie, haben wir nicht alle das Recht auf eine baldige Lösung? Ich will nicht sterben. Ich will nicht unter den Augen all der Fernsehzuschauer zu Hause in einem schnöden Fernsehstudio sterben. Ich will nicht erschossen und in die Luft gesprengt werden, weil die Regierung nicht in der Lage ist, diese Situation zu bewältigen oder die Forderungen zu erfüllen. Mein Gott, in der Politik musste man doch, gerade wenn man unter Druck stand, jeden Tag Kompromisse eingehen, auch gegen die eigenen Prinzipien. Sie können doch wohl ein bisschen Verstand und Großmut zeigen, wenn so viele Leben auf dem Spiel stehen! Im Grunde genommen konnte sie nachvollziehen, wieso die Terroristen ausrasteten. Sie wusste nicht mehr, was sie glauben sollte. Sie wollte nur noch raus hier! Fort! Weg!

9

Kommandozentrale der Polizei, 02.36 Uhr

»Danke für die Sachen«, sagte Ramzan Jewlojew.

»Wann können wir den Verletzten rausholen?«, fragte Thomas Fjell.

»Sie kennen die Regeln.«

»Er muss ärztlich versorgt werden.«

»Ihr kriegt ihn, wenn wir sicher sein können, dass ihr kein Hexenpulver ins Wasser oder Essen gemischt habt.«

»So weit müssen Sie uns schon vertrauen.«

»Seien Sie nicht naiv.«

»Dann beeilen Sie sich.«

»Zeit, Hauptkommissar, ist das Einzige, was wir unbegrenzt haben.«

Er legte auf.

»Wann können wir die Geisel holen?«, fragte Bjørnar Lehmann und trommelte mit den Fingern auf seinen Oberschenkel.

»Bald«, sagte Fjell.

»Er hat uns verschaukelt!«

»Dafür ist er nicht der Typ.«

»Traust du ihm?«

»Wir haben eine Abmachung. Die wird er einhalten.«

»Du bist zu gutgläubig.«

»Er will niemanden rausrücken, ehe er nicht sicher sein kann, dass dem Essen und Wasser nicht irgendwas … du weißt schon, untergemischt ist, was ihnen nicht guttun würde.«

Lehmann brummte.

Und wann können wir die Geisel nun holen?, dachte Thomas Fjell.

10

Büro des Ministerpräsidenten, 02.40 Uhr

»Die Polizei hat soeben mitgeteilt, dass die Lebensmittel und das Wasser ausgeliefert wurden«, sagte Staatssekretär Vidar Erichsen.

Ministerpräsident Bjørn-Tore Viksveen, der gerade einen Lagebericht des OpStabs aus dem Polizeipräsidium las, schaute nicht einmal auf, als er fragte: »Sind Geiseln frei gelassen worden?«

»Noch nicht«, sagte Polizeipräsidentin Elsebeth Røed.

»Sie hoffen, zwei Geiseln frei zu bekommen«, ergänzte Erichsen. »Der, auf den geschossen wurde, und Frank Berthelsen. Aber es ist noch unklar, ob die mehr als eine rausrücken.«

»Berthelsen?«

»Kaum«, sagte Røed. »Unser Kontaktmann geht davon aus, dass es der sein wird, auf den geschossen wurde.«

»Wieso nicht Berthelsen? Wenn er doch Herzprobleme hat…« Der Ministerpräsident sah die Polizeipräsidentin halb fragend, halb vorwurfsvoll an.

»Für die Terroristen sind Berthelsens Brustschmerzen das kleinere Problem. Während der, der auf dem Boden liegt und verblutet, ein Problem darstellt, das sie aus dem Weg haben wollen.«

02.41 Uhr – 03.00 Uhr

1

Studio 2, 02.41 Uhr

Seltsam, dachte Kristin, dass die Zeit mal rasend schnell und dann wieder so unbegreiflich langsam verstreicht. Zwanzig Minuten vor drei. Drei Stunden und zwanzig Minuten, bis die Frist um war. Vier Stunden und vierzig Minuten, seit der Albtraum begonnen hatte. Nach so langer Zeit war die Angst zu einem konstanten Gefühl geworden, das sie abwechselnd lähmte und ruhelos werden ließ. Sie war inzwischen an einem Punkt angekommen, an dem sie dachte, dass das, was geschehen würde, wohl geschehen musste, und dass sie es so oder so nicht beeinflussen konnte.

Wollten die nicht Jussup holen? Ramzan Jewlojew hatte doch eingewilligt, ihn frei zu lassen. Kristin hatte diese Information mit Erleichterung aufgenommen. Es war möglich zu verhandeln. Möglich, mit dem Leben davonzukommen.

Sie blickte kurz zu Frank Berthelsen hinüber. Das war doch Folter. Wieso ließen sie ihn nicht auch gehen, damit er zu einem Arzt kam? Oder wollten sie wirklich, dass er an einer Herzattacke starb? Dann war er doch als Geisel nichts mehr wert. Sie verstand ihre Logik nicht.

Kristin hatte erkannt, dass die sechs Terroristen ihre Positionen nach einem bestimmten Muster wechselten, das sie nicht durchschaute. Die Tür, die Tribüne, das Kulissenlager, die Toilette. Von zwei Terroristen wusste man nie genau, wo sie waren. Als wäre die ganze Aktion ein genau einstudiertes Militärmanöver.

2

Kommandozentrale der Polizei, 02.50 Uhr

»Ich muss schon sagen, Hauptkommissar, ich muss schon sagen …!«

Thomas Fjell versuchte, Ramzan Jewlojews Stimme zu deuten. Spielte er? War das Spott? Schelmisch? Das kam dem wohl am nächsten. Schelmisch …

»Was meinen Sie?«

»Bis jetzt hat niemand ein Problem mit dem Wasser oder dem Essen.«

»Wie ich Ihnen schon gesagt habe – wir sind nicht dumm.«

»Hm.«

»Wann können wir ihn holen?«

»Wen?«

Ein Stich im Magen. »Den Verletzten. Unsere Abmachung?«

»Ach den.« Kurzes Lachen. »Kommt nur. Ich brauche ihn nicht.«

»Ich schicke zwei Männer mit einer Bahre zu Ihnen hinein.«

»Hauptkommissar?«

»Ja?«

»Machen Sie keinen Fehler.«

»Natürlich nicht.«

»Keine verkleideten Sonderkommandoleute mit versteckten Waffen in der Bahre?«

»Wir machen keine Spielchen.«

»Gut. Ich mache nämlich auch keine. Sie können denen, die

zu uns kommen, einen Gruß ausrichten und mitteilen, dass die ganze Zeit sechs Waffen auf sie gerichtet sein werden. Nicht zu vergessen unsere Bomben.«

»Sie werden sich freuen, das zu hören.«

»Ein einziger Fehltritt …«

»Wir verstehen, was Sie meinen.«

»Ein einziges Zucken …«

»Ich habe verstanden!«

»Gut. Denn Sie müssen eins wissen, Herr Hauptkommissar: Auch wenn Sie uns in Sachen Bewaffnung und Bemannung überlegen sind – wir sind Idealisten. Wir sind bereit, für unsere Sache zu sterben.«

Eingeübter Slogan?, schrieb Fjell auf seinen Notizblock.

»Ein einziger Fehltritt«, fuhr Ramzan fort, »und sechs Freiheitskämpfer lösen genug Sprengstoff aus, um aus diesem Studio einen Schlachthof zu machen.«

»Ramzan, ich …«

»Und noch etwas, Hauptkommissar!«

»Ja?«

»Hören Sie auf, mich Ramzan zu nennen.«

»Aber das ist doch Ihr Name.«

»Glauben Sie, ich merke nicht, was Sie vorhaben? Eine Art gefühlsmäßige Beziehung zwischen Ihnen und mir herzustellen? Haben Sie das in einem Ihrer Kurse gelernt, Hauptkommissar?«

3

Rezeption, Sender ABC, 02.53 Uhr

»Was meinst du?«, fragte Bjørnar Lehmann erregt.

Aksel Schjelderup zögerte. Der Einsatzleiter blickte nachdenklich über den Flur zum Studio 2.

»Der Lüftungsschacht?«, wiederholte er nachdenklich.

»Die Pläne sind sehr detailliert«, sagte Lehmann und breitete die Architektenzeichnung auf dem Tisch der Rezeption aus. »Die Ventilationsrohre beginnen hier«, er zeigte auf ein Viereck, das einen Maschinenraum darstellte, »verlaufen über den Flur«, er fuhr mit dem Zeigefinger über den Plan, »und enden hier!« Er klopfte hart auf ein großes Viereck. Studio 2.

Aksel Schjelderup hustete.

»Ich würde erst einmal einen Mann zur Erkundung losschicken«, sagte Lehmann. »Nach Aussage des Hausmeisters ist die Öffnung in Studio 2 wie überall hier im Haus, so dass es möglich sein sollte, einen Blick nach unten zu werfen und einzuschätzen, wie effektiv ein Gaseinsatz durch die Belüftungsrohre sein könnte.«

»Ein verdammt hohes Risiko! Ist das sinnvoll? Nach dem, was mit Mørch geschehen ist?«

»Die ganze Situation stellte ein Wahnsinnsrisiko dar. Wir schicken ihn nicht ins Studio. Er soll nur observieren und sich dann wieder zurückziehen. Sie können ihn unmöglich aus den Belüftungsrohren ins Studio bekommen.«

»Da wäre ich mir nicht so sicher …«

»Wenn wir uns von Furcht leiten lassen, können wir gleich aufgeben. Wir müssen die wenigen Möglichkeiten, die wir haben, abklopfen! Wir müssen offensiv vorgehen! Mit allem Respekt für Thomas Fjell – aber diese Situation ist festgefahren! Die wird sich nie durch Verhandlungen lösen lassen! Nie!«

»Was meint Thomas dazu?«

»Ich habe noch nicht mit ihm darüber gesprochen, wollte erst deine Meinung hören.«

Schjelderup blickte noch einmal auf den Architektenplan. Letztendlich war er der Chef vor Ort. Wenn etwas schieflief, war er es, der zur Verantwortung gezogen wurde. »Ich würde vorschlagen, dass wir das mit Fjell und dem OpStab besprechen, nachdem wir die Geisel da rausgeholt haben«, sagte Schjelderup und dachte: Bin ich feige, wenn ich die Verantwortung auf so viele Schultern wie möglich verteilen will?

4

Studio 2, 02.53 Uhr

Silje Gran schlug die Augen auf. War sie eingeschlafen? Sie konnte es nicht glauben. Oder doch? Sie war wohl ein paar Minuten weg gewesen. Unmittelbar hinter sich hörte sie das Gemurmel leiser Stimmen. Durch die Bankreihen sah sie zwei der Terroristen unten auf dem Studioboden. Sie hatte immer eine gewisse Sympathie für die Tschetschenen empfunden. Obgleich sie die Brutalität verachtete, mit der die Fanatiker unter ihnen vorgingen, bewunderte sie ihren Idealismus und Mut im Kampf gegen die übermächtigen Besatzer. Auch wenn ihr niemals in den Sinn kommen würde, Terroristen zu verteidigen, verstand sie tief in ihrem Inneren den Freiheitsdrang, der sie antrieb. War es nicht doch manchmal so, dass der Zweck die Mittel heiligte? Sie sah etliche Parallelen zwischen dem Freiheitskampf der Tschetschenen und dem norwegischen Widerstand im Zweiten Weltkrieg. Ein verbissener Guerillakrieg gegen einen übermächtigen Gegner. Aber jetzt, da sich ihr Todesurteil Minute für Minute näherte, erkannte sie, dass diejenigen, die sie für idealistische Freiheitskämpfer gehalten hatte, für ihre Opfer nichts anderes waren als simple Mörder. Der Gedanke daran, dass sie möglicherweise sterben würde, kam ihr vollkommen unwirklich vor. Waren Regeln und Prinzipien wichtiger als ihr Leben? Wichtiger als das Leben der Geiseln?

Zwei Polizisten von der Antiterroreinheit hatten sich Sanitätsuniformen, Westen und eine Bahre von den Sanitätern ausgeliehen. Präzise sieben Minuten vor drei standen sie vor der schweren Studiotür. Als sich diese öffnete, umklammerten sie die Griffe der Bahre noch fester. Mit trainierten Blicken scannten sie das Studio, während sie zu dem Verwundeten eilten: Proportionen, Abstände und die Positionen von Geiseln und Terroristen. Sie checkten die Waffen ab, die auf sie gerichtet waren, und die Sprengstoffgürtel um die Oberkörper der Terroristen.

Die verletzte Geisel lag mit dem Kopf auf Grethe Aslaksens Schoß. Die zwei Polizisten pressten eine Kompresse auf die Wunde in der Schulter und den blutüberströmten Schal, den die Frau auf den Nacken des Mannes drückte. Dann wickelten sie eine Bandage um den Hals, ließen an der Kehle aber ein Stück frei, so dass ihm nicht die Luft abgeschnürt wurde. Der halb bewusstlose Mann versuchte, etwas zu sagen. Die Polizisten packten ihn an Armen und Beinen und hoben ihn auf die Bahre, wo sie ihn in einer stabilen Seitenlage ausrichteten. Sie befestigten ihn mit Riemen. Die Kompresse war bereits von Blut durchtränkt. Sie hoben die Bahre an und trugen den Tschetschenen zur Tür. Die Mündungen der Pistolen folgten jeder ihrer Bewegungen.

Der Terrorist, der die Tür bewachte, öffnete sie so weit, dass sie aus dem Studio treten konnten, ehe sie in einem Neunzig-Grad-Winkel abbiegen mussten, um in den engen Flur zu kommen. Hinter ihnen wurde die Stahltür so hart zugeschlagen, dass sie dachten, jemand hätte die Bomben in Studio 2 gezündet.

Drinnen im Studio versuchte Frank Berthelsen aufzustehen, als sich die zwei Sanitäter mit der Bahre entfernten, als wollte er »Nehmt mich mit« rufen und sie zurückhalten. Ein Zucken durchfuhr ihn. Er holte hicksend Luft. Seine Augen verdrehten und schlossen sich, ehe er schwer nach hinten auf den Stuhl sackte und halb zur Seite kippte. Grethe Aslaksen musste ihn zurückdrücken. »Hilfe!«, schrie sie und sah sich verzweifelt um. Während Frank Berthelsen vom Stuhl auf den Boden rutschte, kam Kristin Bye angelaufen. Berthelsen atmete kurz und hektisch.

»Das Herz!«, rief sie Ramzan Jewlojew zu, der sie misstrauisch beobachtete. »*Heart attack!*« Als er nicht reagierte, fügte sie hinzu: »*Doctor!* Er braucht einen Arzt!«

Ramzan blieb stehen und betrachtete Frank Berthelsen. »Er atmet«, sagte er schließlich und drehte ihm den Rücken zu.

5
Im Lüftungsschacht, 02.56 Uhr

Geir Wilhelmsen, ein Beamter des Sondereinsatzkommandos, schlängelte sich langsam durch den engen Lüftungsschacht. Er hatte die Stirnlampe gedimmt, damit ihn das Licht nicht verriet, wenn er sich dem Lüftungsgitter an der Decke von Studio 2 näherte. Er versuchte, so wenig Geräusche wie nur möglich zu machen, denn schließlich wusste niemand, wie die Laute durch das lange Rohr weitergeleitet wurden. Es war aus Aluminium oder Zinkblech gefertigt, er wusste es nicht genau. Das silberne Metall schien aber jedes Mal etwas nachzugeben, wenn er das Knie nach vorn schob und es belastete.

»T5 an T1, Toncheck«, flüsterte er. Ein sensibles Mikrofon war an seine Wange geklebt worden.

»T1 an T5, empfangen«, krächzte Lehmanns Stimme durch den Ohrhörer.

Er befand sich jetzt irgendwo über dem Flur vor Studio 2. Den Zeichnungen nach musste der Lüftungsschacht jetzt bald einen

Neunzig-Grad-Knick nach links machen. Dahinter würde er sich direkt oberhalb des Studios befinden. Nach fünf Metern würde er in den Bereich der Lüftungsgitter kommen. Der Hausmeister hatte ihn gewarnt, die Gitter nicht zu belasten, da er nicht garantieren konnte, dass sie ihn trugen. Aber es sollte möglich sein, das Studio durch diese Gitter zu beobachten.

»T5 an T1, ich nähere mich jetzt Studio 2«, flüsterte er.

»T1 an T5, empfangen.«

Ohne seine schusssichere Weste fühlte er sich verwundbar. Doch mit der steifen, schweren Kleidung hätte er sich in dem engen Schacht nicht geschmeidig genug bewegen können. Meter für Meter schob er sich vorwärts. Zum Glück war die Innenseite des Lüftungsschachtes vollkommen glatt, und auch die Verbindungslaschen zwischen den einzelnen Elementen waren kaum zu spüren. Er hatte die Arme nach vorne gestreckt und schob sich mit den Füßen weiter. Hätte er auch nur die geringste Veranlagung zu Klaustrophobie gehabt, wäre es ein Leichtes gewesen, in Panik auszubrechen, wenn man daran dachte, dass man sich nicht umdrehen konnte, sondern sich den ganzen langen Weg auf dem Bauch liegend zurückschieben musste. Aber er dachte einzig an den nächsten Meter vor sich. Manchmal, wenn die Gedanken eine kleine Pause brauchten, dachte er an seine Lebensgefährtin Renate und ihren elf Monate alten Sohn Truls. Renate machte noch Babypause, aber ab August hatten sie eine Tagesmutter, so dass sie wieder zu arbeiten anfangen konnte. Mit zwei vollen Gehältern wäre es vielleicht möglich, die alte Klapperkiste von Auto durch ein neueres Modell zu ersetzen.

Als das diffuse Licht der Stirnlampe die silberne Wand vor ihm traf, spürte er, wie sein Herz schneller zu schlagen begann. Vorsichtig, um nur kein Geräusch zu machen, kroch er um die Ecke. Er hielt inne, um wieder zu Atem zu kommen. Jetzt befand er sich unmittelbar über dem Studio.

Leise: »T5 an T1, ich habe die Ecke hinter mir und bin jetzt über dem Studio.«

»T1 an T5, empfangen. Viel Glück, und sei vorsichtig. Funkstille auf Kanal acht.«

Lautlos schob er sich vorwärts. Der Hausmeister hatte ihm versichert, dass der Lüftungsschacht an soliden, an jeder Ecke verankerten Stahlbändern aufgehängt war, die weit mehr tragen konnten als nur das Gewicht eines einzigen Mannes. Trotzdem konnte er den Gedanken nicht ganz von sich weisen, dass sich die ganze Chose löste und laut polternd zu Boden ging. Er streckte die Hände aus und schob sich weitere fünfzig Zentimeter nach vorn.

6
Studio 2, 02.59 Uhr

»Psst!«

Ramzan Jewlojew erstarrte. Er war hellwach wie ein Fuchs, der ein Rascheln im Gebüsch gehört hatte.

Alle verstummten.

Ramzan hielt die rechte Hand mit der Pistole nach oben, während er sie mit der linken zum Schweigen ermahnte. Kristin blickte zur Studiotür. Kam jetzt der Angriff? Würde die Polizei jetzt das Studio stürmen? Würden die Terroristen die Bomben zünden? Würden sie sterben, sie alle?

Ramzan blickte lauschend um sich. Da! Da war es wieder, dieses Geräusch! Ein hoher, metallischer Laut. Kristin konnte ihn nicht zuordnen. Ramzan drehte sich um und rannte, den Blick an die Decke geheftet, durch das Studio. Kristin verstand nicht, nach was er Ausschau hielt. Über den Scheinwerfern war nicht genug Platz für einen Menschen. Und unter der Decke waren doch nur die Scheinwerfer und der Lüftungsschacht.

Brüllend richtete Ramzan die Pistole zur Decke und schoss. Einige Geiseln begannen zu schreien.

7
Im Lüftungsschacht, 03.00 Uhr

Der erste Schuss schickte einen Strahl scharfes Licht in den Lüftungsschacht. Geir Wilhelmsen schnappte nach Luft und schob sich hastig nach hinten. Der nächste Schuss durchbohrte den Lüftungsschacht kaum einen halben Meter vor ihm.

Es knackte im Ohrhörer: »T1 an T5, was ist da los?«

»Sie schießen!«

»T5, raus da, so schnell wie möglich, ich wiederhole, Rückzug!«

Als der dritte Schuss dröhnte, glaubte er erst, an einem verdrehten Metallteil an der Innenseite des Schachtes festzuhängen. Seltsam, dass ich das eben nicht bemerkt habe, dachte er. Doch beinahe gleichzeitig erkannte er: *Ich bin getroffen worden!* Der Schuss hatte ihn irgendwo an der Seite erwischt, am Bauch, aber er konnte nicht spüren, wo genau. Seine Hände waren nach vorn gestreckt, und es war zu eng, um sich an die Wunde zu fassen.

»T1, ich bin getroffen worden.«

Panisch kroch er rückwärts.

»T1 an T5, bist du verletzt?«

Ein neuer Schuss bohrte sich durch das Metall und seinen Unterarm. Er unterdrückte den Drang, vor Angst und Schmerzen zu schreien.

»Ich bin getroffen! Zwei Schüsse!«

Als seine Beine an die Wand an der Ecke stießen, bekam er zuerst Panik, weil er dachte, der Schacht sei blockiert. Doch dann erkannte er, dass die Biegung des Schachtes auch seine Rettung war.

Weit entfernt, unten aus dem Studio, hörte er lautes Rufen. Vor ihm wurde der Lüftungsschacht von Schüssen durchsiebt, die schräge Säulen aus Licht zurückließen.

Papa lag mit Kopf und Rücken an der Wand unter einem breiten Streifen Blut. Er musste an der Mauer nach unten gerutscht sein. Sie hatten ihm mehrmals in die Brust geschossen. Er musste in kürzester Zeit verblutet sein. Ich wünschte mir für Papa, dass sie ihn zuerst erschossen hatten, so dass es ihm erspart geblieben war, mit anzusehen, welche unaussprechlichen Gräuel sie seiner Familie antaten.

Meinen großen Bruder fand ich in der Küche. Sein Kopf lag einen halben Meter vom Körper entfernt. Seine Augen starrten ausdruckslos über den Boden. Mit seinem Blut hatten sie Tod den muslimischen Henkern *an die Wand geschmiert, als wäre er irgendein bestialischer und religiös fanatischer Kopfjäger gewesen.*

Sie hatten meine kleine Schwester in ihr Zimmer geschleppt und ihr die Kleider vom Leib gerissen, die überall auf dem Boden verstreut lagen. Sie lag nackt auf dem Bett am Fenster, den einen Fuß im Fensterrahmen, den anderen auf dem Boden. Es sah aus, als schliefe sie. Die blauen Flecken und Schwellungen an ihrem Hals verrieten aber, dass sie sie erwürgt hatten, nachdem sie sie geschändet hatten. Sie hatte Bisswunden an der Brust. Weinend sah ich weg, als ich sie auf den Bauch drehte und die Decke über sie breitete.

Mama war erschossen worden. Sie hatten sie im Doppelbett getötet, nachdem sie mit ihr fertig waren. Ihr Rock war hochgestreift und lag auf ihrem Bauch. Der Schuss hatte eine Rose aus Blut auf ihre Brust gemalt.

Ich legte Papas Decke über sie und schloss ihr die Augen.

03.01 Uhr – 03.16 Uhr

1
03.01 Uhr

Die Toten suchten ihn nachts heim.

Einige von ihnen hatten Namen, doch die meisten waren anonym. Gesichter in der Nacht. Manche klagten ihn an, waren wütend. Andere waren traurig. Wieder andere jammerten, verständnislos. Aber alle starrten sie ihn an. Söhne und Brüder. Väter und Ehemänner. *Du hast mir etwas gestohlen*, sagten ihre Blicke. *Du hast mir mein Leben genommen. Meine Frau muss sich einen neuen Mann suchen. Meine Mutter lächelt nicht mehr. Mein Vater ist verkümmert und grau geworden. Meine Söhne sind ohne Hoffnung.*

Wie viele Leben hatte er genommen? Er hatte sie nie gezählt. Hunderte, wenn er die Autobomben und die nächtlichen Überfälle mitrechnete, für die er verantwortlich war.

Soldaten töten eben, redete er sich ein. Trotzdem fand er darin keinen Trost. Nicht in den Nächten, wenn die Parade der Toten an ihm vorbeizog.

Die Untaten. Der Wahnsinn. Die Bosheit. Die Geheimnisse, die er in sich trug und die er niemals, *niemals* mit jemandem teilen würde.

Wenn sie nur auf ihn gehört hätten, hätte er die Katastrophe vielleicht abwenden können. Er presste sich die Fäuste gegen die Schläfen, konnte diesen Gedanken nicht mehr ertragen. Die Erinnerungen drehten ihm den Magen um. Er hämmerte sich mit den Fäusten an die Schläfen. Aber die Gedanken waren da; die Erinnerungen, Bilder. Er fiel auf die Knie und presste die Fäuste an seinen Kopf.

2

Im Lüftungsschacht, 03.03 Uhr

»T1 an T5?«

Er hatte es geschafft, sich um die Ecke des Lüftungsschachtes zu schieben. Polizeikommissar Geir Wilhelmsen rang nach Atem.

Noch immer wurde das Metall dort, wo er noch vor wenigen Sekunden gewesen war, von Kugeln zerfetzt. Mit dumpfem Dröhnen hallten die Schüsse durch den engen, langen Schacht.

Die Schmerzen brannten in seinem Bauch und Arm. Die Muskeln zitterten.

»T1 an T5, bist du da?«

»Ich bin hier.«

»T5, Lagebericht!«

»Ich bin hinter der Biegung.« Seine Stimme versagte. »Außerhalb der Schusszone.« Er stöhnte. »Von zwei Schüssen getroffen. Grad der Verletzung unklar.«

»T5, bist du bei vollem Bewusstsein?«

Zögernd: »Mir ist schwindelig.«

»T5, schaffst du es, allein nach draußen zu kommen?«

Sein Herz klopfte derart hart, dass er nicht antworten konnte. Ihm wurde schwarz vor Augen. Er rang nach Atem und erbrach sich.

»T1 an T5, bitte kommen!«

Wie weit war er gekrochen, um hierherzukommen? Zwanzig, dreißig Meter? Jetzt musste er sich den ganzen langen Weg wieder zurückkämpfen. Und warum war es plötzlich so nass im Schacht? Niemand hatte ihm gesagt, dass hier auch Wasser durchlief. Seine Hand rutschte aus, als er versuchte, sich an dem glitschigen, nassen Metall abzudrücken. Er blickte an die Decke des Schachtes, um zu sehen, ob es Kondenswasser war, das nach unten tropfte. Aber er sah nichts. Als er den Lichtschein der Stirnlampe wieder nach unten richtete, erkannte er, dass es kein Wasser war. Es war Blut.

3
Eilmeldung, NTB, 03.03 Uhr

Eilmeldung
Geiseldrama –

OSLO (NTB). Es kam zu einem Schusswechsel in Studio 2, bei dem mehrere Schüsse abgefeuert wurden. Die Polizei gibt keine Auskünfte, ob jemand getötet oder verletzt wurde. Den Fernsehbildern nach wurde keine der Geiseln getroffen.

---- aka – ol – bk
03.03 195 Zeichen

4
Kommandozentrale der Polizei, 03.04 Uhr

»Sie hinterhältiger Lügner!«

Ramzan Jewlojews Stimme war erregt vor Wut. Thomas Fjell schloss die Augen. Wut macht irrational und erschwert jedes

Gespräch. Man verliert die Selbstkontrolle, sagt Dinge, die man nicht so meint. Jetzt galt es, ihn zu beruhigen. »Lügner?«, fragte er ruhig. Indem er die Worte seines Gegenübers wiederholte, konnte er es vermeiden, direkt auf die Beschuldigungen einzugehen.

»Sie sind ein hinterhältiger, falscher Lügner!«

»Warum sagen Sie das, Ramzan?«

»Stellen Sie sich nicht dumm. Im Luftschacht über mir liegt ein toter Polizist! Der war dumm. Seien Sie nicht auch dumm, Hauptkommissar!«

Er glaubt, Geir W. getötet zu haben, notierte sich Fjell. Er wollte nicht verraten, dass der Polizist nicht tot war. Je weniger Ramzan wusste, desto besser.

»Tut mir leid«, sagte Fjell, »aber wovon sprechen Sie? Ein toter Polizist? Im Luftschacht?«

»Sie enttäuschen mich! Meinen Sie, Sie könnten mich so einfach täuschen? Ich dachte, Sie hätten Respekt vor mir.«

Respekt! Er notierte es sich. »Ich respektiere Sie, Ramzan. Aber ich verstehe nicht, wovon Sie reden«, log er und notierte sich die Lüge auf seinem Block: 03.03 Uhr: *Behaupte, selbst nichts von dem Polizisten im Schacht zu wissen. Lüge!*

»Wir haben ihn erschossen!«

»Sie müssen wissen, dass ich nicht der polizeitaktischen, operativen Einheit angehöre«, bluffte er. »Ich habe keine Ahnung, was die treiben! Mein Job ist es zu verhandeln. Ich sitze hier ganz allein. Es tut mir also leid, wenn jemand auf dumme Ideen gekommen ist. Geben Sie mir ein paar Minuten, die Sache abzuklären.«

5

Büro des Ministerpräsidenten, 03.05 Uhr

»Angeschossen?« Ministerpräsident Bjørn-Tore Viksveen richtete sich in seinem Stuhl auf und stemmte seinen Körper mit den Fäusten auf dem Schreibtisch ab.

»Bedauerlicherweise«, sagte Polizeipräsidentin Elsebeth Røed. »Laut vorläufigem Bericht unseres Einsatzleiters vor Ort wurde ein Polizist während eines Erkundungsauftrags in einem Luftschacht über dem Studio angeschossen.«

»Um Himmels willen, das klingt ja nach James Bond!«, rief der Ministerpräsident.

»Nach Einschätzung der Polizei…«

»Wurde er getötet?«

»Er befindet sich noch immer im Luftschacht und steht fortlaufend in Funkkontakt mit seinen Vorgesetzten.«

»Er lebt also?«

»Da er sich per Funk meldet, sollte man das annehmen«, antwortete die Polizeipräsidentin trocken.

»Ich dachte, solche Operationen müssten von uns genehmigt werden?«

»Nach meinem Verständnis sollte die Regierung nur die Richtlinien im Umgang mit Terroristen festlegen. Die lokalen, operativen Polizeieinsätze werden ausschließlich von unseren Leuten vor Ort entschieden. Wenn die Regierung dort die Befehlshoheit haben möchte, müssen wir…«

Viksveen winkte ab. Sein Blick deutete an, dass er mit den Gedanken längst an einem anderen Ort war.

6
Studio 2, 03.06 Uhr

Sie verstand nicht, was geschehen war, warum sie geschossen hatten und was Ramzan Jewlojew so wütend gemacht hatte. Kristin Bye ging unruhig durch Studio 2 und versuchte herauszubekommen, was vor sich ging. Völlig ohne Vorwarnung hatte Ramzan begonnen, auf die Decke zu feuern. Zwei der anderen waren sofort seinem Vorbild gefolgt. Zuerst dachte sie, die Deckenkamera sei das Ziel gewesen. Doch die befand sich hinten in der Ecke. Dann hatte sie sich gefragt, ob sie auf einen der Scheinwerfer gezielt hatten. Aber auch das machte keinen Sinn.

»Warum haben die geschossen?«, fragte sie flüsternd Außenminister Bernt Bøe, der mit verschränkten Armen dasaß und das Geschehen beobachtete.

Er zuckte zusammen. »Ich weiß es nicht«, sagte er. Dann fügte er hinzu: »Vielleicht war ein Polizist im Lüftungsschacht?«

Kristin blickte an die Decke. Ein Polizist? Im Lüftungsschacht?

»In den Röhren ist doch niemals genug Platz für einen erwachsenen Mann!«

»Wenn man nicht an Klaustrophobie leidet.«

»Und dann haben sie ihn erschossen? Aber wie haben sie ihn entdeckt?«

»Vermutlich haben sie ihn gehört.«

Sie sah nach oben. Der Lüftungsschacht schimmerte silberweiß.

»Kristin Bye!«

Ramzans Stimme klang wie ein Peitschenhieb. Der Terrorist

kam auf sie zu. In der Hand hielt er ihre Brieftasche. Er blieb direkt vor ihr stehen und zog sie von den anderen weg.

»Ihre Mutter?« Er zeigte ihr ein Bild, das vor vielen Jahren auf dem Hof der Familie im Juvdal aufgenommen worden war.

»Hm.« Sie nickte ängstlich.

»Und das?«

»Christopher. Mein Ex.«

»Und was ist damit?« Er zeigte ihr ein Zeitungsfoto, das sie von Ruslan Wlasow bekommen hatte. Es war ein verblichenes Porträt aus einer russischen Zeitung. Auf dem gekörnten Bild sah Ruslan wie ein verhärmter, alter Mann aus.

Sie hielt inne.

»Ist das Ihr Geliebter?«

Sie lachte verblüfft. »Nein!«

»Und warum haben Sie dann ein Bild von ihm in Ihrer Brieftasche?«

»Weil…«, antwortete sie zögernd, »ich ihn kenne.«

»Wer ist das?«

»Ruslan Wlasow«, sagte sie zurückhaltend. Sie wollte Ruslan nicht in die Sache hineinziehen, wagte es aber nicht zu lügen. Es schien so, als wäre er ihm bekannt.

»Ruslan? Wlasow?« Ramzan Jewlojew begann zu lachen. »Ruslan Wlasow? So nennt er sich? Hat er Ihnen das gesagt?«

Sie sah ihn verständnislos an.

»Und das haben Sie wirklich geglaubt?«, fragte er.

»Ja.«

»Die Behörden haben ihm eine falsche Identität verschafft. Der heißt nicht Ruslan Wlasow.«

»Nicht?«

»Wlasow ist nicht einmal ein tschetschenischer Name, sondern ein russischer! Dieser Mann…«, er wedelte mit dem Zeitungsausschnitt vor ihrer Nase herum, »ist Aslan Gairbekow.«

Seine Worte versetzten ihr einen Stich. Aslan? Der Mann, den sie jagten? Ruslan war es, den sie eigentlich hier im Studio haben wollten? Ruslan… Aslan? Aber warum? Und warum kam er nicht? Sie wusste, dass er gesehen haben musste, was hier vor sich ging. Wie konnten die Tschetschenen wissen, dass er ihre Quelle war? Sie hatte gedacht, sein Name sei Ruslan, aber nicht einmal das hatte sie einem der anderen mitgeteilt. Auch nicht Gunnar. Nicht einmal die Chefredakteurin Astrid Wahl, die ihm kurz begegnet war, als sie ein paar wichtige Dokumente in den Safe in ihrem Büro gelegt hatten, wusste, wie der Tschetschene hieß.

»Kennen Sie ihn gut?«, fragte Ramzan.

»Nicht besonders.«

»Wo ist er?«

»Ich habe keine Ahnung?«

»Ist er hier?«

»Ich weiß nicht, wo er ist, ich habe ihn schon länger nicht mehr gesehen«, log sie.

»Wann genau?«

»Ich erinnere mich nicht mehr, das ist bestimmt schon ein paar Wochen her.«

»Wo wohnt er?«

»In einem Asylantenheim.«

»Wo?«

»Das hat er mir nie gesagt.«

»Lügnerin.«

»Das stimmt! Er tat immer sehr geheimnisvoll.«

»Sie schützen ihn.«

»Meinen Sie wirklich, ich würde mein Leben für ihn riskieren?«

Ramzan sah sie lange an. »Was weiß ich schon?«

»Seien Sie nicht dumm.«

Er lachte. »Ich mag Ihre Art.« Als sie nicht antwortete, warf er ihr einen lüsternen Blick zu, der ihr zum ersten Mal in dieser Nacht die Angst in die Glieder trieb, vergewaltigt zu werden: »Ich mag mutige Frauen.«

7
Eilmeldung, NTB 03.06 Uhr

Eilmeldung
Geiseldrama –

JERUSALEM (NTB). Ein Sprecher der israelischen Regierung betonte, das Geiseldrama in Norwegen sei »nur ein weiteres Beispiel dafür, wie brutal und grenzenlos der islamistische Terror ist«. Der Sprecher sagte, die Regierung könne nicht ausschließen, dass die tschetschenischen Terroristen in Kontakt mit palästinensischen Gruppierungen stehen.

---- wcd – fl – sd
03.06 305 Zeichen

8
Im Lüftungsschacht, 03.06 Uhr

Meter für Meter schob er sich nach hinten durch den Lüftungsschacht. Er rutschte in seinem eigenen Blut aus. Vor einer halben Minute hatte er sich übergeben. Sein Kopf rauschte.

»T1 an T5, hörst du mich?«

»Hier«, hauchte Geir Wilhelmsen leise ins Mikrofon.

»Halt durch, Junge, wir haben dich gleich draußen!«

Er atmete schwer. Seine Lungen fühlten sich vollkommen luftleer an. So eng. Der Schacht war so unendlich lang. Er konnte sich nur mit den Händen nach hinten schieben, die auf dem blutigen Metall aber kaum Halt fanden. Er dachte an Renate und den Jungen. Zum Glück hatten sie aufgehört zu schießen. So blieb ihm wenigstens dieser infernalische Lärm erspart. Aber er verstand nicht, wo all die farbigen Fische herkamen. Sie schwammen vor seinen Augen hin und her; grüne, rote, blaue, gestreifte. Luftfische, dachte er. Komisch, dass ich die nicht gesehen habe, als ich in den Schacht hineingekrochen bin.

Im Ohrhörer: »T5, sie sehen dich jetzt!«

Wer sieht mich?

»Geir!«

Eine Stimme. Im Ohr? Wer?

»Hilfe«, murmelte er.

Ein Luftfisch glitt an seinem Gesicht vorbei.

»Geir!«

Als er die Hand spürte, die seinen Knöchel umklammerte, zuckte er so heftig zusammen, dass er mit dem Kopf an die Decke des Schachtes stieß.

»Geir! Ich bin's, Vegard! Ich helf dir da raus!«

»T5«, murmelte er.

»T1 an T5, T4 ist direkt hinter dir. Es ist Vegard. Bleib ganz ruhig liegen, wir haben Vegard angeseilt und werden euch beide zusammen herausziehen. Bleib einfach ruhig und entspannt liegen.«

Ein Schwarm Luftfische näherte sich vom anderen Ende des Luftschachts. Während er versuchte, sie zu fokussieren, fielen ihm die Augen zu.

9
Studio 2, 03.07 Uhr

Ramzan Jewlojew zerrte Kristin an den Haaren zu Kamera eins. Seine Hand war in ihren langen, blonden Locken verschwunden.

»Schalten Sie die hier ein!«, brüllte er in die Kamera, während er Kristin wie eine Trophäe an der Hand hielt. Er presste ihr die Mündung der Waffe an die Schläfe.

Nach ein paar Sekunden leuchtete die rote Kameraleuchte auf.

»Aslan«, sagte er auf Tschetschenisch, »Aslan Gairbekow, du feige Ratte, ich rede mit dir! Ich hatte gedacht, du würdest aus eigenen Stücken kommen. Aber ich habe mich offenbar geirrt. Du bist wohl doch nicht der Held, für den du dich immer ausgegeben hast, oder? Du bist feige, Aslan. Wagst du es deshalb nicht zu kommen? Bedeutet dir das Leben deiner Journalistenfreundin wirklich nichts?«

Er zog sie an den Haaren vom Boden hoch. Sie schluchzte verzweifelt.

»Ich habe dir eine Frist gegeben, Aslan.« Er grinste in die Kamera. »Lass mich mein Ultimatum wiederholen. Du hast dich bis um sechs Uhr hier im Studio einzufinden. Hörst du? Das sind nicht mehr ganz drei Stunden! Wenn du nicht kommst…«, er hielt Kristins Haare mit der linken Hand fest und drückte ihr mit der rechten die Pistole an die Schläfe, »…bin ich gezwungen, sie zu erschießen! Hörst du? Um sechs Uhr!«

10

Kommandozentrale der Polizei, 03.07 Uhr

»Ramzan Jewlojew? Hier ist Hauptkommissar Fjell.«

Der Terrorist hatte Kristin Bye mit sich zum Haustelefon gezerrt. Auf dem Monitor sah Fjell, dass Ramzan den Hörer in der einen und die Pistole in der anderen Hand hielt. Kristin Bye lag wie ein Bündel vor seinen Füßen.

»Hören Sie mich?«, fragte Fjell. Er wusste, dass Ramzan ihn hörte, aber er wollte, dass der Terrorist ein wenig zur Ruhe kam, und zwang ihn deshalb, auf alltägliche Fragen zu antworten.

»Ich höre.«

»Ich habe eine Erklärung für das, was im Lüftungsschacht passiert ist. Der Zwischenfall tut mir aufrichtig leid. Aber erst muss ich fragen, warum Sie so hart mit Kristin Bye umgehen?«

Leise, gefühllos: »Ich mag es nicht, wenn ich angelogen werde.«

»Sie hat Sie angelogen?«

»Sie tut so, als wisse sie nichts über Aslan Gairbekow.«

Aslan Gairbekow... Fjell unterstrich den Namen dick.

»Wer ist das?«

»Fangen Sie jetzt nicht auch noch an. Ihr wisst, wer das ist!«

»Wir sind gerade dabei, das zu untersuchen.« Er winkte dem Kollegen am Tisch hinter sich zu, sich zu beeilen. »Aber bis jetzt habe ich, ehrlich gesagt, keine Ahnung. Ist das ein Russe? Ein Tschetschene?«

»Spielt keine Rolle. Sie werden schon noch rechtzeitig erfahren, wer er ist.«

»Es ist Aslan Gairbekow, auf den Sie warten? Habe ich das richtig verstanden?«

»Sie sind ja ein ganz Kluger, Herr Kommissar.«

»Wo ist er?«

»Wenn ich das wüsste, hätte ich ihn persönlich abgeholt.«

»Er befindet sich also an einer unbekannten Adresse?«

»Ihr habt ihn gut versteckt.«

Versteckt???, schrieb Fjell auf seinen Notizblock. *Asylant???*

»Ist er hier in Norwegen?«

»In einem Asylantenheim.«

Asylantenheim, notierte Fjell. »Wo?«

»Geheim, geheim, geheim! Ich weiß, verflucht noch mal nicht, wo er ist!«

»Haben Sie versucht, ihn zu finden?«

»Mehrere Monate.«

Mehrere Monate. Geheime Adresse??? Abchecken mit PU, PST und UDI!!!

»Warum wollen Sie ihn finden?«

»Das ist meine Sache, Kommissar!«

»Wenn wir Ihnen helfen sollen, ihn aufzuspüren, müssen wir so viel wie möglich wissen.«

»Finden Sie ihn einfach!«

»Wir werden es versuchen!«

»*Finden Sie ihn!*«

Fjell holte tief Luft. »Wir werden ihn finden.«

»Sie haben weniger als zwei Stunden Zeit.«

»Was den Polizisten im Lüftungsschacht angeht… Ich habe die Sache untersucht…«

Stille.

»Ich bedauere das entstandene Missverständnis.« Fjell schrieb sich das Wort *Missverständnis* unmittelbar unter die bereits früher notierte Lüge.

»Versuchen Sie nicht, mich zu täuschen, Herr Kommissar.«

»Ich habe den vorläufigen Rapport der Einsatzleitung, die nichts mit meiner Funktion zu tun hat«, log Fjell – stellen Sie alle, die im Rahmen der Verhandlungen als kritikwürdig erscheinen, als abstrakte, vage, weit entfernte Größen dar –, »und Sie haben tatsächlich Recht, es hat sich ein Polizist im Lüftungsschacht befunden. Es handelte sich aber um einen unbewaffneten Beobachter.« Er schluckte, das Lügen fiel ihm noch immer schwer. »Diese Rekognoszierungsoperation war nicht offiziell abgesegnet, sie beruhte auf dem impulsiven Vorgehen eines jungen, übereifrigen, unerfahrenen Polizisten, der es zu etwas bringen wollte. Sie wissen, wie die jungen Männer in dem Alter sein können.«

Noch beim Reden notierte sich Fjell die Lügen in Stichworten: *Vorläufiger Rapport, Einsatzleitung, unbewaffneter Beobachter, offiziell nicht abgesegnet, Impuls, jung und unerfahren.*

»Wenn das so ist, haben Sie Ihre Leute wohl nicht richtig unter Kontrolle.«

Er glaubt mir!!! »Es tut mir sehr leid. Er war übereifrig.«

»Laufen da bei Ihnen noch mehr rum, die Helden spielen wollen?«

»Keine weiteren! Das kann ich Ihnen versprechen.«

»Es ist ihn teuer zu stehen gekommen.«

»Sehr bedauerlich«, sagte Fjell zweideutig. So paradox es auch war, er musste versuchen, diejenigen, mit denen er verhandelte, zu verstehen. Er musste sogar versuchen, sie zu mögen. 1995 war er zu einer Geiselnahme in einem Gefängnis im Bezirk Østland gerufen worden. Ein wegen Mordes verurteilter Gefangener hatte ein Verhältnis mit einer Wärterin begonnen, sie als Geisel genommen und verlangte nun seine Freilassung und Geld. Mithilfe der Akten hatte Fjell herausgefunden, dass sowohl der Geiselnehmer als auch die Wärterin jeweils einen fünfzehnjährigen Sohn hatten. Vorsichtig hatte Fjell begonnen, über die zwei Jungen zu reden, über die Zukunft, die sie erwartete, wenn der Geiselnehmer seine Drohung wahr machte und seine Geliebte und sich selbst umbrachte. Indem er den Fokus auf die Kinder gerichtet hatte, war es Fjell Stück für Stück gelungen, dem Geiselnehmer klarzumachen, dass er trotz allem draußen durchaus noch eine Zukunft und überdies gewisse Verpflichtungen für diese beiden Jungs hatte. Nach vierzehn Stunden hatte er die Geisel unter der Voraussetzung gehen lassen, dass Fjell regelmäßig zurückkam, um mit ihm zu reden. Fjell hatte das versprochen. Und er hatte sein Versprechen gehalten. Zwei-, dreimal im Jahr nahm er den langen Weg bis zu dem Gefängnis auf sich, um zu reden. Fjell hasste die Menschen nicht, mit denen er verhandelte. Er gab sich wirklich Mühe, sie zu mögen. Was nicht so leicht war. Aber er versuchte es, wie verzweifelt und boshaft sie auch wirkten. So weit eben möglich, versuchte Fjell, sich in die Psyche der Geiselnehmer hineinzuversetzen. Er musste sie verstehen, sich in ihre Logik einleben. Schließlich war es Thomas Fjells einzige Aufgabe – wichtiger als alles andere, Wahrheit und Ehrlichkeit eingeschlossen –, die Geiselnehmer dazu zu bewegen, sich zu ergeben, ohne dass Geiseln verletzt oder getötet wurden.

In diesem Fall aber – und das erkannte Thomas Fjell jetzt – bedurfte es dafür wohl eines Wunders.

11

Rezeption Sender ABC, 03.10 Uhr

»T1 an T5, gleich bist du draußen! Hörst du, Geir?«

Vier Polizeikollegen hoben Polizeiobermeister Geir Wilhelmsen aus dem Lüftungsschacht. Er war bewusstlos, und seine Kleider waren rundherum blutgetränkt. »Verdammte Scheiße«, murmelte jemand. Sie legten ihn in die stabile Seitenlage. Rasch zogen sie ihm die Uniformjacke aus. Zwei Ärzte verbanden die Wunden im Unterarm und in der Bauchregion mit straffen Kompressen und Bandagen, als er wieder zu sich kam. Geir Wilhelmsen blickte sich verwirrt um. »Wo sind die Fische?«, fragte er.

Sie hoben ihn auf eine Bahre und trugen ihn zum Rettungswagen.

12

Kommandozentrale der Polizei, 03.12 Uhr

»Habt ihr inzwischen mehr über diesen Aslan Gairbekow?«, fragte Fjell ungeduldig.

»Der ist nirgendwo verzeichnet«, sagte Schjelderup mit einem Blick über die Schulter des Beamten, der die Suchabfrage im Computer bearbeitete.

»Überprüft das mit PST, UDI und PU. Könnte sein, dass er unter einer falschen Identität lebt.«

»OpStab und PST sind schon dran.«

»Aslan Gairbekow?«, rief eine Beamtin am Ende des Tisches. »Bei Google gibt's eine Menge Infos über ihn.« Sie blickte mit zusammengekniffenen Augen auf den Bildschirm. »Aslan Gairbekow. Tschetschenischer Guerillaanführer. Geboren 1970. Hat sich 1995 dem Widerstand angeschlossen. Wurde später Anführer einer Gruppierung, die für eine ganze Reihe paramilitärischer Angriffe auf russische Kräfte verantwortlich gemacht wird. Gilt als gefährlich, wird aber politisch als moderat eingestuft. Erklärter Gegner der fanatischeren islamistischen Gruppierungen in Tschetschenien. Ist gegen den Angriff auf Zivile, vertritt aber die Meinung, dass Russland Tschetschenien den Krieg erklärt hat und russische Soldaten in Tschetschenien damit legitime militärische Ziele sind. Verschwand, vermutlich getötet, als russische Einheiten im Dezember 2003 seine Gruppierung aufspürten und niederkämpften.«

»Und der befindet sich in einem Asylantenheim irgendwo in Norwegen?« Fjell sah entgeistert aus.

»Die haben sich für einiges zu rächen«, sagte Schjelderup. »Deshalb wollen sie ihn finden. Es sind seine eigenen Soldaten, die Jagd auf ihn machen.«

13

Studio 2, 03.13 Uhr

Kristin Bye blickte verzweifelt von Frank Berthelsen zu Ramzan Jewlojew. Es war offensichtlich unmöglich, vernünftig mit ihm zu reden; nach dem Vorfall mit dem Polizisten im Lüftungsschacht war er einfach nur wütend. Und ebenso offensichtlich war es, dass Frank Berthelsen sterben würde. Der joviale Politiker der Arbeiterpartei lag nach Atem ringend auf dem Studioboden. Sein fahlgelbes Gesicht badete in kaltem Schweiß. Manchmal blinzelte er. Er weiß, dass er stirbt, dachte Kristin, dass er langsam und qualvoll sterben wird und dass niemand etwas daran ändern kann, wenn er hier nicht rauskommt. Sie strich ihm über die Stirn.

Silje Gran, die einen Moment geschlafen hatte, kam zu ihnen nach unten und nahm Berthelsens Hand. »Wenn die da draußen nicht bald etwas tun…«, sagte sie leise.

»Was denn tun?«, fragte Kristin flüsternd.

Silje Gran starrte sie wütend an.

»Können Sie nicht mit ihnen reden?«, flüsterte Grethe Aslaksen und nickte in Richtung Terroristen.

»Ich habe es versucht«, sagte Kristin, »aber sie wollen nicht hören.«

»Es ist sicher leichter, mit denen zu reden als mit den norwegischen Behörden«, fauchte Silje Gran.

»Versuchen Sie es doch noch einmal. Er wird sterben, wenn wir nichts tun!«, sagte Aslaksen.

Mit einem Seufzen stand Kristin auf und ging zu Ramzan, der zu einem der Lüftungsschächte nach oben blickte. Zum Glück tropfte jetzt kein Blut mehr heraus. »Mr. Jewlojew?«, sagte sie respektvoll.

Er richtete seinen Blick auf sie.

»*Please*«, bat sie, »er wird an einer Herzattacke sterben.«

»Atmet er nicht mehr?«

»Doch. Er atmet noch. So gerade eben.«

Ramzan zog mit gleichgültiger Miene die Schultern hoch.

»Bitte«, wiederholte Kristin. »Er stirbt!«

»Wie die meisten von uns.«

»Verstehen Sie denn nicht…«

Noch ehe sie richtig begriff, was geschehen war, hatte er sie gepackt und ihr die Mündung der Pistole hart unter das Kinn gepresst.

»Ich verstehe, was du sagst«, sagte er leise und hielt sein Gesicht so dicht vor ihres, dass sie seinen Atem spürte. »Und ich sage dir, dass mir das scheißegal ist, verstanden?«

»Ja!«, antwortete sie, gelähmt vor Schreck.

Ramzan zog Kristin mit sich zu einer der Kameras. »Ich erschieße sie!«, brüllte er. »Jetzt! Hört ihr! Ihr Scheißlügner und Betrüger! Ich erschieße sie!«

14

Kommandozentrale der Polizei, 03.14 Uhr

»Der blufft doch«, platzte Bjørnar Lehmann hervor.

Thomas Fjell betrachtete das Drama auf den Fernsehmonitoren, ehe er zu seinen Kollegen aufblickte. »Blufft?«

»Der erschießt sie nicht.«

»Wie kannst du dir da so sicher sein? Sie haben auf Geir oben im Lüftungsschacht geschossen.«

»Das war alles mit Schjelderup abgesprochen«, sagte Lehmann defensiv.

»Der Punkt ist doch, dass sie mehrmals gezeigt haben, dass sie bereit sind zu schießen.«

»Aber jetzt ist er weder unter Druck geraten noch bedroht worden. Er ist bloß wütend. Und deshalb glaube ich, dass das ein Bluff ist.«

»Ramzan ist wütend. Bei seiner Toleranzschwelle steht es fifty-fifty, dass er schießt.«

»Ich glaube, er blufft!«, wiederholte Lehmann.

»Und was, wenn er Ernst macht? Was dann?«

»Dann«, sagte Bjørnar Lehmann, »habe ich mich geirrt.«

15

Studio 2, 03.16 Uhr

Ramzan Jewlojew presste die Mündung der Pistole so hart gegen Kristins Schläfe, dass sie eine rote Druckstelle bekam.

»Diese Scheißbullen brauchen eine Lehrstunde«, fauchte er ihr ins Ohr. »Die haben scheinbar noch nicht begriffen, dass wir es verflucht ernst meinen.«

Sie hörte, wie die Wut seine Stimme verzerrte.

»Sie glauben, sie können bluffen und lügen und auf Zeit spielen! Sie glauben, sie könnten uns einen Bullen ins Studio schicken, um uns zu überwältigen …« Er tippte mit der Mündung der Waffe gegen Kristins Stirn. Sie jammerte. »Und sie glauben, das hätte keine Folgen!«

Ihre Knie zitterten. Sie wäre zusammengesackt, hätte er sie

nicht festgehalten. *Jetzt sterbe ich. Jetzt erschießt er mich.* Ihr war so übel, dass sie sich beinahe übergeben musste. Ihr ganzer Körper zitterte. *Jetzt erschießt er mich …*

Aus den Augenwinkeln erkannte sie, dass Silje Gran sich erhoben hatte und auf sie zukam.

03.17 Uhr – 03.52 Uhr

1

Polizeipräsidium, 03.17 Uhr

MEMO

Von: Diensthabender/PST
An: Chef/OpStab
Uhrzeit: 03.17
Seiten: 1/1
Vorläufige Informationen von UDI, PU und PST-Akte 1293/23A/090104, erstmals datiert vom 9/1-2004

ASLAN GAIRBEKOW (im Folgenden AA), 1970 in Tschetschenien geboren.
AA ist seit 5/1 2004 in Oslo als Asylbewerber registriert.
AA kam über Moskau und hatte keine Reisedokumente oder Ausweispapiere bei sich.
AAs Fingerabdrücke über Dublin-Suche gecheckt, ohne Resultat.
AA hat in Vernehmungen angegeben, als Guerillasoldat und in den Jahren 1995 bis 2004 als Anführer eines Volksheeres in Tschetschenien aktiv gewesen zu sein.
AA hat in Polizeiverhören von Januar – März 2004 zugegeben, eine Reihe von Morden in seiner Heimat begangen zu haben, beteuert aber, dass diese Morde im Rahmen legiti-

mer Kriegshandlungen gegen eine Besatzungsmacht (Russland) und ihre Mitläufer verübt wurden.
Da der Verdacht besteht, dass AA an Terror- und/oder terrorähnlichen Aktionen in Tschetschenien beteiligt war, wurde der Fall routinemäßig ans PST weitergeleitet. AA wurde aus Sicherheitsgründen – die auf eigenen Angaben basieren – eine geheime Identität und ein geheimer Aufenthaltsort in Norwegen gewährt (vgl. Akte 178374/C – begrenzte Distribution).
Informationen zu AA's Identität und Aufenthaltsort können nach Abklärung mit dem Chef/PST vermittelt werden.
Die vorläufige Beurteilung vom UDI lautet, dass es unter den gegebenen Umständen nicht ratsam ist, AA an Tschetschenien oder Russland auszuliefern.
AA's Fall liegt zur weiteren Verhandlung beim UDI, PST und PU.
Weitere Information folgt.

2
Studio 2, 03.18 Uhr

Silje Gran schob sich an Kristin und Ramzan vorbei und stellte sich vor die Kamera, die die beiden filmte.

»Ich hab jetzt lange genug passiv dagesessen!«, sagte sie aufgebracht und starrte in die Kamera. Vor Aufregung ging ihr Atem stoßweise.

Kristin spürte, wie sich Ramzans Klammergriff lockerte. Er zog sie zur Seite und winkte Anette Wiik zu sich. »Was sagt sie?«, fragte er. »Übersetz mir das!«

»Seit über fünf Stunden befinden wir uns als Geiseln in diesem Fernsehstudio!«, fuhr Silje Gran mit zitternder Stimme fort.

»Seit fünf Stunden erleben wir einen unmenschlichen Druck. Und was habt ihr da draußen«, sie zeigte in die Kamera, »für uns getan? Was haben die norwegischen Behörden unternommen? Was haben die Polizei und die Viksveen-Regierung getan, um diesen Konflikt zu lösen?«

Sie sah lange in die Kamera, als würde sie eine Antwort erwarten.

Mit leiser Stimme übersetzte Anette Wiik ins Tschetschenische oder Russische, Kristin hörte da keinen Unterschied.

»Genau!«, sagte Silje Gran. »Nichts! Nichts, sage ich. Rein gar nichts!«

Sie klang, als hielte sie auf einem Parteitag die Rede ihres Lebens.

»Sollen unsere Leben geopfert werden … wegen der Apathie und Tatenlosigkeit der Viksveen-Regierung und der Polizei? Wie lange müssen wir noch leiden – denn genau das tun wir, wir leiden! –, weil wir einer machtlosen Regierung ausgeliefert sind?«

Sie verschränkte die Arme vor der Brust.

»Ich heiße Mord nicht gut. Und ich heiße Terrorismus nicht gut. Aber die Behörden sollten vielleicht mal innehalten und sich anhören, was diese Aktionisten fordern! Freiheit für ihr Land! Ist das so abwegig? Ist Norwegen ihnen auch nur einen Millimeter entgegengekommen? Das friedliche Norwegen, das sich sonst in jeden Konflikt einmischt, der irgendwo auf der Welt entsteht? Hat das friedliche Norwegen jemals einen Finger gerührt für Tschetschenien? Oder kommt jemand darauf, jetzt einen Finger zu rühren – und sei es nur, um uns aus unserer Gefangenschaft zu befreien? Hm? Wie sehen die norwegischen Zugriffspläne aus? Lassen Sie mich raten – die Polizei bereitet einen Sturmangriff vor, der damit endet, dass die meisten von uns getötet werden. Zu welchem Nutzen?«

Anette fasste die Botschaft zusammen, während sie für Ramzan übersetzte. Kristin spürte, wie sein Griff sich gradweise lockerte, während er zuhörte.

»Die Tschetschenen sind keine Unmenschen. Die Tschetschenen sind ein warmherziges, offenes Volk. Doch es sind der Abschaum und die Extremisten unter ihnen, die das Bild und die Eindrücke der ganzen Welt färben, für was sie stehen und welchen Kampf sie kämpfen. Die Tschetschenen wollen Unabhängigkeit. Ist das so abwegig? Soll der Freiheitswunsch eines Volkes in den Dreck getreten werden, weil ein paar wenige Extremisten zu weit gehen?«

Silje Gran blickte routiniert in die Kamera.

»Alle, die mich kennen, wissen, dass ich keine Befürworterin von Gewalt bin. Genauso wenig, wie ich den Überfall der Aktionisten heute Abend befürworte. Aber ich bin nicht bereit, für die Prinzipienreiterei norwegischer Behörden in den Tod zu gehen! Ich denke, ich spreche im Namen aller hier im Studio, wenn ich die Behörden inständig bitte zuzuhören, wirklich zuzuhören. Es ist durchaus möglich, nach Lösungen zu suchen, die keine Menschenleben fordern. Die Tschetschenen haben einen Grund für das, was sie tun! Ist es einem von Ihnen in den Sinn gekommen, dass man diesen Grund vielleicht einmal näher beleuchten sollte? Hat irgendwer da draußen sich schon mal gefragt, ob Norwegen nicht wenigstens einen Teil der gestellten Forderungen einlösen könnte? Oder steht wirklich die gesamte norwegische Bevölkerung geschlossen hinter der norwegischen Linie, uns alle hier im Studio 2 – lebendige Menschen aus Fleisch und Blut – aus Rücksicht auf die Prinzipien opfern zu müssen? Das glaube ich nicht. Prinzipien funktionieren am besten auf dem Papier und als Denkübungen. Stellen Sie sich doch einmal die Frage: Wie wichtig wären Ihnen diese Prinzipien, wenn Sie das Messer an der Kehle hätten?«

Sie sah in die Kamera.

»Denken Sie darüber nach! Versetzen Sie sich in unsere Lage hier in Studio 2!«

3

Kommandozentrale der Polizei, 03.20 Uhr

»Das Stockholmsyndrom«, stellte Thomas Fjell fest.

Aksel Schjelderup neigte den Kopf zur Seite.

»Damit ist das Zusammengehörigkeitsgefühl gemeint, das eintritt, wenn Geiselnehmer und Geiseln über einen längeren Zeitraum zusammen sind«, erklärte Fjell.

»Ich weiß, was das Stockholmsyndrom ist«, sagte Schjelderup und zitierte aus dem Lehrbuch der Polizeihochschule: »Der Ausdruck stammt von einem Geiseldrama auf dem Norrmalmstorg in Stockholm in den Siebzigerjahren, als sich Bankräuber mit einer Gruppe Geiseln in einem Bankgewölbe verbarrikadierten, wo die Geiseln nach und nach ein Zusammengehörigkeitsgefühl mit denen entwickelten, die sie gefangen hielten, und ihre Aggression gegen die richteten, die sie befreien wollten, also die Polizei. Aber bei einem Politiker?«

»In einer solchen Stresssituation passiert es oft, dass die Geiseln beginnen, sich mit den Geiselnehmern und ihren Forderungen zu identifizieren. Politiker genau wie andere Sterbliche. Die sind auch nur Menschen«, sagte Thomas Fjell. »Und noch dazu Menschen, die es gewohnt sind, Kontrolle, Macht, Überblick und Einfluss zu haben … In diesem Moment ist Silje Gran hilflos. Die Bedrohung kommt sowohl von innen – den Terroristen – als auch von außen – der Polizei, den Politikern, allen, die die wackelige Balance zwischen Geiselnehmern und Geiseln stören.«

»Du meinst also, es fällt ihnen leichter, mit den Gewalttätern zu sympathisieren?«

»In gewissem Maße, ja. Denn hier und jetzt sind es die Terroristen, die die Geiseln in Schutz nehmen. Vor uns.«

»Die sich weigern, den Forderungen nachzugeben, die sie retten könnten.«

»Und die eine physische Bedrohung darstellen. Wir könnten angreifen! Weil die Geiseln mit den Terroristen in einem Boot sitzen, akzeptieren sie ihre Perspektive.«

»Das klingt ja fast wie eine Kritik an dir selbst.«

Fjell lächelte nachsichtig. »Silje Gran weiß nicht, was für Verhandlungen laufen und wie. Für sie sind wir auf der anderen Seite eine abstrakte Größe – wir sind die Behörden, eine unselige Mischung aus Politikern, Polizisten und Menschen, die die Möglichkeit hätten, ihr Leben zu retten. Da sich aus ihrer Sicht nichts tut, ist es nur natürlich, dass sie uns für unfähig hält.«

»Sie schien ganz schön wütend zu sein!«

»Rasend. Aber was sie uns eigentlich sagt, ist: Helft mir, egal, wie, aber bitte, helft mir! Das ist es, was sie sagt.«

»Und, können wir ihr helfen?«

»Sag mir, wie.« Fjell wiegte nachdenklich den Kopf. »Gibt es was Neues über Aslan Gairbekow?«

»Nichts Nennenswertes außer dem Memo vom PST. Habe eben das Fax vom OpStab gekriegt. Für die Qualität bin ich nicht verantwortlich.« Schjelderup reichte ihm ein Fax, das so undeutlich und körnig war, dass man es kaum lesen konnte. »Ich hab ein neues Faxgerät angefordert.«

Wenn er die Augen zukniff, konnte er den Text einigermaßen deuten. »AA wurde aus Sicherheitsgründen – die auf eigenen Angaben basieren – eine geheime Identität und ein geheimer Aufenthaltsort in Norwegen gewährt«, zitierte er.

»Ich hab das nachgeprüft. Laut PST wohnt er in einem Asylantenheim in Valdres.«

»Ist er dort?«

»Wir haben die lokale Polizeidienststelle darauf angesetzt.«
»Wann können sie dort sein?«
»Wir reden über Valdres! Polizeidienststelle! Bereitschaftsdienst! Große Distanzen!«
Fjell seufzte und betrachtete das verwischte Fax. In der oberen rechten Ecke war ein undeutliches Passfoto von Aslan Gairbekow. Langes, gewelltes Haar, üppiger Bart.
Er sieht aus wie Jesus, dachte Thomas Fjell.

4
Studio 2, 03.22 Uhr

»Fantastisch!«, platzte Ramzan Jewlojew heraus. Im Laufe von Silje Grans Ansprache hatte er Kristin losgelassen und die Pistole zurück hinter den Gürtel gesteckt. Jetzt applaudierte er begeistert.
Kristin zog sich unbemerkt zurück. Es schien ihn nicht zu kümmern. Sein Zorn war verpufft.
Sie zitterte am ganzen Körper, und ihr Kopf schmerzte, weil er sie so fest an den Haaren gezogen hatte.
»Glauben Sie ja nicht, dass ich Mord befürworte, weil ich Ihre Motive verteidige«, sagte Silje Gran.
»Das respektiere ich.«
»Ich hatte das Bedürfnis, meine aufrichtige Meinung zu sagen.«
»Ich bin beeindruckt.«
»Meine Worte waren eigentlich nicht an Sie gerichtet.«
»Mir hat das, was Sie gesagt haben, trotzdem gefallen.«
Kristin sank auf eine Bank auf der Zuschauertribüne. Anette Wiik kam zu ihr, um sie zu trösten.
Kristin war nicht überrascht, dass Silje Gran die Terroristen in

Schutz genommen hatte. Im Laufe der Nacht hatten sich ihre Leben unlöslich miteinander verknüpft und bildeten nun eine gemeinsame Front gegen die Übermacht draußen.

»Warum ist er so wütend auf Sie geworden?«, flüsterte Anette.

»Ramzan? Vermutlich aus mehreren Gründen. Wegen des Polizisten im Luftschacht. Und weil ich ihm in den Ohren gelegen habe, er soll Frank Berthelsen freilassen. Und weil er glaubt, ich würde ihn bezüglich eines Bekannten von mir anlügen.«

»Welchen Bekannten?«

»Diesen Aslan, was weiß ich.«

»Der, den sie aufgefordert haben, zu kommen? Den kennen Sie?«

»Ja, schon. Aber unter einem anderen Namen.«

»Glauben Sie, er kommt?«

»Vielleicht kriegt er keine Erlaubnis von der Polizei. Ich weiß es nicht.«

»Wissen Sie, wo er ist? Glauben Sie, dass er zuschaut?«

»Ich weiß, dass er zuschaut.«

5

Valdres, 03.33 Uhr

Das Blaulicht zerschnitt die nächtliche Dunkelheit wie Blitze. Die zwei Polizeiwagen rasten ohne Sirenen über die Landstraße. Das hektisch blinkende Blaulicht erhellte frühjahrsbleiche Kornfelder, dunkle Palisaden von Fichtenstämmen und silbergraue Bergkuppen. Polizeihauptmeister Bjarne Bø saß hinter dem Lenkrad des vorderen Wagens. Er hatte zu Hause in seinem Wohnzimmer gesessen und das unwirkliche Geiseldrama in Oslo auf dem Bildschirm verfolgt, als das Telefon klingelte. Polizeipräsidium Oslo. Bø hatte sich gerade hingesetzt. Die Person, nach der die Terroristen fahndeten, Aslan Gairbekow, hielt sich unter strengster Geheimhaltung und falscher Identität in einem Asylantenheim in seinem Distrikt auf. Das Asylantenheim lag fast eine halbe Stunde von der Polizeidienststelle entfernt.

Er hatte drei Polizisten zusammengetrommelt, die alle vorm Fernseher gesessen und das Geiseldrama verfolgt hatten, und nur fünf Minuten später waren sie in Uniform auf dem Weg in nördliche Richtung.

Es waren kaum Autos auf der Straße. Die Polizeiwagen passierten weite Ackerflächen, stille Friedhöfe und Ortskerne, in denen es bläulich hinter den Fenstern flimmerte, wo die Fernseher liefen. Alle gucken zu, dachte Bjarne Bø, keiner schafft es, dieses Drama abzuschalten.

Noch fünfzehn Minuten bis zum Asylantenheim. Über Funk instruierte Bø seine Kollegen, mit äußerster Vorsicht vorzugehen. Hier ging es nicht um einen aufmüpfigen Säufer. Auch nicht um einen gewöhnlichen Asylbewerber, der mit einem Messer herumfuchtelte. Möglicherweise hatten sie es mit einem Terroristen der absolut rücksichtslosesten und zynischsten Sorte zu tun. Niemand konnte wissen, was dieser Aslan Gairbekow für ein Mensch war.

Sie beschleunigten an der lang gezogenen Steigung eines Berghanges, an dem, wie Bø wusste, vor wenigen hundert Jahren noch Wegelagerer ihr Unwesen getrieben hatten. Das Blaulicht leuchtete in der Nacht.

6
Russische Botschaft, 03.35 Uhr

Als das Kryptofon klingelte, sah Botschafter Woronin ein, dass diese Nacht kein Ende nehmen würde. Er räusperte sich und nahm den Hörer mit fast feierlicher Würde ab. »Botschafter Igor Woronin«, sagte er förmlich.

»In Moskau ist es jetzt Morgen«, sagte Ismael mit samtweicher Stimme. »Sind die Junimorgen in Moskau nicht besonders schön?«

»Ich habe den Morgen immer als einen Ausdruck der Hoffnung betrachtet«, sagte Woronin zweideutig. »Aber in Oslo ist noch immer Nacht, auch wenn die Sonne bald aufgeht.«

»Ihre Tochter scheint sich, den Umständen entsprechend, gut zu halten.«

Pause.

»Warum antworten Sie nicht, Woronin.«

»Was wollen Sie?«

»Es gibt Gerüchte, dass die Polizei unterwegs ist, um unseren Freund aus einem Asylantenheim zu holen, in das ihn die norwegischen Behörden unter falscher Identität einquartiert haben.«

Gerüchte … Wer versorgte ihn mit diesen geheimen Informationen?

»Das wird gesagt.«

»Dann wollen wir mal hoffen, dass er den Mut hat, in Studio 2 zu erscheinen.«

»Die Hoffnung stirbt zuletzt.«

»Was ist mit der Maschine in Gardermoen?«

»Den letzten Berichten zufolge läuft alles nach Plan. Die Besatzung ist untergebracht, man kümmert sich um die Aeroflot und Gardermoen. Der Flugkapitän, sein Kopilot und zwei weitere Besatzungsmitglieder sind bereit zum Take-off.« Er hielt inne. »Wir warten auf Order.«

»Eine löbliche Einstellung, Botschafter Woronin, wirklich löblich. Und, Herr Botschafter, es wäre uns lieb, wenn Sie noch eine kleine Angelegenheit mit der norwegischen Regierung abklären würden.«

»Ich höre?«

»Die Norweger sollen ein Flugzeug bereitstellen, das die Tschetschenen außer Landes fliegt.«

Woronin blieb stumm.

»Sind Sie noch da, Woronin?«

»Ich verstehe nicht. Ich denke, wir bereiten unseren eigenen Flug vor?«

»Zerbrechen Sie sich darüber nicht den Kopf. Wir müssen mit parallelen Plänen operieren. Das ist Ihnen doch sicher noch aus Ihrer Zeit beim KGB in Erinnerung.«

»Wieso …?«

»Botschafter Woronin, derjenige, der die meisten Trümpfe in der Hand hat, gewinnt das Spiel, ist es nicht so?«

»Ich verstehe noch immer nicht, was …«

»Die Order des Ministeriums lautet wie folgt, Herr Botschafter: Sie sollen die norwegische Regierung anhalten, in Gardermoen ein Flugzeug bereitzustellen, das jederzeit bereit sein soll, die Terroristen außer Landes zu fliegen, sobald die Situation in der Sendeanstalt – nennen wir es mal – abgeklärt ist.«

»Die norwegische Regierung wird auf so eine Forderung niemals eingehen.«

»Sagen Sie niemals nie, Herr Botschafter.«

»Sollte die Situation abgeklärt werden, wie Sie es so treffend nennen, wird die norwegische Regierung darauf bestehen, selbst die Strafverfolgung vorzunehmen.«

»Es wäre doch durchaus denkbar, dass die Verhandlungen zu

einem Kompromiss führen, der den Terroristen freies Geleit aus dem Land gewährleistet.«

»Wohl kaum.«

»Gegen das Leben aller Geiseln? Glauben Sie, die norwegische Regierung setzt Menschenleben aufs Spiel, um ihre Prinzipien zu verteidigen?«

»Was meine Kenntnis der offiziellen norwegischen Haltung zum Thema Terrorismus anbelangt, kann ich mir nicht vorstellen, dass sie die tschetschenischen Bastarde entkommen lassen.«

»Offiziell vielleicht nicht. Aber wenn man ihnen versichert, dass die Beteiligten bei ihrer Landung entsprechend in Empfang genommen werden?«

»In Empfang genommen?«

»Wir haben den Überblick und die Kontrolle.«

»Was heißt ›in Empfang nehmen‹, Ismael?«

»Die Situation ist nicht so unübersichtlich, wie es möglicherweise erscheint.«

»Ich verstehe weder die Order noch deren Reichweite.«

»Denken Sie nicht darüber nach, Botschafter Woronin. Ihr Auftrag besteht ausschließlich darin, die norwegischen Behörden darauf hinzuweisen, dass wir uns natürlich verantwortlich für diese Verbrecher fühlen und alles dafür vorbereiten, um hinter uns aufzuräumen. Alles, womit die Norweger beitragen sollen, ist ein Flugzeug.«

»Worauf sie sich wohl kaum einlassen werden.«

»Kümmern Sie sich nicht um ungelegte Eier. Das Ministerium bittet Sie, bei den norwegischen Behörden um ein Flugzeug anzufragen. Die Anfrage abzulehnen, ist Sache der norwegischen Regierung, nicht Ihre.«

»Selbstverständlich.«

»Gut, Botschafter Woronin.«

»Und die Aeroflot-Maschine?«

»Steht weiter zum Abflug bereit. Ich kann wohl davon ausgehen, dass Sie dieses Flugzeug unseren norwegischen Freunden gegenüber nicht erwähnen.«

»Natürlich nicht.«

»Gut, Herr Botschafter. Viel Erfolg. Wir verlassen uns auf Sie.«

7

Studio 2, 03.40 Uhr

Wie viele Stunden lag er nun schon an die Kulisse gefesselt da? Polizeiobermeister Vidar Mørch wusste es nicht. Sein Kopf schmerzte wie eine offene Fleischwunde. Nach dem kräftigen Schlag dämmerte er in einer Mischung aus Bewusstlosigkeit und Schlaf vor sich hin. So, wie sie ihn mit den Kabelbindern festgebunden hatten, war es schwierig, eine einigermaßen bequeme Position zu finden. Der Knebel im Mund reizte ihn ständig, sich zu übergeben.

»Na, wie geht es unserem Helden?«

Ramzan Jewlojew beugte sich über ihn.

Du weißt genau, dass ich nicht antworten kann, du Hund.

»Es ist sicher nicht ganz einfach, mit einem Stofffetzen im Mund zu sprechen?« Er lachte. »Ist sowieso besser, wenn du die Klappe hältst, Bullenschwein.«

Es war Viertel vor vier, als das Licht in Studio 2 ausfiel.

Der abrupte Übergang von hell zu dunkel war fast körperlich zu spüren. Irgendjemand schrie auf. Kristin schluckte erschrocken. Jetzt greift die Polizei an, durchfuhr es sie.

Ramzan Jewlojew schrie etwas auf Tschetschenisch. Ein Terrorist nach dem anderen antwortete. Kristin hörte, wie sie ihre Waffen entsicherten.

Die Notbeleuchtung blinkte und tauchte das Studio in einen gespenstischen Schein. Die Lichtschienen, die bei einer eventuellen Evakuierung helfen sollten, wiesen den Weg zur Studiotür. Drei der Terroristen hatten ihre Pistolen auf die Tür gerichtet.

Sie erwarten die Polizei, dachte Kristin. Ihr nächster Gedanke war: Sie sind auf eine Situation wie diese vorbereitet. Deswegen sind drei von ihnen so schnell am richtigen Platz. Sie haben das trainiert!

Ramzan Jewlojew lief von der Tür hinter die Decke. Er will die Kriechtür überprüfen, dachte Kristin. Gleich darauf kam er mit erhobener Waffe zurück. Die Scheinwerfer an der Decke begannen zu flackern. Dann verlosch auch die Notbeleuchtung.

8

Kommandozentrale der Polizei, 03.46 Uhr

»Ramzan Jewlojew? Hier spricht Hauptkommissar Thomas Fjell. Können Sie mich hören?«

Thomas Fjell saß in der undurchdringlichen Dunkelheit der Kommandozentrale. Er drückte verzweifelt auf den Mikroknopf. Nichts. Nicht mal ein Knacken im Kopfhörer. Die Fernseh- und Computerbildschirme waren tot. Um ihn herum liefen Kollegen mit Taschenlampen herum, deren Lichtkegel das Dunkel wie Laser-Schwerter durchschnitten.

»Weiß jemand, ob die Studiolautsprecher auch bei Stromausfall funktionieren?«, fragte Fjell.

»Keine Ahnung«, antwortete Aksel Schjelderup. »Wo zum Teufel ist der Hausmeister?«

»Im Nachbarbüro!«, antwortete eine Stimme.

»Holt ihn! Schnell!«

Ein Kollege lief los.

»Ich habe kein Bild«, sagte Fjell.

»Das ist unser geringstes Problem«, sagte Schjelderup.

»Die Terroristen werden den Stromausfall als Provokation auffassen. Als Vorspiel zur Stürmung.«

»Und was sollen wir jetzt machen?«

»Ich weiß es nicht, Aksel. Ich weiß es nicht!«

Zwei Polizisten kamen mit dem Hausmeister angelaufen.

»Verdammt, was ist denn hier los?« Die Stimme des Hausmeisters war angespannt. »Das dürfte eigentlich nicht passieren. So was ist noch nie vorgekommen!«

»Das Licht ist ausgefallen!«, rief Schjelderup. »Das Licht im Studio, die Notbeleuchtung, alles! Wieso?«

»Die Notbeleuchtung?« Der Hausmeister schaute sich um, als dämmerte ihm etwas. »Der Hauptstrom und die Notbeleuchtung?«

»Das sehen Sie doch!«

»Ich muss runter in die Trafostation!«

»Wo ist die?«

»Im Keller.«

»Ich komme mit«, sagte Schjelderup. Er winkte zwei Polizeikollegen zu sich. »Nehmen Sie ein paar extra Taschenlampen mit und folgen Sie uns!«

9

Studio 2, 03.48 Uhr

»Ich schieße! *I will shoot him!*«, schrie Ramzan Jewlojew. An seiner Stimme erkannte Kristin, dass er am Ende der Zuschauertribüne stand.

O Gott, der Polizist! Er will den Polizisten erschießen!

»Hört ihr? Hauptkommissar! Ich meine es ernst!«

Niemand hört ihn, dachte Kristin. Kameras, Bilder, Ton – alles weg. Niemand hört seine Drohungen,

»*Fucking police! I will shoot him!*«

Kristin hörte eine der Geiseln laut weinen. Die Dunkelheit klebte an ihr.

»*I will shoot him!*«

Seine Worte hallten durch die Dunkelheit. Der Klang seiner Stimme versetzte Kristin in Todesangst.

10
Trafostation im Keller, 03.50 Uhr

Zum zweiten Mal in dieser Nacht schloss der Hausmeister die schwere Stahltür der Trafostation im Keller auf. »Scheiße, Scheiße, Scheiße!«, fluchte er.

»Warum ist das Licht ausgegangen?«, wiederholte Schjelderup.

»Ich hätte daran denken müssen«, sagte der Hausmeister.

Schjelderup hörte seiner Stimme an, dass er Angst hatte.

»Denken, woran?«

»Ich musste einen der Stromkreise abschalten, damit der Typ aus der Einsatztruppe nicht bei lebendigem Leib in dem Kabelkanal gegrillt wurde.«

»Und?«

»Ich habe Ihnen doch erzählt, dass wir zwei Stromkreise haben?«

»Sie sagten, es wäre kein Problem, die Versorgung nur über einen Kreis laufen zu lassen.«

»Normalerweise ist das auch kein Problem. Aber dabei hab ich eins übersehen.« Im Schein der Taschenlampe sah er aschfahl aus. »Normalerweise haben wir hier keine Fernsehsendung, die länger als eine Stunde dauert. So ein Fernsehstudio zieht höllisch viel Strom, nicht zuletzt die Scheinwerfer. Darum haben die Ingenieure, als der Sender gebaut wurde, ein System eingebaut, das dafür sorgt, dass der eine Stromkreis mit langem Vorlauf anspringt, bevor der andere überlastet ist. Oder für den unwahrscheinlichen Fall, dass eine Sicherung rausfliegt, springt die Stromversorgung automatisch auf den freien Kreis um. Es ist kein Problem, die Automatik auch manuell zu steuern. Genau das hab ich gemacht, als ich vorhin den einen Kreislauf abgestellt habe. Aber dabei hab ich nicht bedacht, dass der Strom im Studio bereits über sechs Stunden lief und jeden Augenblick einen Stromkreiswechsel erzwingen konnte. Wir hätten wochenlang mit einem Stromkreis arbeiten können, aber immer nur ein paar Stunden am Stück.«

»Mit anderen Worten«, sagte Schjelderup. »Die Automatik hat von dem Stromkreis, der nach sechs Stunden überlastet war, auf den abgeschalteten Stromkreis umgeschaltet?«

»Wenn's nur das wäre. Die Sicherungen für die Notbeleuchtung, die über ein eigenes Aggregat betrieben werden, waren nach dreißig Sekunden überlastet, weil die Studiobeleuchtung so geschaltet ist, dass sie automatisch nach einem freien Stromkreis sucht. Und da der gewöhnliche Stromkreis nicht zur Verfügung stand, hat sie das Notaggregat angezapft. Aber das Aggregat ist nur für die Notbeleuchtung eingestellt. Darum sind alle Lichter ausgefallen.«

»Können Sie den ursprünglichen Stromkreis wieder aktivieren?«

»Natürlich.«

»Beeilen Sie sich! Schnell!«

11
Studio 2, 03.51 Uhr

»*I will shoot him now!*«, sagte Ramzan Jewlojew leise. Seine Stimme klang Angst einflößend und hohl.

Kristin kniff die Augen zu und steckte die Finger in die Ohren. Weit weg, gedämpft, hörte sie Ramzans Drohungen. Bitte, lass es ihn nicht tun, dachte sie.

Ein Schluchzen.

Er droht nur, dachte sie.

Als der Schuss knallte, zuckte sie zusammen und schrie laut auf. Sie war nicht die Einzige. Irgendwer – sie nahm an, Silje Gran oder Grethe Aslaksen – wimmerte hysterisch.

12
Trafostation im Keller, 03.52 Uhr

Der Hausmeister schraubte die rausgesprungenen Sicherungen raus und ersetzte sie durch neue. Irgendwo begann es zu pfeifen. Die Neonröhren in den Kellergängen flackerten. Innerhalb weniger Sekunden war das Licht wieder da.

Der Hausmeister drehte sich zu den Polizeileuten um, die ihre Taschenlampen ausschalteten.

»So«, sagte er mit einem dümmlichen Lächeln.

Wenn ich krank war, verhätschelte Mama mich mit einer Fürsorge, deren Tiefe mir erst viel später im Leben aufging. Sie ermahnte meine Geschwister, leise zu sein, packte mich in Decken ein, kochte eine Fleischbrühe aus Markknochen und setzte sich auf meine Bettkante, um mir spannende Geschichten zu erzählen. Wenn ich Fieber hatte und die Augen aufschlug, schweißgebadet und vor Kälte zitternd, saß sie mit einem feuchten Lappen bei mir und wischte mir sanft die Stirn ab. Ihre liebevollen Augen schimmerten zärtlich. Ich sehe immer noch ihr Lächeln vor mir; dieses warme, besorgte Lächeln, das ihrem Gesicht etwas Engelhaftes gab.

Nach dem Massaker steckte ich mein Zuhause in Brand.

Ich war nicht ich selbst. Ich wollte alle Erinnerungen an die Demütigungen und Grausamkeiten vernichten, die Mama, Papa, mein großer Bruder und meine kleine Schwester erlitten hatten.

Danach schloss ich mich dem Volksheer an.

03.55 Uhr – 04.18 Uhr

1
Eilmeldung, NTB, 03.55 Uhr

Eilmeldung
Geiseldrama –

OSLO (NTB). Wie aus der Liveübertragung des Senders ABC zu entnehmen war, haben die Geiselnehmer während eines Stromausfalls den Polizisten erschossen, den sie zuvor als Geisel genommen hatten.

---- aka – ol – bk
03.55 154 Zeichen

2
Valdres, 03.56 Uhr

Sie schalteten das Blaulicht aus, als sie sich dem Asylantenheim näherten. Die Einsatzfahrzeuge rasten auf den Hof und schlingerten über den Kies. In den Fenstern brannte Licht. Der Leiter des Heims, Jon Flatabø, trat auf die Treppe, als Dienststellenleiter Bjarne Bø aus dem Auto stieg. Sie hatten gerade noch telefoniert. Bø hatte ihm die Order gegeben, nichts zu unternehmen, bis sie vor Ort waren.

»Ist er da?«, fragte Bø außer Atem.

»Ich habe ihn seit dem Frühstück nicht mehr gesehen. Er hält sich oft allein in seinem Zimmer auf. Wenn er nicht draußen ist und trainiert.«

»Und die anderen im Heim?«

»Wir kennen ihn unter einem anderen Namen. Ruslan Wlasow.« Die Konsonanten stolperten über seine Zunge. »Wir haben ihn für einen Russen gehalten.«

»Haben die Asylanten heute ferngesehen?«

»Gibt es irgendjemanden, der diese Sache nicht verfolgt?«

»Weiß hier irgendjemand, dass derjenige, den ihr als Ruslan kennt, der Mann ist, den die Terroristen haben wollen?«

»Ich habe nichts gesagt.«

»Zeigen Sie uns sein Zimmer.«

»Nummer 307. Kommen Sie mit!«

»Einen Augenblick. Da es sich um einen bewaffneten Einsatz handelt, müssen wir noch unsere Ausrüstung und unsere Uniformen wechseln.«

»Bewaffnet?«, fragte Flatabø beunruhigt.

»Wir wissen nicht, mit wem wir es zu tun haben. Wir müssen auf Nummer sicher gehen.«

3

Kommandozentrale der Polizei, 03.57 Uhr

Aksel Schjelderup schluckte. »Erschossen?«

Fjell nickte in Richtung Bildschirm. »Leider.«

»Mein Gott«, platzte Schjelderup hervor.

»Verfluchte Schweine!«, fauchte Bjørnar Lehmann. Mit Tränen in den Augen starrte er auf den Fernsehbildschirm, wo der Kollege am Studioboden zu sehen war.

»Hat er Angehörige?«, fragte Fjell.

»Ich hoffe, die sehen nicht zu«, sagte Schjelderup.

»Ich werde dafür sorgen, dass sie informiert werden«, sagte Lehmann.

»Warum haben die ihn erschossen?«, fragte Schjelderup.

»Eine Stressreaktion«, erwiderte Fjell.

»Die haben den Stromausfall als den Beginn einer Polizeiaktion gedeutet. Wir konnten nichts hören, aber ich bin sicher, dass sie uns gedroht haben, ihn zu erschießen, wenn wir nicht wieder das Licht einschalten. Schließlich haben sie den Druck nicht mehr ausgehalten. Totale Finsternis hat auf manche Leute so einen Effekt.«

»Und die haben ihn dann einfach erschossen?«

»Ja, das haben sie.«

»Diese Monster«, sagte Lehmann.

4

Büro des Ministerpräsidenten, 03.58 Uhr

Ich werde benutzt, dachte er, aber ich weiß nicht, wie oder warum.

Botschafter Igor Woronin und sein erster Sekretär fuhren mit dem Fahrstuhl bis ganz nach oben ins Sitzungszimmer des Ministerpräsidenten. Kurzatmig, als wäre er die Treppen zu Fuß gelaufen, spürte er den Sog des Aufzugs, während die Leuchtziffern die Etagen anzeigten. *Ich bin bloß ein Zahnrädchen in einer Maschinerie, von der ich nicht weiß, welche Funktion sie hat.*

Überrascht nahm er zur Kenntnis, dass Ministerpräsident Bjørn-Tore Viksveen bereits wartete, als sich die Türen des Aufzugs öffneten. Sie begrüßten sich mit Handschlag und gemäßigter Herzlichkeit. Nachdem er den Mitgliedern des Krisenstabs vorgestellt worden war, nahm Igor Woronin am Sitzungstisch Platz.

»Sie haben die norwegische Regierung um eine Unterredung gebeten?«, begann der Ministerpräsident auf Englisch das Gespräch.

»Zuerst möchte ich im Namen von Russland meine tiefe Sympathie für Norwegen und das norwegische Volk zum Ausdruck bringen, das diesem erniedrigenden Angriff tschetschenischer Terroristen ausgesetzt ist. Im Namen der Regierung meines Landes soll ich Ihnen hiermit ausrichten, dass unsere Nation bereit ist, alles dafür zu tun, Ihnen so weit wie möglich bei der Lösung dieses, gelinde gesagt, delikaten Problems zu helfen.«

Er spürte die Ungeduld der Anwesenden. Die verschnörkelte, höflichkeitsbedingte Amtssprache war den Norwegern fremd, aber er konnte sich nicht anders ausdrücken, wenn er in seiner Rolle als Botschafter auftrat.

»Lassen Sie mich unterstreichen, dass die Russische Föderation sich in gewisser Weise verantwortlich fühlt für diese Situation, die in Ihrem Land entstanden ist«, fuhr er fort und faltete die Hände auf dem Tisch vor sich. »Wir sind es und nicht Sie, die ein Problem mit den tschetschenischen Banditen haben. Aus diesem Grunde ist es der ausdrückliche Wunsch der Russischen Föderation, mehr als nur die Hand zu reichen, um der norwegischen Regierung … nun, nennen wir es so, bei der Abwicklung dieses Problems zu helfen.«

»Und wie«, fragte der Ministerpräsident, »hatten Sie sich vorgestellt, uns zu helfen?«

»Bedenken Sie, Herr Ministerpräsident, dass wir jahrhundertelange Erfahrung im Umgang mit … dem Problem Tschetschenien haben.«

»Mit wechselndem Erfolg, Herr Botschafter.«

»Wir sind den Umgang mit diesen Banditen gewohnt. Auf

unsere Weise. Wir haben Erfahrung in der Verhandlung mit ihnen und erkennen, wann Verhandlungen zu keinem Ergebnis führen und wann ein festgefahrener Konflikt ausschließlich durch hartes Durchgreifen gelöst werden kann.«

»Daran zweifle ich nicht«, sagte der Justizminister.

»Sie verstehen doch sicher, Botschafter Woronin, dass es nicht infrage kommt, der russischen Regierung die weitere Handhabung dieser Situation zu überlassen«, sagte der Ministerpräsident.

»Nein, natürlich nicht! Natürlich nicht! Eine russische Polizeioperation auf norwegischem Boden ist vollkommen ausgeschlossen! Das wäre ja noch schöner!« Woronin lachte.

Die anderen am Tisch fielen zögernd in sein Lachen ein.

»Wir alle wissen«, sagte Woronin, »dass die bilaterale Zusammenarbeit zwischen zwei befreundeten Ländern auf den unterschiedlichsten Ebenen stattfinden kann. Nicht jede Zusammenarbeit ist … sagen wir, gleichermaßen öffentlich. Was wohl auch in diesem Fall angebracht ist – ich denke, da sind wir uns einig.«

Alle im Raum nickten.

»Auch in diesem Fall«, fuhr er fort, »gibt es eine Möglichkeit, diskret zusammenzuarbeiten, um unser gemeinsames Ziel zu erreichen: die Geiseln frei zu bekommen und ihr Leben zu schützen und andererseits dafür zu sorgen, dass die Banditen ohne unnötige Gewaltanwendung hinter Schloss und Riegel kommen.«

»Und wie wollen Sie das anstellen?«, fragte der Ministerpräsident.

»Im Namen des Außenministeriums der Russischen Föderation bin ich als Botschafter von meinen Vorgesetzten ermächtigt worden, Sie – unter Beachtung der norwegischen Souveränität und Unabhängigkeit – darum zu bitten, für alle Fälle ein Flugzeug bereitzustellen, mit dem die tschetschenischen Terroristen, falls das notwendig sein sollte, aus Norwegen ausgeflogen und nach Russland gebracht werden könnten, wo dann die Behörden meines Landes die Verantwortung für das weitere Vorgehen übernehmen.«

Der Ministerpräsident beugte sich über den Tisch. »Sie wollen also mit anderen Worten, dass Norwegen die Terroristen nach Russland ausfliegt?«

»Da Norwegen sicher nicht die Entsendung einer russischen Maschine wünscht, bitten wir darum, dass Norwegen für alle Fälle ein Flugzeug bereitstellt, um die Geiselnehmer, falls nötig, außer Landes zu bringen.«

»Herr Botschafter, Sie kennen Norwegens Haltung in Bezug auf die Auslieferung von Straftätern in Länder, in denen noch die Todesstrafe praktiziert wird, nur zu gut.«

»Die Russische Föderation wird selbstverständlich alle völkerrechtlichen Abkommen und bilateralen Verträge diesbezüglich berücksichtigen.«

»Sie wollen uns also, anders ausgedrückt, versprechen, dass die Terroristen nicht hingerichtet werden, falls sie nach Russland zurückkehren sollten?«

»Herr Ministerpräsident, die Frage der Unabhängigkeit der Rechtssprechung vom Staat und die mildernden Umstände wie die bilateralen Abkommen über pragmatische Lösungsansätze, basierend auf den norwegischen Vorbehalten gegenüber Auslieferungen in Länder mit Todesstrafe, sind Themen, auf die wir nicht nur zurückkommen müssen und werden, sondern über die wir uns mit Sicherheit auch einigen können. Im Moment geht es in erster Linie darum – unabhängig von diesen Fragen –, der Entwicklung einen Schritt voraus zu sein, damit uns die Zeit nicht davonläuft. Mit anderen Worten: Es liegt im Interesse aller, dass Sie ein Flugzeug bereitstellen, für den Fall, dass die Geiselnehmer außer Landes gebracht werden müssen.«

»Wir werden Ihr Anliegen natürlich in Erwägung ziehen«,

sagte der Ministerpräsident zögernd und blickte unsicher zu seinem Justizminister hinüber.

»Die Russische Föderation weiß das sehr zu schätzen.«

»Es geht hierbei um zwei vollkommen unterschiedliche Anliegen«, sagte der Ministerpräsident. »Zum einen, ein Flugzeug bereitzustellen, und zum anderen, die Terroristen nach Russland auszufliegen.«

»Das eine hat nicht notwendigerweise mit dem anderen zu tun, Herr Ministerpräsident. Ich rate Ihnen nur, eine Maschine klarzumachen, damit Sie keine wertvolle Zeit verlieren, sollte eine solche Situation aufkommen. Sehen Sie das Angebot Russlands, die Terroristen aufzunehmen, wie eine ausgestreckte Hand, die es zu ergreifen gilt, falls kein anderes Land bereit sein sollte, die Attentäter aufzunehmen.«

»Wir müssen das Angebot natürlich erst gründlich prüfen, ehe wir zu einer Entscheidung kommen.«

»Das, Herr Ministerpräsident, liegt in der Natur der Sache.«

»Die Initiative ist etwas ungewöhnlich.«

»Das gebe ich zu. Aber die ganze Situation ist ungewöhnlich. Und besondere Situationen erfordern besondere Maßnahmen, Herr Ministerpräsident.«

5

Valdres, 04.06 Uhr

Raum 307 lag am Ende eines Flurs mit zahlreichen gleich aussehenden Türen. Grünes Linoleum auf dem Boden, beigefarbene, holzverkleidete Wände mit billigen Reproduktionen. Die vier Polizisten und der Leiter des Asylantenheims gingen langsam durch den Flur. Aus einigen Zimmern waren gedämpfte Geräusche zu hören, leises Lachen, Musik, laufende Fernseher, die in den verschiedensten Sprachen die Geschehnisse der Nacht ausstrahlten. Ein schwacher, fremdartiger Kräuterduft lag in der Luft. Wie es wohl war, aus irgendeinem Dschungel, aus der Wüste oder einer Großstadt hierher in das entlegene Valdres zu kommen?, fragte sich Bjarne Bø. Er hielt die Dienstwaffe in der rechten Hand. Die Distriktleitung in Oslo hatte zwar nichts von einem Einsatz mit scharfer Munition gesagt und auch nicht, dass Aslan Gairbekow gefährlich war, aber man konnte ja nie wissen. Der Leiter hatte den Waffeneinsatz jedenfalls gestattet.

Sie blieben vor dem Zimmer mit der Nummer 307 stehen.

Der Leiter des Asylantenheims, Jon Flatabø, wollte an die Tür klopfen. Bjarne Bø packte ihn hart an der Schulter und zog ihn zurück. Er hockte sich hin und begutachtete den Spalt zwischen Tür und Rahmen. »Abgeschlossen!«, flüsterte er lautlos. Dann nickte er seinem Kollegen zu, der auf Position ging. Zwei der Beamten hoben den Rammbock an.

6

Kommandozentrale der Polizei, 04.07 Uhr

»Der Mann, den Sie getötet haben, war ein feiner Kerl«, sagte Thomas Fjell. »Vater von kleinen Kindern, Ehemann. Trainer einer Kinder-Fußballmannschaft. Ein offener, ehrlicher Polizist.«

»Lassen Sie dieses Geschwätz!«

Selbst durch die Wut klang Ramzan Jewlojews Stimme verändert. Als würde er seine Tat tatsächlich bereuen. Fjell kaute auf dem Kugelschreiber herum. Hatte dieser Mann doch Gefühle? Hinter der Fassade aus Härte und Boshaftigkeit? War er einer, der schoss, wenn er Angst hatte und unter Druck geriet? War er einer, der tötete, um seine Macht zu demonstrieren, wenn er seinen Willen nicht bekam?

»Ich wollte nur, dass Sie das wissen. Er wird von vielen vermisst werden.«

»Halten Sie das Maul!«

Emotional!!, schrieb er auf das Blatt vor sich. *Bereut er es?? Nicht so hart, wie er vorgibt!!*

»Was hattet ihr vor?«, fragte Ramzan.

»Was meinen Sie?«

»Stellen Sie sich nicht dumm! Warum habt ihr den Strom abgestellt?«

»Es war ein einfacher Stromausfall!«

»Lassen Sie das. Für wie blöd halten Sie mich?«

»Es war ein Zufall. Ich sage die Wahrheit.«

»Unsinn!«

»Das stimmt. Die Stromversorgung im Studio ist so reguliert, dass automatisch ein zweiter Stromkreis aktiviert wird, wenn der erste überlastet ist. In diesem Fall gab es aber keinen anderen Stromkreis, der aktiviert werden konnte. Der Strom ist im ganzen Gebäude ausgefallen. Bei uns auch. Es war alles dunkel.«

»Lügner!«

»Denken Sie nach, Ramzan! Wäre der Stromausfall geplant gewesen, hätten wir angegriffen. Haben wir das, bevor das Licht wieder anging? Habe ich etwas verpasst?«

Ramzan wurde still. »Hauptkommissar? Haben Sie jemals einen Menschen getötet?«

Fjell ballte die Faust und unterdrückte ein triumphierendes *Yes.* Einige der anderen im Raum sahen ihn fragend an. Hastig kritzelte er auf seinen Notizblock: *04.07 Uhr. Neugierig auf mich. Guter Kontakt. Positiv!!! Zeigt echte Gefühle!*

»Nein«, antwortete er und fügte dann hinzu: »Zum Glück.«

»Das Seltsame ist«, sagte Ramzan, »dass man sich daran gewöhnt. Am Anfang geschieht noch etwas mit einem. Aber dann… dann gewöhnt man sich daran.«

Fjell hielt inne. *Gewohnt zu töten. Glaube nicht, dass er das ernst meint (oder?)...* Er kritzelte auf dem Papier rum, ehe er hinzufügte: *Jetzt spreche ich mit dem echten Ramzan Jewlojew, nicht mit dem Bösen, dem Skrupellosen, dem Terroristen.*

»Ich hoffe, ich werde das nie erleben«, sagte Fjell. »Zu töten oder gar, mich daran zu gewöhnen.«

Ramzan lachte. Ein flaches, aufgesetztes Lachen.

»Warum wollen Sie, dass Aslan Gairbekow hierherkommt?«, fragte Fjell.

Das Lachen verstummte. »Er hat nicht mehr ganz zwei Stunden. Um sechs Uhr erschieße ich Kristin Bye!«

7
Valdres, 04.10 Uhr

Mit einem gewaltigen Krachen zertrümmerte die Ramme die dünne Sperrholzplatte. Die halbe Tür fiel in den dunklen Raum, während der Rest an den Angeln hin und her schwang.

Bjarne Bø trat ein Stück Rahmen weg und stürmte mit gezücktem Revolver in den Raum. Hinter ihm schaltete einer der Beamten eine große Maglite ein.

Leer.

Bjarne Bø blieb mit vorgehaltener Waffe stehen, als könnte er nicht wirklich begreifen, dass sich niemand in dem Zimmer befand. Der Kollege mit der Taschenlampe schaltete das Licht ein.

Ein Bett. Ein Schreibtisch. Ein Bücherregal. Ein Schrank. Zugezogene Gardinen.

»Ist er nicht da?«, rief Jon Flatabø von draußen herein.

Bø steckte den Revolver in das Halfter und warf der Ordnung halber einen Blick unter das Bett und in den Schrank, ehe er sich zu den anderen umdrehte. »Der Vogel ist ausgeflogen«, sagte er.

8
Studio 2, 04.09 Uhr

»Sie tun mir so leid«, flüsterte Kristin Bye und beugte sich über Frank Berthelsen, der auf der Seite lag und nach Luft rang. Sie war nicht sicher, dass er hörte, was sie sagte. Aber als sie seine Hand drückte, erwiderte er ihren Händedruck.

Sie blickte zu dem toten Polizisten. Die Terroristen hatten eine Decke aus dem Kulissenlager über ihn gelegt.

»Hören Sie mich?«, fragte sie in Berthelsens Ohr. Seine Hand zuckte schwach. »Halten Sie durch!«, flüsterte sie, während sie verzweifelt nach tröstenden Worten suchte. Aber ihr fiel nichts ein. »Es ist bald vorbei«, log sie. »Sie verhandeln gerade über den Austausch der Geiseln. Ich habe gehört, dass Sie ganz oben auf der Liste derjenigen stehen, die das Studio verlassen dürfen. Draußen wartet ein Ärzteteam mit Krankenwagen und allem, was nötig ist.«

Er drückte erneut schwach ihre Hand.

»Er kann hören, was wir sagen«, flüsterte sie Grethe Aslaksen zu. »Er kann Ihre Hand drücken. Würden Sie bei ihm sitzen bleiben und mit ihm reden? Ihn ein bisschen aufmuntern? Seine Hand halten?«

»Natürlich«, flüsterte Grethe Aslaksen.

»Er darf sich nicht aufgeben!«

Kristin überließ Aslaksen den sterbenden Mann, die seine Hand ergriff und ihm etwas zuflüsterte. Eines seiner Beine zuckte. Er wird bald sterben, dachte Kristin.

Die Terroristen hatten wieder ihre Positionen eingenommen. Kalt und ruhig. Mit Ausnahme von Ramzan Jewlojew hatten sie im Laufe der Nacht kaum ein Wort gesagt.

Außenminister Bøe erinnerte immer mehr an eine Statue.

Still und regungslos saß er auf seinem Platz. Entweder hat er seine Nerven vollständig unter Kontrolle, wie wenn er meditiert, dachte sie, oder er ist paralysiert vor Angst. Auf der ersten Bank der Tribüne saß Anette und starrte mit leerem Blick vor sich hin, als stünde sie unter Schock. Kristin setzte sich neben sie. Anette blickte sie an, wollte etwas sagen, brach dann aber in Tränen aus.

»Ich … dachte … nicht … dass … er …«, schluchzte sie.

Kristin redete beruhigend auf sie ein.

Ramzan warf ihnen einen verärgerten Blick zu. Ruhelos ging er im Studio auf und ab wie ein Feldherr, der darauf wartete, dass die Schlacht endlich begann.

9

Eilmeldung, NTB, 04.10 Uhr

Eilmeldung
Geiseldrama –

OSLO (NTB). Der Polizist, der im Laufe der Nacht bei einem Erkundungsauftrag im Lüftungskanal des Senders ABC angeschossen wurde, ist außer Lebensgefahr. Laut einer Pressemeldung des Krankenhauses Ullevål wurde er von zwei Schüssen in den Unterarm und in die Seite getroffen. Lebenswichtige Organe wurden dabei nicht verletzt.

---- aka – ol – bk
04.10 270 Zeichen

10

Büro des Ministerpräsidenten, 04.12 Uhr

Nachdem Botschafter Igor Woronin das Sitzungszimmer verlassen hatte, blieben die Mitglieder des Krisenstabs sitzen und sahen einander stumm an. Jeder wartete darauf, dass der andere das Wort ergriff.

Schließlich räusperte sich der Justizminister. »Das Angebot ist natürlich vollkommen inakzeptabel.«

»Vollständig«, stimmte ihm der Kommunalminister zu.

»Unerhört«, ergänzte der Verteidigungsminister. »Sie wollen in unserem Land ihr Recht durchsetzen.«

Oslos Polizeipräsidentin nickte. »Wir können sie nicht außer Landes gehen lassen und der Rechtsprechung eines anderen Landes übergeben.«

Der Ministerpräsident sagte nichts. Er kippelte mit seinem hochlehnigen Stuhl. Die anderen sahen einander an.

»Nicht wahr, Bjørn-Tore?«, fragte der Justizminister schließlich. »Das ist doch vollständig inakzeptabel.«

Der Ministerpräsident stemmte die Ellenbogen auf den Tisch. »Im Prinzip schon«, antwortete er.

»Im Prinzip?«, platzte der Verteidigungsminister heraus.

»Natürlich lassen wir die Terroristen nicht aus Norwegen ausreisen, ohne sie vor ein norwegisches Gericht gestellt zu haben. Und wir kooperieren auch nicht mit den Russen, was das Krisenmanagement angeht. Die Verantwortung für die Operation obliegt ohne jede Einschränkung uns.«

»Gut!«, sagte der Justizminister.

»Aber! Der Botschafter hat mich auf eine Idee gebracht.« Der Ministerpräsident richtete seinen Blick auf die Polizeipräsidentin, die sich aufsetzte. »Das zentrale Problem ist im Augenblick doch wohl, dass sich Geiselnehmer und Geiseln in einem hermetisch abgeschlossenen Raum befinden?«

»Ja, das stimmt?«, erwiderte die Polizeipräsidentin zögernd.

»Ich bin kein Experte für taktische Polizeiarbeit, aber wäre es nicht von Vorteil für die Polizei, wenn man die Terroristen mit den Geiseln aus dem Studio bekäme?«

»An und für sich schon«, räumte die Polizeipräsidentin ein.

»Ich denke nur laut«, sagte der Ministerpräsident. »Aber wenn wir tatsächlich ein Flugzeug bereitstellen und die Terroristen in dem Glauben lassen, sie bekämen freies Geleit in ein anderes Land – könnten wir sie damit vielleicht aus Studio 2 locken, so dass die Polizei bessere … Zugriffsmöglichkeiten hat?«

11

Kommandozentrale der Polizei, 04.15 Uhr

»Er war nicht da!«

Einsatzleiter Aksel Schjelderup schob das Handy in die Innentasche und warf Fjell und Lehmann einen resignierten Blick zu.

»Wer war nicht da?«, fragte Fjell desorientiert.

»Aslan Gairbekow. Ein paar Polizisten aus der Gegend sind gerade in dem Asylantenheim. Er ist verschwunden.«

»Wissen sie, wo er ist?«, fragte Lehmann.

Schjelderup schüttelte den Kopf. »Der Polizeibeamte spricht soeben mit den anderen Bewohnern und der Heimleitung.«

»Verdammte Scheiße.«

»Die müssen doch wissen, wo er ist?«, sagte Fjell.

»Es steht den Asylbewerbern frei, das Heim zu verlassen und zu gehen, wohin sie wollen.«

»Er ist also vermutlich abgehauen?«

»Sieht ganz so aus.«

»Ist schon eine Fahndung raus?«, fragte Lehmann.

»Der OpStab kümmert sich darum.«

»Mitten in der Nacht«, konstatierte Lehmann.

»Wo kann er sein?«, fragte Fjell.

»Vielleicht bei einer Frau?«, schlug Lehmann vor.

»Dann haben sie heute Abend wohl kaum ferngesehen.« Schjelderup verzog das Gesicht zu einem gekünstelten Grinsen.

Lehmann warf einen Blick auf die Uhr. »Wenn wir Aslan Gairbekow nicht in die Finger bekommen, wird Kristin Bye in einer Stunde und fünfundvierzig Minuten erschossen.«

12

OpStab, Polizeipräsidium, 04.18 Uhr

»Ein Flugzeug bereitstellen?«, fragte der Chef des Sicherheitsdienstes verblüfft.

»Den Forderungen nachgeben?«, fiel ihm der Leiter des Dezernats für Organisierte Kriminalität ins Wort.

»Moment, Moment, Moment!«, rief der Vize-Polizeipräsident dazwischen und hob abwehrend die Hände. »Laut Polizeipräsidentin hat der Ministerpräsident persönlich diesen Vorschlag gemacht – mit einem taktischen Hintergedanken. Und sie haben uns um unsere Meinung gebeten.«

»Was für ein Hintergedanke?«, fragte der Leiter der operativen Koordination.

»Möglicherweise gelingt es uns so, die Geiselnehmer mitsamt den Geiseln in einen Bus zu verfrachten, mit dem wir nach Gardermoen fahren.«

»Das ist gegen alle Grundsätze!«, sagte der PST-Chef.

»Ich bin noch nicht am Ende! In Gardermoen steht tatsächlich ein Flugzeug bereit – aber nicht, um sie auszufliegen! Wir positionieren das Flugzeug am Terminal GA, um in offenem Terrain angreifen zu können.«

Der PST-Chef blickte fragend zum Dezernatsleiter für Organisierte Kriminalität, der den Kopf zur Seite neigte. »Stimmt schon«, räumte er ein, »es ist wichtig, sie aus dem Studio zu bekommen.«

»Aber warum müssen wir dann überhaupt ein Flugzeug bereitstellen?«, fragte der PST-Chef zögernd.

»Die Terroristen könnten draußen Beobachter haben, die ihnen Bericht erstatten«, erklärte der Leiter der Koordination. »Vielleicht haben sie auch noch andere Informationsquellen – einen illoyalen Angestellten in Gardermoen, jemanden bei der Polizei?«

»Wenn wir sie erst aus dem Studio haben«, sagte der Vize-Polizeipräsident, »und in einem Bus oder eventuell sogar draußen auf der Rollbahn zwischen Bus und Flugzeug, sollte sich eigentlich eine Gelegenheit ergeben, aktiv in den Konflikt einzugreifen.«

»Sie meinen, Scharfschützen auf sie anzusetzen?«

»Wenn es nötig ist«, bestätigte der Vize-Polizeipräsident. »Oder Blendgranaten, Tränengas, je nachdem, was die Leute von Delta nach Abschätzung der Lage vorschlagen, um die Geiseln mit möglichst wenigen Opfern frei zu bekommen.«

»Beim FBI redet man in solchen Situationen von akzeptablen Opfern«, sagte der Chef des Ordnungsamtes.

»Zwei sind schon tot«, sagte der Vize-Polizeipräsident. »Wir wissen, dass die Terroristen bereit sind zu töten, um ihre Ziele zu erreichen. Meine Frage an Sie ist: Sind wir das auch?«

Ich war ein furchtloser Krieger. Von tschetschenischen Asylbewerbern, die nicht wussten, wer ich bin, habe ich erfahren, dass sie noch immer über mich reden.

1996 haben wir gegen die Russen zurückgeschlagen. Wir haben Grosny eingenommen. Jelzin gab nach. Die Russen wagten es nicht, erneut einen Gegenangriff zu unternehmen.

Waffenstillstand. Wir hatten gewonnen.

Was immer das heißt – gewonnen? Siebzigtausend Leichen lagen auf den Schlachtfeldern, als sich die Russen gedemütigt zurückzogen. Maschadow und General Lebed unterzeichneten den Friedensvertrag in Chassawjurt. Das tschetschenische Volksheer hatte die Schlacht gewonnen, nicht aber den Krieg.

Die Unruhen gingen weiter.

Über verlässliche Kontakte hörte ich immer wieder etwas vom Adler. Er ging brutal vor.

1997 wählten wir Maschadow zu unserem Präsidenten. Ein Funken Hoffnung. Eine demokratische Wahl. Aber Anarchie und Gesetzlosigkeit gingen weiter. Der islamistische Fanatismus blühte auf. Die gefürchteten Wahabiten, die ihre religiösen Visionen von den skrupellosen Islamisten in Saudi-Arabien hatten, fassten langsam Fuß. Ein Jahrhundert Unterdrückung hatten die Strukturen unserer Gesellschaft zerbrechen lassen. Anarchie und Kriminalität gediehen in einer brutalen Symbiose mit der neuen Religiosität. 1999 marschierten die Wahabiten in Dagestan ein, wo sie einen unabhängigen Gottesstaat errichten wollten. Die meisten von uns hatten kein Verständnis für diesen

Einmarsch. Unser Präsident, Maschadow, bot den Russen an, ihnen im Kampf gegen die Schurken beizustehen.

Aber in den Augen der Welt waren wir alle Schurken. Tschetschenen. Muslime.

Der Druck auf Tschetschenien nahm zu. In Moskau explodierten Bomben. Zwei Wohnblöcke stürzten ein. Die Tschetschenen bekamen die Schuld. Was zeitlich sehr gelegen kam. Viele von uns glauben, dass der FSB oder die russischen Behörden selbst hinter diesen Anschlägen standen. Sie brauchten einen Vorwand, um den Krieg wieder aufzunehmen. Die Russen waren immer schon bereit gewesen, Zivilpersonen zu opfern, um ihre Ziele zu erreichen.

Jelzin hatte genug. Oder genauer, die Menschen hinter ihm. Im Sommer 1999 entwickelte sich in Moskau ein neues Machtzentrum. Der mächtige FSB-Chef Wladimir Putin wurde zum neuen Präsidenten gewählt. Er mobilisierte das Heer, um den Aufstand niederzuschlagen. Die Russen eroberten die befreiten Gebiete in Dagestan zurück und schickten hunderttausend Soldaten nach Tschetschenien. Die Stadt Grosny, deren Name ironischer Weise so viel bedeutet wie »die Furchtgebietende«, wurde dem Erdboden gleichgemacht. Die Freiheitskämpfer flohen in die Berge. Hunderttausende von Flüchtlingen rannten um ihr Leben. Der Krieg ging weiter, trotz der Behauptung der Russen, gesiegt zu haben. Im gebirgigen Tschetschenien gelang es ihnen nicht, uns zu überwältigen.

Schließlich begann die Welt zu erwachen. Die Gerüchte über die Grausamkeiten der Russen drangen bis zu den internationalen Medien vor. Die Weltöffentlichkeit erfuhr von Folter, Vergewaltigungen und Morden. Die USA setzten Putin unter Druck. Die UN verlangte eine unabhängige Untersuchung der Kriegsverbrechen und der Vergehen gegen die Menschenrechte, nicht nur derjenigen, die die Russen begangen hatten, sondern unglücklicherweise auch solcher, die wir begangen hatten.

Als ob eine Untersuchung irgendetwas nützen würde …

04.19 Uhr – 04.56 Uhr

1

Studio 2, 04.19 Uhr

Anette Wiik lehnte sich an Kristin Bye, die ihr den Arm um die Schulter gelegt hatte. Anette zitterte.

»Alles wird gut«, sagte Kristin und hörte selber, wie hohl und sinnentleert das klang.

Anette sah sie mit tränennassen Augen an. »Haben Sie Angst vorm Sterben?«

»Wir werden nicht sterben.« Sie versuchte zu lächeln.

»Arme Kristin!«

»Ich bin nicht schlimmer dran als Sie.«

»Ich frage mich, wie weh es wohl tut. Wenn sie schießen …«

»Sie werden uns nicht erschießen!«

»… und wie lange es dauert. Wenn einen die Kugel trifft, bis man tot ist.«

»Sie dürfen nicht an so etwas denken.«

»Wenn sie uns nicht erschießen, tut es die Polizei.« Anette brach erneut in Tränen aus. »Wieso kommt er nicht?«

»Wer?«

»Aslan.«

»Wer begibt sich schon freiwillig hier rein, ehe es unbedingt sein muss?« Ihr Versuch zu lachen, klang eher wie ein Schluchzen.

»Wissen Sie, wieso sie ihn hierhaben wollen?«

»Das muss was mit der Vergangenheit zu tun haben. Er ist Tschetschene.«

»Was glauben Sie, wo er ist?«

Instinktiv schüttelte sie den Kopf, unsicher, wer womöglich mitbekam, worüber sie redeten. Das letzte Mal, als ich ihn gesehen habe, dachte sie, saß er zwei Etagen über uns in der Redaktion.

2

Kommandozentrale der Polizei, 04.20 Uhr

»Der Ministerpräsident will also ein Blutbad«, sagte Thomas Fjell.

»Falls du es noch nicht bemerkt haben solltest: Das Blutbad haben wir bereits«, sagte Bjørnar Lehmann.

»In einem Punkt hat Viksveen aber Recht«, sagte Aksel Schjelderup. Er hatte soeben den Vorschlag referiert, ein Flugzeug startklar zu machen und die Geiseln und Geiselnehmer mit einem Bus nach Gardermoen zu fahren. »Solange sie in Studio 2 sind, könnten sie genauso gut im Tresorraum einer Bank eingeschlossen sein.«

»Sie können erschießen, wen sie wollen, wann sie wollen. Und wir können überhaupt nichts dagegen machen!«, sagte Lehmann. »Wenn wir sie aus dem Studio locken können, ist es ein offener und gerechter Kampf. Dann können wir die Initiative ergreifen.«

»Was praktisch bedeutet, dass deine Scharfschützen die Terroristen abknallen dürfen?«, sagte Fjell.

»Das könnte durchaus sein«, räumte Lehmann ein.

»Und falls die Bomben ausgelöst werden ...«

»Ich gehe davon aus, dass sie die Bomben entschärfen, bevor sie das Studio verlassen«, sagte Schjelderup.

»Du gehst davon aus …«, wiederholte Fjell.

»Die Erfahrungen bei ähnlichen Aktionen hat gezeigt, dass es dabei weniger Tote gibt als angenommen«, sagte Lehmann. »In der Verwirrung, die durch einen Angriff entsteht und wenn die ersten Scharfschützen ihr Ziel treffen, wird unweigerlich der eine oder andere aufgeben und sich auf den Boden schmeißen.«

»Aber sollten wir nicht zuerst alle Verhandlungsmöglichkeiten ausschöpfen?«, beharrte Fjell. »Wenn der von ihnen Gesuchte auftaucht, haben wir eine Trumpfkarte. Wenn er das wahre Ziel der Terroristen ist, wird die Situation eine ganz neue Wendung nehmen.«

»Ziemlich viele Unsicherheitsfaktoren«, sagte Schjelderup.

»Es wäre eine Niederlage, die Geiseln mit den Geiselnehmern nach Gardermoen zu schicken.« Fjell seufzte. »Weil wir dann der gewaltsamen Lösung den Vorrang geben.«

»Zu Bedingungen, die wir und nicht sie kontrollieren«, warf Lehmann ein.

»Wir dürfen die Hoffnung nicht aufgeben, den Konflikt über Verhandlungen beenden zu können«, sagte Fjell. »Die allermeisten Geiselnahmen werden durch Verhandlungen gelöst. Wieso ist der Kerl so wichtig für die? Bestimmt ist alles ganz logisch, wenn wir wissen, wer er ist.«

»Um nicht zu sagen, wo er ist«, sagte Schjelderup.

»Wenn er auftaucht – habt ihr dann vor, ihn einfach in Studio 2 zu schicken?«, fragte Lehmann.

»Ich weiß es nicht.«

»Das würde doch bedeuten, einen Mann in seinen sicheren Tod gehen zu lassen.«

»Wir verurteilen noch viel mehr Menschen zum Tod, wenn wir es nicht tun«, sagte Fjell.

»Genau genommen können wir das nicht allein entscheiden«, sagte Schjelderup.

»Also fragen wir mal nach, was die im Polizeipräsidium und im Büro des Ministerpräsidenten dazu sagen.«

3
Valdres, 04.28 Uhr

»Wieso war er so oft in Oslo?«

Der Polizeihauptmeister Bjarne Bø sah Jon Flatabø, den Leiter des Asylantenwohnheimes, fragend an. Sie waren mit Flatabø in sein Büro gegangen, wo er einen Kaffee aufgesetzt hatte. Das Büro war groß und unpersönlich. Auf dem Flur wurde aufgeregt diskutiert. Es war nicht unbemerkt geblieben, dass die Polizei eine Tür aufgebrochen hatte.

»Das geht mich nichts an«, sagte Flatabø. »Ihnen steht frei zu gehen, wohin und wann sie wollen. Er hatte wohl irgendwas zu erledigen.«

»In Oslo?«

»Ja. Aber ich weiß nicht, wo. Oder mit wem.«

»Vielleicht hat er ja eine Frau kennen gelernt?«

»Manchmal ist es so simpel.«

»Oder er hatte einen Auftrag? Irgendetwas, das mit dem zu tun hat, was gerade bei ABC abläuft.«

4
Hauptredaktion vom Sender ABC, 04.33 Uhr

»Ich bin es noch mal.« Botschafter Igor Woronins Stimme.

»Einen kleinen Augenblick.« Gunnar Borg lächelte Astrid Wahl entschuldigend an und zeigt auf das Handy, als hätte sie nicht mitbekommen, dass er einen Anruf bekommen hatte. Sie war selbst gerade am Telefon und wurde von einem Fernsehzuschauer beschimpft, der ihr vorwarf, ABC ginge für höhere Einschaltquoten über Leichen.

Gunnar verließ das Büro. »So, Igor, jetzt können wir reden.«

Sein alter Freund seufzte, tief und inniglich.

»Ist was passiert?«, fragte Gunnar.

»Könntest du es einrichten, kurz bei mir vorbeizuschauen?«

»In der Botschaft?«

»Ich wäre dir sehr dankbar.«

»Ich sollte wirklich hier bei Kristin bleiben ...«

»Es ist wichtig.«

»Können wir nicht ...«

»Wichtig!«

Gunnar legte die Stirn in Falten. Woronin hatte noch nie so zu ihm gesprochen. »Was ist geschehen?«

»Ich bitte dich«, sagte Igor Woronin. »Es geht um Kristin ... und um etwas, das ich dir gern anvertrauen würde. Aber nicht am Telefon, Gunnar.«

5

Kommandozentrale der Polizei, 04:42 Uhr

»Für. Alle. Fälle?«, fragte Thomas Fjell ungläubig.

»So ist es eben vom OpStab übermittelt worden«, antwortete Aksel Schjelderup. »Der Krisenstab der Regierung hat einstimmig entschieden, ein Flugzeug bereitzustellen – für alle Fälle. Wie der Ministerpräsident es vorgeschlagen hat. Wenn wir die Gruppe aus dem Studio herausholen, können wir weitere Verluste unter den Geiseln reduzieren. Nur so kann die Polizei die Oberhand gewinnen. Mehr Einsatzkräfte, mehr Feuerkraft, das Überraschungsmoment auf unserer Seite.«

»Und das Flugzeug?«

»Sie werden nicht bis an Bord kommen. Das ist Teil des Plans.«

»Und was meint der Krisenstab dazu, dass wir plötzlich physisch angreifen wollen?«

Schjelderup zögerte. »Sie meinen, das sei eine polizeiliche Entscheidung, in die der Stab des Ministerpräsidenten sich nicht einmischen will.«

»Hol sie der Teufel.«

Schjelderup seufzte.

»Wir beide wissen, was das bedeutet?«, sagte Fjell.

»Ja…«

»Bjørnars Jungs werden sie erschießen!«

»Nimm es nicht persönlich, Thomas.«

»Ich nehme es nicht persönlich.«

»Du hast ausgezeichnete Arbeit geleistet.«

»Bitte, Aksel…«

»Du darfst das nicht als Kritik an deiner Verhandlungstaktik sehen.«

»Nicht in diesem Ton.«

»Es sind fast sieben Stunden vergangen. Worte helfen in diesem Fall nicht mehr weiter. Wir sind gezwungen, etwas zu unternehmen. Bevor sie uns zuvorkommen.«

»Ich unternehme die ganze Zeit was. Ich mache sie mürbe. Ich klopfe sie weich. Wir haben die Zeit auf unserer Seite! Ich schaffe das!«

Schjelderup legte kameradschaftlich eine Hand auf Fjells Schulter. »Du bist ausdauernd. Du bist ein guter Mann. Aber du musst doch auch allmählich einsehen, dass die Hoffnung, über Verhandlungen zu einer Lösung zu gelangen, gen null geht. Die Worte sind gescheitert, Thomas!«

6
Studio 2, 04.43 Uhr

Frank Berthelsen lag zitternd auf dem Boden. Grethe Aslaksen strich ihm über die Stirn.

»Wie lange kann man eigentlich einen Herzanfall überleben?«, fragte Kristin, die neben Anette Wiik saß. Anette murmelte, sie habe keine Ahnung. Außenminister Bernt Bøe drehte sich um. »Ein Herzanfall muss so schnell wie möglich behandelt werden, aber man kann die Attacke einige Stunden überleben«, sagte er monoton, als würde er etwas auswendig Gelerntes wiedergeben. »Sobald der Patient in Behandlung ist, wird der Arzt Blut verdünnende Mittel verabreichen, Nitroglyzerin, Morphin und Sauerstoff. Die Überlebenschancen hängen davon ab, wie stark der Herzmuskel beschädigt ist.«

Kristin und Anette sahen den Minister fragend an.

»Ich hab das auch schon durchgemacht«, erklärte er. »Vor zwölf Jahren.«

Silje Gran lag ausgestreckt auf der Bank hinter ihnen. Kristin bezweifelte, dass sie schlief. War es überhaupt möglich, in einer Situation wie dieser zu schlafen? Wahrscheinlich zog sie sich in sich zurück und versuchte, die Welt auszuschließen. Kristin verspürte Lust, es ihr gleichzutun. Aber das konnte sie nicht. Sie musste sich wach halten, sich um ihre Gäste kümmern, Verantwortung zeigen.

7
Eilmeldung, NTB, 04.44 Uhr

Eilmeldung
Geiseldrama –

KAIRO (NTB). Die Arabische Liga – eine Vereinigung zweiundzwanzig muslimischer Mitgliedsländer – hat sich in einer gemeinsamen Erklärung von der Terroraktion in Oslo distanziert. In der Erklärung heißt es, dass »die Muslime der Welt sich im Protest gegen die barbarischen Ungeheuerlichkeiten erheben sollen, die unschuldigen Zivilisten angetan werden«.

---- teg – ol – bk
04.44 304 Zeichen

8
Valdres, 04.44 Uhr

Polizeihauptmeister Bjarne Bø hatte seine liebe Mühe, Informationen aus den Asylbewerbern herauszubekommen. Keiner schien irgendetwas zu wissen, und diejenigen, die Aslan alias Ruslan kannten, konnten sich nicht erinnern, ob er in Oslo gewesen war, geschweige denn, was er dort zu suchen gehabt hatte.

Kein Wunder, dass sie der Polizei misstrauten, dachte Bø. Die meisten sind wahrscheinlich auf der Flucht vor den Behörden in ihren Heimatländern. Die Polizei ist ihr Feind.

Einer nach dem anderen wurden die Asylbewerber ins Büro gerufen, einige mit ängstlichem Blick, andere skeptisch oder gar feindlich. Bø stellte seine Fragen, auf die ihm die Asylbewerber nicht antworteten. Einer guckte verständnislos an die Decke. Andere schüttelten den Kopf, während Bø auf eine Antwort wartete.

Sie decken ihn, dachte er. Irgendjemand muss doch etwas wissen. Ihn kennen. Aber sie trauen mir nicht. Sie trauen der Polizei nicht. Und sie decken ihn.

9
OpStab, Polizeipräsidium, 04.45 Uhr

Sobald der Krisenstab des Ministerpräsidenten dem operativen Stab der Polizei grünes Licht für die Bereitstellung eines Flugzeuges gegeben hatte, »für alle Fälle«, veranlasste die Polizei eine routinemäßige Überprüfung der Situation auf dem Flughafen Gardermoen. Welche Flüge waren angekommen, welche wurden erwartet, welche Abflüge standen im Laufe des Morgens und Vormittags an? Die Flughafenpolizei und die Dienststelle in Romerike wurden eingewiesen. Die Leitung des Flughafens wurde überdies gebeten, auf Abruf bereitzustehen und sich auf alle Eventualitäten einzurichten, auch darauf, dass möglicherweise der gesamte Flugverkehr gestoppt und der Flughafen evakuiert werden musste, falls die Verhandlungen ergaben, dass die Geiselnehmer nach Gardermoen gebracht wurden.

Die Polizei stieß recht bald darauf, dass der Aeroflot-Flug SU212 nach Moskau, planmäßige Abflugzeit 12.30 Uhr, aufgrund eines »nicht genauer benannten technischen Fehlers« gecancelt wurde. Die Information wurde routinemäßig von der Ermittlungseinheit an den OpStab weitergeleitet.

Etwa zeitgleich wurde beschlossen, einen Bus in der Nähe des Sendegebäudes von ABC bereitzustellen, falls die Terroristen und Geiseln zum Flugplatz transportiert werden mussten. Der Bus würde von einem Polizisten in Zivil gefahren werden.

10

Russische Botschaft, 04.56 Uhr

Ein Botschaftssekretär begleitete Gunnar Borg in Igor Woronins gediegenes Büro und schloss die Tür mit einem ergebenen Nicken hinter ihm.

»Gunnar!« Igor Woronin umarmte ihn, ehe er ihm fest die Hand drückte. »Danke, dass du gekommen bist.«

»Hatte ich eine andere Wahl?«, fragte Gunnar leise.

Woronin führte ihn zu einer Ledergarnitur, die wenig von der russischen Nüchternheit hatte. In der Ecke lief der Fernseher.

»Du hast mich neugierig gemacht«, sagte Gunnar.

Igor räusperte sich. »Weißt du, Gunnar, ich habe es dir gegenüber nie erwähnt…« Er zögerte fortzufahren.

»Was hast du mir gegenüber nicht erwähnt?«

»Mein großes Geheimnis.«

»Das da wäre?«

Igor Woronin blickte zu Boden. »Gunnar, ich habe eine Tochter.«

Gunnar schob die Brille auf die Nasenspitze. »Du? Eine Tochter? Das wusste ich nicht. Ich dachte, du hättest zwei Söhne?«

»Zwei Söhne. Und eine Tochter.«

»Sieh einer an.«

»Ich habe nie von ihr erzählt.«

Gunnar sah ihn neugierig an.

»Ich habe sie«, er lächelte, »… du verstehst, sozusagen nebenbei bekommen.«

Gunnar hatte geglaubt, Igor zu kennen. Dem war offensichtlich nicht so. »Wieso hast du mir nie von ihr erzählt? Wir kennen uns nun schon über dreißig Jahre, Igor …«

Woronin faltete die Hände über seinem umfangreichen Bauch. »Es gibt halt Dinge, auf die ist man nicht sonderlich stolz.«

»Trotzdem.«

»Ich war eine Honigfalle, Gunnar.«

»Du?«

»Nicht in diesem Ton, wenn ich bitten darf. Ich war wirklich charmant«, lachte er gepresst.

»Du? Eine Honigfalle?«

»Eine Diplomatin. Verheiratet. Wir hatten eine Affäre. Es kam, wie es kommen musste. Sie wurde schwanger. 1973 hat sie *Zajotsika* bekommen. Ich habe erst 75 davon erfahren. Da war *Zajotsika* zwei Jahre alt.«

»Und wie alt ist sie jetzt – etwas über dreißig? Gratuliere, hätte ich fast gesagt. Habt ihr Kontakt?«

»Viel zu selten.«

»Wo ist sie jetzt?«

Igor Woronin breitete die Arme aus. »Ich verstehe das alles nicht, Gunnar! Überhaupt nicht!« Er verzog das Gesicht wie unter Schmerzen.

»Igor?«

»Sie ist dort«, sagte er und zeigte auf den Fernseher. »In Studio 2!«

11

Studio 2, 04.56 Uhr

Kristin sah auf die Uhr. Vier Minuten vor fünf.

Noch eine Stunde!

Warum passierte nichts? Wieso kam er nicht?

Der Sekundenzeiger schob sich über das Zifferblatt.

Sie drehte sich zu Anette. Ihre Blicke begegneten sich ein oder zwei Sekunden.

Noch eine Stunde …

Adler werden in den Bergen geboren. So heißt es in einem Sprichwort. Die Tschetschenen lieben die Berge. Alle, die in den Ebenen im Norden leben, vermissen die Berge, denn dort schlägt unser Herz. Im Schatten der tausend Meter hohen Zinnen liegt unsere Identität. Unsere Vorväter stiegen aus den Bergen herab und gaben uns den Namen, den wir selbst für unser Land benutzen: Itsjkeria.

Den Namen Tschetschenien haben uns die Russen gegeben, so hieß das erste Dorf, das sie eroberten. Wir haben uns daran gewöhnt, dass die Welt die Namensgebung der Russen übernommen hat. Tschetschenen. Verbrecher. Terroristen.

Die Worte der Russen.

Ein Tschetschene kann seine Vorväter über mehrere Generationen benennen. Er weiß, wie sie starben. Wir ehren unsere Ahnen. Vielleicht waren es die Wikinger, die uns den Respekt für unsere Ahnen und unsere Vorgeschichte gelehrt haben? Einer unserer Stammväter ist Gardas Erik. War er vielleicht ein Wikinger? Die Wikinger sind jedenfalls durch unsere Berge gewandert. Ich habe sie schon immer für ihren Mut bewundert.

04.59 Uhr – 05.30 Uhr

1
Valdres, 04.59 Uhr

»Was sagen Sie da?« Bjarne Bø sah den somalischen Asylanten erstaunt an.

»Ich sagen«, wiederholte der Asylant in gebrochenem Norwegisch, »er haben … Treffen … mit … Journalist … in Oslo.« Dic Worte kamen stockend, als müsse er über jedes Wort erst nachdenken.

»Er wollte zu einem Journalisten nach Oslo? Heute?«

»Weiß nicht … heute. Gestern. Weiß … er oft … Treffen … mit Journalist … in Oslo.«

»Was für ein Journalist?«

»Weiß nicht Journalist.«

»Wissen Sie, von welcher Zeitung?«

»Er nicht sagen, wer … nicht sagen wollen.«

»Sie wissen nur, dass er einen Journalisten in Oslo trifft?«

»Ja, ja. Journalist in Oslo.«

Polizeihauptmeister Bø wählte die Nummer seines Kontaktes bei der Osloer Polizei.

2
Russische Botschaft, 05.01 Uhr

Igor Woronin hatte Gunnar Borg und sich selbst gerade einen Kaffee eingeschenkt, als Staatssekretär Vidar Erichsen aus dem Büro des Ministerpräsidenten anrief. Erichsen räusperte sich, ehe er steif und formell mitteilte, dass »Norwegen Russlands Rat Folge leisten und ein Flugzeug in Gardermoen bereitstellen würde«. Eilig und mit Nachdruck fügte er hinzu, dass der Beschluss in keinem Fall bedeute, dass man auf die Forderungen der Terroristen einginge, sondern dass diese Maßnahme »für alle Fälle« getroffen würde, damit man keine Zeit verlöre, sollte es aktuell werden, den Terroristen ein Flugzeug zur Verfügung stellen zu müssen.

Woronin bedankte sich für Norwegens Kooperationsbereitschaft und die kluge Entscheidung.

»Das ist verrückt«, sagte er, nachdem er aufgelegt hatte.

»Norwegische Kooperationsbereitschaft und kluge Entscheidung?«, fragte Gunnar mit hochgezogenen Augenbrauen.

Woronin sah ihn entschuldigend an. »Ich muss kurz mit dem MID telefonieren.« Er holte tief Luft und wählte die Moskauer Nummer. Ismael antwortete nach dem zweiten Klingeln.

»Ich wurde soeben aus dem Büro des Ministerpräsidenten informiert, dass Norwegen unserer Bitte nachkommt und ein Flugzeug bereitstellt«, sagte Woronin.

»Sehr gut.«

»Aber der Ministerpräsident betont, dass die Bereitstellung keine Garantie ist, dass den Terroristen freies Geleit außer Landes gewährt wird.«

»Verständlich.«

Es entstand eine Pause.

»Gute Arbeit, Herr Botschafter. Ihre Tochter kann stolz auf Sie sein!«, sagte Ismael, ehe er auflegte.

Woronin ließ den Hörer fallen und sah Gunnar an. »Ich werde benutzt«, sagte er leise.

»Benutzt?«

Woronin schlug mit der Handfläche auf den Schreibtisch. »Ich dachte, ich wäre der Repräsentant meines Landes in Norwegen. Aber ich weiß, verdammt noch mal, nicht mehr, wen ich eigentlich repräsentiere. Sie benutzen mich. Ich bin ein nützlicher Idiot.«

Gunnar sagte nichts.

Woronin räusperte sich. »Ich rede jetzt zu dir als langjähriger Freund und nicht als russischer Botschafter.«

»Du hast doch nie mit mir als Botschafter gesprochen.«

»Momentan passieren hier eine Menge Dinge, die ich nicht verstehe.«

Gunnar lag schon ein neuer Scherz auf der Zunge, aber der Ton des Botschafters sagte ihm, dass dieser nicht zum Scherzen aufgelegt war. »Worum geht es?«

»Du weißt, dass ich gegen die Vorschriften und meine Schweigepflicht verstoße, wenn ich dich hier sitzen und meine Gespräche mit anhören lasse.«

»Und warum tust du das?«

»Weil du der einzige Freund bist, der mir noch geblieben ist, Gunnar.«

»Jetzt werd mal nicht melodramatisch.«

Woronin beachtete seinen Einwurf nicht. »Heute Nacht vertrete ich nicht Russlands Interessen. Sie halten mich außen vor«, fuhr er bitter fort. »Ich werde benutzt! Und ich weiß verdammt noch mal nicht mehr, auf wessen Seite ich mich eigentlich befinde.«

»Du stehst auf der Seite, die möchte, dass die Sache gut ausgeht.«

»Das hoffe ich. Aber ich bin mir alles andere als sicher.«

»Was ist vorgefallen, Igor? Wieso bist du so aufgebracht?«

»Ich war zu einem früheren Zeitpunkt heute Nacht bei einer Sitzung mit dem Krisenstab des Ministerpräsidenten. Das Außenministerium in Moskau hatte mich angewiesen, von den norwegischen Behörden die Bereitstellung eines Flugzeuges für den eventuellen Abtransport der Terroristen zu erbitten.«

»Dann war das also Erichsen, der gerade angerufen hat?«

»Darum geht es nicht. Die Sache ist die, dass da etwas läuft, wovon keiner was weiß.«

»Wieso erzählst du mir das?«

»Warum wurde ich zum Ministerpräsidenten geschickt, um ihm vorzuschlagen, dass er einen Flieger bereitstellen soll? Wieso sollte ich Norwegen anbieten, dass Russland sich um das Terroristenpack kümmert? Da stimmt doch was nicht. Jeder weiß, dass die Regierung niemals zulassen wird, dass die Terroristen Norwegen verlassen.«

»Vielleicht wollen sie die Terroristen aus dem Studio locken?«

»Das allein kann es nicht sein. Irgendwas läuft da in Moskau. Mein fester Kontakt beim MID wurde durch einen mir unbekannten Mann mit einem Codenamen ersetzt. Ich fühle mich in die Sowjetunion der Siebziger zurückversetzt. Er gehört Sektion zwölf an.«

»Sektion zwölf?«

»Die ist so geheim, dass sie noch nicht einmal auf dem Organigramm existiert. Nur die höchsten Beamten und Direktoren vom MID sind in die Aktivitäten der Sektion zwölf eingeweiht.«

»Hast du das dem Krisenstab gegenüber erwähnt?«

»Kein Wort, Gunnar. Das kann ich nicht. Ich bin kein Spion oder Agent. Ich kann den norwegischen Regierungsbehörden nicht davon erzählen!« Er sagte den letzten Satz mit besonderem

Nachdruck. »Das wäre illoyal. Ein Botschafter muss tun, worum er gebeten wird.«

»Du machst nur deine Arbeit.«

Igor Woronin erhob sich, kam um den großen Schreibtisch herum und setzte sich auf den freien Platz neben Gunnar. »Ich habe dir eben das größte Geheimnis meines Lebens anvertraut«, sagte er leise. »Ich habe dir von meiner Tochter erzählt. Weil du der Einzige…«, er musste lächeln, »du weißt schon! – Gunnar, ich habe Angst.«

»Angst, wovor?«

»Da ist noch etwas. Ich sollte dir das nicht erzählen, aber ich bin so verwirrt. Ich befürchte, von ihnen benutzt zu werden. Ich befürchte, benutzt zu werden, ohne den Grund zu kennen.«

»In welcher Weise?«

Igor Woronin hielt inne. »Ich habe die norwegischen Behörden gebeten, ein Flugzeug zur Verfügung zu stellen, mit dem die Terroristen nach Russland ausgeflogen werden können. Schön und gut. Aber – mein Kontakt im MID hat mich darüber hinaus gebeten, auch eine Aeroflot-Maschine in Gardermoen abflugbereit zu machen.«

»Ein zweites Flugzeug?«

»Streng geheim. Kannst du mir sagen, warum sie zwei Flugzeuge brauchen? Zwei Flugzeuge, Gunnar? Ich verstehe das nicht.«

»Vermutest du ein Doppelspiel?«

»Was geht hier eigentlich vor?«

»Wahrscheinlich gibt es für alles eine logische Erklärung«, sagte Gunnar. Fünfzig Jahre als Journalist hatten ihn, wenn sonst nichts, zumindest eine Sache gelehrt: Die erste und offensichtlichste Erklärung ist nicht notwendigerweise die beste oder einzig wahre.

3
OpStab, Polizeipräsidium, 05.02 Uhr

»Aslan Gairbekow ist möglicherweise bei einem Journalisten in Oslo«, sagte der Vize-Polizeipräsident und legte das schnurlose Telefon vor sich auf den Tisch.

»Bei welchem Journalisten?«, fragte der PST-Chef.

»Kristin Bye?«, schlug der Vize-Polizeipräsident vor. »Um die Wahrheit zu sagen, ich weiß es nicht. Die Information kommt von einem Asylanten in dem Wohnheim in Valdres. Er hat dem Polizeibeamten dort erzählt, dass Aslan häufiger in Oslo sei, um sich dort mit einem Journalisten zu treffen.«

»Aber er weiß nicht, wer dieser Journalist ist?«

»Nein.«

»Ich erkundige mich mal, ob der PST etwas darüber weiß.«

»Wir müssen ein paar Leute abstellen, die die Liste der infrage kommenden Journalisten durchgehen. Und dann müssen wir die Chefredakteurin von ABC fragen, ob es sich um Kristin Bye handeln kann.«

»Wie viele Redaktionen gibt es in Oslo? Wir müssen sie in Gruppen aufteilen. Tageszeitungen, Wochenblätter, Zeitschriften, Fernsehen, Radio, Internet. Und erkundigen Sie sich beim Informationschef, welche Redaktionen am wahrscheinlichsten sind.«

4
Kommandozentrale der Polizei, 05.08 Uhr

Journalist. Aslan Gairbekow. Thomas Fjell hatte das Gefühl, etwas Wichtiges zu übersehen, etwas, das er nicht richtig greifen konnte, was sein Hirn im Stillen aber bereits mit Elan klassifizierte, katalogisierte und analysierte. Doch was war es bloß? Aslan Gairbekow. Tschetschenischer Asylbewerber. Guerillaanführer. Auf der Flucht aus der Heimat, vor dem Regime und den Russen. Bei einem norwegischen Journalisten. Warum? Vermutlich, um seine Geschichte zu erzählen. Aber bei wem? Kristin Bye? Wahrscheinlich. Aber wieso befand er sich dann nicht als Diskussionsteilnehmer in Studio 2? Weil er sich unter falscher Identität in Norwegen aufhielt. Unter strengster Geheimhaltung.

Fjell warf einen Blick auf die Bildschirme, die die Vorgänge in Studio 2 wiedergaben. Über sieben Stunden waren vergangen. Der Druck zeigte Wirkung. Nicht nur auf die Geiseln, auch auf die Geiselnehmer. Ramzan Jewlojew sprach mit der Dolmetscherin, Anette Wiik. Sie lachte über etwas, das er sagte. Positiv, dachte Fjell. Je mehr sie miteinander kommunizieren, desto schwieriger wird es für die Terroristen, die Geiseln umzubringen. Während sich bei den Geiseln das Stockholmsyndrom entwickeln konnte, war es ebenso möglich, dass die Geiselnehmer begannen, Sympathie für ihre Opfer aufzubauen. Darum sorgten professionelle Geiselnehmer dafür, Distanz zwischen sich und ihre Geiseln zu bringen, häufig, indem sie sie knebelten und fesselten und in einem anderen Raum unterbrachten. Alles, was persönliche Bande aufbauen konnte, wurde vermieden. Fjell beobachtete die Terroristen auf den Fernsehmonitoren. Was hatten sie für einen Auftrag? Weshalb diese riskante Aktion in einem norwegischen Fernsehstudio? Wo war da der Zusammenhang, den er nicht sah, in den sich sein Unterbewusstsein jedoch längst verbissen hatte?

»Entschuldige?« Aksel Schjelderup tippte Thomas Fjell auf die Schulter. »Ich wollte dich nur kurz über den Zustand der Geisel informieren, die in die Klinik nach Ullevål gebracht wurde. Der Mann heißt Jussup Idigow. Sein Zustand wird als zufrieden stellend beschrieben. Schussverletzung durch einen Muskel im Nacken und Schulterbereich, ernst, großer Blutverlust, aber nicht lebensgefährlich.«

»Ich danke dir. Was Neues von Geir Wilhelmsen?«

»Er ist eben in der Notaufnahme eingetroffen. Ich geb dir Bescheid, sobald ich was weiß.«

Thomas Fjell dachte: Auch wenn alles andere zum Teufel geht, ist es mir wenigstens gelungen, eine Geisel frei zu bekommen. Das ist doch was.

5

Russische Botschaft, 05.10 Uhr

Botschafter Woronin legte den Hörer auf. »Der PST-Chef.«

»Hat er dich angerufen?«

»Er hat gefragt, ob ich weiß, mit welchem norwegischen Journalisten Aslan Gairbekow Kontakt gehabt haben könnte. Das konnte ich ihm natürlich nicht beantworten. Ich kann ja wohl schlecht an die Öffentlichkeit bringen, auf welchen Informationen wir sitzen. Du weißt – Diskretion.«

»Ja, weißt du denn, um wen es sich handelt?«

»Kristin Bye.«

»Kristin? Hm. Gar nicht so unwahrscheinlich. Sie hat an einem Projekt gearbeitet, in das ein tschetschenischer Asylant eingebunden war, aber sie hat mir nichts über ihn erzählt. Da ist Kristin sehr professionell.«

»Ich weiß davon auch nur, weil Kristin ein Visum für Moskau und Tschetschenien beantragt hat, wohl, um eine Dokumentation zu drehen, deren Ausgangspunkt Aslan Gairbekows Lebensgeschichte ist. Wie du weißt, versteht sich unser Geheimdienst meisterlich darauf, Verschwörungstheorien in die meisten Visumsanträge hineinzuinterpretieren.«

»Wieso hat der PST sich deswegen an dich gewandt?«

»Die Polizei hat rausgefunden, dass sich Aslan Gairbekow in Oslo befindet. Bei einem Journalisten. Ein Riesenpolizeiaufgebot sucht nach diesem Journalisten.«

»Sie wissen also nicht, dass es sich um Kristin handelt.«

»Offensichtlich nicht.«

»Ich muss ihnen das mitteilen, Igor.«

»Aus dem Grund erzähle ich es dir ja. Damit du der Überbringer der Nachricht sein kannst. Aber du hast die Information selbstverständlich nicht von mir.«

»Wer bist du bloß?«, fragte Gunnar, als er das Handy aus der Tasche nahm.

6

Studio 2, 05.10 Uhr

Ihre Kopfhaut schmerzte noch immer nach der groben Behandlung. Kristin fuhr sich mit den Händen durchs Haar. Es brannte, als ihre Fingerkuppen über die empfindliche Stelle strichen, an der Ramzan sie an einer Strähne hochgezogen hatte. *Er hat den Tschetschenen erschossen. Er hat den Polizisten erschossen. Warum sollte er mich nicht auch erschießen? Weil ich was Besonderes bin? Aber was ist an mir spezieller als an Magomed oder dem Polizisten?* Sie verspürte das jähe Bedürfnis zu weinen. Ihre Augen brannten, ihr Hals schwoll an. Sie biss die Zähne zusammen, dachte an Gunnar, an ihre Katze Schneewittchen und an die Sommer zu Hause auf der Alm im Juvdal. Sie dachte an ihre Eltern und ihren Bruder Halvor, die alle schon tot waren. *Die können mich doch nicht einfach umbringen!*

7
Kommandozentrale der Polizei, 05.11 Uhr

»Einsatzleiter vor Ort«, blaffte Aksel Schjelderup in den Hörer. Der Mann in der Telefonzentrale hatte einen Anrufer durchgestellt, der wichtige Informationen zu haben schien.

Die Stimme in der Leitung war tief und ruhig. Ein älterer Mann. »Mein Name ist Gunnar Borg«, sagte er, halb fragend, als erwarte er, dass es bei Schjelderup klingelte. »Der Journalist Gunnar Borg«, fügte die Stimme hinzu.

Natürlich! Die *Dagblad*-Legende. Der Kriegsberichterstatter und Krim-Reporter, der im Aquarius-Fall und im Juvdal-Fall mit Kristin Bye zusammengearbeitet hatte.

»Borg!«, rief Schjelderup. »Hier herrscht eine fürchterliche Hektik. Womit kann ich Ihnen helfen?«

»Wenn ich es richtig verstanden habe, suchen Sie nicht nur nach Aslan Gairbekow, sondern auch nach dem norwegischen Journalisten, bei dem er sein soll?«

»Was wissen Sie darüber?«

»Der Journalist ist Kristin Bye.«

»Der Gedanke ist uns auch schon gekommen. Wissen Sie Genaueres?«

»Ich weiß von Kristins Projekt mit diesen Tschetschenen, doch aus Sicherheitsgründen hat sie alle Namen und Angaben zu Personen für sich behalten.«

»Aber Aslan Gairbekow ist einer ihrer Informanten?«

»Ich habe allen Grund, das anzunehmen.«

Schjelderup legte die Hand über die Sprechmuschel und sagte in den Raum: »Der Journalist, den wir suchen, *ist* Kristin Bye!« Dann sagte er in den Hörer: »Woher wissen Sie das?«

»Tut mir leid, ich kann meine Quelle nicht nennen!«

»Der heilige Eid des Journalisten?«

»Da wäre noch was. Ich habe erfahren, dass der Ministerpräsident heute Nacht ein Treffen mit Vertretern der russischen Botschaft hatte. Die Russen haben die norwegische Regierung gebeten, ein Flugzeug bereitzustellen.«

»Das ist streng vertraulich. Wenn Sie damit an die Öffentlichkeit gehen...«

»Beruhigen Sie sich, ich bin seit langem pensioniert. Mein einziges Anliegen ist, Kristin und den anderen Geiseln zu helfen.«

»Ich glaube Ihnen.«

»Ich habe Informationen, die darauf hindeuten, dass die Russen zusätzlich noch ein eigenes Flugzeug startklar machen.«

»Ein eigenes Flugzeug?«

»Eine Aeroflot-Maschine. In Gardermoen.«

»Wir sind über die Aeroflot-Maschine informiert. Aber was meinen Sie mit *startklar machen?*«

»Über die Details weiß ich nichts«, antwortete Gunnar. »Aber ich wollte Sie wenigstens informieren.«

8

Büro des Ministerpräsidenten, 05.15 Uhr

»Ich weiß nicht, ob Sie Zeit haben?« Staatssekretär Vidar Erichsen hielt einen Stapel Papiere vor Ministerpräsident Bjørn-Tore Viksveens Gesicht.

Der Ministerpräsident rieb sich die geröteten Augen. »Was ist das?«

»Telegramme, Faxe... Anteil nehmende Worte und Sympathiebekundungen von allen möglichen Ländern und Regierungen.«

»Können Sie sie aufzählen?«

»Ja, über die Grüße hinaus, die wir bereits erhalten haben, sind diese hier aus...« Er blätterte sich durch den Stapel, während er mit der Aufzählung begann. »Finnland, Island, Frankreich, Spanien, Griechenland, Belgien, Italien, Österreich, Schweiz, Kuba, Argentinien, Brasilien, Japan, China, Vietnam, Thailand, Singapur, Kanada, Australien, Ägypten, Madagaskar, Südafrika, Marokko, Mosambik. Äthiopien, Nigeria, Somalia, Sambia, Zimbabwe... und so weiter.« Er wedelte mit der Hand, die den Papierstapel hielt.

»Wie... nett«, sagte der Ministerpräsident.

»Auffallend wenig Reaktionen aus muslimischen Ländern«, bemerkte der Justizminister trocken.

9

Kommandozentrale der Polizei, 05.20 Uhr

Thomas Fjell, Aksel Schjelderup und Bjørnar Lehmann saßen am Sitzungstisch in der Kommandozentrale. Fjell trommelte mit dem Kugelschreiber auf seinen Notizblock, während er den Stapel mit Polizeiakten und Faxen durchblätterte. Er war frustriert. Wo steckte Aslan Gairbekow? Kristin Bye hatte ihr journalistisches Projekt in Nebel gehüllt, so dass alle, die irgendwie eingeweiht waren, nur wenig wussten, keiner aber wirklich alles. Gebt mir einen Tag, dachte Fjell, dann schaffe ich es, mir einen Überblick zu verschaffen. Er hatte mehrere Polizisten und Angestellte losgeschickt, um die Stockwerke des Sendegebäudes zu durchsuchen, falls Aslan Gairbekow sich zufällig in einem der Büros aufhielt. Die Wahrscheinlichkeit war gering, aber es war einen Versuch wert. Zwei Polizisten befanden sich zusammen mit der Chefredakteurin Astrid Wahl in Kristin Byes Büro, um deren

Unterlagen durchzugehen. Auch wenn so eine Durchsuchung allen presseethischen Prinzipien widersprach, hatte die Chefredakteurin zugestimmt.

»Moment mal!« Fjell sprang auf und wedelte mit einem der Faxe durch die Luft, auf das er die ganze Zeit gestarrt hatte. »Schjelderup – du hast doch gesagt, dass der Russe, den ihr am früheren Abend in der Rezeption abgefangen habt, frei gelassen wurde?«

»Er steht laut OpStab in keiner Verbindung zu unserem Fall.«

»Ist er das?« Fjell reichte Schjelderup das Fax, das er in der Hand hielt.

»Alkohol am Steuer? Hä? *Im Gebäude?* Festgenommen 22.22 Uhr?« Schjelderup legte die Stirn in Falten, während er das Fax las. »Sergej Habibulin? 0,6 Promille? Was zum Teufel?« Er blätterte in seinem Notizblock. »Unser Mann wurde um 22.18 Uhr aufgegriffen. In der Rezeption. Um 22.24 Uhr wurde er ins Polizeipräsidium gefahren.«

»Was ist dort mit ihm geschehen?«

»Laut Arrestaufsicht Øksnvad war er so aufmüpfig, dass sie ihn in die Ausnüchterungszelle gesteckt haben, damit er sich vor dem Verhör ein wenig beruhigt.«

»Wurde er verhört?«, fragte Fjell.

»Ich verstehe gerade gar nichts mehr. Haben wir zwei Russen festgenommen?«

»Weißt du, ob er verhört wurde?«, wiederholte Fjell.

»Nach Ankunft im Polizeipräsidium haben OpStab und PST die Verantwortung für ihn übernommen. Ich bin davon ausgegangen, dass er verhört wurde, schließlich ist er für unverdächtig erklärt und frei gelassen worden.«

Fjell suchte das Fax vom PST über Aslan Gairbekow raus und tippte mit dem Finger auf das undeutliche Passfoto. »Kann das der Kerl gewesen sein, den ihr aufgegriffen habt?«

Schjelderup beugte sich vor und musterte das Bild mit zusammengekniffenen Augen. Er schüttelte den Kopf. »Der Russe, den wir in Gewahrsam genommen haben, hatte kurze Haare und war glatt rasiert.«

»Meine Güte, Aksel, falls er sich nach Aufnahme des Bildes die Haare geschnitten und rasiert hat, könnte er es dann gewesen sein?«

Schjelderup zuckte mit den Schultern. »Das lässt sich unmöglich sagen. Das Bild ist zu unscharf.«

»Streng dich an! Könnte er es sein?«

Schjelderup sah das Foto lange an. »Verdammt, ich weiß es nicht«, murmelte er. Er griff nach dem Funkgerät und nahm Verbindung mit dem Vize-Polizeipräsidenten auf. »Wie ist der Status im Fall des Russen, der heute am späteren Abend ins Präsidium gebracht worden ist?«

Der Vize-Polizeipräsident gluckste. »Der Journalist, der versucht hat, mit dem Auto in Studio 2 zu fahren? 0,6 Promille. Wurde gleich nach dem Verhör wieder frei gelassen …« Schjelderup hörte, wie der Vize-Polizeipräsident in irgendwelchen Papieren blätterte. »Um 23.58 Uhr. Ich nehme an, er hängt jetzt mit seinen Kollegen bei euch draußen rum. Wenn er nicht nach Hause gegangen ist, um seinen Rausch auszuschlafen.«

»Den meine ich nicht«, sagte Schjelderup ruhig.

»Nicht?« Der Vize-Polizeipräsident verstummte. Schjelderup hörte erneut Papier rascheln. »In diesem Chaos kann man ja völlig den Überblick verlieren«, nuschelte der Vize-Polizeipräsident.

»Es geht um den Russen, den wir an der Rezeption des Sendegebäudes ABC aufgegriffen haben.«

Frenetisches Rascheln und Blättern. Dann ein Augenblick Stille, ehe Schjelderup hörte, wie am anderen Ende der Leitung erleichtert aufgeatmet wurde. »Wir wissen, wo er ist.«

»Das heißt?«

»Er sitzt in der Ausnüchterungszelle.«

»Immer noch?«

»Scheint so. Laut Arrestverwalter hat er ziemlichen Radau gemacht.«

»Øksnvad«, sagte Schjelderup.

»Oh, Øksnvad…«, sagte der Vize-Polizeipräsident viel sagend.

»Und, wurde *er* verhört?«

»Er wurde nach Eintreffen vom PST verhört.« Die Stimme klang zögernd.

»Ist das bestätigt?«

»Nicht, soweit ich erkennen kann.«

»Liegt Ihnen das Verhörprotokoll vor?«

Schjelderup hörte den Vize-Polizeipräsidenten panisch blättern.

»Hier scheint irgendwas schiefgelaufen zu sein«, sagte er empört. »Sieht ganz so aus, als wäre nur einer der Russen verhört worden. Der Angetrunkene. Nach der Alkoholkontrolle – wie gesagt 0,6 Promille – wurde Sergej Habibulin vorübergehend in Gewahrsam genommen und dann von Laberg von der Verkehrspolizei verhört. Der andere sollte um 23.00 Uhr von Grung vom PST verhört werden. Aber wie ich sehe, ist Grung um 22.45 Uhr als PST-Verbindungsmann zum PodStab abberufen worden, eine Viertelstunde, nachdem der Russe in die Ausnüchterungszelle gesteckt wurde.« Keiner sagte etwas.

»Und der Auftrag ist niemand anderem übertragen worden?«

»Die Angelegenheit wurde… zurückgestellt.«

Bullshit, und das wussten sie beide.

»Laut Arrestaufsicht ist der Verhaftete so rabiat geworden, dass er es für zweckmäßig hielt, ihn ein paar Grad abzukühlen, ehe wir versuchen wollten, mit ihm zu reden.«

Sie wussten beide, was Øksnvad mit »abkühlen« meinte. Ein Ellbogen aufs Zwerchfell und einen Tritt in den Hintern.

»Sie wollen mir damit also sagen«, schimpfte Schjelderup, »dass Sie vergessen haben, ihn verhören zu lassen?«

»Der Beamte vom PST wurde anderweitig eingesetzt«, sagte der Vize-Polizeipräsident ausweichend.

»Und wer hat den Auftrag übernommen?« Schjelderup fiel auf, dass er wie ein Vorgesetzter klang, der seinen Mitarbeiter zurechtwies.

»Ich werde der Sache auf den Grund gehen. Hier unten herrschen im Moment chaotische Zustände. Ich gehe mal davon aus, dass der PST es unter den aktuellen Umständen nicht als vorrangig eingestuft hat, ihn zu verhören.«

»Chaotisch? Was glauben Sie denn, wie es hier bei uns aussieht!«

»Außerdem haben wir um diese Zeit keinen Dolmetscher im Haus.«

»Wenn er der ist, für den wir ihn halten, spricht er sowohl Norwegisch als auch Englisch.«

»Und was glauben Sie, wer er ist?«

Schjelderup atmete durch die Nase aus. »Wenn seine Papiere auf einen Ruslan Wlasow ausgestellt sind, gibt es allen Grund zur Annahme, dass es sich bei dem Mann in der Ausnüchterungszelle um Aslan Gairbekow handelt.«

10
05.25 Uhr

Er saß mit dem Rücken an der Betonwand und schlief. In seinem Traum lehnte er an dem alten, krummen Baum unten am Fluss. Das Laubdach schützte ihn vor der Sonne.

Er war schlagartig hellwach, als er die Schritte hörte. Die Jahre in konstanter Lebensgefahr hatten seine Sinne geschärft.

Als die Tür aufging, stand er aufrecht da. Davor warteten zwei jüngere Polizisten und ein distinguiert aussehender Mann, der mit seinem ganzen Wesen, seinem Gesichtsausdruck und dem Gold auf der Schulterklappe den höher stehenden Vorgesetzten ausstrahlte. Sie gaben ihm ein Zeichen, ihnen zu folgen. Die beiden Jüngeren nahmen ihn in die Mitte, als fürchteten sie, er könnte fliehen.

11

Studio 2, 05.25 Uhr

Sie haben sicher einen Plan! Kristin Bye sah zu der großen Uhr über der Studiotür. Fünf vor halb sechs. Noch fünfunddreißig Minuten. Doch, sie hatten bestimmt einen ausgeklügelten Plan, wie sie die Geiseln retten konnten.

Fünfunddreißig Minuten – wie lang war das? Das war die Zeit, die der Zahnarzt brauchte, um ein Loch zu bohren und zu füllen. So lange brauchte Christoffer, um mit ihr zu schlafen, wenn er getrunken hatte. Fünfunddreißig Minuten … So lange hatte letzten Sommer der Bus vom Hellenikon-Flughafen in Athen zum Hotel in Piräus gebraucht. Die Backzeit für Brownies.

Er hat sich ja wohl hoffentlich nicht einfach davongemacht? Hat er mich belogen? Aber nein, sie konnte sich nicht vorstellen, dass er geflohen war. Sie wusste nicht viel über den Mann, den sie als Ruslan Wlasow kannte, und ging davon aus, dass er ihr eine Menge über seine Vergangenheit verschwiegen hatte. Aber er war ihr gegenüber immer ehrlich, redlich und rechtschaffen aufgetreten. Er war nicht der Typ, der sich drückte.

Oder?

12

Kommandozentrale der Polizei, 05.26 Uhr

»Der Mann, von dem wir hoffen, dass er Aslan Gairbekow ist, ist in diesem Augenblick auf dem Weg zum Verhör«, sagte der Chef vor Ort Aksel Schjelderup.

»Wer verhört ihn?«, wollte Thomas Fjell wissen.

»Der Vize-Polizeipräsident persönlich.«

Fjell unterdrückte ein Grinsen. Der Vize-Polizeipräsident hatte die Kritik wegen der Verwechslung der beiden Russen nicht nur ernst, sondern persönlich genommen.

»Wie stehen die Chancen, dass es tatsächlich Aslan Gairbekow ist?«

»Gut.«

»Wird er es zugeben?«

»Warum sollte er nicht?«

»Weil in diesem Fall«, sagte Schjelderup, »offenbar alle etwas zu verbergen haben.«

13

Polizeipräsidium, 05.27 Uhr

Der Vize-Polizeipräsident führte ihn in einen der Verhörräume und bat ihn, an dem einfachen Tisch Platz zu nehmen. Er holte tief Luft, als ob er sich auf ein langes, intensives Verhör vorbereitete.

»Bevor wir anfangen«, sagte er, »brauche ich Ihren vollständigen Namen.«

»Aslan Gairbekow.«

Der Vize-Polizeipräsident sah langsam von seinem Protokoll auf.

»Warum haben Sie nicht…«, setzte er an, sah dann aber ein, dass es keine logische Fortsetzung der Frage gab.

»Ich wurde im Gebäude des Senders ABC festgenommen, weil Sie mich für einen der Terroristen gehalten haben.«

»Warum haben Sie uns nichts davon gesagt?«

»Ich habe es versucht. Glauben Sie mir, ich habe es versucht. Zuerst, als ich festgenommen wurde. Danach im Arrest. Aber Ihre Leute haben mich ja gleich in die Ausnüchterungszelle gesteckt. Ich wollte eine Erklärung abgeben! Aber niemand hat mir zugehört!«

»Wissen Sie, weshalb die Terroristen verlangen, dass Sie ins Studio 2 kommen?«

»Natürlich. Sie sind hinter mir her.«

»Warum?«

»Das ist eine lange Geschichte. Eine lange, komplizierte Geschichte.«

14

Kommandozentrale der Polizei, 05.30 Uhr

»Stab an Thomas Fjell, *over.*«

»Fjell hier, ich höre.«

»Der Vize-Polizeipräsident bestätigt, dass der Festgenommene angibt, Aslan Gairbekow zu sein.«

»*Yesssss!*«, brüllte Fjell und stieß die geschlossene Faust in die Luft. Die anderen Anwesenden starrten ihn verdutzt an – Fjell zeigte selten Emotionen. »Bringen Sie Aslan Gairbekow auf dem schnellsten Weg hierher.«

»Bis auf Weiteres wird er noch verhört. Aber ich werde es weiterleiten…«

»Sagen Sie dem Vize-Polizeipräsidenten, er soll das Verhör

unverzüglich abbrechen!«, sagte Fjell. »Aslan Gairbekow hat so schnell wie möglich hierhergebracht zu werden. Die sollen Vollgas fahren, dass es kracht!«

Ich könnte eine Menge über die Jahre in der tschetschenischen Volksarmee erzählen. Von dem Leben in den Bergen, wo die Russen uns nicht finden konnten. Von den Tagen, an denen wir uns in freundlich gesinnte Dörfer wagten und was zu essen und warme Kleider bekamen. Von den Angriffen auf russische Militärkolonnen, bestehend aus gepanzerten Fahrzeugen, russischen BTRs und BRDMs, Jeeps und Panzern. Von den Angriffen aus dem Hinterhalt auf Truppen besinnungslos betrunkener junger Russen, die kotzten und schossen und krepierten wie quiekende Schweine. Von den Zusammenstößen mit den Eliteeinheiten Alfa des FSB, den militanten Spetsnaz des militärischen Nachrichtendienstes GRU, den Fallschirmjägern, VDV. Ich könnte von den Anschlägen auf die Militärstützpunkte Khankala und Prokhladny erzählen. Von den Gefechten mit hilflosen Wehrpflichtigen und Banden von kontraktniki *– den Söldnern, die freiwillig in Tschetschenien kämpften, viele von ihnen Kriminelle auf der Flucht vor der russischen Polizei. Ich könnte von den Landminen erzählen. Den Granaten. Den Heckenschützen. Von den nächtlichen Operationen, in denen wir Kollaborateure, russische Offiziere und Soldaten niedermetzelten.*

Ich könnte so viel erzählen … Aber ich lasse es lieber bleiben.

05.31 Uhr – 05.45 Uhr

1

Studio 2, 05.31 Uhr

»O Gott, ich will nicht sterben!« Kristin hatte im Verborgenen die Hände gefaltet. Die Worte schlichen sich ungehört über ihre Lippen. »Lieber Gott, lass mich bitte, bitte nicht sterben. Ich will nicht sterben, bitte!«

Sie blickte nach rechts und links, um zu überprüfen, ob jemand mitbekam, was sie tat.

»Gott, du kennst mich, du weißt, wer ich bin, dass ich nicht in die Kirche gehe und vieles falsch mache, aber wenn es dich gibt, weißt du, dass ich tief in meinem Inneren meinen Kindheitsglauben bewahrt habe. Bitte, lieber Gott, lass mich leben! Ich will nicht sterben. Ich habe solche Angst, Gott, lieber Gott, hör mein Gebet und lass mich leben, lass nicht zu, dass sie mich erschießen, lieber, lieber Gott, bitte lass mich nicht sterben, bitte, mach, dass Aslan Gairbekow hierher ins Studio kommt, dass die Terroristen uns gehen lassen und das Ganze ohne weitere Tote über die Bühne geht!«

Noch einmal blickte sie sich um. Niemand sah zu ihr. Sie kam sich dumm vor. Seit sie ein kleines Mädchen war, hatte sie nicht mehr zu Gott gebetet. Sie glaubte nicht einmal an Gott. Nicht wirklich. Trotzdem hatte sie zu beten begonnen. *Du bist eine Heuchlerin, Kristin. Gott ist kein Automat, in den man ein Gebet steckt, das man dann erfüllt bekommt.* »Ich weiß, dass ich es nicht verdiene«, flüsterte sie vor sich hin. »Trotzdem, wenn es dich gibt, lieber Gott, verhindere, dass sie mich oder einen der anderen töten. Bitte. In Jesu Namen, Amen.«

2

Auf dem Weg zum Sender ABC, 05.32 Uhr

Zum zweiten Mal in dieser Nacht saß Aslan Gairbekow in einem Polizeiwagen mit heulenden Sirenen. Dieses Mal auf dem Rücksitz eines Volvos, der sein Blaulicht auf die Schaufenster und Hausfassaden warf, an denen sie vorbeirasten. Er saß zwischen zwei kräftigen Polizisten. Sie hatten ihm Handschellen angelegt. Ganz offensichtlich wussten sie nicht, was sie von ihm halten sollten, welche Rolle er in diesem Drama spielte. Kein Wunder. Neben dem Fahrer saß ein Polizist mit einer MP5. Er trug eine schusssichere Weste.

Die Handschellen scheuerten an seinem Handgelenk.

Der Polizeiwagen fuhr mitten auf der Straße, und die wenigen anderen Fahrzeuge, die zu so früher Stunde unterwegs waren, machten ihm Platz. Auf Streckenabschnitten ohne Kreuzungen schaltete der Fahrer das Martinshorn aus, und in der seltsamen Stille, die dann aufkam, konnte Aslan die Reifen auf dem Asphalt hören und das sonore Brummen des Motors. Jedes Mal, wenn sie sich einer Ampel näherten, schaltete der Fahrer die Sirene wieder ein. Er bremste kräftig vor jeder Kreuzung, doch sobald er sich vergewissert hatte, dass er freie Fahrt hatte, beschleunigte er so hart, dass Aslan in den Sitz gedrückt wurde.

Niemand hatte ihm etwas gesagt. Aber er wusste, dass sie auf dem Weg zurück zum Sender waren.

3
Kommandozentrale der Polizei, 05.33 Uhr

»In weniger als einer halben Stunde läuft die Frist ab, Hauptkommissar. Ich hoffe, Sie kommen mit guten Nachrichten?«

Thomas Fjell wartete einen Moment, um abzuschätzen, ob Ramzan Jewlojew ruhig oder gestresst war.

»Herr Hauptkommissar?«

Fjell lächelte zufrieden. *Ungeduldig*, notierte er. Ein gutes Zeichen. Wenn er zu ruhig war, bedeutete das entweder, dass er unmenschlich entspannt war oder etwas wusste, von dem Fjell noch keine Ahnung hatte. Doch Fjell begann mehr und mehr zu erkennen, dass selbst Ramzan menschliche Züge hatte.

»Ich bin hier«, antwortete er mit einem Lächeln in der Stimme. Er ging davon aus, dass auch Ramzan die Stimme und die Reaktionen seines Gegenübers analysierte. Jetzt versuchte er, ihm mehr als deutlich zu machen, dass er die Kontrolle hatte, das Kommando, das Sagen. »Wir müssen reden.«

»Was haben Sie für mich?«

»Wenn wir Ihnen Aslan Gairbekow geben, was geben Sie dann uns?«

Pause.

»Ist er gekommen?«

»Ja.«

Ramzan jubelte in seiner eigenen Sprache.

»Aber Sie verstehen sicher«, sagte Fjell, »dass es allen Prinzipien widerspricht, Ihnen eine weitere Geisel zu geben. Außer Sie zeigen uns wirklich großes Entgegenkommen. Und das meine ich wörtlich.« Er war ganz bewusst unkonkret, um sich selbst und Ramzan nicht an irgendwelche Forderungen und Gegenleistungen zu binden, die niemand erfüllen konnte.

Ramzan war eine ganze Weile still. Dann sagte er: »Ich kann nicht alle Geiseln gehen lassen. Die Geiseln sind schließlich meine Lebensversicherung und meine Trumpfkarten.« Gutes Zeichen, dachte Fjell. Dass er selbst von allen spricht, bedeutete, dass er vom Ausgangspunkt »alle« nach unten verhandeln musste.

»Wie sieht es aus?«, sagte Fjell zurückhaltend und ließ Ramzan mit sich selbst verhandeln.

»Wie viele stellen Sie sich vor?«

»Alle.«

»Kommt nicht infrage.«

»Ich wäre ein schlechter Unterhändler, wenn ich Ihnen die Geiseln ließe und eine weitere in die Hände spielen würde.«

»Hier kommt mein großzügiges Angebot: Wenn ich Aslan Gairbekow bekomme, kriegen Sie alle bis auf drei.«

Fjell war überrascht. Selbst in seinen optimistischsten Schätzungen war er nicht davon ausgegangen, so viele herauszubekommen. Weil er eine Gegenforderung auf der Zunge hatte, blieb er still sitzen und fragte sich, was er sagen sollte. Ramzan hatte wieder die Kontrolle übernommen. Aber das machte nichts. Mit nur drei Geiseln sah die Situation vollkommen anders aus. Das Schlimmste wäre dann überstanden.

»An wen denken Sie dabei?«

Es schien so, als dächte Ramzan nach, aber natürlich hatte er seinen Entschluss längst gefasst: »Anette Wiik. Eine Dolmetscherin kann man immer gebrauchen. Den Außenminister, damit ihr keine Dummheiten macht, und …« Er machte eine Pause. »… und natürlich Kristin Bye.«

»Sie verstehen sicher, dass ich eine solche Lösung mit meinen Vorgesetzten besprechen muss.«

»Da sollten Sie sich aber beeilen, Hauptkommissar. Wir haben nur noch fünfundzwanzig Minuten.«

4

Kommandozentrale der Polizei, 05.35 Uhr

Die Telefonkonferenz begann um fünf nach halb sechs. Beteiligt waren der Einsatzleiter der Polizei vor Ort, die operativen Stäbe im Präsidium und in der Polizeidirektion sowie der Krisenstab der Regierung. Der Vize-Polizeipräsident übernahm die Gesprächsführung.

»Danke, dass Sie sich alle einige Minuten Zeit genommen haben, um die Einschätzung der verschiedensten Aspekte dieser Aktion zu koordinieren«, sagte er. »Wir haben zu zwei Hauptforderungen Stellung zu nehmen. Zum einen haben die russischen Behörden uns gebeten, ein Flugzeug bereitzustellen, um die Geiselnehmer außer Landes zu bringen. Wir diskutieren in diesem Zusammenhang die Vor- und Nachteile, die es bringen würde, die Geiselnehmer samt Geiseln aus dem Studio zu bekommen. Des Weiteren ist Aslan Gairbekow endlich aufgetaucht, um es mal so zu sagen.«

Einsatzleiter Aksel Schjelderup beugte sich zum Mikrofon vor: »Ist er bereit, sich gegen die Geiseln austauschen zu lassen?«

»Jawohl«, sagte der Vize-Polizeipräsident. »Er betont, dass er derjenige sei, den die Terroristen suchen, und dass die ganze Aktion nur seinetwegen zustande gekommen sei.«

»Hat er gesagt, warum?«, fragte eine Stimme. Der Ministerpräsident.

»Nein.«

»Die Behauptung wird aber durch die Forderung der Terroristen untermauert, ihn im Studio haben zu wollen«, sagte Schjelderup.

»Es sprechen viele Gründe dafür, ihn besser nicht auszuliefern«, sagte der Ministerpräsident.

»Wenn wir ihn ausliefern, bringen wir ihn in Lebensgefahr«, sagte der Justizminister. »Prinzipiell können wir es eigentlich nicht zulassen, dass jemand sein Leben auf diese Weise in Gefahr bringt.«

»Auf der anderen Seite«, fuhr der Ministerpräsident fort, »verstehe ich es so, dass viele der unschuldigen Geiseln frei gelassen werden, wenn wir Aslan Gairbekow ins Studio 2 schicken?«

»Sie behalten nur drei Geiseln«, erläuterte Fjell. »Bøe, Wiik und Bye.«

»Auch wenn das eine riskante Alternative ist«, der Ministerpräsident räusperte sich, »könnten wir damit viele Menschenleben retten.«

»Das liegt auf der Hand«, sagte der Vize-Polizeipräsident. »Aber es bleibt die Frage, warum die Terroristen so sehr an Gairbekow interessiert sind.«

»Auf die Frage kommen wir zurück, wenn die Leute vor Ort ihn verhört haben«, sagte der Ministerpräsident.

»Bleibt also die Frage nach dem Flugzeug«, sagte der Vize-Polizeipräsident. »Der russische Botschafter hat Norwegen ersucht, ein Flugzeug zur Verfügung zu stellen, damit die Terroristen außer Landes und nach Russland gebracht werden können.«

»Als solches vollkommen inakzeptabel«, befand der Ministerpräsident.

»Aber wie Viksveen selbst angedeutet hat«, sagte der Vize-Polizeipräsident, »gibt uns ein solcher Plan die Möglichkeit, Geiseln und Geiselnehmer aus dem Studio und in einen Bus zu bekommen. Und – was vollkommen klar ist – sowohl der Bus als auch der Transfer vom Bus in das Flugzeug bieten uns deutlich bessere Zugriffsmöglichkeiten.«

»Wie groß ist die Hoffnung, über Verhandlungen zu einem Ergebnis zu kommen?«

Fjell ergriff das Wort: »Durch Aslan Gairbekow ist die Situation vollkommen auf den Kopf gestellt. Nicht nur die Zahl der Geiseln wird wesentlich gesenkt, ich denke auch, dass die Geiselnehmer ihre Forderungen einschränken werden.«

»Darf ich daran erinnern, dass diese Aktion bereits in die siebte Stunde geht«, sagte der Vize-Polizeipräsident. »Erfahrungsgemäß beginnen da auch bei den Geiselnehmern die Nerven bloß zu liegen. Ich fürchte, dass weitere Verhandlungen – nach der Übergabe Gairbekows – vollkommen ergebnislos sein werden. Was meinen Sie, Fjell?«

5

Vis-à-vis der Kommandozentrale, 05.37 Uhr

Sie führten ihn durch die Rezeption des Senders ABC in ein dahinter liegendes, leeres Büro. Aslan Gairbekow setzte sich mitten im Raum auf einen Stuhl. Gleich darauf traten zwei Polizisten ein – ein grauhaariger und einer mit langen Haaren. Aslan erkannte den Grauhaarigen von seiner Festnahme in der Rezeption. Sie gaben sich die Hand. Der mit den langen Haaren reichte ihm ein Telefax, den Bericht des Verhörs nach seinem Asylantrag.

»Sind das Sie?«

Aslan betrachtete die körnige, undeutliche Fotografie, die per Telefax übertragen worden war. »Wie Sie sehen, habe ich mir die Haare geschnitten und mich rasiert.«

»Was zum Teufel ist heute Nacht geschehen, Aslan Gairbekow?«, fragte der Langhaarige mit einem resignierten Lächeln.

»Ich habe oben in der Redaktion gesessen. Wollte nicht riskieren, dass mich einer der Tschetschenen wiedererkannte. Als ich gesehen habe, was da los war, bin ich gleich nach unten zum Empfang, um Ihnen zu helfen. Um der Polizei zu helfen! Ich wollte mich anbieten, in Studio 2 zu gehen. Ich wollte Ihnen erklären, um wen es sich in Wirklichkeit bei den Terroristen handelt und warum sie hier sind. Aber ihr wolltet ja nichts hören und habt mich stattdessen verhaftet!«

»Tut uns leid«, sagte der Grauhaarige. »Wir haben befürchtet, Sie wären … einer von denen.«

»Ich habe das zu erklären versucht! Aber ihr habt mich stattdessen in eine Ausnüchterungszelle gesteckt.«

»Noch einmal – es tut uns leid. Der Wachmann der Arrestabteilung gilt nicht gerade als einer der Geduldigsten.«

»Aber die ganze Nacht?«

»Das beruht auf einem Missverständnis. Wir haben Sie mit einem anderen Russen verwechselt. Einem, der gleichzeitig mit Ihnen festgenommen wurde, der nach dem Verhör aber wieder auf freien Fuß gesetzt worden ist. Und dann ist auch noch der Beamte, der Sie verhören sollte, zu einem anderen Auftrag abberufen worden. Bei dem derzeit herrschenden Chaos blieb Ihr Verhör einfach liegen. Wir hier unten dachten, Sie seien derjenige, der verhört und wieder frei gelassen worden war.«

»Aslan«, sagte der Langhaarige, »warum haben die Terroristen zweimal damit gedroht, Geiseln zu erschießen, wenn Sie sich nicht melden?«

Er lächelte, nicht weil die Frage amüsant, sondern weil die Antwort so kompliziert war. »Um eine lange Geschichte kurz zu machen«, sagte er, »ich bin der Grund, dass sie hier sind. Ich und eine Reihe von Dokumenten, die sehr wichtig für sie sind.«

»Warum?«

»Wie ich schon sagte: eine lange Geschichte. Die schaffen wir jetzt nicht mehr. Später. Jetzt müssen wir dieser Aktion ein Ende bereiten.«

»Sind Sie oder waren Sie in die Aktivitäten dieser Terrorgruppe dort drinnen involviert?«

»Ganz im Gegenteil. Das sind Lügner. Die machen schon Jagd auf mich. Jetzt haben sie mich gefunden.«

»Warum machen sie Jagd auf Sie?«

»Eine komplizierte Geschichte. Sie dürfen Ihnen nicht glauben. Sie täuschen Sie. Sie sind einzig meinetwegen hier. Wegen mir und diesen Dokumenten.«

»Sie haben der Polizei gegenüber gestanden, als bewaffneter Rebell in Tschetschenien gekämpft zu haben?«

»Nein! Wir waren keine Rebellen! Wir waren ein Volksheer! Im Krieg!«

»Gibt es einen Grund zu der Annahme, dass Ihre Vorgeschichte mit dieser Aktion hier zu tun hat?«

»Natürlich.«

»Aber Sie wollen uns nicht sagen, warum?«

»Ein anderes Mal. Tauschen Sie mich jetzt gegen die Geiseln aus.«

»Sie wollen freiwillig zu den Geiselnehmern hineingehen?«, fragte der grauhaarige Polizist.

»Ich will nicht, dass noch mehr Unschuldige sterben.«

»Glauben Sie, die Geiselnehmer werden in einen solchen Tausch einwilligen?«

»Sie wollen mich. Das Ganze findet nur meinetwegen statt. Sie werden die Geiseln frei lassen, wenn sie mich bekommen. Vielleicht behalten sie ein paar wenige zurück, nur zur Sicherheit, aber auch nur vorübergehend.«

»Es verstößt gegen alle Regeln, den Geiselnehmern noch eine Geisel zu geben.«

»Ist es nicht besser, dass viele Unschuldige frei gelassen werden, wenn ich hineingehe? Sollte die Sache wirklich schlecht ausgehen – ist es nicht besser, dass ich sterbe, der diese Situation verursacht hat, als die unschuldigen Geiseln in Studio 2?«

Die Polizisten sahen ihn an.

»Außerdem«, sagte Aslan, »kann ich Ihnen wichtige Informationen über die Geiselnehmer geben.«

»Was für Informationen?«

»Ramzan Jewlojew ist kein tschetschenischer Asylbewerber. Er ist ein tschetschenischer Quisling. Ein Überläufer. Einer, der sich Russland zuwandte, statt für unser Land zu kämpfen. Er hat seine Seele an Russland verkauft, an das russische Militär, die russischen Oligarchen.«

Die Polizisten musterten ihn skeptisch.

»Diese ganze so genannte Terroraktion ist eine quasimilitärische Operation mit nur einem einzigen Ziel: mich aus meinem Versteck hier in Norwegen zu locken.«

»Warum?«

»Ich weiß zu viel«, sagte er vage. »Die Terroristen sind nicht diejenigen, für die sie sich ausgeben. Sie sind Mörder, das ja, aber sie folgen keiner Ideologie.«

»Sie sind bereit zu töten.«

»In höchstem Grad, aber sie sind nicht bereit zu sterben.«

»Wie meinen Sie das?«

»Sie haben einen Plan, der ihnen einen sicheren Rückzug garantiert. Das sind keine Menschen, die in Aktion treten, um dabei ihr Leben zu riskieren. Die sind hier, weil ihnen jemand in Russland ein Vermögen dafür geboten hat, wenn sie Erfolg haben. Die Bomben an ihren Körpern sind nicht echt. Ich kenne drei von ihnen: Sie nennen sich jetzt Ramzan, Mowzar und Edil. Keiner von denen heißt so. Und keiner von denen ist bereit, sich selbst in die Luft zu sprengen. Ich bin mir sicher, dass die Sprengsätze an ihren Körpern falsch sind. Ein Bluff, um Sie in Angst und Schrecken zu versetzen.«

Die Polizisten sahen einander an.

»Wie können Sie sich da so sicher sein?«

»Das sind keine Idealisten. Das sind Söldner. Banditen. Es ist das Geld, das diese Leute antreibt. Warum sollten sie bereit sein, sich in die Luft zu sprengen? Geht ein Bankräuber mit der Absicht in eine Bank, sich in die Luft zu sprengen, wenn der Überfall missglückt? Die Selbstmordattentäter sind Idealisten, die an etwas glauben. Das Einzige, an das diese Banditen glauben, ist Geld.«

»Aber die Pistolen …?«

»Die Pistolen sind natürlich echt. Sie sind bewaffnet, um sich selbst zu schützen. Und, wenn nötig, die Geiseln zu liquidieren. Aber wenn ich Polizist wäre, würde ich einen mit Pistolen bewaffneten Gegner für weniger gefährlich halten als einen, der auch noch Bomben am Körper trägt.«

6

Studio 2, 05.41 Uhr

Noch neunzehn Minuten. Kristin verfolgte die schwebende Flucht des Sekundenzeigers auf der runden Studiouhr. Rund und rund und rund …

Aslan Gairbekow hatte nicht vor zu kommen. Das erkannte sie jetzt. Sonst hätte er sich schon längst gemeldet. Warum sollte er das Leiden der Geiseln bis zur letzten Minute ausdehnen? Unlogisch. Er wollte einfach nicht kommen. Entweder weil er es nicht wagte, oder weil ihn die Polizei daran hinderte. Sie fragte sich, ob die Polizei wirklich so weit gehen würde, ihr Leben für die Einhaltung ihrer Prinzipien zu opfern.

Sie sah zu Ramzan hinüber. Er kaute auf etwas herum, das er in der Jackentasche gehabt hatte. Amphetamin?, dachte sie. Das würde jedenfalls erklären, warum sie alle so wach und aufmerksam waren.

7
Kommandozentrale der Polizei, 05.44 Uhr

Thomas Fjell wartete. Jetzt lag das Schicksal von Aslan Gairbekow in den Händen der Krisenstäbe und der Politiker.

Fjells Autorität als Unterhändler würde massiv geschwächt werden, wenn Ramzan Jewlojew erfuhr, dass ein Flugzeug in Gardermoen wartete. Er würde das als Verhandlungserfolg deuten. Wenn die Gegenseite erst nachzugeben begann, galt es nur noch, den Druck zu erhöhen, um auch noch die anderen Forderungen erfüllt zu bekommen. Ein Unterhändler durfte nie Schwäche oder Nachgiebigkeit zeigen.

Eine Geiselnahme wie diese hier übersteigt die norwegischen Kompetenzen, dachte Fjell missmutig.

Die größte Geiselnahme, die er bisher gelöst hatte, war der Aufruhr der Gefangenen in Ullersmo 2003. Doch auch wenn damals vier Wärter als Geiseln genommen worden waren und die Forderungen jenseits jeder Vernunft gelegen hatten, war es ein recht einfaches Verhandeln gewesen, bei dem es vorwiegend um Zeit, Aufschub und Erschöpfung gegangen war.

Schjelderup beendete ein Telefonat mit seinem Mobiltelefon und setzte sich neben Fjell. »OpStab«, sagte er und hielt das Handy hoch. »Sie haben mit dem PodStab und dem Krisenstab der Regierung darüber debattiert, ob die Geiseln gegen Aslan Gairbekow ausgetauscht werden sollen.«

»Und?«

»Es ist für sie in Ordnung.«

»*In Ordnung?*«

»Du weißt, wie die sind. Sie geben grünes Licht. Aber letztendlich liegt es an dir und mir, was wir daraus machen.«

»Na, herzlichen Dank.«

»Nennt man das nicht Entscheidungsfreiheit auch in der Verantwortung?«

»Das ist zu einfach. Irgendetwas übersehen wir.«

»Du bist immer so misstrauisch, Thomas.«

»Das ist mein Job.«

»Du machst ihn gut.«

»Ich meine das ernst, Aksel. Da stimmt was nicht. Warum ist es ihnen so wichtig, diesen Aslan Gairbekow in die Hände zu bekommen?«

»Könnte er einer von ihnen sein?«

Thomas Fjell strich sich mit beiden Händen durch die Haare und stieß Luft zwischen den Lippen aus. »Irgendetwas verstehen wir noch nicht. Als wären wir auf dem direkten Weg in eine Falle, die sich so offensichtlich vor uns auftut, dass wir sie nicht sehen.«

8

Vis-à-vis der Kommandozentrale, 05.45 Uhr

Der wachhabende Polizist saß mit verschränkten Armen da und sah aus, als würde er jeden Moment einschlafen. Doch jedes Mal, wenn sich Aslan bewegte, hatte er die Augen weit geöffnet und war hellwach.

Warum konnten sie sich nicht entscheiden? Das konnte doch nicht so schwierig sein?

Er ließ seinen Blick über das Fenster gleiten, das der Morgen mit den Pastellfarben der Morgendämmerung bemalte.

Sie hatten keine Wahl. Sie würden die Geiseln doch niemals aus Rücksicht auf ihre Prinzipien sterben lassen? Oder doch? Wenn es nötig war, würde er mit Macht versuchen, ins Studio einzudringen. Er war es, den sie haben wollten. Er und niemand sonst.

Ihn zu den Geiseln zu lassen, widersprach den Prinzipien aller Unterhändler und Polizisten. Sie hatten ihre Richtlinien. Jemanden von außen in eine lebensbedrohliche Situation zu schicken, war normalerweise undenkbar. Aber, dachte Aslan, manchmal müssen die Prinzipien der gesunden Vernunft weichen.

Der Polizist musterte ihn.

Wo blieben sie nur? Aslan Gairbekow war so rastlos und ungeduldig, dass seine Muskeln zitterten. Der Wachhabende saß reglos da. Das Licht im Fenster wurde noch etwas heller. Draußen hörte er das Brummen von Motoren, kurze Sirenensequenzen und rasche Schritte auf dem Asphalt. Aber er saß so, dass er nur die leere Fassade des Gebäudes auf der anderen Straßenseite erkennen konnte.

Wie viel Zeit war vergangen? Er wusste es nicht, sie hatten ihm seine Armbanduhr abgenommen, als sie ihn in die Ausnüchterungszelle gesteckt hatten, und vergessen, sie ihm anschließend wiederzugeben.

Wo *blieben* sie?

Er trommelte mit den Händen auf seine Schenkel, blickte aus dem Fenster, der scharfe Schatten auf der Fassade des Nachbarhauses hatte sich kaum bewegt, stand die Zeit still?

Der Wachhabende gähnte und sah auf die Uhr.

»Entschuldigen Sie«, sagte Aslan. »Wie spät ist es?«

Darauf würde er doch wohl antworten dürfen. Der Polizist schien ernstlich darüber nachzudenken, ehe er widerwillig antwortete: »Gleich zehn vor.«

»Zehn vor – was?«

Der Polizist blickte ihn mürrisch an. »Na, vor sechs!«

Sechs Jahre nach dem Massaker an meiner Familie wurde unser Anführer bei einem Angriff der Russen aus dem Hinterhalt getötet. Der Ältestenrat bat mich, die Führung der Befreiungstruppen zu übernehmen.

Ich selbst habe in mir nie einen Anführer gesehen. Aber natürlich sagte ich nicht Nein.

Als Anführer befahl ich immer neue Angriffe auf die Russen. Ich war blind vor Hass und Rachlust. Als wir eine Lieferung Mörsergranaten bekamen, unternahm ich einen Großangriff auf eine russische Garnison. Zwei Tage lang beschossen wir sie, ehe die Russen Flugzeuge einsetzten und uns zurück in die Berge trieben.

Die Russen gaben mir den Spitznamen »Köter«. Eine Verballhornung von Wolf und ein ehrlicher Ausdruck dafür, was sie von mir hielten. Sie teilten Flugblätter aus. In den von den Russen kontrollierten Zeitungen wurde ich als barbarischer Teufel dargestellt, der zum Frühstück das Blut kleiner Kinder trank.

Meine Landsleute sahen in mir einen Freiheitskämpfer, einen Helden, einen langhaarigen Rebellen, die Reinkarnation des furchtlosen Löwen des Kaukasus, des Imam Schamil. Einen Idealisten, der für die Sache seines Volkes kämpfte. Sie kümmerten sich gut um uns, wenn wir auf abgelegenen Höfen oder in kleinen Dörfern übernachteten. Held? Ich? Natürlich nicht. Ich war ein von Rache getriebener Soldat, ein Guerillachef mit einer einzigen, brennenden Vision: so viele Russen wie nur möglich zu töten, ehe mir die nachrückenden die Kehle durchschnitten.

05.52 Uhr – 06.13 Uhr

1

Studio 2, 05.52 Uhr

Noch acht Minuten.

In acht Minuten erschießen sie mich, dachte Kristin. Der Gedanke war so unwirklich, dass er nicht bis in ihr Innerstes vordrang. Sie lehnte den Kopf zurück. Anette setzte sich neben sie und legte ihr tröstend den Arm um die Schulter.

»Acht Minuten«, sagte Kristin. Ihre Stimme versagte. »Warum tut sich nichts?«

»Es scheint was im Gange zu sein.«

»Wie meinen Sie das?«

»Sie sind so angespannt.

Kristin sah auf die Uhr. »Ich glaube nicht mehr, dass er kommt.«

Anette seufzte und biss sich fest auf die Unterlippe.

»Warum kommt er nicht?«

»Er wäre gekommen, wenn er könnte.«

»Vielleicht ist er nicht der, für den ich ihn gehalten habe«, sagte Kristin nachdenklich.

2
Vis-à-vis der Kommandozentrale, 05.53 Uhr

Als die beiden Kommissare zurückkamen, sprang Aslan Gairbekow so abrupt auf, dass der Stuhl nach hinten kippte. Der Wachhabende machte einen eiligen Schritt auf ihn zu, als befürchte er einen Angriff.

»Warum hat das so lange gedauert?«

»Weil es mehrere Meinungen unter einen Hut zu bringen galt«, sagte der Grauhaarige.

Der Langhaarige lächelte schief. »Sind Sie immer noch entschlossen, zu den Geiseln reinzugehen?«

»Selbstverständlich. Ich habe keine andere Wahl!«

»Unsere politischen Behörden und der Operationsstab der Polizei sind zu dem Entschluss gekommen, dass wir als Gegenleistung dafür, dass wir Sie ins Studio 2 gehen lassen, die Freilassung der Geiseln erbitten.«

Ihn durchlief eine Welle der Erleichterung und Furcht. Für einen kurzen Moment schloss er die Augen. Dann sagte er: »Sollte die ganze Sache schieflaufen, falls ich umgebracht werde oder die Terroristen mich zwingen, mit ihnen Norwegen zu verlassen …«

»Das werden wir auf keinen Fall zulassen!«, sagte der Grauhaarige.

»… nehmen Sie bitte in einer Woche Kontakt zu Kristin Bye auf.«

»Warum?«

»Weil sie dann alles wissen wird.«

»Alles? Was heißt das?«

»Die Hintergründe dieser Terroraktion. Eine Verschwörung, wie Sie sie sich nicht einmal in Ihrer wildesten Fantasie vorstellen können. Sollte Kristin auch umgebracht werden, wenden Sie sich an Astrid Wahl.«

»Kennen Sie die Chefredakteurin?«

»Ein wenig. Sie weiß weder, wer ich bin, noch, wie ich heiße. Das Einzige, was sie weiß, ist, dass ich eine von Kristins Quellen bin.«

»Ich verstehe nicht…«

»Das ist auch nicht nötig.«

»Worüber sollen Kristin Bye und Astrid Wahl informiert werden? Eine Verschwörung?«

»Ich will dazu jetzt nichts mehr sagen. Wir müssen uns auf das konzentrieren, was hier und jetzt passiert. Die Dokumente, auf die sie es abgesehen haben, sind hier im Haus deponiert.«

»Was für Dokumente?«

»Dokumente, die Milliarden Dollar wert sind.«

»In welcher Weise?«

»Dazu haben wir jetzt keine Zeit!«

»Wo im Haus befinden sie sich?«

»Im Safe der Chefredakteurin Astrid Wahl. Im Sitzungszimmer. Kommen Sie!«

3

Studio 2, 05.56 Uhr

Vier Minuten vor Ablauf der Frist kam Ramzan Jewlojew zwischen die Bänke der Zuschauertribüne und holte Kristin Bye. Weinend folgte sie ihm in die Mitte des Studios, wo er sie vor einer Kamera platzierte.

»Die Frist ist gleich abgelaufen«, sagte Ramzan in die Kamera und richtete seine Pistole auf Kristins Kopf. »Noch drei Minuten und dreißig Sekunden. Sind Sie noch da, Hauptkommissar?«

Kristins Knie zitterten so heftig, dass sie sich kaum auf den Beinen halten konnte.

Ramzan bereitete sich darauf vor zu schießen.

»Noch drei Minuten!«

4

Kommandozentrale der Polizei, 05.57 Uhr

Während Schjelderup und drei Mann aus der Einsatztruppe mit Aslan Gairbekow zu Astrid Wahl unterwegs waren, um den Safe zu öffnen und die Dokumente zu holen, rief Thomas Fjell Ramzan Jewlojew an. Auf den Bildschirmen sah er, dass einer der Terroristen die Bewachung von Kristin Bye übernahm.

»Ich hoffe, Sie haben gute Neuigkeiten, Hauptkommissar?«

»Sie bekommen Aslan Gairbekow. Dafür bekomme ich die übrigen Geiseln.«

»Außer Kristin Bye, Anette Wiik und Bernt Bøe.«

»Sofern sie frei gelassen werden, bevor Sie das Flugzeug besteigen.«

»Es ist ein wahres Vergnügen, Geschäfte mit Ihnen zu machen.«

»Es ist gleich sechs Uhr. Wir brauchen etwas Zeit, um den Austausch vorzubereiten. Ich schlage vor, wir setzen den Austausch auf fünfzehn Minuten nach sechs fest. Ist das in Ihrem Sinne?«

»Das klingt ganz wunderbar, Kommissar.«

»Wir schicken Aslan Gairbekow zu Ihnen rein. Sie lassen die Geiseln zu uns raus. Können Sie mir das bestätigen?«

»Verstanden. Ich bekomme Aslan Gairbekow. Sie bekommen Ihre Geiseln. Sicherheitshalber schicke ich sie in zwei Gruppen mit zwei Minuten Abstand.«

5
Studio 2, 05.59 Uhr

Als Ramzan Jewlojew aufgelegt hatte, verharrte er einen Moment, das Gesicht zur Wand. Er sah auf die Uhr.

Kristin schaute zwischen Ramzan und den anderen Terroristen hin und her.

O Gott, dachte sie, lass sie gewinnen! Gib ihnen, was sie verlangen! Sie schwankte zwischen tiefer Ruhe – was passiert, passiert, ich kann ohnehin nichts daran ändern – und panischer Angst. Solange sie sich konzentrierte, gelang es ihr, so etwas wie rationale Ruhe in sich heraufzubeschwören, wie das Gefühl kurz vor einer Operation, wenn die Ärzte einem versicherten, dass die Chancen zu überleben, gut waren. Aber sobald sie ihren Gedanken freien Lauf ließ, wurde sie von der Wirklichkeit eingeholt. Sie sah vor sich, wie die Terroristen losschossen und die Bomben auslösten – und wie die Polizisten in einem Hagel aus Kugeln und Explosionen das Studio stürmten. *Blut, abgerissene Gliedmaßen …*

Ihre Knie zitterten wie verrückt.

Langsam drehte Ramzan sich um. Er schaute durch das Studio. Mit einem kaum sichtbaren Lächeln hob er den rechten Arm und ballte eine Faust. Wie auf ein geheimes Signal reckten auch die anderen Terroristen triumphierend ihre Fäuste in die Höhe. Der Mann, der auf Kristin zielte, ließ seine Pistole sinken. Einer von ihnen begann zu strahlen und murmelte etwas vor sich hin, das wie ein tschetschenisches Gebet klang. Die junge Frau hob beide Arme und fuchtelte mit der Pistole durch die Luft.

O, mein Gott, ich bin gerettet! Bin ich gerettet?

Anette kam von der Zuschauertribüne herunter und stellte sich neben Kristin.

»Was passiert jetzt?«, flüsterte Kristin Anette zu.
»Sie scheinen eine Forderung durchgesetzt zu haben.«
»Haben Sie verstanden, was er gesagt hat?«
»Ich konnte nichts hören.«
Ramzans Gesicht war zu einem breiten Grinsen verzogen. Silje Gran lächelte ihm aufmunternd zu. Stolz marschierte er zu zwei der anderen Geiselnehmer, die ihm anerkennend auf die Schulter klopften.
»Dürfen wir jetzt gehen?«, flüsterte Kristin.
»Ramzan jubelt wohl hauptsächlich um seinetwillen.«
Sie wusste nicht, wie sie die offensichtliche Freude der Terroristen deuten sollte. Waren sie erleichtert, weil sich die Situation einer möglichen Lösung näherte? *Was hatten sie besprochen?* Sie folgte Ramzan mit dem Blick, als er in eine Ecke ging und ein Gespräch über das Handy führte.

6

Flugplatz Arlanda, Stockholm, 06.00 Uhr

Der Pilot schob das Mobiltelefon in die Brusttasche und nickte dem Kopiloten zu. Sie hatten die ganze Nacht in Bereitschaft gesessen und auf eben diesen Anruf gewartet.
»Sie sind so weit«, sagte der Pilot.
Der Kopilot sah auf die Uhr. »Abflug?«
»Abflug 06.30 Uhr. Ankunft 07.30 Uhr.«

7

Kommandozentrale der Polizei, 06.05 Uhr

»Wenn die Bomben Attrappen sind«, sagte Bjørnar Lehmann, »ändert das die Situation natürlich vollständig.«

Lehmann und Schjelderup hatten sich ein Stück von Fjell zurückgezogen, der die Kopfhörer aufgesetzt hatte und zu verstehen versuchte, was in Studio 2 gesagt wurde.

Schjelderup wiegte den Kopf hin und her. »Wenn das stimmt, was Aslan Gairbekow sagt, ändert das wohl alles.«

»Es weist alles darauf hin, dass er die Wahrheit sagt. Die Forderung, dass er hierherkommt. Die Bereitschaft, so viele Geiseln gegen ihn einzutauschen.«

»Aber wenn das mit den Bomben nicht stimmt...«

»Gehen wir mal davon aus, es stimmt. Dann haben wir es mit sechs leicht bewaffneten Terroristen zu tun. Wenn wir die aus dem Studio raus und auf leichter zu kontrollierendes Terrain bekommen, werden unsere Scharfschützen locker mit ihnen fertig.« Er unterstrich seine Aussage mit einem theatralischen Fingerschnipsen.

»Wie groß ist das Risiko?«

»Wenn wir sie unschädlich machen wollen, dann muss das mit möglichst geringem Risiko für die Geiseln geschehen.«

»Werden die Terroristen nicht schießen?«

»Das wird alles so schnell gehen, dass sie gar nicht begreifen werden, was mit ihnen passiert. Zuerst setzen wir eine Blendgranate ein. Danach folgt der Beschuss. Die Terroristen werden gar nicht mitbekommen, dass sie angegriffen werden. Wir setzen zwei oder drei Scharfschützen auf jeden Terroristen an.«

»Wie sind die Informationen von Gunnar Borg zu interpretieren? Wenn sie stimmen?«

»Die Sache mit der Aeroflot-Maschine wird bereits gecheckt. So unwahrscheinlich klingt das nicht. Vielleicht wollen sie ihre eigenen Leute keinem unnötigen Risiko aussetzen.« Er lachte abgehackt.

»Wir sollten das mit dem OpStab besprechen.«

»Feige?«, scherzte Bjørnar Lehmann.

8
Auf dem Weg zum Studio 2, 06.13 Uhr

Mit feierlichem Gesichtsausdruck schloss der junge Polizeibeamte die Handschellen auf. Aslan Gairbekow rieb sich die schmerzenden Handgelenke. Nach so vielen Jahren würde er seinem alten Freund aus Kindertagen von Angesicht zu Angesicht gegenüberstehen. Die zwei Polizisten gaben ihm die Hand und wünschten ihm viel Glück. *Viel Glück…* Aslan musste lächeln. *Viel Glück.* Das konnte er wahrlich brauchen.

Der grauhaarige Polizist führte ihn aus dem Raum, über einen Flur und raus zur Rezeption, wo es von Polizisten und medizinischem Personal nur so wimmelte.

Alle Blicke waren auf ihn gerichtet. Der Polizist geleitete ihn durch eine Glastür und eine Treppe runter in einen Kellerflur. Auf dem Boden hinter einer Befestigung aus Sandsäcken lagen zwei Polizisten. Der eine hatte sein MG auf die Studiotür gerichtet.

»Ab hier müssen Sie allein weitergehen«, sagte der Polizist. »Folgen Sie dem Gang bis zu einer gelben Tür mit einer großen 2 darauf. Das ist der Eingang zu Studio 2. Klopfen Sie kräftig an und warten Sie, bis Ihnen aufgemacht wird und man Sie reinlässt. Sobald Sie drinnen sind, sollten fünf oder sechs Geiseln rausgelassen werden. Die Übrigen folgen ein paar Minuten später.

Danach sind Sie allein mit Kristin Bye, Anette Wiik und Bernt Bøe bei den Terroristen.«

Der Polizist klopfte ihm auf die Schulter.

Hinter einer großen Glasscheibe sah er Fernsehmonitore, Mischpulte und technisches Zubehör. Eine Hand voll Personen, die ihnen den Rücken zugewandt hatten, folgten dem Geschehen in Studio 2 auf den Bildschirmen. Er ging langsam an den Polizisten hinter den Sandsäcken vorbei. Sie sahen nicht auf. Schritt für Schritt bewegte er sich durch den Gang. Cremeweiße Betonwände. Bunte Plakate in schwarzen Rahmen. Blaues Linoleum auf dem Boden.

Dass es einmal so enden würde ... Wer von uns beiden hätte das damals gedacht, als wir zusammen spielten oder in dem Fluss mit den rund geschliffenen Steinen badeten?

Er merkte, wie er sich anspannte. Wie immer vor einem Angriff im Schutz der Nacht. Er war nicht furchtlos. Die Angst hatte ihn immer begleitet. Aber er hatte sich nie von ihr zurückhalten lassen. Vielleicht ist es das, was mir den Mut gibt?, dachte er.

Erinnerst du dich, wie wir zusammen in den Bergen gejagt haben? An das eine Mal, als wir einen Hirsch geschossen hatten, der so groß war, dass wir es fast nicht geschafft hätten, ihn nach Hause zu tragen, obgleich wir ihn zerlegt hatten? Erinnerst du dich noch daran?

Er blieb vor der gelben Stahltür mit der großen, weißen 2 stehen. Es war eine Flügeltür, aber nur die eine Hälfte hatte einen Türgriff. Die 2 war aufgeklebt und nicht aufgemalt, wie er gedacht hatte. Er hob den Arm und ballte die Faust.

Warum muss es so enden?

Dann klopfte er dreimal kräftig gegen die Stahltür von Studio 2.

Eine junge Soldatin namens Zjenja schloss sich uns an, nachdem ein russischer Oberst ihre Eltern getötet hatte. Die schöne Zjenja war gerade mal neunzehn Jahre alt, aber klug und mit den Augen eines Engels. Ich habe sie geliebt. Dabei haben wir uns noch nicht einmal geküsst. Die wenigen Male, wenn sie meine Hand gehalten hatte, schämten wir uns, weil wir eine Grenze überschritten.

Durch Zjenja wurde das Leben komplizierter. Ich zögerte, sie für gefährliche Aufträge einzusetzen. Die anderen warfen mir vor, dass ich sie bevorzugt behandelte, was absolut stimmte. Ich ließ meine Entscheidungen von der Liebe zu einer Frau vernebeln.

Die fanatischen Extremisten kämpften ihren eigenen Krieg.

2002 besetzte eine Gruppe radikaler Tschetschenen ein Theater in Moskau. Siebenhundertdreiundsechzig Geiseln! Stolz ließ der Anführer der Bande, Barajew, die Fernsehkameras herein, um sich zu brüsten. Putins Streitkräfte stürmten das Theater. Durch das Gas starben viele Geiselnehmer und Geiseln.

Und wieder fällte die Welt ihr Urteil.

Über Tschetschenien.

Über uns alle.

06.15 Uhr – 06.24 Uhr

1

Studio 2, 06.15 Uhr

Kristin schaute zur Tür.

Anette richtete sich auf.

Ramzan Jewlojew hob die rechte Hand und verständigte sich über den Fingercode mit den anderen Terroristen. Zwei gingen in den Kniestand und richteten ihre Pistolen auf die Tür. Zwei andere bezogen links und rechts von der Tür Position, dicht vor der Wand. Ramzan ging zur Tür und legte die Hand auf die Klinke. Dann riss er die Tür mit einem Ruck auf.

Die beiden Männer blieben ein paar Sekunden voreinander stehen und musterten sich.

Schließlich machte Ramzan Jewlojew einen Schritt zur Seite und ließ Aslan Gairbekow eintreten. »Aslan…«, sagte er.

Er winkte die vier Kameramänner und die zwei Aufnahmeleiterinnen zu sich, die darauf warteten, ausgetauscht zu werden. Mit einer raschen Handbewegung scheuchte er sie hinaus.

Die Studiotür fiel hinter ihnen ins Schloss.

2

Kommandozentrale der Polizei, 06.16 Uhr

»Sechs Geiseln haben soeben Studio 2 verlassen«, sagte Thomas Fjell.

»Wann kommen die restlichen vier?«, fragte Aksel Schjelderup.

»In zwei Minuten.«

»Er wird uns doch nicht linken?«

Thomas Fjell antwortete nicht.

3

Studio 2, 06.16 Uhr

Derselbe Blick, dasselbe harte Gesicht …

Was ist mit dir passiert?

Aslan Gairbekow hörte die Tür hinter sich zuschlagen. Vor ihm stand der Freund seiner Kindertage. Die Bartstoppeln schimmerten bläulich auf seinen Wangen und dem Kinn.

»So sehen wir uns also wieder«, sagte der Mann, der sich Ramzan nannte.

»So sehen wir uns wieder«, wiederholte Aslan kalt.

Was ist aus dem Jungen geworden, den ich kannte? Dem freundlichen, humorvollen, netten Jungen?

Einer der Terroristen trat vor und unterzog Aslan einer Leibesvisitation. Während die Hände routiniert den Körper nach Waffen abtasteten, sah Aslan seinen Kinderfreund so vor sich, wie er ihn in Erinnerung hatte: quirlig, lachend, frech, abenteuerlustig. Wann hatte er begonnen, sich zu verändern? Wahrscheinlich zur gleichen Zeit wie er … Nur hatten sie sich in unterschiedliche Richtungen entwickelt, sich für unterschiedliche Seiten entschieden, jeder für seinen Weg.

Bist du da? Bist du irgendwo in diesem Körper, der da vor mir steht, irgendwo dort hinter den eisblauen Augen? Oder bist du damals gestorben ... ja, du weißt schon.

»Er ist sauber«, sagte der Terrorist.

»Dann hast du also doch noch hierhergefunden?«, sagte der Mann, der sich Ramzan nannte, halb spöttisch, halb fragend.

Aslan lächelte kühl. »Sie haben gedacht, ich wäre einer von euch.«

»Einer von uns?«

»Ein Terrorist.«

»Das bist du doch.«

»Die Polizei hat mich festgenommen.«

Der Mann, der sich Ramzan nannte, brach in Gelächter aus.

Worüber lachen sie?

Kristin hörte nicht, was sie sagten, und die wenigen Wortfetzen, die sie aufschnappte, waren Tschetschenisch. »Worüber lachen sie?«, flüsterte sie Anette zu, die gleichgültig die Schultern hob.

Ramzan Jewlojew legte Aslan Gairbekow die Hand auf die Schulter und führte ihn in das Studio. Er wies ihm einen Stuhl zu. Dann winkte er drei Terroristen zu sich, die sich hinter ihm aufbauten. Danach gab er Kristin, Anette und dem Außenminister ein Zeichen, zu ihm zu kommen.

Kristin wurde von Angst gepackt. Sie und Anette standen gleichzeitig auf und sahen sich mit ängstlichen Blicken an.

Würden sie jetzt ...

Ramzan winkte sie zu sich.

Will er jetzt ...

Der Außenminister ging den Terroristen mit mechanischen

Bewegungen entgegen. Anette griff nach Kristins Hand. Zögerlich kletterten sie die Tribüne hinunter auf Ramzan zu, der ihnen sagte, dass sie sich links und rechts neben Aslan knien sollten. Kristin spürte den kalten Lauf der Pistole im Nacken.

Nicht so. Nicht vor Millionen von Fernsehzuschauern. Nicht mit einem Nackenschuss. Nicht live. Das ist ungerecht! Er ist doch gekommen! Zu guter Letzt!

»Sehen Sie, Kommissar?«, sagte Ramzan zur Kamera gewandt. »Wenn Sie irgendwelche Tricks versuchen…« Er feuerte einen imaginären Schuss mit dem Zeigefinger ab und nickte einem der Terroristen zu, der zur Studiotür ging und sie öffnete. Ein anderer schnitt die Kabelbinder um Sjaptis Beine und Arme auf.

»Die Übrigen«, sagte Ramzan auf Englisch, »können jetzt gehen.«

Keiner rührte sich.

Es war, als hätte niemand verstanden, was er sagte. Oder als ob sie ihm nicht trauten. Womöglich handelte es sich um einen grausamen Scherz, und der Erste, der sich in Bewegung setzte, würde erschossen werden.

»*Go!*«, brüllte Ramzan.

Silje Gran erhob sich unsicher.

»Und nehmt den da mit!« Ramzan zeigte auf Frank Berthelsen.

Silje Gran winkte Sjapti zu sich und ging zu Grethe Aslaksen, die mit Frank Berthelsens Kopf auf dem Schoß dasaß.

Sjapti fasste den Bewusstlosen unter den Armen, und die beiden Frauen hoben ihn an den Beinen hoch. Mit nervösen Blicken über die Schulter wankten sie auf die Studiotür zu und verließen den Raum.

4
Gardermoen, 06.20 Uhr

Børre Henrichsen war zweiunddreißig Jahre alt und Mitglied der UEH in Romerike, einer Einsatztruppe, die so etwas wie das lokale Pendant der Antiterroreinheit in Oslo war. Er war in dieser Nacht Streife gefahren, als ihn der Diensthabende der Polizeiwache nach Gardermoen schickte, weil die Polizei aus Oslo Unterstützung brauchte. Børre Henrichsen hatte die ganze Nacht über die Geiselnahme verfolgt, über die Direktübertragungen im Autoradio und die Polizeifunkfrequenz der Osloer Polizei. Glücklicherweise war es ruhig gewesen – ein kleinerer Autounfall und ein Familienkrach –, ansonsten hatte er reichlich Gelegenheit gehabt, sich über die aktuellen Geschehnisse in Oslo auf dem Laufenden zu halten. Als der Funkspruch kam und er begriff, dass der Auftrag in Zusammenhang mit dem Geiseldrama stand, hatte er physisch gespürt, wie das Adrenalin durch seinen Körper gepumpt wurde.

Er war mit bis zu zweihundert Sachen über die nächtlich ausgestorbene Straße nach Gardermoen gerast. An einem der Haupteingänge zum Flugplatz wurde er von einer lokalen Polizeieinheit in Empfang genommen, die ihre Streifenwagen in gebührendem Abstand von der russischen Maschine geparkt hatte, die sie observieren sollte.

Die Aeroflot-Maschine – eine achtundvierzig Meter lange Tupolew 154 mit Platz für hundertachtzig Passagiere – stand am östlichen Terminal. Børre und die beiden anderen Polizisten observierten den Flieger aus ihrem Versteck hinter einem parkenden Abschleppwagen. Sie konnten keine Aktivität erkennen. Die Fenster des riesigen Flugzeuges waren dunkel, leer. Auch durch die Glasfront der Abflughalle war kein Mensch zu sehen.

Er überprüfte die Uhrzeit. Die Kollegen vom Sondereinsatzkommando in Oslo waren unterwegs, würden aber sicher noch eine Viertelstunde oder zwanzig Minuten brauchen, ehe sie vor Ort waren. Er blickte zu den beiden Kollegen – zwei junge Männer, deren Augen trotz der undurchschaubaren Einfältigkeit der Aufgabe, ein leeres Flugzeug auf einem Flugplatz zu überwachen, der noch nicht einmal geöffnet hatte, vor Spannung und Erwartung leuchteten.

Er verstand sie. Er war selbst gespannt.

5

Vor dem Sender ABC, 06.21 Uhr

Die Bahre mit Frank Berthelsen wurde in den Rettungswagen geschoben. Seine Frau, die ihre Handtasche vor die Brust gepresst hielt, setzte sich mit einer Krankenschwester in einen anderen Rettungswagen. Die Kameras der Pressefotografen auf der anderen Straßenseite klickten.

Die Fahrer setzten sich in Bewegung, die Motoren heulten auf, und die Blaulichter begannen zu blinken.

Der Rettungswagen mit Frank Berthelsen beschleunigte in Richtung Polizeisperre, dicht gefolgt von dem zweiten Wagen mit seiner Frau. In der nächsten Querstraße schalteten beide Fahrer fast gleichzeitig die Sirenen ein.

6
Russische Botschaft, 06.21 Uhr

Das Telefon klingelte.

Das normale.

Nicht Ismaels Hotline.

Botschafter Igor Woronin starrte den Apparat einen Augenblick lang an, als hoffte er, dass er von alleine aufhörte zu klingeln. Er seufzte. »Bestimmt Ärger«, sagte er zu Gunnar.

»Ich glaube nicht, dass du den vermeidest, wenn du nicht drangehst.«

»Herr Botschafter?«, tönte die Stimme des ersten Sekretärs aus der Gegensprechanlage. »Das Büro des Ministerpräsidenten auf Leitung eins.«

»Was habe ich gesagt? Ärger!« Woronin hob den Hörer ab. »Botschafter Igor Woronin«, sagte er mit tiefer, wohlwollender Stimme. Diplomatenstimme. Verführerstimme.

»Woronin, hier spricht Staatssekretär Vidar Erichsen aus dem Büro des Ministerpräsidenten.«

»Erichsen, womit kann ich Ihnen helfen?«

Erichsen zögerte. »Es ist ein kleines Problem aufgetreten.«

»Ein Problem?«

»Der Ministerpräsident wünscht eine weitere Unterredung mit Ihnen, Herr Botschafter.«

»Was für ein Problem?«

»Das möchte der Ministerpräsident mit Ihnen persönlich besprechen.«

Woronin verstummte. Er fluchte innerlich. Dieses verdammte Gefühl, benutzt zu werden, missbraucht. Was führte Ismael im Schilde? Er sah Gunnar an und verdrehte die Augen.

Erichsens Stimme meldete sich wieder: »Herr Botschafter?«

»Wann soll ich kommen?«

»So schnell wie möglich. Können Sie in zwanzig Minuten hier sein?«

»Selbstverständlich. Ich verständige sofort meinen Chauffeur.«

»Danke. Dann sehen wir uns in zwanzig Minuten.«

Er legte auf und starrte vor sich hin, versuchte, Ordnung in das verwirrende Knäuel in seinem Kopf zu bringen.

»Was wollten sie?«, fragte Gunnar.

»Ein weiteres Treffen. Irgendein Problem.«

»Was für ein Problem?«

»Das wollte er mir nicht sagen. Ich nehme an, Sie wollen mich zu dem russischen Flugzeug befragen.«

»Und was gedenkst du zu sagen?«

»Ich weiß nicht. Die Wahrheit?«

Im gleichen Augenblick klingelte das andere Telefon. Ismael. Wieder saß er da und starrte den Apparat an. Ihm war schlecht … Er ließ es klingeln.

»Herr Botschafter?« Der erste Sekretär. War er es, der Ismael all die Informationen zukommen ließ? War er der Maulwurf? »Ein Gespräch aus Moskau. MID.«

Woronin nahm den Hörer ab, sagte aber nichts.

»Was wollte Staatssekretär Erichsen?«, fragte Ismael.

Gab es irgendetwas, das dieser Mann nicht wusste?

»Der Ministerpräsident möchte noch einmal mit mir sprechen.«

»Worüber?«

»Das wollte Erichsen nicht sagen.«

»Wieso wollen die Sie noch mal sehen?«

»Ich weiß es nicht.«

»Wurde im letzten Gespräch etwas gesagt, das dazu Anlass geben könnte …«

»Nicht, dass ich wüßte!«

»Wann soll das Treffen stattfinden?«

»Gleich. In zwanzig Minuten.«

»Um 6.40 Uhr?«

»Ich bin beeindruckt, wie geschickt Sie die Uhr beherrschen.«

»Werden Sie nicht unverschämt, Woronin.«

»Ich mag es nicht, außen vor gehalten zu werden.« Er sah Ismaels Lächeln regelrecht vor sich.

»Woronin, wer ist der Mann bei Ihnen?«

»Ein alter Freund.«

»Wer ist er?«

»Sie kennen ihn nicht. Einer, dem ich vertraue.«

»Aber ich bin nicht sicher, ob ich ihm vertraue, Herr Botschafter.«

7
Studio 2, 06.23 Uhr

Der Mann, der sich Ramzan nannte, holte zwei Stühle und zog Aslan hinter sich her in einen Winkel des Studios, wo sie ungestört sitzen konnten.

»Du hast Zjenja getötet«, sagte Aslan.

»So hieß sie also.«

»Du hast sie vergewaltigt!«

Er wandte den Blick ab.

»Du hast sie vergewaltigt und umgebracht!«

»Sie war meine Feindin.«

»Du besitzt keinen Funken Scham.«

»Das sagst ausgerechnet du, der meine gesamte Familie ausgelöscht hat.«

»So wie deine Männer meine Familie ausgelöscht haben.«

»Und nun habe ich dich endlich gefunden.«

»Als ich dich das letzte Mal gesehen habe, lagst du mit blutender Nase im Straßengraben.«

Der Mann, der sich Ramzan nannte, lachte. »Stell dir vor, das ist jetzt vierzehn Jahre her. Dass ich mich entschieden habe, die Russen zu unterstützen, macht mich nicht zum Verräter. Viele unserer Landsleute sind für die russische Lösung. Jede Nation muss früher oder später einsehen, dass die Geschichte nicht stehenbleibt. Die Tschetschenen müssen begreifen, dass ihre Unabhängigkeit zu weit zurückliegt und dass es sinnlos ist, für eine verlorene Sache zu kämpfen.«

»Unabhängigkeit und Freiheit haben kein Verfallsdatum.«

»Wenn alle so dächten wie du, würden die Südstaaten in Amerika noch immer gegen die Yankees kämpfen. Und die Nazis würden immer noch an ihr Drittes Reich glauben. Großbritannien würde an seinen Kolonien festhalten, und die Kolonien würden für den Zustand kämpfen, der vor der Unterwerfung durch die imperialistischen Staaten herrschte! Denk doch mal nach, Aslan, Geschichte ist ein Prozess! Sie ist einem ständigen Wandel unterworfen. Die Verhältnisse ändern sich. Und dem müssen wir uns anpassen.«

»Das ist dir ja ausgezeichnet gelungen.«

»Weil ich den Tatsachen ins Auge sehe. Ich habe eingesehen, dass Tschetschenien niemals, niemals die freie Nation werden wird, von der du träumst.«

»Und dafür bist du bereit, unschuldige Menschen in Norwegen zu töten?«

»Bist du auf deine alten Tage weichherzig geworden? Hast du all die vergessen, die du selbst getötet hast?«

»Russen! Feinde! Niemals Zivilbevölkerung! Niemals Unschuldige!«

»Und haben sie alle verdient zu sterben? Hast du niemanden geopfert, der zu leben verdient hätte?«

Aslan schloss die Augen.

Der Mann, der sich Ramzan nannte, lachte leise. »Du brauchst nicht zu antworten, ich weiß auch so, was du denkst, ich rieche deine Reue. Du warst immer schon weichherzig. Selbst als du in Tschetschenien gekämpft hast, warst du tief in deinem Innern ein weichherziger Schwächling.«

Aslan schlug die Augen auf und begegnete seinem Blick. »Ich habe nie geprahlt. Ich war hart, wenn ich musste. Und rücksichtsvoll, wo immer es möglich war.«

»Aber am Ende hast du den Kampf aufgegeben. Bist geflohen. Wie ein feiger Köter.«

»Meine Zeit war abgelaufen, und das weißt du. Als ich das Haus deiner Eltern verließ, rechnete ich hinter jeder Straßenecke mit dir. Ich war darauf vorbereitet zu sterben. Jede Minute.«

»Aber du bist nicht gestorben.«

»Weil du mich nicht gefunden hast?«

»Ich habe dich gesucht. Bei Allah, wo ich dich überall gesucht habe.«

»Ich habe Tschetschenien verlassen und bin nach Norwegen gegangen. Tschetschenien – das ist eine andere Zeit, ein anderes Leben.«

»Dann bist du also Norweger geworden?«

Aslan starrte vor sich hin. »Die Zeit hat keine Bedeutung. Ich existiere einfach. Die Tage in dem Asylantenheim fließen ineinander.«

»Wir haben nach dir gesucht. In Tschetschenien. Lange Zeit glaubten wir, du würdest dich in den Bergen verstecken. Später bekamen wir einen Tipp, dass du dich nach Moskau und St. Petersburg abgesetzt hättest.«

Aslan lehnte den Kopf nach hinten.

»Weißt du, wie wir dir auf die Schliche gekommen sind?«

»Durch sie.« Aslan nickte Kristin zu.

»Wie konntest du nur so dumm sein?«

»Das Leben in Norwegen ist anders. Ich begann, anders zu denken. Wurde unvorsichtig. Und aus welchem Grund auch immer, wahrscheinlich mehr aus Langeweile als aus Interesse, begann ich norwegisches Fernsehen zu gucken. Ich sah mir regelmäßig Kristin Byes Sendung an. Irgendetwas an ihr weckte mein Interesse. Ihr Engagement… eine Glut… Sie engagiert sich für das, was sie tut. Und so kam mir dann der Gedanke, dass sie vielleicht die Wahrheit herausbekommen könnte. Sie sollte mein Projekt zu Ende führen.«

»Scheiße zu verbreiten?«

»Die Wahrheit zu verbreiten.«

Die Luft zwischen ihnen vibrierte.

»Ich suchte sie auf«, sagte Aslan. »Ich ging nicht ins Detail. Wollte nicht zu viel verraten. Aber es gelang mir, ihr Interesse zu wecken. Sie wollte nach Tschetschenien fahren, die Übergriffe und Grausamkeiten dokumentieren.«

»So ist uns aufgegangen, dass du dich offenbar in Norwegen aufhältst. Das hättest du doch wissen müssen. Der FSB überprüft alle Visumsanträge. Kristin Byes Antrag enthielt viele Details. Viele Ortsangaben, viele Personen, die sie interviewen wollte. Alles wies auf dich hin. Meine Auftraggeber haben gute Kontakte. Uns war sofort klar, dass sie mit dir gesprochen haben musste.«

»Meine Dummheit«, sagte Aslan. »Ich hätte daran denken müssen, dass ihre Angaben in einem formellen Visumsantrag die Alarmglocken zum Schrillen bringen würden. Dass ihr Verdacht schöpfen würdet.«

»Die Aktion bekam einen Namen. Operation Wolf. Du kannst dir sicher denken, warum.« Er lachte höhnisch. »Mir wurde die Verantwortung für eine *task force* übertragen, die zum Ziel hatte, dich aufzuspüren. Zusammen mit den anderen kam ich als tschetschenischer Asylbewerber nach Norwegen in der Hoffnung, dich zu finden. Wir suchten das tschetschenische Milieu ab, klapperten sämtliche Asylantenheime ab. Wir suchten dich mithilfe der russischen Botschaft. Beschatteten Kristin Bye. Aber du hattest dich gut versteckt.«

Aslan hob die Schultern. »Sie haben mir eine neue Identität gegeben. Mich in ihr Schutzprogramm aufgenommen. Die anderen Asylanten in den Heimen waren Afrikaner, Kurden, Afghanen. Ich weiß, wie man untertaucht.«

»Wir wollten schon aufgeben, als wir von der Fernsehdebatte über Tschetschenien erfuhren. Da wurde uns klar, dass dies unsere letzte Chance war, dich auszuräuchern.«

»Habt ihr wirklich geglaubt, ich würde kommen, um an der Debatte teilzunehmen?«

»Natürlich nicht! Aber wir wussten, dass du zusehen würdest. Alles andere war zu unwahrscheinlich. Unsere letzte Chance, dich aus deinem Rattenloch zu locken.« Er schüttelte den Kopf. »Haben wir unsere Rolle als grausame Tschetschenen nicht überzeugend gespielt?«

»Das dürfte dir kaum schwergefallen sein.«

Er lachte hohl. »Der FSB hatte nichts dagegen einzuwenden, durch die Geiselnahme noch einmal die Augen der Welt für den tschetschenischen Terror zu öffnen. Durch die gewaltsame Übernahme einer Livesendung haben wir Zugang zu Milliarden von Menschen. Was glaubst du, werden sie nach dieser nächtlichen Sendung von den Tschetschenen halten? Wie viel Sympathie hat die tschetschenische Sache noch nach diesem Vorfall?«

Aslan spuckte auf den Boden.

»Und dann kamst du nicht. Ich dachte schon, du wärest unter die Feiglinge gegangen.«

»Sie haben mich in einer Ausnüchterungszelle festgehalten. Ich konnte es gar nicht erwarten zu kommen.«

Der Mann, der sich Ramzan nannte, lachte. Dann verhärtete sich sein Gesicht.

»Wo sind die Dokumente, Aslan?«

»Was bekomme ich für sie?«

»Bekommen? Du bist wohl kaum in der Position, verhandeln zu können.«

»Deine Aktion ist gescheitert, wenn du die Dokumente – und mich – nicht nach Moskau bringst. Was bekomme ich als Gegenleistung?«

»Die Geiseln.«

»Lässt du alle frei?«

»Nicht hier und jetzt. Das wirst du verstehen. Aber auf dem Flugplatz. Sobald wir sicher an Bord des Flugzeugs sind. Darauf hast du mein Wort.«

Aslan lachte. »Dein Wort?«

»Mein Wort.«

»Und was geschieht mit mir?«

»Ich will ehrlich sein. Ich habe keine Ahnung. Du weißt genauso gut wie ich, dass die Dokumente wertlos sind, wenn niemand da ist, der sie erklären kann. Listen. Zahlen. Bankverbindungen. Kontonummern. Passwörter. Anweisungen. Für sich genommen völlig wertlos! Vielleicht bringen sie dich um? Oder sie werben dich an? Vielleicht sperren sie dich aber auch weg, wo du so viel heulen und schreien kannst wie du willst, ohne dass es dir was nützt? Ich weiß es nicht. Mein Auftrag lautet, dich und die Dokumente zurück nach Moskau zu bringen.«

»Natürlich werden sie mich umbringen. Ich weiß zu viel. Aber ist euch schon mal in den Sinn gekommen, dass ich möglicherweise Kopien von den Dokumenten gemacht haben könnte?«

»Selbstverständlich hast du Kopien gemacht. Aber das spielt keine Rolle. Die Kopien beweisen gar nichts. Und du wirst sie selbst kaum deuten können.«

»Vielleicht kriegst du ja den Auftrag, mich zu liquidieren? Dagegen hättest du doch sicher nichts einzuwenden.«

»Du siehst dich selber offenbar gern als Idealisten. Ich bin ein Pragmatiker.«

»Ich bin stolz darauf, ein Idealist zu sein.«

»Und jetzt hast du die Chance, es vor der ganzen Welt zu beweisen, Aslan. Gib mir die Dokumente und komm mit uns nach Moskau. Du opferst dich für die Geiseln. Mit der ganzen Welt als Zuschauer. Wie tief geht dein Idealismus, Aslan? Wie idealistisch bist du, wenn es um dein Leben geht?«

»Ich habe keine Angst vor dem Tod.«

»Dann beweise es.«

»Die Dokumente liegen draußen in der Rezeption. Auf einem Tisch. Wenn wir zum Bus rausgehen, kannst du sie mitnehmen.«

Ramzan schüttelte den Kopf und musterte ihn genau. »Du versuchst doch nicht, mich zu täuschen?«

»Du kannst mir viel vorwerfen, aber du weißt, wann ich die Wahrheit sage.«

Er checkte die Uhrzeit.

»Trotzdem verstehe ich nicht, was das alles hier soll.«

»Du hast mächtige Feinde, Aslan. Nicht nur mich. Ich habe meine persönliche Sache zu rächen. Das weißt du. Wir zwei haben noch eine offene Rechnung. Aber außer mir hast du Männer provoziert, die du besser nicht hättest reizen sollen.«

»Trotzdem …«

»Wir haben einen Plan. Einen guten Plan. Bei dem wir an alle Eventualitäten gedacht haben. Und vorläufig läuft alles nach diesem Plan.«

»Aber …«

»Jeder von uns bekommt nach dieser Sache eine große Geldsumme. Enorm viel Geld! Einen Betrag, der uns ein sorgenfreies Leben garantiert.«

»Und dafür setzt du dein Leben aufs Spiel? Um dich an mir zu rächen? Für das Geld? Du riskierst, erschossen zu werden, und das weißt du. Warum?«

»Rache? Geldgier? Vielleicht.« Er lächelte vor sich hin. »Ich habe einen Sohn. Er lebt bei seiner Mutter in Moskau. Er ist jetzt acht Jahre alt. Ein cleverer Bursche. Wenn wir Erfolg haben, werden meine Auftraggeber sich in jedem Fall um ihn kümmern, egal, was mit mir passiert. Sie werden ihm eine Ausbildung ermöglichen und dafür sorgen, dass er einen ordentlichen Halt im Leben findet, unabhängig von seinem Vater.«

Aslan begann, die Alternative aufzugehen.

»Und wenn ihr keinen Erfolg habt? Was passiert dann mit deinem Sohn?«

In Ramzans Gesicht zeigte sich ein unerwarteter Ausdruck von Schmerz. »Sie haben mir versprochen, sich auch dann um ihn zu kümmern, wenn ich im Kampf getötet werde. Es gibt keine Alternative.«

8

Kommandozentrale der Polizei, 06.24 Uhr

»Was übersehen wir?«, fragte Thomas Fjell.

»Kennst du die Geschichte von Roald Dahl, in der eine Frau ihren Mann mit einer gefrorenen Lammkeule erschlägt?«, fragte Aksel Schjelderup. »Und die sie hinterher den Polizisten serviert, die überzeugt sind, dass die Lösung direkt vor ihrer Nase liegt?«

Sie lachten kurz. »Ja, die habe ich gelesen«, sagte Fjell.

»Glaubst du auch, dass die Lösung direkt vor unserer Nase liegt?«, fragte Schjelderup.

»Vielleicht. Vielleicht auch nicht. Das werden wir erst wissen, wenn das Ganze vorüber ist.«

»Hinter dem, was Aslan Gairbekow gesagt hat, verbirgt sich noch irgendwas. Und auch hinter den Äußerungen von diesem Gunnar Borg…«

»Der wusste mehr, als er gesagt hat.«

»Wie meinst du das?«

»Woher wusste er von dem Treffen zwischen dem Ministerpräsidenten und dem Botschafter?«

»Er ist Journalist.«

»Journalist im Ruhestand. Ein vertrauliches Treffen. Streng geheim.«

»Seit wann bewahren Politiker Geheimnisse?«

»Was, wenn seine Informationsquelle keiner der Politiker ist?«

»Was willst du damit sagen? Dass das Leck bei uns zu suchen ist?«

»Wie wäre es mit dem Botschafter?«

»Dem russischen?«

»Es wäre logisch, wenn seine Quelle in der russischen Botschaft zu finden wäre.«

»Spielen wir den Gedanken doch mal durch. Gehen wir davon aus, dass Gunnar Borg und der Botschafter sich kennen. Und dass es der Botschafter ist, der die geheimen Informationen zu Gunnar hat durchsickern lassen.«

»Warum sollte er das tun?«

»Weil er gemerkt hat, dass da irgendwas nicht stimmt? Weil er nicht ganz versteht, was da läuft? Also kontaktiert er Gunnar Borg, seinen Freund, um ihn als Informationsübermittler einzusetzen.«

»Möglich. Absolut im Rahmen des Möglichen.«

»Wenn es so ist, was sagt uns das?«

»Dass das mit den beiden Flugzeugen problematisch ist.«

»Die Russen wollen uns glauben machen, dass wir die Terroristen zu der norwegischen Maschine nach Gardermoen bringen.«

»Und leiten den Bus in letzter Sekunde zu ihrer eigenen Maschine um.«

»Wo sie uns nicht vermuten.«

Sie sahen sich an.

»Etwas zu simpel«, sagte Fjell.

»Fadenscheinig.«

»Benutzen sie Gunnar Borg? Um uns zu täuschen? Lassen sie Informationen zu ihm durchsickern, die er an uns weiterleitet, damit wir glauben, wir wären auf etwas gestoßen?«

»Du hast eindeutig zu viel le Carré gelesen!« Schjelderup klang nicht überzeugt.

06.25 Uhr – 06.35 Uhr

1

Studio 2, 06.05 Uhr

Ramzan Jewlojew baute sich vor Kamera zwei auf und stemmte die Arme lässig in die Hüften. Eine Weile blieb er regungslos stehen, als wartete er darauf, dass alle darauf aufmerksam wurden, dass er etwas auf dem Herzen hatte. Dann räusperte er sich:

»Im Namen Tschetscheniens haben wir viele Forderungen gestellt, damit diese Situation gelöst werden kann«, sagte er. »Wir haben ein freies Tschetschenien gefordert. Eine Forderung, die wir niemals aufgeben werden. Aber wir sehen ein, dass diese Forderung zu komplex ist, um im Laufe einer Nacht erfüllt zu werden. Wir haben gefordert, dass unsere tschetschenischen Helden aus den Gefängnissen entlassen werden – und auch diese Forderungen werden wir nicht aufgeben!«

Er hielt inne.

»Wir verlangen fünfundzwanzig Millionen Euro in gebrauchten, nicht markierten Scheinen. Vierundzwanzig Millionen sollen in einem leeren Fahrzeug deponiert werden, das fünfhundert Meter südlich von Olavsgaard an der E6 abgestellt werden soll. Eine Million soll an Bord des Flugzeugs gebracht werden, das mich und meine Kameraden in ein noch nicht genauer spezifiziertes, arabisches Land bringen soll, wo wir das Geld dafür nutzen werden, unseren Kampf für unsere tschetschenischen Brüder und Schwestern weiterzuführen.«

Er verschränkte die Arme vor der Brust.

»Der Bus soll exakt um 07.15 Uhr losfahren. Unsere vier Geiseln werden uns natürlich begleiten. Und um sicherzugehen, dass niemand auf dumme Ideen kommt – wie zum Beispiel, das Flugzeug abzuschießen –, werden wir einen unserer Gäste mit ins Flugzeug bitten. Er wird natürlich sofort in die Freiheit entlassen, sobald wir gelandet sind.«

Er blickte in die Kamera.

»Polizei und Behörden werden zögern, diese Forderungen zu erfüllen. Man verhandelt nicht mit Terroristen, nicht wahr? Deshalb müssen wir sie ein wenig entscheidungsfreudiger stimmen. Wenn unsere Forderungen nicht bis 06.45 Uhr erfüllt sind, werden wir eine weitere Geisel erschießen: Kristin Bye. Ich bin mir sicher, Sie wissen inzwischen, dass wir es ernst meinen.«

06.45 Uhr.

Zwanzig Minuten.

2

Kommandozentrale der Polizei, 06.25 Uhr

Thomas Fjell und Aksel Schjelderup sahen einander an.

»Hast du irgendwas von dem da verstanden?«, fragte Fjell.

Aksel Schjelderup schüttelte den Kopf. »Nur, dass es indirekt all das bestätigt, was Aslan Gairbekow gesagt hat.«

»Plötzlich weichen sie von sämtlichen ideologischen Forderungen ab. All dem, das uns den Eindruck vermittelt hat, es ginge um die Sache Tschetscheniens.«

»Jetzt dreht sich das Ganze nur noch um Lösegeld und freies Geleit«, fuhr Schjelderup fort.

»Außerdem: ein arabisches Land? Islamistische Terrorgruppe?«

»Geld in einem Fahrzeug? Und der Rest an Bord des Flugzeugs? Wenn sie an Bord des Flugzeugs sind, sind die Karten nicht nur neu gemischt, sondern bereits wieder neu ausgeteilt. Jeder Geiselnehmer mit Respekt vor sich selbst würde darauf bestehen, das Geld in den Fingern zu haben, ehe er diesen Ort verlässt.«

»Das hängt mit der Aeroflot-Maschine auf dem Flughafen Gardermoen zusammen. Wenn sie die vierundzwanzig Millionen unterwegs mitnehmen, ist ihnen das Geld sicher. Die letzte Million sind sie bereit zu opfern, indem sie uns glauben machen, sie würden die norwegische Maschine am GA-Terminal nehmen.«

»Während sie stattdessen mit dem anderen Flugzeug …«

»Der OpStab meldet, die lokale Polizei habe bestätigt, dass in Gardermoen wirklich eine Aeroflot-Maschine steht.«

»Egal, mit welchem Flugzeug sie fliegen, sie müssten doch wissen, dass weder wir noch die Behörden irgendeines anderen Landes das Flugzeug abschießen würden. Warum also eine Geisel mitnehmen?«

»Und auch noch nach Arabien?«

3

Irgendwo in Oslo, 06.26 Uhr

Der Bus rollte in das leere Parkhaus. Ein Lieferwagen fuhr neben den Bus und bremste mit quietschenden Reifen. Der Busfahrer stieg aus und öffnete eine der Seitenluken des Busses.

Die Hecktür des Lieferwagens ging auf und drei bewaffnete Männer sprangen heraus, und verschwanden im Gepäckraum unter der Buskabine.

Der Busfahrer warf die Hecktür des Lieferwagens zu, der gleich darauf Gas gab und davonfuhr. Dann schloss er die Gepäckluken.

Die ganze Operation hatte weniger als sechzig Sekunden gedauert.

4
Gardermoen, 06.26 Uhr

Børre Henrichsen spürte sein Herz klopfen. In der Aeroflot-Maschine rührte sich noch immer nichts. Schon zehn Minuten bewachte er das Flugzeug gemeinsam mit zwei Kollegen. In seinem Ohr kochten die unterschiedlichsten Informationen durcheinander. Durch den Ohrhörer und den Polizeifunk hörte er, dass das Einsatzkommando in Richtung Norden raste. Hin und wieder meldeten sie sich über Funk mit ihren kurzen, wie Maschinengewehrsalven klingenden Befehlen, während im Hintergrund heulende Sirenen zu hören waren.

Eine SAS-Braathens-Maschine wurde am Terminal GA, dem alten Teil des Flughafens Gardermoen, bereitgestellt. Zwei andere Einheiten des Polizeidistrikts beschrieben, wie das Flugzeug etwas schräg vor dem Terminalgebäude geparkt wurde. Ihm war klar, dass sie die Maschine so positionierten, damit die Scharfschützen des Sondereinsatzkommandos gute Sicht und eine freie Schussbahn hatten. Das Terminal GA, an dem normalerweise Privatflugzeuge und spezielle Empfänge abgefertigt wurden, war wegen seiner Lage für Polizeieinsätze dieser Art viel besser geeignet.

Aber wenn die Terroristen die Geiseln mit zur SAS-Braathens-Maschine nahmen, warum stand er dann hier und observierte die Aeroflot?

Er sah zu der Tupolew hinüber.

Falls aber… Er runzelte die Stirn. War es denkbar, dass die Terroristen mit ihren Geiseln hierherkamen? Zu der Aeroflot-

Maschine? War die Forderung nach einer norwegischen Maschine am Terminal GA bloß ein Bluff? Hatten sie ihn deshalb hierherbeordert, um aufzupassen?

5

Kommandozentrale der Polizei, 06.28 Uhr

»Ich habe das beklemmende Gefühl, dass wir nach Strich und Faden verarscht werden!«

Thomas Fjell wandte sich vom Monitor ab, auf den er gestarrt hatte, und begegnete Aksel Schjelderups Blick. »Verarscht!«, wiederholte Fjell.

Schjelderup blies die Wangen auf und stieß die Luft mit einem Prusten aus.

»Aber wie?«, fragte Fjell verbissen. Er redete ebenso mit sich selbst wie mit Schjelderup. »Was sehen wir nicht? Was kapieren wir nicht?«

»Wenigstens haben wir herausgefunden, dass sie ein extra Flugzeug haben, von dem sie glauben, dass wir nichts davon wissen.«

»Sie gehen davon aus, dass unsere Truppen rund um das norwegische Flugzeug postiert sind, so dass sie ungehindert im letzten Augenblick an Bord ihrer eigenen Maschine gehen können. Erscheint dir das wirklich wahrscheinlich?«

»Also, was meinst du?«, fragte Schjelderup. »Sollen wir uns weigern, die Forderungen zu erfüllen?«

Fjell blickte auf die Uhr. »Er hat damit gedroht, Kristin Bye in fünfzehn Minuten zu erschießen.«

»Aslan Gairbekow wird er vermutlich verschonen. Es muss einen Grund dafür geben, dass er ihn mitnehmen will. Damit hätte er in Wirklichkeit nur drei Geiseln: Bernt Bøe, Kristin Bye und Anette Wiik.«

»Also, was denkst du?«

»Wir können nicht Nein sagen. Wir müssen sie aus dem Studio bekommen, in ein Umfeld, in dem wir im Vorteil sind.«

»Auch wenn wir wissen, dass sie uns täuschen?«

Schjelderup blickte leer vor sich hin.

»Wenn jemand im Begriff ist, uns zu täuschen«, sagte Bjørnar Lehmann, der gerade die Kommandozentrale betreten und den letzten Teil des Gesprächs mitgehört hatte, »wäre es wohl eine gute Strategie, den Spieß umzudrehen?« Lehmann lehnte sich an den Rand des Schreibtisches. »Neben unserem Aufgebot in Gardermoen plane ich noch einen Überraschungsangriff, wenn sie das Geld aus dem Auto an der E6 holen.«

Schjelderup nickte langsam. »Wie du willst.«

Thomas Fjell seufzte.

6

Flughafen Arlanda, Stockholm, 06.29 Uhr

Mit dröhnenden Motoren hob die Gulfstream vom Flughafen Arlanda am Stadtrand von Stockholm ab. Die G-350 stieg auf zehntausend Fuß und flog einen lang gestreckten Bogen in Richtung Westen. Der Pilot meldete sich bei der Flugüberwachung in Røyken und gab bekannt, dass sie sich dem norwegischen Luftraum näherten. Gegen 7.30 Uhr sollte mit ihrer Ankunft in Gardermoen gerechnet werden. Der Lotse in Røyken meldete, dass Gardermoen wegen des Geiseldramas in Oslo bis auf Weiteres für den zivilen Luftverkehr geschlossen sei und dass sie stattdessen den Flughafen Torp in Sandefjord anfliegen sollten. Die Flugüberwachung erhielt keine Bestätigung.

7
Vor der russischen Botschaft, 06.29 Uhr

»Herr Botschafter!«

Igor Woronin wollte sich gerade in die Botschaftslimousine setzen, um zu dem Treffen mit dem Ministerpräsidenten gefahren zu werden. Gunnar, der sich ein Taxi bestellt hatte, war auf dem Weg zum Drammensvei. Woronin sah an Gunnars Gang, dass er im Gehen eine SMS schrieb. Der Botschafter drehte sich um. Waleriy, der Sicherheitschef der Botschaft, kam ihm mit zwei FSB-Agenten, deren Namen er nicht kannte, entgegen.

»Ich habe wenig Zeit«, sagte Woronin.

»Herr Botschafter…«

»Ich muss zu einem Treffen mit dem Ministerpräsidenten, in zehn Minuten, wir müssen das auf später verschieben.«

»Es tut mir leid, Herr Botschafter.«

Einer der FSB-Agenten packte die Tür.

Woronin sah von einem zum anderen. »Was geht hier vor?«

»Herr Botschafter, es tut mir so leid…«, der Sicherheitschef wirkte betroffen, »aber das Ministerium hat uns instruiert, Sie zurückzuhalten.«

»Was sagen Sie da?«

»Herr Botschafter, ich erfülle nur meine Pflicht.«

In diesem Moment sah Woronin, dass zwei andere FSB-Agenten mit Gunnar zurückkamen. Der Gesichtsausdruck seines Freundes zeigte Verblüffung. »Gehe ich richtig in der Annahme«, sagte Gunnar mit einem Klang in der Stimme, der irgendwo zwischen Wut und Lachen lag, »dass ich verhaftet worden bin?«

»Es tut mir leid, Gunnar. Im Namen der Botschaft. Ich kann das alles nur bedauern.«

»Igor? Was ist hier los?«

Igor Woronin sah sich um, als wartete er auf eine Erklärung für die absurde Situation. »Ich weiß es wirklich nicht.« Er wandte sich an seinen Sicherheitschef. »Hat Ismael diese Festnahme befohlen?«

»Was meinen Sie, Herr Botschafter?«

»Wie lauten Ihre Befehle?«

»Wir sind leider gezwungen, Sie zu internieren. Sie und Ihren norwegischen Freund.«

»Internieren?«

»Unter Hausarrest stellen, Herr Botschafter. Bis sich diese Situation geklärt hat. Es tut mir sehr leid.«

»Warum wird Gunnar Borg festgehalten? Er ist norwegischer Staatsbürger!«

»Das Ministerium ...«, sagte Waleriy ausweichend.

»Das wird ein diplomatisches Nachspiel haben, das ist Ihnen doch wohl klar?«

»Alles zu seiner Zeit«, sagte Sicherheitschef Waleriy.

Die FSB-Agenten nahmen dem Botschafter und Gunnar Borg die Handys ab.

8

Studio 2, 06.30 Uhr

Warum drohen die immer damit, als Nächstes mich zu erschießen? *Weil ich eine Prominente bin?* Kristins widersprüchliche Gefühle stießen klickend wie Billardkugeln aneinander. *Warum nicht den Außenminister?*

Gemeinsam mit Anette und Aslan war sie zurück zu den Zuschauerrängen auf der Tribüne gegangen. Der Außenminister saß für sich mit verschränkten Armen, das Gesicht leicht angehoben.

Er scheint unter Schock zu stehen, dachte Kristin. Er hat die ganze Nacht fast regungslos dagesessen. Als ginge ihn das alles nichts an.

Sie dachte an Gunnar. Er war die Vaterfigur, die ihr eigener Vater nie zu sein vermocht hatte. Jetzt brauche ich dich, Gunnar, dachte sie. Jetzt brauche ich dich wirklich!

9

Büro des Ministerpräsidenten, 06.30 Uhr

Bjørn-Tore Viksveen seufzte tief und lange. »Was meinen Sie damit, sie täuschen uns?«, fragte er.

Polizeipräsidentin Elsebeth Røed schüttelte den Kopf. »Wir wissen es nicht genau. Die Einsatzleitung hat diesen Verdacht geäußert. Und der OpStab teilt ihre Bedenken.«

»Können Sie etwas konkreter werden?«

Die Polizeipräsidentin schluckte. »Tut mir leid. Sie haben so ein Gefühl, dass etwas nicht so ist, wie es sein sollte.«

»Ein Gefühl«, wiederholte der Ministerpräsident.

»Wir wissen nicht, wieso oder warum. Aber wir wissen, dass sie neben dem Flugzeug, das sie von uns gefordert haben, auch noch ihr eigenes Flugzeug haben. Irgendwo da hakt es.«

»Hakt es?«, wiederholte der Ministerpräsident nachdenklich.

»Ich weiß, das ist nicht präzise und man kann auf Basis einer solchen Äußerung nicht operieren«, sagte die Polizeipräsidentin bedauernd.

»Ändert das etwas in Bezug auf unser Vorgehen?«, fragte der Justizminister.

Niemand wollte auf diese Frage antworten.

»Polizeitechnisch ist es noch immer richtig, sie aus dem geschlossenen Studio herauszubekommen«, sagte die Polizeipräsidentin.

»Auch wenn wir wissen, dass sie uns täuschen?«, fragte der Justizminister.

»Wenn wir es wissen, können wir ihnen vielleicht zuvorkommen«, sagte die Polizeipräsidentin vage.

»Und *sie* täuschen!«, sagte der Ministerpräsident angestachelt.

»Es wäre aber von Vorteil zu wissen, *wie* sie uns täuschen wollen, wenn wir den Spieß umdrehen sollen«, sagte Staatssekretär Vidar Erichsen.

»Der OpStab hat in Zusammenarbeit mit dem Einsatzkommando natürlich dafür gesorgt, dass beide Flugzeuge in Gardermoen observiert werden«, sagte die Polizeipräsidentin.

»Observiert?« fragte der Ministerpräsident.

»Bewaffnete Beamte vom Sondereinsatzkommando haben rund um die Maschinen verdeckt Stellung bezogen …« Sie zog die Augenbrauen viel sagend hoch, wie um zu signalisieren, dass der Ministerpräsident sicher keine weiteren Details erfahren wolle.

Viksveen blickte rasch von Røed zum Justizminister. »Ja, das ist eine rein polizeitechnische Sache.«

Justizminister und Staatssekretär nickten rasch.

10

Gardermoen, 06.32 Uhr

Der Konvoi der Einsatzfahrzeuge teilte sich unmittelbar vor dem Flughafen. Die eine Einheit, angeführt von zehn Beamten des Sondereinsatzkommandos und verstärkt durch Polizeieinheiten sowohl aus Oslo als auch aus der lokalen Umgebung, nahm die Ausfahrt von der Autobahn und jagte in Richtung Terminal GA. Die andere Einheit fuhr weiter zum Hauptterminal.

Børre Henrichsen nahm die Kollegen in Empfang und zeigte

ihnen die Aeroflot-Maschine. Der Leiter der regionalen Einsatztruppe positionierte seine Männer mit militärischer Präzision, ohne viel Worte zu machen. Die Scharfschützen bekamen ihre Plätze zugewiesen, versteckt, auf verschiedenen Dächern des Terminalgebäudes und hinter geparkten Autos. Andere fanden Platz in Gepäckwagen, abgestellten Spezialfahrzeugen, hinter Transformatorenhäuschen ... Børre Henrichsen erblickte eine fünf Mann starke Einheit, die sich noch im Terminalgebäude befand, sich jetzt aber auf den Weg zum Flugzeug machte. Sicher wollten sie überprüfen, dass sich niemand in der Aeroflot-Maschine versteckte.

Er musste unwillkürlich lächeln. Wenn die Terroristen dachten, die norwegische Polizei wüsste nichts von dieser Maschine, waren sie wirklich schiefgewickelt.

11

Russische Botschaft, 06.35 Uhr

Gunnar Borg wurde in ein kahles Büro gesperrt, ehe die Sicherheitsbeamten Igor Woronin abführten.

Das war nicht zu glauben! Sie hatten sein Handy beschlagnahmt und ihn eingesperrt. Für wen hielten die sich? Mit welchem Recht ... Gunnar holte tief Luft und versuchte, sich zu beruhigen. Er befand sich, rechtlich gesehen, auf russischem Hoheitsgebiet. Die Polizei konnte hier gar nichts ausrichten. Und sie hätte wohl kaum die Kapazität, seiner Sache irgendeine Priorität einzuräumen. Dies hier war keine Polizeiangelegenheit, sondern eine Frage der Diplomatie. In den nächsten Stunden würde niemand dem Fall *Gunnar Borg vs. Russische Föderation* irgendeine Aufmerksamkeit schenken.

Das ist vermutlich die Zeit, die sie brauchen, dachte Gunnar.

Ich weiß nicht, ob sie glauben, Igor und ich hätten was ausgeheckt, im Moment verstehe ich ohnehin noch weniger als im Laufe der Nacht. Warum halten sie mich fest? Es liegt doch wohl im russischen Interesse, dass alles getan wird, dieses Geiseldrama zu lösen? Wenn Igors Büro abgehört wurde, ist den Russen bekannt, dass die norwegische Polizei und ich über die Aeroflot-Maschine in Gardermoen Bescheid wissen. Aber warum ist das ein Problem für die Botschaft?

12
Studio 2, 06.35 Uhr

»Meine Damen und Herren?«

Exakt um 6.35 Uhr stellte sich Ramzan Jewlojew vor die Kamera zwei und lächelte wie ein Henker, der sein Opfer mit dem Argument trösten will, dass es schnell vorüber ist.

»Ich möchte die Polizei und die Regierung daran erinnern, dass es 6.35 Uhr ist. In zehn Minuten läuft die Frist ab. Ich muss meine Forderungen wohl nicht noch einmal wiederholen. Aber ich möchte daran erinnern, dass wir Kristin Bye in zehn Minuten erschießen, sollten diese nicht erfüllt werden.«

13
Sitzungsraum, Sender ABC, 06.35 Uhr

Bjørnar Lehmann und zwei seiner besten Strategen des Sondereinsatzkommandos trafen sich im Sitzungsraum vis-à-vis der Kommandozentrale, um den Überraschungsangriff zu planen, der für die Geldübergabe aus dem bei Olavsgaard auf der E6 geparkten Auto vorgesehen war.

»Schon verflucht seltsam, das Geld in einem Auto auf der Autobahn liegen zu lassen«, konstatierte einer der Beamten.

»Eigentlich nicht«, erwiderte Lehmann. »Das Gelände ist dort sehr übersichtlich, nur Felder und offenes Terrain. Verdammt schwer für uns, da irgendwelche Scharfschützen zu positionieren.«

»Warum soll nicht der ganze Betrag im Flugzeug sein? Dort ist es doch sicherer?«, fragte der Beamte.

»Denken Sie nach! Die werden nicht mit dem norwegischen Flugzeug ausfliegen. Die planen einen Abgang mit der Aeroflot-Maschine. Die Million, die sie uns im Flugzeug deponieren lassen, sind sie bereit zu opfern. Sie wollen uns glauben machen, dass sie auf dem Weg zu der norwegischen Maschine sind.«

»Und warum wollen sie dann nicht hier das Geld in Empfang nehmen? Warum unterwegs?«

»Wer weiß. Aber ich verstehe ihren Gedankengang. Wäre ich an Ramzans Stelle, würde ich die Aktivitäten hier im Sender ebenfalls auf ein Minimum beschränken. Er weiß, dass wir überall versteckt sein können. An einer Autobahn in offenem Gelände ist es nicht so leicht, jemanden zu überraschen.«

»Sagen Sie das nicht!«

»Ich habe eine ganze Menge Ideen«, sagte der andere.

»Das Gleiche gilt für mich«, sagte Lehmann. »Aber zuerst sollte ich Ihnen sagen, dass bereits eine Einheit aus Romerike unterwegs ist, um sich einen Überblick zu verschaffen und den Platz zu überwachen. Außerdem sind wir dabei, ein geeignetes Fahrzeug zu besorgen. Und wie sieht es jetzt mit unseren Ideen aus?«

06.36 Uhr – 06.43 Uhr

1

Kommandozentrale der Polizei, 06.36 Uhr

»Wir haben es verstanden«, sagte Thomas Fjell zu dem Monitor, über den Ramzan Jewlojew gerade seine Drohung wiederholt hatte.

»Was treibt der da?«, fragte Aksel Schjelderup.

»Er klopft uns weich. Klassische Verhandlungspsychologie. Man könnte meinen, der hätte einen Kurs besucht. Er setzt uns unter Druck, provoziert uns, fordert uns heraus. Hätten wir uns gerade in einer Sitzung befunden, um über seine Forderungen zu diskutieren, hätten wir sie unterbrechen müssen, um zu hören, was er zu sagen hat. Er ist beständig dabei, uns Sand ins Getriebe zu streuen.«

»Damit wir uns nicht konzentrieren können?«

»Vielleicht will er nicht, dass wir zu viel nachdenken?«

»Weil er Angst hat, dass wir kapieren, was er wirklich vorhat?«

»Hast du es auch gemerkt? Er blickt ständig auf die Uhr.«

»Wahrscheinlich findet er, dass die Zeit zu langsam vergeht.«

»Ich glaube, er wartet auf etwas. Oder er bereitet etwas vor. Als ob er die Zeit abstimmt.«

»Zwischendurch telefoniert er immer mal wieder mit dem Handy.«

In diesem Augenblick klingelte Schjelderups Mobiltelefon.

»Vielleicht ist es Ramzan«, spaßte Fjell.

Als Schjelderup wieder aufgelegt hatte, sagte er: »OpStab. Sie wollten wissen, was er mit seinem letzten Auftritt bezweckt hat.«

»Da siehst du's. Die Taktik geht auf. Er stresst uns. Und das System. Raubt uns die Zeit. So dass wir zu guter Letzt gar keine andere Wahl haben, als seine Forderungen zu erfüllen.«

»Haben wir denn eine andere Wahl?«

»Man hat immer eine Wahl. Die Frage ist, ob man hart genug ist, die Entscheidung zu treffen.«

2
Hauptredaktion Sender ABC, 06.36 Uhr

Chefredakteurin Astrid Wahl hatte soeben ein telefonisches Interview mit der *New York Times* beendet, als sie Gunnars SMS bemerkte. Er musste versucht haben, sie anzurufen, als sie selbst am Telefon war.

> Astrid. Fahre jetzt von der russ. Botschaft los. Warne Erichsen vom SMK, glaube, sie täuschen uns. Erklärung folgt, sobald ich da bin, Gunnar.

Sie las die Meldung mehrmals.

Glaube, sie täuschen uns?

Machte er Witze? Das sah Gunnar gar nicht ähnlich. Nein, das konnte nicht sein. Er würde sich niemals über etwas derart Ernstes lustig machen, schon gar nicht, wenn sich Kristin in Lebensgefahr befand. Aber was meinte er damit?

Erichsen im Büro des Ministerpräsidenten warnen? Der Staatssekretär war ein früherer Journalistenkollege von ihr aus ihrer Zeit bei der Zeitung *VG*, vermutlich hatte er deshalb ihn genannt.

Uns täuschen? Inwiefern?

Sie wählte Gunnars Nummer. Das Telefon klingelte und klingelte, bis sich schließlich die Mailbox meldete. Danach rief sie Staatssekretär Erichsen an.

3

Russische Botschaft, 06.36 Uhr

»Sie sind sich doch wohl darüber im Klaren, dass ich in fünf Minuten im Büro des Ministerpräsidenten erwartet werde?«

Botschafter Igor Woronin blickte den Nachrichtendienstchef Wladimir Jaroff und den Sicherheitsbeauftragten Waleriy erbost an. Sie befanden sich in dem Teil der Botschaft, der so geheim und abgelegen war, dass Woronin selbst kaum jemals hier gewesen war.

»Herr Botschafter«, sagte Wladimir Jaroff, und zum ersten Mal wurde Woronin bewusst, wie beängstigend seine Stimme klang, »darf ich Sie noch einmal danach fragen: Mit wem haben Sie heute Nacht gesprochen?«

»Ich habe mit einer ganzen Reihe von Menschen gesprochen, warum soll ich darüber vor meinem eigenen Nachrichtendienst Rechenschaft ablegen?«

»Sie haben mehrmals folgende Handynummer gewählt…«, er las Gunnars Nummer vor. »Sie gehört zu einem gewissen Gunnar Borg. Bei dem es sich vermutlich um den Mann handelt, den wir in Gewahrsam genommen haben. Wer ist dieser Mann?«

»Gunnar Borg«, sagte Woronin mit einem tiefen Seufzer, »ist ein lieber, alter Freund von mir.«

»Im Telefonbuch wird er als Journalist bezeichnet.«

»Seit wann ist es verboten, mit Journalisten zu sprechen? Außerdem ist er pensioniert. Er ist siebenundsiebzig.«

»Moskau will wissen, worüber Sie gesprochen haben.«

»Moskau? Meinen Sie Ismael?«

Nachrichtendienstchef Jaroff verzog keine Miene.

»Gefällt es Ismael nicht, dass ich selber denke? Hat er deshalb meinen eigenen Leuten befohlen, mich wie einen simplen Verbrecher in Gewahrsam zu nehmen, wie einen Verräter?«

Jaroff starrte ihn ausdruckslos an.

Woronin lächelte traurig. »Wir haben so oft miteinander angestoßen, Jaroff. Es schmerzt mich, erkennen zu müssen, dass auch Sie jemand sind, der demjenigen gegenüber loyal ist, der die größte Macht hat. Ich gehe davon aus, dass Sie Ihren Befehl von einem hochrangigen Offizier des MID oder FSB erhalten haben. Haben Sie sich auch schon mal die Frage gestellt, die ich mir auch schon den ganzen Abend stelle: Werde ich ausgenutzt? Benutzt?«

Jaroff schwieg weiter, ohne sich zu rühren. Sein Blick ruhte auf Woronin.

»Ich glaube nicht, dass Sie korrupt sind. Aber Ihre Loyalität stinkt zum Himmel. Sie lassen sich benutzen, gänzlich unkritisch, von jedem, der in der Hierarchie über Ihnen steht. Männer wie Sie sind die nützlichen Idioten von Despoten und Diktatoren, weil Sie alle Befehle ausführen, als wären sie absolut und unerschütterlich und niemals zu hinterfragen oder kritisieren. Wie wenn ein Unteroffizier seine Einheit mit in den Tod nimmt, weil ihm jemand einen unsinnigen Marschbefehl gegeben hat. Machen Sie sich nie über diese Dinge Gedanken? Fragen Sie sich nie – wessen Diener Sie sind? Und warum?«

Wladimir Jaroff blickte Botschafter Woronin an. Im gleichen Moment klingelte das Telefon. »MID«, sagte er, nahm den Hörer ab und stellte den Lautsprecher an.

Ismaels Stimme: »Botschafter Woronin, es tut uns leid, dass wir so weit gehen mussten.« Er hörte sich nicht so an, als täte ihm irgendetwas leid.

»Das ist unerhört!«, donnerte Igor Woronin.

»Lassen Sie uns nicht vergessen, Woronin, dass der MID Grund zur Annahme hat, dass Sie unerlaubte Kontakte zu Außenstehenden hatten. Ein grobes Vergehen gegen die Vorschriften.«

Sie hören mein Büro ab, dachte Woronin. Er sah seinen Sicherheitschef streng an. *Diese Arschlöcher hören das Büro des Botschafters ab!*

»Ich hatte keinerlei unerlaubte Kontakte!«, entgegnete er wütend.

»So, so. Sie sind ein erfahrener Diplomat und Offizier des Nachrichtendienstes, Woronin. Sie wissen, dass auch kleine, scheinbar bedeutungslose Details für das große Ganze von entscheidender Bedeutung sein können.«

»Mein Gewissen ist rein!«

»Wir hatten Grund zur Sorge, dass Sie bei dem Treffen mit dem Ministerpräsidenten Ihre Befugnisse überschreiten und Informationen mit den norwegischen Behörden austauschen könnten, die nicht für diese bestimmt sind.«

»Ich verstehe nicht, wovon Sie reden. Ich weiß nichts. Wie soll ich geheime Informationen ausplaudern, wenn ich keinen Zugang dazu habe?«

»Sie sind gut, Woronin. Klug. Ohne diese Eigenschaften wären Sie nicht dort, wo Sie jetzt sind.«

»Ich hoffe, jemand hat mit dem Ministerpräsidenten Kontakt aufgenommen und ihm mein Nichterscheinen erklärt?«

»Machen Sie sich darüber keine Gedanken.«

»Soll ich mich selbst als verhaftet betrachten?«

»Wir brauchen ein kurzes Time-out, Woronin. In Bälde wird ein Bus vom Sender ABC abfahren – mit Kurs auf Gardermoen. Dann ist die ganze Situation bald vorüber. Danach machen wir alles wieder rückgängig. Sie werden wieder als Botschafter eingesetzt, und Gunnar Borg wird frei gelassen. Sie nehmen Ihren Kontakt mit Pjotr Jeremejew und den anderen festen Ansprechpartnern im MID wieder auf. Sie vergessen mich. Sie vergessen die Internierung. Sie vergessen, dass ich Ihrem Sicherheitschef mit meiner uneingeschränkten Autorität diese außergewöhnlichen Maßnahmen befohlen habe. Ich nehme an, Sie verstehen, Woronin?«

Er zögerte. »Natürlich verstehe ich«, brummte er. Dabei gab es viel, das er nicht verstand. »Wer sind Sie, Ismael? Wen repräsentieren Sie?«

Schweigen.

»Sie haben eine hochrangige Position im russischen Außenministerium. So hochrangig, dass Sie ohne Weiteres die Kommunikation mit einer Außenstelle übernehmen und die Befehlsgewalt über die Sicherheits- und Nachrichtenstäbe an sich reißen können. Ich bezweifle, dass Sie dem Außenministerium unterstellt sind, aber Sie sind sicher nicht weit davon entfernt. Arbeiten Sie für den Generalsekretär? Oder für einen der Vizeminister? Sie gehören mit Sicherheit nicht zur Zweiten Europäischen Abteilung, der Norwegen angehört. Haben Sie vielleicht etwas mit der Abteilung für Neue Herausforderungen und Bedrohungen zu tun? Wohl kaum. Vielleicht sind Sie einer der Direktoren der anderen Abteilungen des Departements? Oder leiten Sie die Sektion zwölf?«

»Ihre Analyse ist wirklich interessant, Woronin.«

»Also, wer sind Sie?«

»Die Ratestunde ist vorbei. Sie und Gunnar Borg bleiben vorerst in Gewahrsam.«

»Das ist unerhört!«

»Ihre Tochter ist deutlich umgänglicher und loyaler, Herr Botschafter.«

Er erstarrte. *Zajotsika.*

»Die Liebe, die Liebe«, sagte Ismael nachdenklich. Er lachte. »Sie hat ihre Sache gut gemacht. Bald wird sie ihren Lohn bekommen. Sie können stolz auf sie sein.«

Er verstand nicht. Er verstand nichts.

»Lohn?«, wiederholte er nur für sich selbst.

»In Moskau«, sagte Ismael. »Wenn sie zurückkommt.«

»Zurückkommt?«

»Mit dem Flugzeug, das Sie uns dankenswerterweise organisiert haben. Oder soll ich besser sagen – mit einem der Flugzeuge?«

Igor Woronin öffnete den Mund, sagte aber nichts. Die Erkenntnis rollte wie eine Steinlawine durch seinen Körper. *Mit einem der Flugzeuge…* Vor ein paar Tagen hatte er ein Telefax in den Händen gehalten. Damals hatte es ihm nichts gesagt. Doch jetzt ging ihm die ganze Bedeutung auf.

4
Studio 2, 06.37 Uhr

Kristin holte tief Luft und hielt den Atem an. Sie spürte ihr Herz gegen die Lungen schlagen. Noch acht Minuten… Wie lange hielt ein Mensch es eigentlich aus, in konstanter Todesangst zu leben? Nicht viel länger, spürte sie. Sie empfand einen unbändigen Drang zu schreien, zu heulen und aus der Tür von Studio 2 zu stürzen. Sollten sie sie doch erschießen, abknallen wie eine Ratte auf dem Müllplatz.

Sie ließ die Luft aus ihren Lungen.

Sah zur Studiotür.

Und blieb sitzen.

5

Büro des Ministerpräsidenten, 06.37 Uhr

»Bleibt uns denn überhaupt eine andere Wahl?«, fragte Ministerpräsident Bjørn-Tore Viksveen.

Die Männer und Frauen am Sitzungstisch wirkten müde. Der Krisenstab der Regierung war jetzt bereits sieben Nachtstunden hindurch aktiv. Einige Gesichter waren grau und blass.

»Was meinen Sie?«, fragte der Justizminister die Polizeipräsidentin. »Wie hoch ist das Risiko, dass die Terroristen wirklich eine Geisel erschießen?«

»Die Terroristen haben wiederholt demonstriert, dass sie es ernst meinen. Wenn sie nicht aus Studio 2 herauskommen, wissen sie, dass ihr Kampf verloren ist. Sie werden sich wie eingepferchte Tiere verhalten, wenn sie merken, dass wir sie nicht gehen lassen.«

»Tiere?«, fragte der Ministerpräsident.

»Ich will den Teufel nicht an die Wand malen oder unnötig makaber werden, aber ich kann nicht ausschließen, dass die Terroristen womöglich zu noch brutaleren Methoden greifen, als ihre Geiseln einfach zu erschießen, damit wir ihren Forderungen nachgeben.«

»Was ist schlimmer, als jemanden zu erschießen?«, fragte der Justizminister.

Die Polizeipräsidentin schloss für einen Augenblick die Augen. »Sie könnten ihre Geiseln foltern und es live übertragen. Oder sie machen es wie die islamistischen Terroristen und enthaupten eine Geisel vor laufender Kamera.«

Es wurde still.

Lange.

»Glauben Sie das im Ernst?«, fragte Staatssekretär Erichsen.

»Ich weiß doch auch nicht mehr als Sie!«, echauffierte sich die Polizeipräsidentin. Dann beruhigte sie sich wieder »Ich will nur klarstellen, dass die Situation nicht notwendigerweise einfacher ist, weil es nun weniger Geiseln sind. Die Frage ist einfach, was sie den Geiseln möglicherweise antun, wenn wir sie in dem klaustrophobischen Studio festhalten. Und diesbezüglich wollte ich andeuten, dass sie durchaus zu dramatischeren Mitteln greifen könnten. Je weniger Geiseln sie haben, desto nachdrücklicher müssen sie sie als Trumpfkarten in ihre Verhandlungen einbringen. Deshalb fürchte ich … ja, ja, ich muss wohl nicht noch weiter ins Detail gehen.«

»Wie ich schon sagte«, seufzte der Ministerpräsident, »bleibt uns eigentlich eine andere Wahl?«

6

Kommandozentrale der Polizei, 06.39 Uhr

»Noch sechs Minuten bis zum Ablauf des Ultimatums«, sagte Thomas Fjell.

»Ich weiß«, erwiderte Aksel Schjelderup.

»Also, was soll ich sagen?«

»Krisenstab und OpStab haben sich noch nicht entschieden.«

»Das klingt nicht gerade beruhigend.«

»Hm?«

»Wir reden jetzt nur noch von … fünfeinhalb Minuten.«

»Sie kennen die Spielregeln, Thomas.«

»Das hoffe ich.«

»Wenn sie ablehnen, hast du das nicht zu verantworten.«

»Trotzdem, es könnte jemand erschossen werden.«

»*Worst case.*«

»Von wegen *worst case.* Wir kennen die Jungs. Die schießen.«

»Aber das hast du dann nicht zu verantworten.«

Thomas Fjell sah seinen Kollegen an. »Glaubst du, die Zuschauer denken auch so? Die Medien? Unsere Kollegen? Glaubst du, ich denke so? Wenn das alles vorbei ist? Oder werde ich allen in Erinnerung bleiben als ›der, dem die Geiselverhandlung gründlich in die Hose gegangen ist‹.«

7

OpStab, Polizeipräsidium, 06.40 Uhr

»Noch fünf Minuten bis zum Ablauf des Ultimatums. Der Ministerpräsident hat uns um unsere Einschätzung und um eine Empfehlung gebeten«, sagte der Vize-Polizeipräsident.

»Feigling!«, sagte einer der Polizeiinspektoren mit einem leisen Lachen.

»Hat die Regierung irgendwelche Vorgaben gemacht?«, fragte der PST-Chef.

»Sie stellen die Frage, ob sie überhaupt eine andere Wahl haben, als die Forderungen zu erfüllen. Die Polizeipräsidentin fürchtet, dass ein Nein vielleicht nicht unbedingt einen Mord zur Folge hat, sondern dass die Terroristen den Wert der Geiseln für weitere Verhandlungen mit allen Mitteln auskosten werden.«

»Das heißt?«

»Zum Beispiel Folter vor laufender Kamera.«

Dieser Gedanke war offensichtlich bisher keinem der anderen im Operationsstab gekommen. »Verdammt!«, platzte einer heraus.

»Ich bin der Auffassung, dass die Situation sich nach mehr als acht Stunden so weit zugespitzt hat, dass wir sie so rasch wie möglich aus dem Studio bekommen müssen, um nicht noch mehr Menschenleben zu gefährden«, bekräftigte der Vize-Polizeipräsident.

»Der Bus steht bereit«, sagte der Chef des Dezernats für Gewaltverbrechen.

»Wir sind bereit. Am GA-Terminal, bei der Aeroflot-Maschine und bei Olavsgaard«, sagte der PST-Chef. »Welches Szenarium haben wir uns vorzustellen?«

Der Vize-Polizeipräsident räusperte sich. »Ich gehe davon aus, dass die Terroristen im Bus in höchster Alarmbereitschaft sind. Aber sie sind auch müde nach der langen Nacht. Weshalb sie nicht ständig konzentriert sein werden. Vermutlich passen sie besonders auf, wenn sie das Geld aus dem Wagen auf der Autobahn holen und wenn sie vom Bus zum Flugzeug gehen. Wenn wir die Sache nicht bei Olavsgaard beenden können, werden sie wahrscheinlich fordern, dass der Bus so nah wie möglich an die Gangway heranfährt, wenn sie nach Gardermoen kommen. Dann werden die Terroristen ihre Waffen auf die Geiseln richten und sie als lebende Schutzschilde mit ins Flugzeug nehmen. In diesem Moment greifen wir an. Durch den gleichzeitigen Einsatz von Blendgranaten und Scharfschützen werden wir die sechs Terroristen ausschalten, ehe sie den Geiseln Schaden zufügen können.«

»Ist das realistisch?«

»Sie müssen bedenken, dass sie durch die Blendgranaten vorübergehend mental und physisch lahmgelegt sind. Ihnen werden so viele Gedanken durch den Kopf schießen, dass unsere Scharfschützen sie ausschalten können, noch ehe sie auch nur ihren Zeigefinger krumm machen können. Solange wir davon ausgehen, dass die Bomben Attrappen sind, sind die Schusswaffen in dieser Situation eine relativ geringe Bedrohung.«

»Sie meinen also«, sagte einer der Inspektoren, »dass die Scharfschützen sechs Terroristen töten können, die mit ihren Waffen auf die vier Geiseln zielen, ehe sie diese verletzen oder erschießen können?«

»Ich meine, dass das unsere einzige Strategie ist. Ob es klappt, ist eine ganz andere Frage.«

8

Kommandozentrale der Polizei, 06.41 Uhr

»Dann haben wir also grünes Licht«, sagte Aksel Schjelderup.

»Für was?«, fragte Thomas Fjell.

»Wir erfüllen die Forderungen. Sie bekommen einen Bus und ein Flugzeug in Gardermoen.«

»Und das Geld?«

»Die Order lautet zu sagen, das Geld liege im Auto und im Flugzeug bereit. Wie sie es verlangt haben.«

»Die Order lautet, das zu sagen?«, wiederholte Fjell.

»Es ist ja kein Geld da, Thomas!«

»Und was, meinst du, wird geschehen, wenn sie bemerken, dass sie getäuscht wurden?«

»Delta hat längst zugeschlagen, bevor sie das merken.«

9

Büro des Ministerpräsidenten, 06.42 Uhr

Wo blieb nur der Botschafter?

Staatssekretär Vidar Erichsen lehnte die Stirn an die Fensterscheibe und starrte nach unten auf die Grubbegate und den Parkplatz vor dem Regierungsgebäude.

Er hatte soeben mit Chefredakteurin Astrid Wahl gesprochen, die ihm während seiner letzten Sitzung eine reichlich bizarre Meldung auf der Mailbox hinterlassen hatte. Wort für Wort hatte sie die kryptische SMS von Gunnar Borg weitergegeben.

Erichsen verstand nichts. Warum sollten die Russen irgendjemanden täuschen? Astrid war ebenso verwirrt und verzweifelt gewesen. Er hatte ihr versprochen, das mit Botschafter Woronin bei der Sitzung zu besprechen, und Astrid wollte Gunnar Borg bitten, selbst anzurufen und sich zu erklären, sobald er bei ihr eintraf.

»Der OpStab meldet, dass unsere Einheiten in Gardermoen Stellung bezogen haben«, sagte die Polizeipräsidentin. »Sowohl die SAS-Maschine als auch das Aeroflot-Flugzeug werden überwacht. Die Scharfschützen haben ihre Plätze eingenommen.«

Niemand wusste richtig, was er sagen sollte.

»Dann haben wir wenigstens etwas unter Kontrolle«, sagte der Ministerpräsident.

Staatssekretär Erichsen trommelte mit den Fingern ans Fenster, während er darauf wartete, dass sich jemand von der Botschaft meldete. Schließlich wurde der Hörer abgenommen: »Botschaft der Russischen Föderation in Norwegen«, antwortete eine Stimme, die Erichsen nicht kannte. Er nahm an, dass die Durchwahl zum Botschafter zum Empfang umgeleitet worden war.

Erichsen fragte nach Woronin und wurde direkt verbunden.

»Botschaft der Russischen Föderation in Norwegen«, antwortete eine andere Stimme.

Wieder präsentierte er sich. »Der Ministerpräsident wartet auf Botschafter Woronin. Hat es eine Verzögerung gegeben?«

»Es tut uns sehr leid«, sagte die Stimme. »Der Botschafter ist indisponiert, wir warten auf die Anordnung von unserem Außenministerium, das weitere Vorgehen betreffend.«

»Indisponiert?«, fragte Erichsen.

»Ich kann leider nicht weiter ins Detail gehen.«

»Bedeutet das, dass er nicht zur Sitzung mit dem Ministerpräsidenten kommt?«

»Korrekt. Wir bedauern das sehr.«

»Wer kommt an seiner Stelle?«

»Wir warten auf Anweisungen vom MID über das weitere Vorgehen.«

»Wir erwarten, dass der Botschafter eine Vertretung schickt.«

»Wir haben die Order erhalten zu warten.«

»Was ist mit dem Botschaftsrat? Dem Ministerialrat? Oder seinem ersten Sekretär?«

»Es tut uns leid ...«

»Wir sind in einer Krisensituation, es geht um einen Terroranschlag! Da darf ja wohl verlangt werden, dass die Botschaft ...«

»Für weitere Anfragen diesbezüglich müssen sich die norwegischen Behörden an Moskau wenden.«

»Moskau? Wir haben nicht die Zeit, uns nach der russischen Bürokratie zu richten, es geht hier bestenfalls um Stunden, wenn nicht Minuten.«

»Wir werden überprüfen, ob wir jemand anderen schicken können. Wir kommen darauf zurück. Es tut uns leid.«

Die Verbindung wurde beendet.

10

Studio 2, 06.43 Uhr

Noch zwei Minuten.

Kristin blickte auf ihre Hand. Sie zitterte. Sie spürte ein Ziehen im Bauch, das sie zuerst für Hunger hielt. Aber natürlich war das kein Hunger. Es war Angst.

Warum antwortete die Polizei nicht?

Warum, verdammt noch mal, melden sich diese dummen Arschlöcher nicht endlich?

Mit einem Schluchzen, das sie nicht zu kontrollieren vermochte, umklammerte Kristin ihre eigenen Oberarme. Sie sah den Denkstein auf der Alm der Familie im Juvdal vor sich. Einen gigantischen Felsbrocken, zurückgelassen von den zurückweichenden Gletschern. Als Kind war sie immer auf den Felsen geklettert und hatte von dort oben über das Tal und das Dorf geblickt, die Hügel und die Berge. In der Ferne konnte man den See Mårvatn sehen. Unten im Dorf blinkte die Spitze des Kirchturms. Auf diesem Denkstein war ihr zum ersten Mal der Gedanke gekommen, Journalistin zu werden. *Was für eine Scheißberufswahl!* Noch zwei Minuten.

Ein Kamerad von der Befreiungsfront, der gute Kontakte zur lokalen Administration hatte, berichtete mir, dass der Adler von Moskau wieder auf dem Rückweg nach Hause sei.

Nach Hause?, dachte ich voller Hass.

Der Adler war 1991 nach Moskau gegangen. Jetzt kam er also zurück.

Als Jugendlicher hatte sich der Adler immer mehr von dem Leben entfernt, das wir gewohnt waren. In der Schule hatte er sich bei dem russenfreundlichen Rektor eingeschmeichelt, der ihn fleißig als Paradebeispiel für die kluge, tschetschenische Jugend lobte. Ein lokaler Militärführer war auf ihn aufmerksam geworden. Sie hatten ihm eine herausragende militärische Ausbildung auf Kosten der russischen Behörden in Aussicht gestellt.

Als er mir sagte, wohin er wollte, prügelten wir uns zum ersten Mal. Ich weiß noch, dass ich ihn im Straßengraben zurückließ, mit blutender Nase.

Jetzt war er mit seiner Ausbildung fertig. Er hatte eine leitende Stellung als Verbindungsoffizier in einer obskuren Funktion zwischen FSB, dem russischen Heer und dem regionalen Staatsapparat. Mit Blick auf seine Herkunft und seine zahlreichen Kontakte zur Lokalbevölkerung versprachen sie sich viel von ihm.

Sie haben Worte für so etwas.

Er sollte an einem Donnerstag nach Hause kommen. Am Tag zuvor besuchte ich einen Kameraden, der eine Dachwohnung an der Hauptstraße hatte.

Vom Dachfenster aus konnte ich die Heimkehr des Adlers verfolgen.

Er war am Morgen auf dem Flughafen gelandet, mit einem Militärflugzeug, das Nachschub aus Moskau für die Truppen in Tschetschenien brachte. Wer immer einen Blick für Symbolik hat, kann sich seinen Teil denken. Er saß in einem offenen Auto, zusammen mit einem fetten, russischen General, der die zentrale Figur eines Massakers war, das einige Monate zuvor außerhalb von Grosny stattgefunden hatte. Man soll seine Freunde mit Sorgfalt wählen… Von meinem Aussichtspunkt aus sah ich, wie sich der General und der Adler lachend unterhielten.

Er hatte sich nicht sonderlich verändert. Ich hatte erwartet, dass die Jahre in Moskau einen Einfluss auf ihn gehabt hätten, dass ihm zwei Hörner auf der Stirn gewachsen wären oder dass sie ihm wenigstens den grauen, gefühllosen Ausdruck verpasst hätten, der die russischen Machthaber so oft auszeichnet. Doch der Adler sah genauso aus wie früher. Das machte es schwerer, ihn zu hassen.

Als der Wagen um die Ecke bog und verschwand, bedankte ich mich bei meinem Kameraden für die Gastfreundschaft und reiste zurück zu meinem Versteck in den Bergen.

Der Adler bekam ein großes Büro im Distriktshauptquartier des FSB, in dem viele gute Tschetschenen ohne jedes Urteil auf unbestimmte Zeit inhaftiert waren und aus dem man jede Nacht die Schreie der Männer und Frauen hören konnte, die dort gefoltert wurden. Ich war nie in seinem Büro, aber es heißt, es sei groß und kahl gewesen, mit einem Schreibtisch in der Mitte des Zimmers und einem Regal ohne Bücher.

Im März 2003 fand eine so genannte Volksabstimmung statt. Ein neues Regionalgesetz erklärte Tschetschenien zur autonomen Republik in Russland.

Volksabstimmung – dass ich nicht lache!

Eine reine Farce, genauso undemokratisch wie die einige Monate zuvor abgehaltene »Wahl« von Akhmad Kadirow zum Präsidenten. Er war drei Jahre zuvor von den Russen eingesetzt worden.

In diesem Jahr explodierten in Russland elf Bomben. Beschämend. Unsere Bomben? Die Welt ist davon überzeugt. Die Bomben der Russen? Ich weiß es nicht. Jedes Volk hat seine Extremisten. Aber warum weiß niemand, dass die meisten Tschetschenen derartige Aktionen gegen Zivilisten verdammen?

06.44 Uhr – 07.00 Uhr

1

Kommandozentrale der Polizei, 06.44 Uhr

»Hauptkommissar?«

Ramzan Jewlojews Stimme klang beinahe amüsiert, als wüsste er bereits, was Thomas Fjell sagen wollte.

»Sie haben uns eine Frist gesetzt«, sagte Fjell.

»Die gleich abgelaufen ist.«

»Wir sind bereit, auf die Forderungen einzugehen.«

»Sie sind ein Pfundskerl, Kommissar. Aber könnten Sie, nur der Ordnung halber, sagen, welche Forderungen Sie erfüllen wollen?«

»Wir haben einen Bus bereitgestellt, der Sie nach Gardermoen bringen wird, wo ein Flugzeug auf Sie wartet.«

»Ausgezeichnet. Und auf dem Weg nach Gardermoen …«

»… wartet ein Fahrzeug mit vierundzwanzig Millionen Euro in nicht registrierten, gebrauchten Scheinen.«

»Und an Bord der Maschine in Gardermoen …«

»… eine Million Euro.«

Ramzan schnalzte mit den Lippen. »Kommissar, ich fange allmählich an, Sie zu mögen.«

Auf dem Bildschirm sah Fjell, wie Ramzan die Uhrzeit überprüfte.

»Bliebe noch die Frage wegen der Geiseln zu klären …«, sagte Fjell.

»Die fahren natürlich mit uns nach Gardermoen. Eine Geisel wird uns an Bord folgen.«

»Die anderen drei werden frei gelassen?«

»Kommissar, das hängt maßgeblich von euch ab.«

»Von uns?«

»Wie ihr euch benehmt. Ich mache mir keine Illusionen, dass ihr nicht längst eure Leute um das Flugzeug herum platziert habt.«

Fjell schwieg.

»Ist der Bus abfahrbereit?«, fragte Ramzan.

»Er steht direkt um die Ecke.«

»Dann können wir also loslegen?«

»Lassen Sie mich das Prozedere ein letztes Mal mit meinen Vorgesetzten absprechen. Danach gehen wir den genauen Ablauf durch.«

»Kommissar, endlich klingen Sie wie einer, der weiß, was er will!«

Dann, dachte Fjell, bin ich ein verdammt guter Schauspieler.

2

Gardermoen, 06.45 Uhr

Polizeiobermeister Børre Henrichsen ließ seinen Blick an der Tupolew entlanggleiten.

Nichts.

Die Besatzung – Flugkapitän, Kopilot und die übrige Crew – befand sich im Personalbereich des Flughafenterminals. Die Flugüberwachung meldete, dass der Aeroflot-Kapitän um einen *Slot* gebeten hätte, Abflugzeit 07.30 Uhr. Auf die Frage, warum die Maschine mehrere Stunden vor dem planmäßigen Abflug starten wollte, ohne Passagiere, hatte der Pilot geantwortet, dass die Maschine aufgrund eines nicht weiter spezifizierten technischen Defektes nach Moskau zurückgerufen worden sei.

Die SAS-Braathens-Boeing 737-600 stand ein Stück entfernt auf der freien Fläche vor dem alten Abflugterminal. Auf den ersten Blick sah das Terrain leer und verlassen aus, doch auf den Dächern und im Schutz von Fahrzeugen und Containern lagen bewaffnete Polizisten bereit.

Die Morgensonne war grell. Keine Wolke am Himmel. Auf einem der hohen Leitungsmasten saß eine Wacholderdrossel, ganz still, als wollte sie nicht stören.

3

Eilmeldung, NTB, 06.45 Uhr

Eilmeldung
Geiseldrama –

OSLO (NTB). Laut unbestätigter Quelle hat die Polizei der Forderung der Terroristen nachgegeben, sie außer Landes zu fliegen. In Gardermoen soll zurzeit ein Flugzeug startklar gemacht werden.

---- aka – ol – bk
06.45 164 Zeichen

4
Kommandozentrale der Polizei, 06.47 Uhr

Thomas Fjell wusste nicht, zum wie vielten Mal er die Liste mit den Versprechungen und Lügen überflog, auf der Suche nach irgendetwas, das Probleme schaffen könnte, etwas, das er übersehen hatte, an das er nicht gedacht hatte. Aber er fand nichts. Trotzdem war er nicht erleichtert. Er wurde das nagende Gefühl nicht los, dass etwas nicht stimmte, dass die Terroristen ihre eigene Liste mit Versprechungen und Lügen hatten und dass er nicht in der Lage war, diese zu durchschauen.

Zum ersten Mal in dieser Nacht dachte er an seine Frau und fragte sich, ob sie wohl wach geblieben und das Drama im Fernsehen verfolgt hatte, oder ob sie sich schlafen gelegt hatte. Wahrscheinlich schlief sie.

In zwei Stunden musste sie zur Arbeit. Sie war Klassenlehrerin einer siebten Klasse.

Er hätte ihr eine SMS schicken sollen. Sie hatten angefangen, sich kurze Nachrichten zu simsen, seit er ihr zu Weihnachten das Handy geschenkt hatte. Das war viel bequemer als ein Anruf. Besonders wenn er Überstunden machte oder verhindert war, zu einer Verabredung zu kommen. Eine Mail hätte er ihr auch schicken können.

Mail!

»Aksel?«, sagte er leise.

Aksel Schjelderup, der die letzten Faxe vom OpStab noch einmal durchblätterte, hörte nicht.

»Aksel!«, sagte er etwas lauter. Der Kollege schaute hoch.

»Haben wir nachgeprüft, ob Aslan Gairbekow das Mailsystem von ABC benutzt hat?«

Schjelderup sah Fjell mit leerem Blick an.

»Erinnerst du dich, dass er sagte, Kristin Bye und Astrid Wahl würden in einer Woche mehr über die Aktion erfahren?«

»Glaubst du, er hatte vor, eine Mail zu schreiben?«, fragte Schjelderup.

»Ich glaube sogar, dass er sie bereits abgeschickt hat. Mit Sendeverzögerung.«

»Verzögerung?«

»So dass sie erst in einer Woche an den Adressaten weitergeleitet wird.«

»Wieso sollte er so etwas tun?«

»Um Zeit zu gewinnen. Wenn das Geiseldrama beendet wird und er überlebt, kann er die Mail löschen und das Geheimnis mit ins Grab nehmen, was immer es sein mag. Aber wenn er stirbt, wird die Mail in einer Woche automatisch an Kristin Bye und Astrid Wahl geschickt. Für den Fall, dass Kristin Bye auch getötet wird.«

»Ist es möglich, eine noch nicht abgesandte E-Mail im Internet zu finden?«

»Er hat offenbar schon ziemlich lange mit Kristin Bye zusammengearbeitet. Vielleicht hat der Sender ihm ja ein E-Mail-Konto eingerichtet. Wir müssen das sofort überprüfen! Und sollte er kein Mail-Konto bei ABC haben, krieg raus, ob die IT-Leute aufspüren können, ob er Hotmail oder Yahoo oder was weiß ich für einen Provider benutzt hat.«

»Jesses«, sagte Schjelderup. »Was du alles weißt.«

»Meine Frau«, sagte er entschuldigend. »Sie lebt im Internet.«

5
Vor dem Sender ABC, 06.50 Uhr

Um zehn vor sieben rollte der große Bus vor das Sendegebäude. Er war silbergrau mit schräg abfallenden Seitenfenstern und einer enormen Frontscheibe. Die beiden Seitenspiegel sahen aus wie deformierte Fühler eines gigantischen Insekts.

Ein Polizist der Einsatztruppe hatte den Platz des Busfahrers eingenommen und trug die Uniform des Busunternehmens. In seinem Ohr steckte ein unsichtbarer Ohrhörer, über den er den Polizeifunk verfolgen konnte.

Er fuhr in einem Bogen um die Einsatzwagen und bog auf den Wendeplatz vor der Rezeption, wo er den Bus rückwärts so einparkte, dass die Terroristen und Geiseln direkt einsteigen konnten.

Die Hydraulik des Busses stieß Luft aus, als er stehen blieb. Der Motor verstummte.

Die Presseleute, die vis-à-vis vom Sendegebäude standen, wurden unter lautem Protestgeschrei aus dem Blickfeld geführt. »Hört mal gut zu«, sagte ein Polizist. »Wir wollen nicht, dass eine Geisel erschossen wird, weil einer von euch dummes Zeug macht. Und ob ihr's glaubt oder nicht, genauso wenig wollen wir, dass einer von euch erschossen wird.«

Auch die Polizisten zogen sich in gehörigem Abstand von dem Bus zurück.

Die Begleitfahrzeuge parkten hinter den Polizeimotorrädern.

Alle warteten.

6
Kommandozentrale der Polizei, 06.51 Uhr

»Der Bus ist startklar«, sagte Thomas Fjell.

»Hervorragend, Hauptkommissar«, antwortete Ramzan Jewlojew.

»Dann gibt es wohl keinen Grund, noch länger zu warten.«

»Keinen Grund.«

»Sie sind zehn Personen – sechs Geiselnehmer und vier Geiseln …« Er hielt sich nicht länger an die Vorgabe, Tabuwörter zu vermeiden. »Kommen Sie alle zusammen, einzeln, oder in Zweier- oder Dreiergruppen?«

»Wir kommen in zwei Gruppen – jeweils drei von uns und zwei Geiseln. Alle Polizisten auf den Gängen und im Eingangsbereich haben zu verschwinden! Ich will nicht einen einzigen sehen, hören Sie! Ich verlange freie Bahn von Studio 2 bis in den Bus, der direkt vor der Eingangstür stehen soll. Sollte ich auch nur einen von euch blinzeln sehen, wenn die erste Gruppe rauskommt, wissen Sie, was mit den andern passiert.«

»Wir werden nichts unternehmen.«

»Um Punkt sieben Uhr kommen wir nach draußen. Ich will niemanden sehen. Wir gehen durch die Studiotür, die Gänge entlang, an der Rezeption vorbei und in den Bus! Denken Sie daran: keine Menschenseele!«

»Verstanden. Uns liegt auch daran, dass die Sache gut ausgeht.«

»*Don't bullshit me*, Kommissar. Sie wollen, dass die Sache gut für die Geiseln ausgeht. Ob ich draufgehe oder nicht, ist Ihnen völlig egal.«

»Bleiben Sie in der Nähe des Telefons, Ramzan, ich melde mich zurück, um die letzten Details mit Ihnen zu besprechen.«

»Sechs Minuten, bis sie Studio 2 verlassen!«, rief Aksel Schjelderup. »Vibeke, stell sicher, dass in den Fluren und im Eingangsbereich niemand mehr ist!«

Die Polizistin nickte und lief aus dem Raum.

Fjell sah auf die Uhr und trommelte mit den Fingern auf der Tischkante. »Wie ist der Status in Sachen E-Mail?«

»Einer meiner Männer holt gerade jemanden aus der IT-Abteilung. Das dürfte kein Problem sein. Wenn deine Theorie stimmt.«

Fjell nickte nachdenklich. Dann griff er nach dem Hörer und wartete, bis Ramzan Jewlojew antwortete.

»Ihr Besuch neigt sich seinem Ende entgegen.«

»Werden Sie mich vermissen?«

»Wir räumen in diesem Moment die Flure und den Eingangsbereich und erwarten Sie um Punkt sieben Uhr. Der Bus steht direkt vor dem Gebäude. Sie werden von einer Kolonne Streifenwagen und ziviler Polizeifahrzeuge sowie Rettungsfahrzeugen nach Gardermoen eskortiert. Der Busfahrer wird Ihnen ein Mobiltelefon geben, über das Sie unterwegs mit der Polizei Kontakt halten können. Während des Transports nach Gardermoen werde allerdings nicht ich, sondern jemand aus dem Polizeihauptquartier Ihr Ansprechpartner sein. Seine Nummer ist auf dem Handy notiert, falls Sie mit ihm sprechen wollen. Ich sitze in einem der Begleitfahrzeuge. Wie Sie gebeten haben, haben wir die Abfahrtszeit des Busses auf 07.15 Uhr festgesetzt.«

»Da hatten Sie ja eine Menge zu tun, Hauptkommissar.«

»Haben Sie etwas gegen den Ablauf einzuwenden?«

»Solange ihr uns nicht irgendwie auszutricksen versucht …«

»Das werden wir nicht.«

»Dann läuft alles nach Wunsch.«

»Noch fünf Minuten.«

»Es war mir ein Vergnügen, Sie kennen zu lernen, Hauptkommissar, falls wir nicht mehr miteinander sprechen sollten.«

Der Ton war leicht spöttisch. Aber da war auch noch etwas anderes. Die Andeutung eines ehrlichen Gefühls. Fjell wusste nicht, was er antworten sollte. Er ging davon aus, dass sein Gegner aller Wahrscheinlichkeit nach im Laufe der nächsten Stunde getötet wurde. Er fühlte weder Triumph noch Freude. Wenn überhaupt, wider alle Vernunft, spürte er einen Hauch von Trauer.

»Ebenso, Ramzan«, sagte er kurz und brach die Verbindung ab.

Lange saß er da und starrte vor sich in die Luft.

7

Studio 2, 06.59 Uhr

»Freunde!« Ramzan Jewlojew klatschte in die Hände, als wollte er die Aufmerksamkeit auf sich ziehen, die er längst hatte. »Unsere gemeinsame Nacht geht zu Ende. Wir werden jetzt das Studio 2 verlassen.«

Kristin und Anette sahen sich an.

»Draußen vor dem Eingang steht ein Bus und wartet auf uns.«

»Wo wollen wir hin?«, erdreistete sich Kristin zu fragen.

»Fort! Weg!« Ramzan grinste und sah auf die Uhr. »So, es ist so weit. Ihr …«, er nickte den vier Geiseln zu, »stellt euch in einer Reihe auf. Wir verlassen den Raum in zwei Gruppen.«

Zögernd begaben sich Kristin, Anette Wiik und Bernt Bøe in die Mitte des Studios. Bøe ging mit steifen, mechanischen Schritten wie ein Roboter. Er ist irgendwie nicht hier, dachte Kristin, hat seine Sachen gepackt und sich auf eine lange Reise begeben.

»Jeder von euch bekommt einen Begleiter, der dafür sorgt, dass die Polizei nicht auf fixe Ideen kommt.« Die Terroristen stellten sich neben die Geiseln.

Ramzan musterte die Gesellschaft, die aus vier Geiseln und fünf Terroristen bestand. »Zwei Gruppen! Roza, Sjamil und Islam gehen zuerst mit Kristin Bye und Anette. Danach folgen Edil, Mowzar und ich mit Aslan und dem Außenminister.«

Die Gruppe teilte sich auf.

»Gruppe eins kann losgehen! Und ihr? Keine Mätzchen! Ihr habt gesehen, was sonst passiert.«

Sie gingen in Reih und Glied auf die Studiotür zu. Ramzan warf einen prüfenden Blick nach draußen und schob die Tür ganz auf.

Kristins Herz hämmerte. Sie war angespannt und erleichtert. In ihr keimte wieder Hoffnung auf, dass dieser Albtraum vielleicht doch endlich ein Ende nahm.

Auf wackeligen Beinen trat sie aus dem Studio 2 auf den Flur, in eine Umgebung, die sie fast vergessen hatte. Neun Stunden hatte für sie nichts anderes existiert als das Studio und die Angst.

Sie erreichten den Korridor, der zur Rezeption führte. Islam zielte mit der Pistole auf sie, während er wachsam um sich schaute.

Als sie an der Regie vorbeikamen, sah sie Fridtjofs zerwühlten Haarschopf vor den Monitoren.

Vor der Glastür zur Rezeption blieb Islam stehen. Der Eingangsbereich war leer. Er nickte kurz. Rosa und Sjamil drückten die Pistolenmündungen gegen Kristins und Anettes Schläfen. Durch die Eingangstür und das große Panoramafenster konnten sie den grauen Bus sehen.

8
Regie, 07.00 Uhr

Der Produzent Fridtjof Zachariassen saß stumm und reglos auf dem Regiestuhl vor den Monitoren. Einer nach dem anderen verließ das Studio und damit auch die Bildschirme. Zuerst Kristins Gruppe, danach der Rest. Sendung *over*, dachte er. Sein Blick glitt über die Kulisse von Studio 2. Er sah die Zuschauertribüne, das Podium, den freien Platz in der Mitte.

Leer, leer, leer.

9
Kommandozentrale der Polizei, 07.00 Uhr

Bjørnar Lehmann sah die Polizisten an, die um den Sitzungstisch herumsaßen oder -standen. »Okay!«, sagte er, ganz Feuer und Flamme, weil sich die Stunden der Stagnation endlich ihrem Ende näherten. »So sehen unsere Pläne aus!«

Er klappte einen großen, weißen Bogen Papier auf dem Flipchart auf, auf dem PLAN A stand.

»Zuerst ein paar Worte zum Terrain. Ich nehme an, die Terroristen haben die Autobahn an Olavsgaard vorbei gewählt, weil das Gelände dort offen und von großen Ackerflächen gesäumt ist. Unser Aufklärungsteam vor Ort berichtet, dass es keine Möglichkeiten gibt, sich zu verstecken. Ergo müssen wir auf andere Zugriffsmöglichkeiten zurückgreifen! Unter anderem auf den Polizeihelikopter, den wir nicht nur einsetzen werden, um die Terroristen abzulenken, sondern den wir auch als Basisstation für zwei Scharfschützen nützen werden.«

Er tippte mit dem Edding auf ein Kästchen auf dem Papier.

»Das hier ist das Fahrzeug mit dem Geld. Aber anstatt des Geldes befinden sich dort drei mit Blendgranaten und MP5 ausgerüstete Männer der Einheit Delta.« Er zeigte auf ein größeres Viereck neben dem ersten. »Der Bus! In seinem Gepäckraum sind drei Männer platziert, bewaffnet mit *flashbangs* und MP5.«

Die Versammlung folgte interessiert seinen Ausführungen.

»Alternative eins: Die Terroristen schicken den Fahrer, also unseren Mann, um das Geld zu holen. Dann befinden sich sechs Terroristen und vier Geiseln im Bus. Sobald der Busfahrer die hintere Tür des Lieferwagens öffnet, wird er von unseren Leuten mit einer Waffe ausgerüstet. Das heißt: sieben bewaffnete Polizisten mit dem Überraschungsmoment auf ihrer Seite plus zwei Scharfschützen im Helikopter. Einer der Delta-Leute im Gepäckraum öffnet die Luke im Mittelgang des Busses und zündet eine Blendgranate. Im gleichen Augenblick schießen die Scharfschützen aus dem Helikopter durch die Scheiben des Busses. Währenddessen klettern die Männer im Gepäckraum durch die Luke in den Bus.«

Lehmann blätterte das Blatt um und offenbarte PLAN B.

»Vielleicht schicken die Terroristen aber auch ein oder zwei ihrer eigenen Leute los, um das Geld zu holen. Das Vorgehen bleibt im Großen und Ganzen dasselbe, aber die Kräfteverteilung ist dann anders. In dem Fall befinden sich noch drei, vier oder fünf Terroristen im Bus. Der oder die Terroristen, die die Lieferwagentür öffnen, werden auf der Stelle erschossen. Gleichzeitig detonieren die Blendgranaten im Bus, in dem nur noch drei, vier oder fünf Terroristen sind, also leichtes Spiel für uns.«

»Das setzt allerdings voraus, dass unsere Leute im Gepäckraum und in dem Lieferwagen für die Terroristen völlig überraschend zuschlagen!«, stellte Schjelderup fest.

»Natürlich! Wie alle Polizeiarbeit hängt der Erfolg von einer guten Vorbereitung und einer gehörigen Portion Glück ab. Noch Fragen?«

In dieser Zeit bekam der Adler einen Auftrag, der ihn amüsiert und gequält haben dürfte, ehe er sich mit dem ironischen Spiel des Schicksals versöhnte und einsah, dass er sich bereits für eine Seite entschieden hatte und dass alles, was wir taten, früher oder später Konsequenzen für uns hatte.

Du musst deinen alten Freund, den Wolf, finden, sagte der russische General zu ihm.

Ich möchte wetten, dass der Adler ihn zu überzeugen versucht hat, dass er nicht wüßte, wo ich war.

Seid ihr nicht alte Freunde?, wird der General entgegnet haben. Du wirst ihn finden. Du wirst rauskriegen, wo er sich versteckt. Er ist gefährlich! Ein kaltblütiger Terrorist, dem das Handwerk gelegt werden muss! Finde ihn!

Und dann?, mag der Adler möglicherweise gefragt haben.

Dann, antwortete der General – jedes Mal, wenn ich an diese Szene denke, sehe ich ihn tückisch und bösartig grinsen, wie man es aus Filmen kennt, in denen die Schurken nur böse und die Helden nur gut sind –, dann wirst du ihn eliminieren!

07.01 Uhr – 07.15 Uhr

1
Im Bus, 07.01 Uhr

Der Sommermorgen war bereits warm und schwül. Kristin genoss den leichten Wind auf dem Gesicht. Taumelnd folgte sie Islam über den Bürgersteig zum Bus, der mit geöffneter Vordertür wartete. Der Chauffeur stand nervös rauchend neben der Tür.

Aber wo waren all die Menschen? Wo war die Polizei? Sie sah nur eine Ansammlung von Einsatzfahrzeugen.

Ohne ein Wort oder eine Geste an den Fahrer stieg Islam direkt in den Bus. Roza schob Kristin vor sich die Stufen hinauf. Hinter ihnen folgten Anette und Sjamil.

Der Bus war klimatisiert und kühl. *Wunderbar!* Kristin sank auf den Sitz, der sich nach all den Stunden auf den harten Tribünenbänken weich und angenehm anfühlte. Sie spürte, wie unglaublich müde und erschöpft sie war. Wenn das alles vorbei ist, dachte sie, werde ich duschen und dann hundert Stunden schlafen.

Wenn ich nicht vorher sterbe…

Sie sah aus dem Fenster. Sie hatte damit gerechnet, dass vor der Sendeanstalt hunderte von Polizisten und Schaulustigen warteten, doch vom Bus aus konnte sie nicht eine Menschenseele sehen.

Die Glastür des Senders öffnete sich, und Ramzan Jewlojews

Gruppe verließ die Rezeption. Ramzan hastete über den Bürgersteig, dicht gefolgt von den anderen. Beim Bus überreichte ihm der Fahrer ein Handy, das er aufs Genaueste unter die Lupe nahm. Als er überprüft hatte, dass es möglich war, eine ganz bestimmte Nummer zu wählen, steckte er es in die Tasche und war mit zwei Schritten im Bus. Hinter ihm kam Außenminister Bernt Bøe, der mit abwesendem Blick die Treppe emporstieg wie jemand, der mit dem Bus zur Arbeit wollte und mit den Gedanken bereits im Büro war. Hinter dem Außenminister folgten Aslan und Mowzar.

Der Busfahrer warf die Kippe weg, stieg ein und setzte sich hinter das Steuer.

Ramzan verteilte Geiseln und Geiselnehmer im Bus. Er wies Kristin an, wo sie sitzen sollte: am Fenster vier Reihen hinter dem Fahrer. Er selbst setzte sich neben sie.

Sie nutzen uns als Schilde, dachte sie, damit die Polizei nicht durch die Fenster schießt.

Ungeduldig sah sie sich im Bus um. Die anderen Geiseln saßen zusammengesunken und mit niedergeschlagenen Blicken auf ihren Plätzen. Ramzan hatte das Handy herausgenommen. Im Gegensatz zu den Geiseln wirkte er hellwach. Während er telefonierte, blickte er auf die Uhr. Er hat etwas vor, dachte sie. Alles wirkt so zurechtgelegt, als wäre jede Minute vorher geplant und ausgeheckt worden.

Die Morgensonne ließ den schmalen Streifen Gras zwischen Fassade und Bürgersteig hellgrün leuchten. Es würde ein heißer Sommertag werden.

2

Russische Botschaft, 07.05 Uhr

Die Verblüffung über die vollkommen absurde Internierung in der russischen Botschaft in Oslo durch Agenten des FSB wich Stück für Stück blanker Wut. Gunnar Borg saß auf einem Holzstuhl in dem leeren Büro und knirschte mit den Zähnen. Die Tür war verschlossen. Er hatte gerade erst zum Gott-weiß-wievielten-Mal daran gerüttelt. Vom Fenster aus konnte er in den Hinterhof blicken. Wäre er jünger gewesen, um die fünfzig, hätte er vielleicht aus dem Fenster klettern und nach unten springen können.

Er hatte keine Angst. Aber er war zornig. Und frustriert, weil er Kristin weder helfen noch mitverfolgen konnte, was in Studio 2 geschah.

Er trat an die Tür und hämmerte mit geballten Fäusten dagegen.

»Hallo!«, schrie er.

Aber niemand antwortete.

3

Gardermoen, 07.09 Uhr

In der morgendlichen Stille in Gardermoen lagen die Polizisten auf ihren unterschiedlichen Posten rund um die zwei Flugzeuge. Die Scharfschützen des Sondereinsatzkommandos hatten freie Sicht. Eine mobile Gangway war an die Aeroflot-Maschine geschoben worden.

Ronny Lystad, einer der erfahrensten Scharfschützen des Kommandos Delta, lag bäuchlings auf dem Dach des Transformatorenhäuschens. Mit dem Fadenkreuz im Zentrum seines Zielfernrohrs machte er sich mit der Umgebung vertraut. In Gedanken folgte er einer imaginären Gestalt auf dem Weg zur Gangway, während er sich vorstellte, den Finger am Abzug zu krümmen. Er hatte niemals zuvor jemanden erschossen. Aber er zweifelte nicht daran, dass er es tun würde, falls es notwendig werden sollte.

Durch den Ohrhörer vernahm er, dass Geiselnehmer und Geiseln an Bord des Busses und bereit zur Abfahrt waren.

4

Hauptredaktion Sender ABC, 07.10 Uhr

»*No problem!*« Der IT-Mitarbeiter war ein Mann Mitte zwanzig mit Pferdeschwanz und einem Piercing in der Zunge. Kommissar Birger Hassel hatte ihn gerade gefragt, ob es schwierig sei, sich in das E-Mail-Konto von Aslan Gairbekow zu hacken.

»*Hacken* ist da nicht das richtige Wort«, sagte der IT-Experte. »Aber es ist kein Problem, Zugang zu bekommen.«

»Wie machen wir das?«

»Über ein Passwort des Mail-Servers. Wir müssen dem Administratorkonto vollen Zugang zur Datenbasis einräumen, auf der die Mailbox des entsprechenden Nutzers ist. Dann gebrauchen wir einen normalen Outlook-Klient, richten ein neues Mail-Profil ein und autorisieren uns als Administrator. Damit können wir uns einloggen und das Konto öffnen.«

»Ich habe kein Wort verstanden«, gestand Hassel.

Die Finger des IT-Experten huschten rasch über die Tastatur. Kurz darauf hob er beide Hände, schnippte mit den Fingern und sagte: »Drin!«

»Wo drin?«

»Im Konto von Aslan Gairbekow oder viel mehr: Ruslan Wlasow. Er hat sich eingeschrieben als ruslan-vikar@kanalabc.no. Ich erinnere mich noch, dass er darauf bestanden hatte. Er wollte nicht mit seinem vollen Namen in der E-Mail-Adresse stehen.«

»Können Sie die Rubrik ›Gesendete Objekte‹ öffnen?«

»Hm. Die ist leer. Er hat alle abgeschickten Mails gelöscht. Aber die kann ich hier wiederherstellen…« Er klickte auf den Ordner »Gelöschte Objekte«. »Mist. Hier hat er auch alles gelöscht. Misstrauischer Kerl. Dann müssen wir in den Zentral-Server. Das ist eine größere Sache.«

Hassel seufzte.

»Aber Moment. Sagten Sie nicht, die Mail soll erst in einer Woche verschickt werden?«

»Ja, soweit ich weiß.«

»Dann wollen wir mal hier schauen…« Er öffnete den Postausgang. »*Voilá!* Hier ist eine Mail!«

Er klickte sie an.

Hassel blickte ihm über die Schulter. »Volltreffer!«, rief er. »Können Sie mir die ausdrucken?«

5

Lillestrøm, 07.10 Uhr

Polizeiobermeister Willy Skogen raste, von einer Polizeieskorte begleitet, in dem zivilen VW-Transporter aus Lillestrøm hinaus. Der Wagen war weiß, an der Seite des fensterlosen Laderaums befand sich eine Tür.

Skogen umklammerte das Lenkrad. Als Mitglied der lokalen Spezialeinheit UEH, die für gefährliche Einsätze trainiert war, hatte er bereits zahlreiche riskante Operationen hinter sich. Aber nichts glich auch nur ansatzweise diesem Einsatz. Gemeinsam mit zwei Kollegen des Sondereinsatzkommandos Delta aus Oslo sollte er sich im Laderaum des Lieferwagens verstecken und die tschetschenischen Terroristen überfallartig angreifen.

Lebensgefährlich ... Lehman, der Leiter des Einsatzkommandos, hatte ihn gewarnt. Aber nichts konnte ihn davon abbringen, an dieser Operation teilzunehmen. Darüber würden sie noch in Jahren reden!

Das Einsatzfahrzeug vor ihm drängte einen Traktor, der vor ihnen fuhr, auf den Bürgersteig. Skogen musste eine Vollbremsung machen, um nicht auf das Polizeifahrzeug aufzufahren. *Konzentrier dich, Willy!*

Sie hatten noch zwanzig Minuten. Er sollte den Wagen auf der E6 parken, dort, wo Berglien und Austli vom Einsatzkommando warteten. Dann würden sie sich im Laderaum verstecken und warten.

6

Büro des Ministerpräsidenten, 07.11 Uhr

»Die Begleitkolonne ist bereit. Bis jetzt ist alles gut gegangen«, sagte Polizeipräsidentin Elsebeth Røed.

Ministerpräsident Bjørn-Tore Viksveen stand am Fenster und blickte über die Stadt.

»Den ersten Zugriff haben wir in Olavsgaard geplant«, fuhr die Polizeipräsidentin fort. »Sollte das misslingen, haben wir Einheiten sowohl an der norwegischen als auch an der Aeroflot-Maschine in Gardermoen postiert.«

»Misslingen ...«, wiederholte der Ministerpräsident.

»Wir hoffen natürlich das Beste.«

»Erichsen«, sagte der Ministerpräsident, »gibt es etwas Neues von den Russen über Woronin?«

»Die gehen jetzt nicht mal mehr ans Telefon. Sie sagen, er sei indisponiert. Ich weiß nicht, was das zu bedeuten hat.«

»Krank? Betrunken?«, murmelte der Justizminister.

»Und diese Behauptungen von Gunnar Borg?«, fragte der Ministerpräsident.

»Der ist noch immer nicht zurück.«

»Wir sind mit zwei Streifenwagen auf der Suche nach ihm«, sagte die Polizeipräsidentin. »In der Taxizentrale wurde um 06.28 Uhr ein Wagen zur Botschaft bestellt, aber es tauchte kein Fahrgast auf.«

»Astrid Wahl macht sich Sorgen«, sagte Erichsen. »Sie fürchtet, es könnte ihm etwas zugestoßen sein.«

Der Ministerpräsident wandte sich vom Fenster ab und sah Erichsen und die Polizeipräsidentin ratlos an. »Was hat das alles zu bedeuten?«

»Ehrlich gesagt, ich habe keine Ahnung«, antwortete Røed.

»Versuchen die, uns zu täuschen?«, fragte Erichsen.

»Irgendetwas stimmt da nicht«, sagte die Polizeipräsidentin, »aber wir wissen nicht, was.«

»Und was machen wir jetzt?«, fragte der Ministerpräsident.

»Jeder verfügbare Mann ist im Einsatz«, sagte Røed. »Unsere besten Leute.«

»Die Botschaft in Moskau hat mit dem MID Kontakt aufgenommen«, sagte der Justizminister.

»Das kann eine Ewigkeit dauern. Die Bürokratie im Kreml ist fast schon außerirdisch. Bestenfalls hören wir morgen oder übermorgen etwas von denen.«

Der Ministerpräsident legte seine Hände auf den Fensterrahmen und schüttelte den Kopf.

7

Kommandozentrale der Polizei, 07.12 Uhr

Kommissar Hassel kam in die Kommandozentrale gerannt. »Von Ruslan Wlasow! Oder wie auch immer er heißt!«, rief er und wedelte mit dem Ausdruck herum. Die E-Mail war in fehlerfreiem Englisch verfasst:

Von: Ruslan [ruslan-vikar@kanalabc.no]
An: Kristin Bye [kristin.bye@kanalabc.no]
Cc: Astrid Wahl [astrid.wahl@kanalabc.no]
Betreff: Nachricht von mir!!! Wichtig!!!

Liebe Kristin,

wenn Sie dies lesen, bedeutet das, dass ich tot bin. Ich habe diesen Text am Montagabend, dem 13.06., geschrieben, die Versendung der Mail aber um eine Woche verzögert. Vielleicht glauben Sie, eine Mail von einem Geist zu bekommen ☺

Ich schreibe diese Mail, während ich ein paar Etagen über Ihnen sitze, über dem Studio 2, vor Ihrem Büro, und ich auf dem Fernsehschirm sehe, dass Sie von einem Menschen als Geisel genommen worden sind, der sich als tschetschenischer Terrorist ausgibt. Aber diese Leute sind keine Freiheitskämpfer. Sie sind einfache Banditen. Ich kenne ihren Anführer. Er nennt sich Ramzan Jewlojew. Das war nicht sein Name, als ich ihn kannte. Früher waren wir einmal Freunde.
Ich nannte ihn »Adler«. Er rief mich »Wolf«.

Er ist ein Quisling. Einer, der sein Land verraten hat. Er behauptet, für die Sache Tschetscheniens zu kämpfen, aber das ist eine Lüge. Er ist kein Freiheitskämpfer, er ist ein Glücksritter. Einer, der für Geld tötet, für Macht, einer, der für seinen eigenen Gewinn alles und jeden opfert.
Er hat immer nur für sich und für Russland gekämpft. Nie für Tschetschenien.
1991 verließ er Tschetschenien, um sich vom russischen Militär ausbilden zu lassen. Er kam als Handlanger der Übermacht zurück.
Jetzt befindet er sich in der Hand der mächtigen Oligarchen Moskaus. Wissen Sie, was ein Oligarch ist, Kristin? Ein Oligarch ist jemand, der durch die Privatisierung der staatlichen Unternehmen Russlands zu Reichtum gelangte. Die Oligarchen verschafften sich beim Übergang zum Kapitalismus Milliarden. Aber sie bekommen nie genug.
Einer der Gründe, weshalb ich nach Norwegen geflohen bin, ist – wie ich Ihnen einmal gesagt habe –, dass ich vor meinem »Freund«, dem Verräter, fliehen musste. Dieser Verräter ist genau der Mann, der sich jetzt Ramzan nennt. Aber ein weiterer Grund, den ich Ihnen gegenüber nur angedeutet habe, ist: Ich habe einen General getötet, mit dem Ramzan zusammengearbeitet hatte. Dabei bin ich in den Besitz von Dokumenten und Unterlagen gekommen, mit Namenslisten, Hintergrundinformationen, Beträgen, Bankauszügen, Kontonummern, Passwörtern und Codes.
Sollte mir etwas zustoßen, werden Sie viel mehr verstehen, wenn Sie die Kopien dieser Dokumente finden. Erinnern Sie sich an die Mappe, die ich in Astrid Wahls Safe deponieren durfte? Darin befinden sich die Originale. Vielleicht werde ich gezwungen, sie den Terroristen auszuhändigen, um die Geiseln zu retten. Aber ich habe Kopien davon gemacht.

Bei diesen Kopien finden Sie die Erklärungen, die Sie brauchen, um die Dokumente zu deuten. Es gibt vieles, das ich selbst nicht verstehe, aber ich habe genug verstanden, um zu erkennen, dass jedes einzelne dieser Papiere höchst brisant ist.
Um die Kopien dieser Dokumente zu finden, müssen Sie in das Dorf reisen, in dem ich zurzeit wohne. Auf dem Friedhof des Dorfes werden Sie ein Grab finden. Der Vorname der dort Beerdigten ist der gleiche wie der Name Ihrer Freundin, die bei der Zeitung Aftenposten arbeitet. Der Nachname beginnt mit den gleichen beiden Buchstaben wie der Name des Mannes, der, wie Sie mir einmal anvertraut haben, Ihr bester Freund ist. Die drei letzten Buchstaben sind die gleichen wie in dem Namen Ihrer Tante mit der Katze. Erinnern Sie sich, Kristin. Verstehen Sie?
Einen Meter vom Grabstein entfernt finden Sie in etwa vierzig Zentimeter Tiefe ein verschlossenes Kästchen. In diesem Kästchen befinden sich die Fotokopien der Dokumente, auf die es die Terroristen abgesehen haben.
Die Dokumente geben Auskunft darüber, welche Oligarchen in das Komplott involviert sind. Die Spitzen des russischen Außenministeriums, des MID und des Militärs. Namhafte Generale des Heeres und der Luftwaffe. Mächtige Führungspersonen des FSB. Politiker. Und ihre bestechlichen tschetschenischen Freunde.
Diese Menschen haben ihre verräterischen Tentakel überall. Die Dokumente erklären, wie diese Menschen Tschetschenien um Ölressourcen im Wert von Milliarden von Dollar gebracht haben, und sie umfassen eine Liste über Bestechungen niederrangigerer Verwaltungsangestellter. Die Briten haben schon 1823 Öl in Tschetschenien entdeckt, und das Land war für die sowjetische Ölindustrie eine der

wichtigsten Teilrepubliken. Es gibt Grund zu der Annahme, dass das Heer den Krieg weitergeführt hat, damit die Generale mit ihrem lukrativen Ölraub fortfahren konnten.
Das Einzige, was fehlt, ist eine Erläuterung, wo all das Geld geblieben ist. Ein Teil der Dokumente umfasst Informationen, aus denen ich nicht schlau werde. Es scheint sich um Hinweise auf eine Reihe von Konten bei verschiedenen Banken zu handeln, unter anderem bei der Barclays Bank International, der Client International auf der Isle of Man, auf Jersey und auf Guernsey, bei der Schweizerischen Nationalbank, der Bank of Bermuda und bei Banken auf den Bahamas, in Monaco und Liechtenstein, Andorra und Barbados. Aber ich komme nicht weiter – es scheint so, als würde ein Satz Dokumente fehlen, um die ganze Dimension dieses ökonomischen Schattenreiches zu erschließen.
Der Mann, der sich Ramzan nennt, ist gekommen, um den Mord an seiner Familie zu rächen, aber sein Auftrag lautet anders. Die Männer, die ihn geschickt haben, wollen die Dokumente haben. Sie werden mich zu zwingen versuchen, ihnen zu verraten, wo sich diese befinden. Oder sie werden mich töten und hoffen, dass die Dokumente – die für Uneingeweihte bloß sinnlose Listen und Zahlenreihen darstellen – nie von jemandem gefunden werden, der sie zu lesen versteht.
In dem Kästchen befindet sich auch eine Erklärung, aus der hervorgeht, wie man das Ganze meiner Meinung nach deuten muss.
Ich hoffe, Sie werden diese Zeilen nie lesen.
Falls Sie es doch tun: Danke, dass ich Ihr Freund sein durfte. Danke, dass Sie mir zugehört haben. Danke, dass Sie sich engagiert haben.
Jetzt gehe ich nach unten in die Rezeption und sage der

Polizei, wer diese Banditen wirklich sind. Und dann komme ich zu Ihnen ins Studio 2 und hoffe, dass die anderen Geiseln dadurch frei gelassen werden.
Es lebe ein freies Tschetschenien!

Ihr Freund
Aslan »Ruslan« Gairbekow

»Und da haben wir ihn festgenommen!«, sagte Schjelderup leise.

»Als er auf dem Weg war, uns zu sagen, um wen es sich bei den Terroristen wirklich handelt.«

»Die wollen niemals in irgendein arabisches Land«, sagte Fjell. »Das alles ist bloß Teil des Bluffs. Arabien ist bloß ein Deckmantel. Die wollen bloß nur hier weg.«

»An einen Ort, an dem sie es sich mit ihren Milliarden gutgehen lassen können … Ihrer Belohnung von den Oligarchen.«

»Eine alternative Fluchtroute.«

»Deshalb operieren sie mit zwei Flugzeugen.«

»Und uns lassen sie im Glauben, sie gingen an Bord des norwegischen Flugzeugs. Sie wissen, dass wir dort unsere Leute postiert haben. Während sie die Aeroflot-Maschine ganz woanders hinbringen soll.«

»Deshalb ist es ihm so wichtig, dass die Million in dem norwegischen Flugzeug ist. Damit wir glauben, sie wären auf dem Weg dorthin.«

8

Im Bus, 07.13 Uhr

Der Busfahrer warf einen Blick auf seine Armbanduhr und startete den Motor.

Obgleich sie noch immer Angst hatte, war Kristin so erschöpft, dass ihr bei dem gleichmäßigen Motorengeräusch die Augen zufielen.

Ich werde noch einschlafen, dachte sie. Aber was spielt das schon für eine Rolle? Dann merke ich wenigstens nicht, wenn ich erschossen werde.

Sie lehnte den Kopf an die vibrierende Fensterscheibe. Weit entfernt auf der anderen Straßenseite sah sie einen Polizisten, der sie betrachtete. Erneut fielen ihr die Augen zu.

Macht jetzt bloß keinen Blödsinn, dachte sie. Ich will schlafen.

9

In der Luft, irgendwo über dem Distrikt Østland, 07.14 Uhr

Die schlanke Gulfstream war ein ungewöhnlich schönes Flugzeug, siebenundzwanzig Meter lang und mit einer Spannweite von annähernd vierundzwanzig Metern. Die beiden Rolls-Royce-Motoren brummten gleichmäßig.

Das Flugzeug hatte vor fünfundvierzig Minuten vom Stockholmer Flughafen Arlanda abgehoben. Weit über der bewaldeten, ostnorwegischen Landschaft schlugen die Piloten einen nördlicheren Kurs in Richtung Oslo ein. Ohne ein Wort oder einen Blick miteinander zu wechseln, überhörten die beiden Piloten die Warnungen der norwegischen Luftkontrolle, die sie wiederholt baten, den Kurs von Gardermoen in Richtung Torp zu ändern.

Das Flugzeug zeichnete einen schmalen Kondensstreifen an den hellblauen Morgenhimmel.

10

Kommandozentrale der Polizei, 07.14 Uhr

»Zeit, aufzubrechen«, sagte Thomas Fjell.

Aksel Schjelderup grunzte zustimmend, während er die Karte studierte.

»Nach was schaust du?«

»Nach etwas, das mir darüber Auskunft geben könnte, ob sie auf dem Weg nach Gardermoen noch irgendein anderes Ass aus dem Ärmel ziehen könnten. Warum wollen die unterwegs anhalten, um das Geld an sich zu nehmen?«

»Ist doch eine gute Strecke? Über die Autobahn zu erreichen! Fürchtest du, sie könnten sich unterwegs noch irgendetwas einfallen lassen?«

Schjelderup schnitt eine Grimasse, die mehr als andeutete, was er von der ganzen Situation hielt. »Die sind mir ein bisschen zu selbstsicher. Als wüssten sie, dass das halbe russische Heer irgendwo auf einem Rastplatz wartet, um sie hier rauszubringen.«

»Das stimmt schon, manchmal erscheinen sie etwas zu gutgläubig. Die müssten sich doch denken, dass wir entweder in Olavsgaard oder in Gardermoen auf sie warten. Ob sie wirklich glauben, dass wir die Aeroflot-Maschine nicht bemerkt haben?«

Schjelderup musterte ihn nachdenklich. »Als *wollten* sie uns glauben lassen, dass wir sie überlisten können.«

»Weil sie es sein werden, die zu guter Letzt uns überlisten?«

Schjelderup blätterte noch einmal konzentriert durch den Straßenatlas. »Wo würdest du deine Einheiten an der E6 postieren, wenn du jemanden aus einem Bus mit einer Polizeieskorte befreien wolltest?«

»Bei Olavsgaard?«, sagte Fjell lachend. »Da ist das Gelände auf jeden Fall offen genug.«

»Aber wie?«

»Ein großer Helikopter?«, schlug Fjell vor. »Der auf der Autobahn landet und sie mitnimmt?«

»Den würde man auf dem Radar bemerken.« Er hielt plötzlich inne.

»Aksel?«

»Scheiße, Scheiße, Scheiße!«

»Was ist denn?«

»Kjeller!«, platzte er heraus. »Der Flugplatz in Kjeller!« Er blätterte fieberhaft zurück. »Scheiße!« Schjelderup knallte den Straßenatlas vor Fjell auf den Schreibtisch. »E6!« Er tippte mit dem Zeigefinger auf die aufgeschlagene Karte. »Abfahrt Olavsgaard! Von da sind es nur noch fünf Minuten bis Kjeller!«

»Der Flugplatz in Kjeller ist doch nur für kleine Privatmaschinen?«

»Für einen *touch-and-go-pick-up* reicht er allemal!«

Fjell schloss die Augen. »Verdammt! Das erklärt, warum sie so selbstsicher sind. Sie wissen, dass wir da niemanden positioniert haben. Sie sind überzeugt, dass wir glauben, sie wollten nach Gardermoen, und dass wir zu allem Überfluss auch noch der Meinung sind, ihr Täuschungsmanöver durchschaut zu haben!«

»Deshalb die Geldübernahme bei Olavsgaard, unmittelbar bevor sie die Autobahn verlassen. Die Million im Flugzeug in Gardermoen soll uns weismachen, sie wollten dorthin.«

»Es ist Viertel nach«, sagte Thomas Fjell.

11

In der Luft, irgendwo über dem Distrikt Østland,
07.15 Uhr

Die zwei F-16-Maschinen hatten mit ohrenbetäubendem Lärm abgehoben. Die Schwadron war routinemäßig in Alarmbereitschaft versetzt worden, nachdem eine gewisse Unsicherheit in Bezug auf die Gulfstream-Maschine aus Arlanda aufgekommen war. Vor wenigen Minuten erst waren die beiden F-16-Maschinen aufgestiegen. Nach dem Terroranschlag auf das World Trade Center gehörte es zur Standardprozedur, alle Flugzeuge, die den Funk nicht erwiderten, von norwegischen Jagdbombern eskortieren zu lassen.

Als die zwei F-16 Flughöhe erreicht hatten, kippten sie zur Seite und drehten mit dröhnenden Motoren nach Nordosten ab. Die Piloten gaben den Kurs der Gulfstream ein. Der Himmel war klar und blau.

12

Gardermoen, 07.15 Uhr

»Børre Henrichsen? Hier ist Bjørnar Lehmann!«

Henrichsens Finger umklammerten das Handy. Die Stimme des Chefs des Sondereinsatzkommandos war scharf und klar.

»Am Apparat!«, antwortete Henrichsen und fragte sich, warum er ihn auf dem Mobiltelefon anrief und nicht über die spezielle Funkfrequenz von Delta.

»Wichtiger Eilauftrag! Wir haben eine Theorie – ich betone, eine Theorie –, dass die Terroristen nicht nach Gardermoen wollen, sondern zum Flugplatz in Kjeller – ich wiederhole, Kjeller.«

»Verdammt.«

»Nehmen Sie Ronny Lystad mit, und fahren Sie so schnell wie möglich dorthin. Der Bus fährt jeden Moment los. Sie dürften in zwanzig Minuten in Olavsgaard sein. Dann müssen Sie die Brücke über die E6 bereits passiert haben! Wir unternehmen einen ersten Zugriffsversuch in Olavsgaard. Aber wenn wir dort keinen Erfolg haben und der Bus in Kjeller eintrifft, müssen Sie und Ronny sich so positioniert haben, dass man Sie nicht sieht! Sie dürfen nicht erfahren, dass wir Kenntnis von ihrem Plan haben. Wir sind abhängig vom Überraschungsmoment!«

»Nur Ronny und ich?«

»Wir schaffen es nicht, alle Kräfte so kurzfristig zu verlegen. Außerdem handelt es sich nur um eine Theorie. Da ist es besser, eine kleine, effektive Einheit vor Ort zu haben als die ganze Truppe. Also, machen Sie sich auf den Weg.«

13

Vor dem Sender ABC, 07.15 Uhr

Aksel Schjelderup und Thomas Fjell rannten zum Kommandowagen, der immer noch mitten auf der Straße stand, so wie Schjelderup ihn vor neun Stunden dort geparkt hatte.

Schjelderup nahm das Mikrofon vom Armaturenbrett. »Null-eins, hier U-null-fünf, bitte kommen!«

»Null-eins, höre.«

»Schjelderup und Fjell sind jetzt im Wagen, ich wiederhole, Schjelderup und Fjell sind jetzt im U-null-fünf und folgen der Eskorte.«

»Null-eins, verstanden.«

»U-null-fünf an OpStab, bitte kommen auf Kanal vier.«

»Opstab hört.«

»Jegliche Kommunikation in Bezug auf die letzte Meldung läuft von nun an über Handy. Nur offene, operative Meldungen über Funk.«

»Empfangen.«

Schjelderup rief den Operationsstab über das Mobiltelefon an und wurde vom Empfang zur Polizeipräsidentin verbunden.

»Können Sie im gesamten Østland den hereinkommenden Flugverkehr überprüfen?«, fragte Schjelderup. »Und auch eventuelle abweichende Flugbewegungen.«

»Wir sind schon dabei. Die Luftkontrolle meldet sich wieder, sobald sie etwas hat. Ich rufe Sie unmittelbar zurück.«

»Empfangen. Mit Kjeller nehme ich selbst Kontakt auf.«

Der Adler brachte wirklich eine Offensive zustande, die mit keiner anderen in der gesamten russischen Okkupationszeit verglichen werden konnte. Mithilfe von Agenten und Spitzeln, Luftüberwachung und militärischer Logik gelang es ihm, uns schließlich zu umzingeln. Obgleich ich seine Nähe spürte, erkannte ich nicht, wie gnadenlos er mir auf den Fersen war.

Unter der Führung des Adlers fanden die Russen unser Versteck. Das Schicksal wollte es, dass ich mich mit zwei meiner Kommandeure auf einem Erkundungsauftrag befand, als sie uns angriffen.

Als wir zurückkamen, lagen einige in einem Hinterhalt. Aber die Männer, die uns überwältigen sollten, waren lärmende, rauchende, trinkende Russen.

Wir überfielen einen vierköpfigen Posten und schnitten drei von ihnen lautlos die Kehle durch. Der vierte gab uns alle Informationen, die wir brauchten.

Unsere gesamten Gebirgsposten waren ausradiert worden. Die meisten waren im Kampf gefallen, andere waren gefangen genommen und ins Hospital oder Gefängnis gebracht worden.

Zjenja hatte tapfer gekämpft. Der Adler war gleich auf sie aufmerksam geworden, und als er erkannt hatte, was sie für mich bedeutete, hatte er sie in einen der Militärtransporter gezerrt, vergewaltigt und zu Tode gefoltert.

Sie hatte nichts verraten. Zjenja …

Wir nahmen dem Soldaten das Leben und zogen uns zurück, nach oben in die Berge, in die Nacht.

07.15 Uhr – 07.18 Uhr

1
Im Bus, 07.15 Uhr

Der Ruck, mit dem der Bus anfuhr, riss Kristin aus ihrem Schlummer. Sie richtete sich auf, hellwach, mit einem Gefühl leichter Panik, das immer auftrat, wenn sie jäh geweckt wurde. Ein Blick auf die Uhr verriet ihr, dass es Viertel nach sieben war. Sie hatte das Gefühl, lange geschlafen zu haben, dabei war sie nur kurz eingenickt.

Ramzan Jewlojew hatte seine Pistole auf sie gerichtet. Er sah sie nicht an, obgleich er zweifellos merkte, dass sie ihn beobachtete. Sein Blick suchte wachsam den Bürgersteig und die Straße ab.

Der Fahrer blinkte nach links und fuhr vom Vorplatz des Sendegebäudes. Der vordere Teil der Fahrzeugkolonne, bestehend aus mehreren Polizeimotorrädern und Einsatzwagen, fuhr so weit vor, dass der Bus die Lücke nutzen konnte, die für ihn vorgesehen war. Hinter ihnen folgten weitere Einsatzwagen.

Ein Stück weiter vorne waren Polizisten hektisch damit beschäftigt, die Absperrbänder und orangefarbenen Kegel zu entfernen, mit denen die Straße abgesperrt war.

Die Blaulichter blitzten. Wie ein gigantischer, elektrischer Aal wand sich die Kolonne über die Straßen in Richtung E6.

2

Büro des Ministerpräsidenten, 07.15 Uhr

»Oligarchen?«, fragte der Justizminister ungläubig.

»Russische Unternehmer und Geschäftsleute, die sich am Übergang vom Kommunismus zum Kapitalismus bereichert haben«, erklärte der Ministerpräsident. »Sie operieren außerhalb jeglicher Gesellschaftsordnung und haben durch Korruption und alte Kontakte einen nicht unbedeutenden Einfluss auf die russische Zentralbehörde. Viele sehen in ihnen eine Kombination aus westlichen Großkapitalisten und altkommunistischen Staatsimperialisten. Eine selige Mischung aus Donald Trump und Stalin.«

»Und die sollen hinter dieser Aktion stehen?«

»Einige von ihnen. Wenn Aslan Gairbekow die Wahrheit sagt.«

Der Ministerpräsident nickte der Polizeipräsidentin zu, die gerade die E-Mail las, die Schjelderup ihnen als Fax geschickt hatte.

»Laut Aslan Gairbekow machen einige Oligarchen mit russischen Generalen in Tschetschenien gemeinsame Sache und zapfen die Ölressourcen des Landes an«, sagte sie. »Es geht dabei um enorme Summen. Aslan Gairbekow behauptet, im Besitz einer Liste mit Namen und Beträgen zu sein, die diverse Generale, Politiker und korrupte Mitarbeiter der Staatsverwaltung mit den Oligarchen in Verbindung bringt.«

»Mit anderen Worten – politischer Sprengstoff!«, sagte der Ministerpräsident.

3

Vor dem ABC-Sendegebäude, 07.15 Uhr

Mehrere tausend Schaulustige hatten sich im Laufe der Nacht in den Straßen um das Sendegebäude versammelt, um das Drama so hautnah wie möglich mitzuverfolgen. Etliche hatten Radios und Pocket-Fernseher dabei.

Als die lange Kolonne angefahren kam, verstummte das Stimmengewirr.

Fast andächtig ließen sie den Bus und die Einsatzwagen an sich vorbeiziehen. Viele hatten die Hände gefaltet, als handelte es sich um ein Staatsbegräbnis.

Acht Polizeimotorräder führten die Kolonne an, gefolgt von vier Bravo-, Foxtrott- und Mike-Streifenwagen, je zwei Delta- und zwei Victor-Einsatzwagen, sechs zivilen Sierra-Streifenwagen, einem Oscar-Streifenwagen, dem Kommandowagen des Einsatzleiters vor Ort, zehn Ambulanzwagen, einem Rettungswagen und vier Feuerwehrautos.

Einige der Schaulustigen winkten den Geiseln aufmunternd zu.

Als der Bus passierte, versuchten die meisten, sich ein paar Zentimeter zu strecken, um einen Blick auf die Terroristen und Geiseln im Businnern zu erhaschen. Von weitem sah es aus wie eine La-Ola-Welle im Stadion.

4

Russische Botschaft, 07.15 Uhr

Botschafter Igor Woronin erhob sich, als die Tür aufgeschlossen wurde. Auf Sky News wurde gerade verkündet, dass das Geiseldrama seinem Ende entgegenging, als der Chefsekretär mit verwirrtem und unsicherem Gesichtsausdruck eintrat.

»Herr Botschafter…«

»Dass Sie es nur wissen«, polterte Botschafter Igor Woronin los. »Das wird Konsequenzen für alle Beteiligten haben!«

»Herr Botschafter…«

»Hausarrest über den Botschafter verhängen ist ungefähr so wie…«

»Herr Botschafter!«

»Ja!«

»Ich muss Ihnen mitteilen, dass der Chef des Nachrichtendienstes, Jaroff, und Sicherheitschef Waleriy soeben die Botschaft verlassen haben.« Er räusperte sich. »Und das, wie ich hinzufügen muss, ziemlich überstürzt.«

»Was meinen Sie mit – die Botschaft verlassen?«

»Sie haben einen Anruf bekommen. Und im nächsten Augenblick waren sie verschwunden.« Er dämpfte die Stimme. »Herr Botschafter, ich habe den Verdacht, dass Jaroff möglicherweise Kontakt mit den Tschetschenen in Studio 2 hatte. Ich habe nicht gleich geschaltet, aber im Nachhinein ist mir aufgegangen, dass die Gesprächsfetzen, die ich aufgeschnappt habe, sehr wohl etwas mit den Terroristen zu tun haben könnten. Da Jaroff und Waleriy weg sind, gehe ich davon aus, dass Sie, Herr Botschafter, ab jetzt wieder Russlands rechtmäßiger Vertreter sind.«

»Das bin ich die ganze Zeit gewesen«, brummte Woronin.

»Selbstverständlich. Ich handele hiermit aber gegen einen ausdrücklichen Befehl.«

»Was für einen Befehl?«

»Jaroff und Waleriy haben mich angewiesen, Sie und den Norweger bis um zehn Uhr unter Arrest zu halten. Aber aus Respekt vor Ihnen, Herr Botschafter, habe ich mich entschieden, mich der Anweisung zu widersetzen.«

Igor Woronin hielt inne. Sein Blick wurde sanft. »Ich danke Ihnen, Chefsekretär. Wo ist Gunnar Borg?«

Der Chefsekretär führte ihn durch einen Korridor und schloss die Tür zu einem Büro auf. Gunnar saß auf einem Stuhl und blickte Woronin verdutzt an. »Igor? Was geht hier vor?«

»Komm mit!« Botschafter Woronin ging mit Gunnar die Treppe hoch in sein Büro. Außer Atem setzte er sich hinter seinen Schreibtisch und wählte die Nummer des MID.

Er rechnete damit, dass Ismael antworten würde, doch es meldete sich Pjotr Jeremejew, sein alter Kontaktmann.

»Pjotr? Sie sind zurück? Wo ist Ismael?«

»Wer?«

»Ismael? Der, mit dem ich die ganze Nacht gesprochen habe?«

Pjotr schnaufte. »Ismael? Hat er sich so genannt? Der ist verduftet. Fragen Sie mich nicht, was vorgefallen ist. Hier ist die Hölle los. Mehrere Personen, und nicht gerade die unwichtigsten, wenn ich so sagen darf, haben das Ministerium auf unvorschriftsmäßige Weise verlassen.«

»Unvorschriftsmäßig?«

»Es fällt zwar nicht in meinen Zuständigkeitsbereich, Botschafter Woronin, aber das wird eine Untersuchung nach sich ziehen, da bin ich mir ganz sicher. Sie haben Dokumente und Akten mitgenommen. Fragen Sie mich nicht, wieso.«

Woronin hörte sprachlos zu.

»Herr Botschafter?«

»Pjotr, wurde der Generaldirektor darüber in Kenntnis gesetzt?«

»Das kann ich nicht sagen. Wie gesagt, das fällt nicht in meinen Zuständigkeitsbereich.«

»Verbinden Sie mich auf der Stelle mit dem Generaldirektor.«

»Ich weiß noch nicht einmal, ob er überhaupt im Haus ist.«

»Es ist mir völlig egal, ob Sie ihn in seiner Datscha im Arm seiner Geliebten aufstöbern oder wo auch immer! Stellen Sie eine Verbindung zum Generaldirektor her, und rufen Sie mich unter meiner Mobilnummer an, sobald Sie ihn an der Strippe haben!«

Er knallte den Hörer auf und zog Gunnar hinter sich her.

»Wo willst du hin?«, rief Gunnar.

»Das erkläre ich dir im Wagen!«

5

Im Gepäckraum des Busses, 07.16 Uhr

Die Polizisten Leif Grønaasen, Oscar Haug und Kåre Viken vom Sondereinsatzkommando Delta lagen seit über einer Dreiviertelstunde mit den Waffen im Anschlag unter einer Plane im Gepäckraum des Busses versteckt. Obwohl der dunkle Raum gut belüftet war, kam ihnen die Luft klamm und sauerstoffarm vor. Bloß ein klaustrophobischer Reflex, wie Leif Grønaasen aus Erfahrung wusste.

»T1 an T7! Toncheck!«, sagte eine Stimme im Ohrhörer.

»T1, alles okay!«, flüsterte Grønaasen.

Der Bus holperte über die Straße. Die Polizisten waren erleichtert , als sich der Bus endlich in Bewegung setzte. Bis zu diesem Moment mussten sie jeden Augenblick damit rechnen, dass die Terroristen vorher noch den Gepäckraum kontrollierten. Trotz der Plane wären sie dann leicht auszumachen gewesen und hätten an Ort und Stelle einen Angriff starten müssen, wohl wissend, dass sie dann auf die Unterstützung der Kollegen draußen zählen konnten. Aber die Terroristen waren glücklicherweise direkt in den Bus gestiegen, womit wieder der ursprüngliche Plan in Kraft trat: Angriff während der Geldübergabe bei Olavsgaard.

Aus dem Gepäckraum hatten sie durch drei Bodenluken Zugang zur Buskabine. Es war unmöglich, unbemerkt durch die Luken in den Bus zu gelangen, aber sie wollten eine Luke öffnen, *flashbangs* werfen und die Sekunden lähmender Verwirrtheit, die dem Blendgranatenangriff folgten, nutzen, um durch die Luken in den Bus zu klettern, während die Kollegen draußen die Terroristen durch die Fenster beschossen.

Reichlich riskant, aber mit ganz viel Glück gäbe es keine Opfer unter den Geiseln, weil die Terroristen nach der Blendgranate für einen kurzen Moment handlungsunfähig waren und ihre Energie, die sie eventuell mobilisierten, hoffentlich gegen die Angreifer im und außerhalb des Busses richteten. Geiselnehmer folgten in der Regel dem Reflex, sich selbst zu verteidigen, statt ihre Aggression gegen die Geiseln zu wenden.

Leif Grønaasen schaute auf das leuchtende Zifferblatt seiner Armbanduhr. 7.16 Uhr. Noch etwa eine Viertelstunde bis zum Ziel.

6

Kommandowagen, 07.16 Uhr

Einsatzleiter Aksel Schjelderup rief aus dem Kommandowagen den Flughafentower in Kjeller an. Niemand antwortete.

»Der Flugplatz ist mit ziemlicher Sicherheit nicht rund um die Uhr besetzt. Da verkehren nur kleine Maschinen. Wahrscheinlich öffnet er nicht vor acht, neun Uhr«, sagte Fjell.

Schjelderup wählte die Nummer der Operationszentrale und bekam die Privatnummer des Flughafenchefs. Sie mussten mehrmals anrufen, bis endlich eine schlaftrunkene Stimme antwortete. Schjelderup stellte sich vor und erklärte, dass er im Zusammenhang mit der Geiselnahme anrief. Er konnte förmlich hören, wie der Flughafenchef schlagartig wach wurde.

»Sind Ihnen in letzter Zeit irgendwelche ungewöhnlichen Vorgänge aufgefallen, egal, welcher Art?«, fragte Schjelderup.

»Nichts, wovon ich Kenntnis hätte.«

»Es steht nicht zufällig eine russische Maschine in Kjeller? Oder sonst ein Flugzeug, von dem sie nicht genau wissen, wer dahintersteht?«

»Nein.«

»Bis zu welcher Größe können Flugzeuge in Kjeller landen?«

»Größere Maschinen müssen in Gardermoen abgewickelt werden, sowohl aus sicherheitstechnischen wie auch aus praktischen Gründen. Laut Vorschrift muss ein Flughafen über einen Lösch- und Unfalldienst verfügen, wenn mit Maschinen operiert wird, die neun oder mehr Plätze haben. Wir haben zwar eine solche Einrichtung, aber die ist nur wenige Stunden am Tag besetzt. Außerdem haben wir keine Ausrüstung für Flüge mit Autopilot.«

»Könnte ein Privatjet in Kjeller landen und auch wieder starten?«

»Eine unserer Rollbahnen ist tausenddreihundertfünfzig Meter lang und dreißig Meter breit, grundsätzlich steht dem also nichts im Weg. Wir sind ein Code-C-Flugplatz, das heißt, bei uns dürfen Maschinen mit einer Tragflächenbreite von bis zu sechsunddreißig Metern landen. Aber Kjeller ist auch ein PPR-Platz, der …«

»Ein was?«

»PPR. *Prior Permission Required.* Das bedeutet, dass man eine Vorabgenehmigung braucht.«

»Und wie kriegt man die?«

»Man ruft einfach an. Mich zum Beispiel.«

»Und der Tower?«

»Ist von acht bis sechzehn Uhr besetzt. Dann wäre da noch die Regelung mit der Verzollung. Wir lassen Zollbeamte aus Gardermoen kommen, wenn es was zu verzollen gibt.«

»Mal abgesehen von allen Regeln und Formalitäten – wenn in fünfzehn Minuten ein kleinerer Jet in Kjeller landen wollte, wäre das technisch und praktisch möglich?«

Der Flugplatzchef zögerte. »Ohne Genehmigung? Wenn der Tower nicht besetzt ist? Das widerspricht sämtlichen Regeln und Abläufen, die es gibt.«

»Wäre es *möglich?*«

»Natürlich ist das möglich! Man fliegt einfach mit dem Flugzeug die Landebahn an!«

7
Im Streifenwagen, 07.17 Uhr

Børre Henrichsen schaltete die Sirene und das Blaulicht ein, als er schlingernd und mit quietschenden Reifen vom Flughafengelände Gardermoen raste. »Wow«, sagte Ronny Lystad, der mit dem verpackten Scharfschützengewehr zwischen den Beinen neben ihm saß. Børre brachte den Streifenwagen wieder auf eine gerade Bahn und beschleunigte in der lang gestreckten Kurve, die sie nach Süden führte.

»Wie lange brauchen wir bis Olavsgaard?«, fragte Lystad.

»Wir haben fünfzehn Minuten. Ich hab keinen Schimmer, wie lange man normalerweise fährt. Der Zubringerbus braucht fünfundzwanzig bis dreißig Minuten, soweit ich weiß.«

»Dann müsste es zu schaffen sein.«

Sie überholten einen Lastzug, der ziemlich schnell nur noch ein Punkt im Rückspiegel war. Børre Henrichsen guckte auf den Tachometer. Hundertachtzig Stundenkilometer. Er nahm den Fuß ein wenig vom Gas.

8
Im Bus, 07.17 Uhr

Aslan Gairbekow sah die Schaulustigen am Straßenrand teilnahmslos an.

Vielleicht habe ich noch weniger als eine Stunde zu leben, dachte er. Im besten Fall vierundzwanzig Stunden.

Gab es etwas, worauf er stolz sein konnte? War Tschetschenien näher an der Unabhängigkeit, seit er seinen ersten Feind getötet hatte? Spielten die nadelstichartigen Aktionen des Volksheeres überhaupt eine Rolle bei der Besetzung der Russen? Er bezweifelte es. Wenn überhaupt, machte der Widerstand die Russen nur noch hartnäckiger, roher, noch entschlossener, die Nation und ihre Einwohner zu zerschlagen und ihrer Werte und Würde zu berauben.

Was hatte ihn angetrieben? Ein heiliger Zorn, ein verzerrter Gerechtigkeitssinn, der ihm sagte, dass alles, was er tat, richtig war, weil es der Sache diente. Leben zu nehmen, war bedauerlich, aber im Krieg eine notwendige Maßnahme. Furcht zu verbreiten, war nur ein Ziel dieser Aktionen. Mindestens so wichtig war es, den russischen Befehlshabern zu zeigen, welche Macht sie repräsentierten und wie weit sie bereit waren zu gehen; dass sie ein Feind waren, der sich niemals, niemals ergeben würde.

Egal. Jetzt, tausende von Kilometern von zu Hause entfernt, erschien ihm das alles so sinnlos. Wie eine Wahnsinnstat, deren Tiefe man erst nach Jahren begreift. Wie ein Schizophrener, der sich an seine inneren Dämonen erinnert, wenn der Wahnsinn nachgelassen hat.

Tränen verschleierten seinen Blick. Bereute er, was er getan hatte? Er konnte alles erklären. Aber wenn die Toten an ihm vorbeimarschierten, einer nach dem andern – dann spürte er so etwas wie Reue.

Die Finsternis in seiner Seele …

9
Entlang der E6, 07.17 Uhr

Die Tatsache, dass die Sondereinsatztruppen der Polizei in Oslo und Akershus infolge der Geiselnahme schon die ganze Nacht in Alarmbereitschaft waren, erlaubte es dem OpStab, innerhalb weniger Minuten die größten Knotenpunkte auf der E6 in nördlicher Richtung zu sperren.

Ein Streifenwagen aus dem Polizeibezirk Romerike hatte gemeldet, dass sich bereits die ersten Schaulustigen am Rand der E6 eingefunden hätten und dort den Konvoi erwarteten. Einige säßen in ihren Autos, andere hätten sogar Campingstühle und -tische aufgebaut. In jedem Fall seien es zu viele, um sie nach Hause zu schicken, meldete die Streife.

10
Kommandowagen, 07.18 Uhr

Sie hatten die E6 noch nicht ganz erreicht, als das Mobiltelefon klingelte.

»U-null-fünf«, antwortete Schjelderup routinemäßig, als ihm einfiel, dass es das Mobiltelefon und nicht der Polizeifunk war, über den er sprach. »Ich meine, Schjelderup!«

Es war der Vize-Polizeipräsident. »Die Flugkontrollzentrale in Røyken meldet eine ungewöhnliche Flugaktivität. Es geht um eine Maschine, die aus Arlanda kommt, eine Gulfstream. Die

Streitkräfte haben zwei F16 losgeschickt, nachdem die Gulfstream auf Anruf nicht reagiert hat.«

»Wem gehört die Fluglinie, oder von wem wird sie betrieben?«

»Das versuchen wir noch rauszukriegen. Arlanda und die Stockholmer Polizei konnten keine direkte Antwort darauf geben.«

»Berechnete Ankunftszeit?«

»Mal sehen … Gardermoen, halb acht.«

»Ist der Flug umgeleitet worden?«

»Ja, routinemäßig umgeleitet nach Torp. Das ist es, was uns aufgefallen ist: Die Maschine antwortet nicht auf Anrufe von der Flugkontrolle.«

»*That's our baby!*«, sagte Schjelderup.

»Wie bitte?«, fragte der Vize-Polizeipräsident.

»U-null-fünf verlässt den Konvoi und fährt auf direktem Weg nach Kjeller.«

»Sie tun was?«

»U-null-fünf, *over* und *out!*«

Schjelderup scherte aus der Kolonne aus auf eine schmale, parallel verlaufende Straße und bog an der nächsten Kreuzung mit so hoher Geschwindigkeit nach links ab, dass sich Fjell am Handgriff über dem Fenster festklammern musste.

Ein paar Häuserblocks hielten sie sich noch parallel zur Fahrzeugkolonne, aber da Schjelderup sehr schnell fuhr, erreichte er die Hauptverkehrsstraße mehrere hundert Meter vor dem ersten Motorrad. Er schaltete die Sirene ein und beschleunigte in Richtung E6.

11

In der Luft, irgendwo über dem Distrikt Østland, 07.18 Uhr

Der Pilot der F16-Führungsmaschine meldete der Bodenkontrolle um 07.18 Uhr visuellen Kontakt zur Gulfstream.

Die zwei F16-Jäger legten sich einige hundert Meter hinter die Gulfstream, bevor sie von beiden Seiten aufschlossen und Blickkontakt zum Piloten aufzunehmen versuchten.

Dem Piloten der Führungsmaschine zufolge hielten die Piloten ein Mikrofon hoch und zeigten darauf, möglicherweise um zu signalisieren, dass etwas mit dem Kommunikationssystem an Bord nicht in Ordnung war. Er bat um neue Instruktionen, während er und sein Kollege der Gulfstream in nördlicher Richtung nach Gardermoen folgten.

07.19 Uhr – 07.30 Uhr

1

Botschaftslimousine, 07.19 Uhr

»*Nicht so schnell, Igor!* Wohin fahren wir eigentlich?«, fragte Gunnar Borg.

»Zum Flugplatz!«

Botschafter Igor Woronin saß hinter dem Steuer der schwarzen, schweren Zil-Botschaftslimousine und donnerte mit fast hundert Stundenkilometern über die Christian Michelsens Gate. Er drückte auf die Hupe und schlängelte sich durch den einsetzenden Berufsverkehr. Gunnar klammerte sich mit der linken Hand an den Sicherheitsgurt und mit der rechten an den Türgriff.

»Die Sache ist die«, sagte Woronin mit einer Ruhe, als säße er in einem Chesterfield-Sessel eines britischen Herrenclubs und rauchte eine Zigarre, während er Konversation machte, »dass meine Tochter es geschafft hat, sich mit einem verflixten Banditen einzulassen.«

Gunnar hätte ihn am liebsten gebeten, sich nur aufs Fahren zu konzentrieren.

»Sie haben sich in Moskau kennen gelernt.«

»*Langsamer, Igor!*«

Er zwängte die Limousine zwischen einen Fiat und einen Ford, trat vor einer roten Ampel auf die Bremse und gab wieder Gas. Die andern Autofahrer hupten ihn an.

»*Pass doch auf!* Und wie ging es weiter mit deiner Tochter?«, fragte Gunnar. »*Vorsichtig!* Und mit deinem Verhältnis zu der verheirateten Diplomatin, von der du mir erzählt hast? *Lastwagen!*«

Woronin manövrierte den Wagen an einem Laster vorbei und verpasste um Haaresbreite einen Radfahrer.

»Erinnerst du dich noch an den so genannten Diplomatenmord von 1980?«, fragte er.

»Natürlich. *Achtung!* Die Ermordung der norwegischen Mitarbeiterin des Auswärtigen Amtes in Tschetschenien. *Fußgänger!* Ich war an der Sache dran, allerdings von zu Hause aus. *Nicht so schnell!*«

»Worüber keine Zeitung berichtet hat, war, dass ihr die Kehle durchgeschnitten wurde. Von einer tschetschenischen Bande.«

»Das wusste ich nicht. Wir haben die Information bekommen, dass sie bei einem Überfall auf offener Straße ums Leben kam.«

»Das ist die offizielle Version. In Wirklichkeit wurde sie von einem bekannten Kriminellen entführt. Er betitelte das Ganze als ›Brautentführung‹. Sie stellten Forderungen, die weder die sowjetische noch die norwegische Regierung erfüllen konnten oder wollten.« Er hielt inne. »Sie haben sie in einem Waldstück gefunden, vergewaltigt und mit durchgeschnittener Kehle.« Mit gequälter Stimme fügte er hinzu: »Sie hieß Monica.«

»Aber was hat der Diplomatenmord mit deiner Tochter zu tun?«

»Monica war die Mutter meiner Tochter.«

Gunnar verschlug es für einen Moment die Sprache.

»Meine Tochter war damals gerade mal sieben Jahre alt.«

»*Rot!*«

»Sie hat sich nie von dem Schlag erholt.«

»Ich verstehe das nicht… *Hast du denn den BMW nicht gese-*

hen? Wieso schließt sie sich tschetschenischen Terroristen an, wenn es Tschetschenen waren, die ihrer Mutter solche Grausamkeiten angetan haben?«

»Begreifst du noch immer nicht, Gunnar? Die Terroristen sind keine tschetschenischen Rebellen oder Freiheitskämpfer. Das sind tschetschenische Überläufer! Banditen! Skrupellose Quislinge im Auftrag mächtiger und reicher Russen.«

2
Im Bus, 07.19 Uhr

Kristin war überrascht, wie viele Menschen entlang der E6 standen, als der Bus auf die Autobahn fuhr. Sie starrte die Schaulustigen an, die am Straßenrand aufmarschiert waren. So früh schon auf den Beinen?, dachte sie. Oder haben sie gar nicht erst geschlafen? Sind sie etwa die ganze Nacht aufgeblieben und haben uns zugesehen?

In einer Haltebucht standen Übertragungswagen von Kanal ABC, TV 2 und NRK mit ihren gigantischen Satellitenschüsseln. Sie senden live, dachte Kristin. Die Reporter redeten eifrig und gestikulierend in ihre Kameras, als der Bus und die Begleitkolonne vorbeifuhren.

Ein paar Kinder winkten ihnen fröhlich zu.

»Wie beim Karnevalsumzug«, kommentierte Ramzan Jewlojew trocken.

Nur dass es für uns blutiger Ernst ist, dachte Kristin.

»Die können danach nach Hause gehen und frühstücken«, sagte sie.

Wir nicht, dachte sie, sagte es aber nicht.

3
E6, bei Olavsgaard, 07.20 Uhr

Zwei Polizeifahrzeuge warteten mit blinkendem Blaulicht auf der E6 unmittelbar vor der Ausfahrt nach Olavsgaard, als Polizeiobermeister Willy Skogen mit dem weißen VW-Transporter eintraf. Er fuhr an den Rand. Die Polizisten der Delta-Einheit winkten den Wagen noch weiter auf den Seitenstreifen. Er hielt an und zog die Handbremse.

Die Polizisten begrüßten ihn, indem sie kurz die Hand hoben. Willy Skogen kannte Curt Austli und Rune Berglien von diversen Übungen mit der Antiterroreinheit und dem militärischen Sondereinsatzkommando.

Die Polizeifahrzeuge verließen den Platz. Skogen, Berglien und Austli sahen den Kollegen hinterher. Dann blickten sie sich an.

»Machen wir uns fertig?«, fragte Curt Austli.

Willy Skogen zog die Seitentür des Lieferwagens auf.

4
Im Bus, 07.21 Uhr

Über den kabellosen Ohrhörer, der so klein war, dass man schon tief in den Gehörgang hätte schauen müssen, um ihn zu entdecken, erhielt der Busfahrer kurze Informationen auf einer eigenen Frequenz. »Der Führungswagen geht jetzt leicht mit der Geschwindigkeit runter«, summte die Stimme. »Werden Sie auch langsamer, ohne dass sie etwas merken. Wir versuchen, Zeit zu schinden.«

Der Fahrer verringerte den Druck aufs Gaspedal minimal. Er

sah in den Seitenspiegel. Hinter dem letzten Einsatzfahrzeug hatte sich eine neue Kolonne aus Presseleuten und Neugierigen gebildet.

»Sollte Plan A schieflaufen«, sagte Lehmann im Ohrhörer, »fordern die Terroristen Sie möglicherweise dazu auf, nach Kjeller und nicht nach Gardermoen zu fahren.«

Er musste noch ein wenig vom Gas gehen, um nicht zu nah auf den Führungswagen aufzufahren.

5

Eilmeldung, NTB, 07.22 Uhr

Eilmeldung
Geiseldrama –

OSLO (NTB). Der Stortingsabgeordnete Frank Berthelsen (AP), der während der Geiselnahme einen Herzanfall erlitt, befindet sich außer Lebensgefahr, meldet das Klinikum Ullevål. Laut einer Pressemitteilung des Krankenhauses wurde ein chirurgischer Eingriff vorgenommen, »der die Situation stabilisiert«. Nach Aussage des Klinikums ist Berthelsens Zustand ernst, aber stabil.

---- aka – ol – bk
7.22   326 Zeichen

6

OpStab, Polizeipräsidium, 07.23 Uhr

»Es deutet einiges darauf hin, dass Schjelderup und Fjell Recht haben«, sagte der Vize-Polizeipräsident. »Der Flugplatz in Kjeller ist wahrscheinlicher als Gardermoen.«

Der Chef der Ordnungspolizei sah auf die Uhr. »Wir schaffen es niemals rechtzeitig dorthin. Wir müssen uns auf Olavsgaard konzentrieren!«

»Es sind zwei Einheiten unterwegs. Eine Delta-Einheit aus Gardermoen und U-null-fünf. Sie dürften ungefähr gleichzeitig eintreffen. Aber das ist natürlich eine extrem eingeschränkte Einsatztruppe.«

»Was ist mit Gardermoen?«

»Ich habe nur die halbe Einheit nach Kjeller geschickt. Die andere Hälfte bleibt in Gardermoen, falls sich die Theorie als falsch erweist. Das wissen wir, sobald die Kolonne Olavsgaard passiert hat. Dann müssen wir gegebenenfalls alle Einheiten zurückpfeifen, damit sie ihre ursprünglichen Positionen einnehmen können.«

»Wie sieht der Zeitrahmen aus?«

»Hoffnungslos«, sagte der Vize-Polizeipräsident. »Der erste Echelon trifft schätzungsweise fünf bis zehn Minuten nach dem Bus ein. Der zweite zehn bis fünfzehn Minuten später.«

»Das heißt, wenn wir in Olavsgaard scheitern, hängt alles von den vier Polizisten ab, die vor dem Bus in Kjeller eintreffen?«

»Vier fähige Leute. Zwei aus der Antiterrorgruppe, Henrichsen und Lystad, außerdem Schjelderup und Fjell. Fähige Männer.«

»Aber was können sie ausrichten?«

»Sie müssen den Abflug aus Kjeller verzögern, den Take-off verhindern.«

Der Chef der Ordnungspolizei schlug mit der Handfläche auf die Tischplatte. »Das Ganze muss abgeschlossen sein, bevor sie Kjeller erreichen! Sonst haben wir die Terroristen und Geiseln an Bord eines Flugzeuges statt in einem Fernsehstudio, was wohl kaum eine Verbesserung ist!«

»Olavsgaard wird ein Erfolg!«, sagte der Vize-Polizeipräsident. Wahrscheinlich sollte das energisch und feststellend klingen, aber es klang eher wie ein Stoßgebet.

7

Im Kommandowagen, 07.23 Uhr

Schjelderup und Fjell passierten Lindeberg und Furuset. Obwohl er fast hundertachtzig fuhr, hatte Schjelderup die Sirene ausgeschaltet. Es war kein Fahrzeug auf der Straße. Sämtliche Auffahrten waren gesperrt. An mehreren Stellen saßen Neugierige an den Böschungen neben der Straße und warteten auf die Kolonne. Ihre sensationslüsternen Blicke folgten dem großen Polizeiwagen.

»Allmählich fallen die fehlenden Puzzleteilchen an ihren Platz«, sagte Fjell. »Das Selbstbewusstsein. Die zwei Flugzeuge. Das Lösegeld im Flugzeug.«

»Außer uns ist noch eine Delta-Einheit in Kjeller. Wir müssen alles daransetzen, dass die Aktion in Olavsgaard beendet wird.«

»Haben die nicht gesagt, dass zwei F16-Jäger losgeschickt wurden?«

»Und was soll das nützen?«

»Können die die Maschine nicht abfangen und zur Landung zwingen?«

»Überleg doch mal. Es wäre undenkbar für Norwegen, ein Flugzeug abzuschießen. Privatjets können F16-Maschinen einfach ignorieren, wenn sie wollen.«

»Aber die können doch nirgendwo landen?«

»Doch, in Russland zum Beispiel.«

»Die Russen würden sie auf keinen Fall entkommen lassen.«

»Du übersiehst etwas Wesentliches, Thomas: Wenn Aslan Gairbekow Recht hat und einflussreiche Männer des russischen Militärs an dieser Aktion beteiligt sind, kann der Flieger landen, wo er will, sobald er sich in russischem Lufthoheitsgebiet befindet.«

8

Büro des Ministerpräsidenten, 07.24 Uhr

»Was wollen Sie damit sagen, dass die uns über den Tisch gezogen haben?«

Der Ministerpräsident sah die Polizeipräsidentin scharf an.

»Wir sind uns nicht sicher«, sagte Elsebeth Røed. »Aber wir haben den Verdacht, dass die Terroristen planen, am Flugplatz in Kjeller von einem dritten Flugzeug aufgenommen zu werden.«

»Während die Polizei in Gardermoen auf sie wartet?«

»Und in Olavsgaard! Wenn alles nach Plan läuft, ist die Aktion abgeschlossen, bevor sie Gardermoen oder Kjeller überhaupt erreichen.«

»Können wir die unbekannte Maschine aufhalten?«

»Zwei F16 eskortieren die Gulfstream«, sagte der Verteidigungsminister. »Aber was sollen sie machen? Sie können das Flugzeug ja nicht abschießen.«

»Und wie ist die Lage in Kjeller?«

»Wir haben ein paar Streifenwagen nach Kjeller geschickt«, sagte die Polizeipräsidentin, »aber der größere Teil der Einsatzkräfte befindet sich noch in Gardermoen. Ich muss noch einmal betonen, dass es sich um eine Theorie handelt, nichts, was wir mit Sicherheit wissen.«

»Ich kann es nicht tolerieren, dass wir so hintergangen werden!«

»Selbstverständlich nicht, Herr Ministerpräsident.«

»Das macht uns zum Gespött der ganzen Welt.«

»Ich hoffe, so weit kommt es nicht.«

»Der gesamte Entscheidungsprozess basierte darauf, dass wir sie hintergehen! Unser Angriff sollte für sie überraschend kommen! Und jetzt erzählen Sie mir, dass es eigentlich die Terroristen waren, die *uns* von Anfang an an der Nase herumgeführt haben?«

»Wie gesagt, in Olavsgaard ist ein Übergriff geplant. Damit steht noch offen, ob Kjeller überhaupt zum Problem wird.«

»Ihnen sind ja wohl die Konsequenzen bewusst, wenn Sie in Olavsgaard scheitern? Wenn die Terroristen – und mit ihnen die Geiseln – von Kjeller abfliegen? Die Konsequenzen für mich? Für die Regierung? Und nicht zuletzt für Sie?«

9

Im Gepäckraum des Busses, 07.24 Uhr

Die drei Polizisten im Gepäckraum hatten die Plane zurückgeschlagen. Unter kurzem Aufblinken ihrer Maglites hatten sie ihre Positionen unter den Bodenluken aufgesucht, die sie von der Buskabine trennten.

Es war nur das gleichmäßige Brummen des Motors zu hören.

Leif Grønaasen lag auf dem Rücken und versuchte, sich zu

konzentrieren, sich innerlich auf die Eindrücke vorzubereiten, die sie erwarteten. Die Explosion, Schreie, Schüsse, Blut, Angst … Er hatte sich für solche Aktionen in hunderten von Übungsstunden gerüstet. Aber eine Übung war niemals so wie die Wirklichkeit.

In der Wirklichkeit riskierte man zu sterben.

Es war sechs Minuten vor halb acht.

10

OpStab, Polizeipräsidium, 07.24 Uhr

Der Dienst habende Leiter der Flugkontrollzentrale in Røyken wählte die Nummer des Vize-Polizeipräsidenten. »Wir konnten endlich Kontakt zu der Gulfstream auf dem Weg von Arlanda nach Gardermoen herstellen«, meldete er.

»Endlich mal gute Neuigkeiten«, sagte der Vize-Polizeipräsident.

»Es hat anscheinend geholfen, dass die zwei F16-Maschinen aufgetaucht sind!«

»Dann wird der Flieger also nach Torp umdirigiert?«

»Ähm, nein. Wir haben da ein Problem.«

»Das Flugzeug hat technische Probleme und muss in Gardermoen notlanden.«

»Notlanden?«

»Sie melden Motorschwierigkeiten und bitten um *emergency landing*.«

»Aber …«

»Wir können unmöglich feststellen, ob sie bluffen. In solchen Situationen gibt es für uns nur eine Option, die durch ein internationales Abkommen reguliert ist.«

»Die da wäre?«

»Dass wir sie auf dem nächsten Flughafen landen lassen.«
»Und das ist…«
»Gardermoen. Eventuell auch Kjeller.«

11
Im Streifenwagen, 07.25 Uhr

Børre Henrichsen hatte den langen, ebenen Streckenabschnitt bei Jessheim und Kløfta und die Erhebung mit den zwei Shell-Tankstellen bei Skedsmovollen hinter sich gelassen und fuhr jetzt die sanften, leicht kurvigen Hügel nach Olavsgaard runter. Laut Operationszentrale befand sich die Buskolonne noch südlich von Skjettenåsen und Djupdalen. So konnten sie es schaffen, von der Autobahn abzufahren und mit Blick auf den sich nach Norden wälzenden Verkehr auf die andere Seite der Brücke zu gelangen, bevor der Bus den höchsten Punkt erreichte und die lange Talfahrt antrat.

Er ging ein wenig mit dem Tempo runter.

Ronny Lystad strich mit einer Geste über das Gewehrfutteral, die Børre Henrichsen fast ein bisschen obszön fand.

12
Im Bus, 07.27 Uhr

Sie waren am SmartClub in Alnabru vorbeigefahren und an der Ausfahrt nach Lindeberg und Furuset. Kristin registrierte mit Verzögerung, dass sie an Ellingsrud und der Ausfahrt nach Karihaugen und Strømmen vorbeikamen. Gleich erreichten sie Lørenskog und würden durch Djupdalen fahren, ehe sie, wie Kristin es scherzhaft nannte, zur »Prärie« gelangten.

Ramzan Jewlojew saß schweigend und mit wachem Blick an ihrer Seite. Als erwarte er jeden Augenblick einen Angriff.

Sie schaute in den hinteren Teil des Busses. Anette hatte den Kopf an die Scheibe gelehnt und die Augen geschlossen. Aslan Gairbekow war hellwach. Sein Blick streifte sie. Er lächelte ihr aufmunternd zu. Außenminister Bernt Bøe schlief mit vornüberhängendem Kopf.

Von den Terroristen schien keiner müde zu sein.

13
In der Luft, irgendwo über dem Distrikt Østland, 07.27 Uhr

Als die Bodenkontrolle durchgab, die Gulfstream hätte technische Probleme gemeldet, vergrößerten die zwei norwegischen F16-Maschinen den horizontalen und vertikalen Sicherheitsabstand um mehrere hundert Fuß. Im Klartext bedeutete das, dass sie mit der Geschwindigkeit runtergingen und gleichzeitig aufstiegen. Nach Aussagen der beiden F16-Piloten zeigte weder das äußere Erscheinungsbild der Gulfstream noch das Flugbild Auffälligkeiten, die auf technische Probleme schließen ließen. Aber das Flugzeug hatte inzwischen eine Flughöhe erreicht, die nicht dem Anflugmanöver auf Gardermoen entsprach.

14
Ausfahrt Olavsgaard, 07.28 Uhr

Børre Henrichsen trat kräftig auf die Bremse, als sie sich der Ausfahrt nach Olavsgaard näherten. Sie waren fast zweihundert Stundenkilometer gefahren, und er wusste, dass sie bei so hoher

Geschwindigkeit riskierten, in der Kurve vor dem Kreisverkehr die Kontrolle über das Fahrzeug zu verlieren. Die Reifen quietschten, als er durch die Kurve raste.

Auf der Brücke über die E6 warf er einen Blick Richtung Djupdalen. Kein Bus. Stattdessen sah er ein großes Polizeifahrzeug näher kommen – den Einsatzleiter aus Oslo.

Vor dem nächsten Kreisverkehr gab er noch einmal kurz Gas und schaltete die Sirene aus, um die Gäste von Olavsgaard nicht zu wecken. Der Flugplatz Kjeller war nur noch wenige Minuten entfernt.

Die Leute, die auf der Brücke über der E6 Stellung bezogen hatten, sahen dem Polizeiauto hinterher, das mit Vollgas von Norden kam. Gleich darauf kam ein zweites Polizeiauto von Süden. KOMMANDOFAHRZEUG stand in großen Lettern auf der Seite.

Einige wedelten mit Flaggen, die sie zur moralischen Unterstützung für die Geiseln im Bus mitgebracht hatten. Während die Polizeifahrzeuge in Richtung Riksvei 22 verschwanden, wandten sich die Blicke wieder der breiten Autobahn zu, die sich wie ein Band nach Djupdalen schlängelte.

Wo blieb bloß die Kolonne mit dem Bus?

15

OpStab, Polizeipräsidium, 07.29 Uhr

Als der Anruf von der Flugkontrollzentrale in Røyken kam, hätte der Vize-Polizeipräsident schon vorher sagen könne, was sie zu melden hatten.

Das Flugzeug aus Arlanda war im Landeanflug auf Gardermoen, eskortiert von zwei F16-Maschinen.

In der Zwischenzeit hatte die Maschine jedoch so viel Flughöhe verloren, dass eine kontrollierte Notlandung in Kjeller oder im schlimmsten Fall auf einem Acker in der Nähe nicht mehr auszuschließen war.

Die Kontrollzentrale hatte erneut den Funkkontakt zu den Piloten verloren.

Der Vize-Polizeipräsident bedankte sich für die Information und leitete sie weiter an den OpStab, den Einsatzleiter vor Ort, den PodStab und den Krisenausschuss der Regierung.

16

E6, vor Olavsgaard, 07.30 Uhr

Es war drückend warm in dem engen Laderaum des VW-Transporters, der auf dem Randstreifen der E6 geparkt war.

Polizeiobermeister Curt Austli hockte hinter einer eisenverstärkten Platte. Seine Maschinenpistole war auf die hintere Tür gerichtet. Die Kollegen Willy Skogen und Rune Berglien saßen hinter einer entsprechenden Platte, die zur Seitentür ausgerichtet war, welche die Terroristen aller Wahrscheinlichkeit nach öffnen würden.

Alle waren schweißgebadet.

Curt Austli atmete schwer. Zum zigsten Mal überprüfte er die Sicherung der MP5.

»Der Bus ist nur noch wenige Minuten entfernt«, summte die Stimme des Operationsleiters im Ohrhörer.

Trauer und Wut machen uns manchmal blind und böse. Ich bin nicht stolz auf das, was ich getan habe.

Gemeinsam mit meinen beiden überlebenden Kommandeuren – dem kläglichen Rest meiner ehemals so gefürchteten Armee – machte ich mich auf den Weg in das Dorf meiner Kindheit in den Bergen. Der Verrat des Adlers hatte sich rentiert. Seine Familie – Mutter, Vater, Geschwister und der Bruder – lebten in einer herrschaftlichen Villa am Ortsrand.

Eines späten Abends suchten wir sie auf. Alle schliefen.

Ich zeigte ihnen gegenüber eine gewisse Barmherzigkeit, indem ich sie nicht aufweckte, bevor ich sie erschoss. Keiner von ihnen musste leiden. Nicht so wie Mama und Papa gelitten hatten. Und mein großer Bruder und meine kleine Schwester.

Oder Zjenja.

Als wir an jenem Abend die herrschaftliche Villa verließen, stand sie in Flammen.

Der Adler hatte nun wie ich keine Familie mehr.

Aber die Blutrache brachte mir keinen inneren Frieden.

07.30 Uhr – 07.36 Uhr

1

Flugplatz Kjeller, 07.30 Uhr

Die Gulfstream überflog den Flugplatz Kjeller in geringer Höhe. Vermutlich wollten sich die Piloten ein Bild von der Landebahn machen, da der Tower nicht besetzt war. Dann machte das Flugzeug eine scharfe Rechtskurve, überflog die Autobahn und drehte in einer lang gezogenen Schleife.

Mehrere tausend Fuß über ihnen kreisten die beiden norwegischen F-16-Maschinen. Die Gulfstream sank auf tausendfünfhundert Fuß und näherte sich von Osten her der Landebahn. Das Flugzeug schwankte leicht, als es sich dem Flugplatz näherte. Es überflog das Fußballstadion von Åråsen, die Landstraße, ein mooriges Waldstück und die Straße nach Lillestrøm, ehe es über der Landebahn war.

Die Räder wirbelten Staub auf, als sie auf dem Asphalt aufsetzten. Dann bremste die Maschine kräftig und blieb schließlich stehen.

2

In der Botschaftslimousine, 07.21 Uhr

Botschafter Igor Woronin trat das Gaspedal der Zil-Limousine ganz durch und der große Wagen beschleunigte auf der

Autobahn noch Norden durch das Grorudtal auf hundertachtzig.

»Warum«, fragte Gunnar, »fahren wir den Trondheimsvei, wenn wir zum Flughafen wollen?«

»Wir müssen versuchen, vor der Eskorte dort zu sein. Der Riksvei 4 verläuft parallel zur E6. In Gjelleråsen biegen wir nach rechts ab auf den Riksvei 22, dann überqueren wir die E6 und kommen an Olavsgaard vorbei. Hoffentlich vor diesen Banditen.«

»Du kennst dich ja gut aus!«, sagte Gunnar verblüfft.

»Mein Freund ...«, sagte Woronin. »Ich war früher mal Agent des Nachrichtendienstes.«

»Trotzdem machst du einen Fehler: Wir müssen nicht an Olavsgaard vorbei.«

Woronin nickte. »Doch, wir müssen nach Kjeller.«

»Nach Kjeller? Nicht nach Gardermoen?«

»Das sollen wir alle glauben. Aber die wollen nach Kjeller.«

»Woher weißt du das?«

»Das habe ich kapiert, als Ismael sagte, dass meine Tochter mit einem der Flugzeuge außer Landes gebracht werden sollte.«

»Ismael?«

Woronin hupte, um einen Fiat von der linken Spur zu vertreiben. »Als wir in der Botschaft festgehalten wurden, sagte er, dass meine Tochter mit einem der Flugzeuge aus Norwegen ausgeflogen würde. Und da ist bei mir der Groschen gefallen.«

»Welcher Groschen?«

»Ich war letzten Freitag in der Nachrichtenabteilung der Botschaft, um ein geheimes Dokument zu holen, das mir über das Kryptofax geschickt worden war. Ich habe mir die Papiere nicht so genau angeschaut, dann aber im Büro bemerkt, dass ich noch ein anderes Fax mitgenommen hatte, das gleichzeitig mit meinem Bericht eingetroffen sein musste. Eine Karte von Kjeller.

Ich habe mir keine Gedanken darüber gemacht. Der E-Stab aktualisiert beständig seine Übersichten über alle norwegischen Flugplätze. Als Ismael dann sagte, dass meine Tochter mit einem der Flugzeuge fliegen sollte, und damit deutlich machte, dass er mehr über die Pläne der Terroristen wusste, als er hätte wissen dürfen, ging mir ein Licht auf.«

Sie überholten einen Lieferwagen, der hupend protestierte. Gunnar warf einen Blick auf den Tacho. Fast zweihundert Stundenkilometer.

3

Flugplatz Kjeller, 07.31 Uhr

Børre Henrichsen und Ronny Lystad kamen in normalem Tempo am Flugplatz Kjeller an, um nicht mehr Aufsehen als nötig zu erregen, sollten die Terroristen Helfer auf dem Flugplatz postiert haben. Sie hatten das Blaulicht ausgeschaltet, als sie sahen, dass die Maschine zur Landung ansetzte.

Børre fuhr nicht auf das Flugplatzareal, sondern parkte außer Sichtweite in der Einfahrt eines Privathauses. Er holte eine Maschinenpistole aus dem Kofferraum. Die schusssichere Weste hatte er bereits vorher getragen und im Auto nicht ausgezogen. Zusammen mit Ronny rannte er über die Straße zur Einfahrt des Flugplatzes. Sie hockten hinter dem Transformatorenhäuschen, als das Kommandofahrzeug des Einsatzleiters aus Oslo ankam. Børre deutete auf die Einfahrt, in der sie geparkt hatten, und auch das Kommandofahrzeug wurde dort abgestellt.

Sie hörten das Heulen der Jet-Motoren der Gulfstream draußen auf der Landebahn.

4
Im Bus, 07.34 Uhr

Kristin zuckte zusammen, als sich Ramzan Jewlojew erhob und leicht geduckt nach vorn zum Fahrer ging. Plötzlich brüllte er: »Stopp!«

Sie sah aus dem Fenster. Der Fahrer bremste und blieb stehen. Sie befanden sich kurz vor der Ausfahrt nach Olavsgaard. Auf der Standspur vor dem Bus stand einsam und verlassen ein weißer Lieferwagen.

Ramzan wählte die Nummer, die auf dem Handy notiert war. »Mit wem spreche ich?«, fragte er auf Englisch und lauschte. »Oh, mit dem Vize-Polizeipräsidenten persönlich!«, fuhr er fort. »Endlich mal jemand mit Macht und Autorität. Der Herr Hauptkommissar musste ja immer um Erlaubnis fragen.«

Der Vize-Polizeipräsident antwortete etwas, das Kristin nicht hören konnte.

»Herr Vize-Polizeipräsident, der Plan muss leider geändert werden.«

Pause.

»Ja, genau, *a change of plans*. Die Sache ist ganz einfach die, dass wir es so leid sind, eskortiert zu werden.« Er grinste die anderen im Bus an. »Also, bevor wir das Geld holen, würden wir gerne allein sein.«

Pause.

Seine Stimme bekam einen schärferen Klang. »Meine Befehle lauten wie folgt, Herr Vize-Polizeipräsident: Der Bus bleibt hier stehen, bis der Rest der Eskorte weiter nach Gardermoen gefahren ist. Alle Wagen vor und hinter uns sollen weiterfahren! Wir werden sie schon rechtzeitig wieder einholen. Ist das angekommen?«

Pause.

»Herr Vize-Polizeipräsident, vergessen Sie nicht, dass wir hier im Bus noch immer vier Geiseln haben. Und dass ich nicht zögere zu schießen, um Ihnen zu zeigen, wie ernst ich es meine.«

Pause.

»Haben Sie verstanden?«, schrie Ramzan.

Pause.

»Wollen Sie, dass ich Ihnen zeige, wie ernst ich es meine?« Gelächter. »Das habe ich mir gedacht.«

Pause.

»Nein, Herr Vize-Polizeipräsident, ich habe Ihnen nicht erlaubt, sich mit irgendjemandem zu besprechen. Wir machen das so, wie ich es gesagt habe. Der Rest der Eskorte fährt weiter über die E6 in Richtung Norden, Richtung Gardermoen.«

Pause.

»Und solltet ihr auf die Idee kommen zu wenden, haben Sie mit den gleichen Konsequenzen zu rechnen. Wir erschießen eine Geisel, wenn wir auch nur die Nasenspitze eines Polizisten sehen.«

Pause.

»Nein, ich meine jetzt! In diesem Augenblick. Wollen Sie mich provozieren?«

Pause.

»Ausgezeichnet, Herr Vize-Polizeipräsident.«

Durch die Fenster sah Kristin, dass sich die Wagenkolonne vor ihnen in Bewegung setzte. Dann begann ein Motorradpolizist auch die Eskorte und die Privatwagen hinter dem Bus vorbeizuwinken. Langsam, wie in einem Defilee, fuhr die Kolonne vorbei: erst die Einsatzfahrzeuge, dann die Wagen mit den Pressevertretern und schließlich die Schaulustigen. Schließlich hatten alle Autos und Motorräder sie überholt.

5
Gepäckraum des Busses, 07.35 Uhr

Der Bus stand still. Durch das Dach des Gepäckraums hörten sie gedämpfte Stimmen, als spräche jemand durch Baumwolle.

Polizeiobermeister Leif Grønaasen atmete ruhig und gleichmäßig, füllte die Lungen und blies die Luft langsam wieder aus. *Fokussiere! Konzentrier dich! Sei vorbereitet!*

Obgleich Lehmanns Stimme eigentlich nur diejenigen mit Ohrhörer empfangen konnten, klang sie wie eine hallende Sirene: »T1 an alle! Klar zur Aktion!«

Grønaasen, Haug und Viken gaben sich ein Zeichen mit ihren Maglites, um zu bestätigen, dass sie bereit waren.

»T7 klar!«, flüsterte Grønaasen.

»T8 bereit!« Das war die Stimme von Willy Skogen, der den Einsatz im Lieferwagen leitete.

»T9 klar!« Der Scharfschütze im Polizeihelikopter.

»T10 klar!« Die Einheit, die ihnen zu Hilfe kommen sollte, nachdem die Aktion gestartet worden war.

»T11 klar!« Die Ambulanzeinheit.

Pause.

Grønaasen atmete ruhig, ein und aus, ein und aus.

»T1 an alle! Phase Rot! Phase Rot! Es kann jeden Moment losgehen!«

6
Botschaftslimousine, 07.36 Uhr

Sie waren am Kreisverkehr in Gjelleråsen nach rechts abgebogen und jagten jetzt über den schmalen, kurvigen Riksvei 22.

»Sie war mir immer böse«, sagte Botschafter Woronin.

Er fuhr mitten auf der Straße. Gunnar betete, dass kein Gegenverkehr kam.

»Es war wohl nicht so leicht für sie, dich zu akzeptieren.«

»Sie wuchs bei ihrem Stiefvater auf. Sie war fünf Jahre alt, als ihre Mutter ihr sagte, dass sie einen anderen Vater hätte.« Er lenkte nach rechts, um nicht mit einem entgegenkommenden Traktor zusammenzustoßen. »Zwei Jahre später wurde ihre Mutter von diesen tschetschenischen Schweinen getötet.«

»Fahr vorsichtig!«

»Sie wuchs teils bei ihrem Stiefvater auf, einem Karrierediplomaten, teils in diversen Internaten. Manchmal besuchte sie mich in den Ferien. Aber es entstand nie eine herzliche Bindung zwischen uns. Ich glaube nicht, dass sie mich hasst. Erst in den letzten Jahren haben wir einen Zugang zueinander gefunden.«

Sie rasten über die Brücke, die über die E6 führte. Ein Stück oberhalb parkte der Bus auf der Autobahn.

»Wie wurde sie zur Terroristin?«

»Sie ist keine Terroristin. Sie ist nur ein einsames, ängstliches Mädchen, das sich in den falschen Mann verliebt hat. Sie zog nach Moskau, um weiterzustudieren. Einige Monate wohnte sie bei mir. Dann fand sie ein billiges Zimmer in der Nähe der Uni. Sie sprach fließend Russisch. Und Tschetschenisch. Irgendwie schien sie von einer inneren Kraft getrieben zu werden, so viel wie möglich über das Land zu lernen, das sie so aus ganzer Seele hasste, weil es für den Mord an ihrer Mutter verantwortlich war.«

»Wie manche Vergewaltigungsopfer, die paradoxerweise alles über ihren Vergewaltiger wissen wollen.«

»Sie ist ein hübsches Mädchen, meine *Zajotsika*. Klug und schön. Ein gern gesehener Gast in Diskotheken und Cafés. In Moskau fand sie irgendwie Zugang zu den Kreisen der Neureichen. Den Emporkömmlingen. Oligarchen. Männer, die wissen, wie sie ihr Fähnchen in den Wind hängen müssen. Die Trennung zwischen ehrenhaft und verkommen verläuft in Moskau nicht so klar.«

»Wir nähern uns dem Flugplatz«, sagte Gunnar.

»Aber sie ist weder böse noch kriminell. Sie ist keine Terroristin. Ich glaube, sie wurde von dem enormen Reichtum geblendet. Es ist so leicht, sich davon verführen zu lassen. Aber da war bestimmt noch mehr. Sie ließ sich von den Plänen der Mafia bezüglich Tschetschenien täuschen. Des Landes, das sie so hasst. Sie verliert ihre Sachlichkeit, wenn es um Tschetschenien geht. Sie planen, dem Land seine Ressourcen zu rauben und diese Region zu einem wirtschaftlichen Freistaat zu machen. Dabei ging es für sie in erster Linie nicht ums Geld, sondern um die Ideologie. Um Rache.«

»Ich glaube, du kannst jetzt langsamer werden.«

»Sie traf einen Mann, der ihren brennenden Hass auf die tschetschenischen Köter teilte. Er war zwar gebürtiger Tschetschene, hatte sich aber auf die Seite des russischen Militärs geschlagen. Wie sie verkehrte er in den Kreisen der russischen Oligarchen. Er arbeitete als Leibwächter, Sicherheitsberater, Geldeintreiber … diese Art von Jobs. Einer dieser Männer, die die Oligarchen gerne um sich haben. Ein gerissener Glücksritter und Emporkömmling.«

»Ramzan Jewlojew?«

»Ich habe ihn nie getroffen«, sagte Igor Woronin. »Aber ich nehme an, er ist ihr Geliebter.«

In einer sternklaren Nacht im Dezember stattete ich dem General meinen Besuch ab. Der mächtige, militärische Statthalter Russlands in Tschetschenien wohnte am Stadtrand von Grosny. Wenn es mir gelang, den General zu liquidieren, bevor mich seine Leibgarde stellte und ausschaltete, wäre dies wenigstens ein symbolischer Gruß des Wolfs, den sie Köter nannten.

Ich hatte mich von meinen beiden Kommandeuren verabschiedet. Unsere gemeinsame Zeit war vorüber.

Der General war allein zu Hause. Sogar die Soldaten seiner Leibgarde waren auf der Suche nach mir. Die zwei verbliebenen Wachen waren sturzbetrunken.

Der General war ins Bett gegangen. Auf dem Nachtschränkchen lag eine russische Zeitung. Ein halb volles Glas Wodka stand nachlässig ganz am Rand.

Als er aufwachte, verriet mir die Angst in seinem Blick, dass er ausnehmend gut wusste, wer da in sein Schlafzimmer eingedrungen war.

Er war ein jämmerlicher Mann.

Er wusste, dass ich ihn töten würde, und versuchte, sich freizukaufen.

In einem Safe, den er bereitwillig für mich öffnete, befanden sich Papiere, die, wie er meinte, mehr wert seien, als ich mir vorstellen könne.

Mit Ekel erregendem, zittrigem Eifer erklärte er mir die Bedeutung der Namenslisten und Beträge, als hielte er uns jetzt für Verbündete.

Namen für Namen, Zahl für Zahl.

Das Öl, das sie stahlen und in Tankwagen und Güterzügen außer Landes schafften. Bizniz. *Die Werte, die sie an den offiziellen Stellen in Moskau vorbeischafften. Eine Wegelagerei unbeschreiblichen Ausmaßes.*

Die Papiere, die er mir anbot, verrieten, wie weit dieser Verrat ging und welch gigantische Beträge sie sich unter den Nagel rissen. Offiziere. Leitende Beamte des MID. Politiker. Oligarchen.

Sabbernd flehte er um sein Leben.

Ich erschoss den General und nahm die Papiere mit.

07.37 Uhr – 07.39 Uhr

Bei Olavsgaard, 07.37 Uhr – 07.39 Uhr

Der Polizeihelikopter hing mit knatternden Rotoren schräg in der Luft wie ein riesiger Mistkäfer, der von einer Windböe ergriffen worden war. Die zwei Scharfschützen des Kommandos Delta hatten die Seitentür aufgeschoben und die Stiefel auf die Landungskufen aufgestützt, während sie versuchten, die Terroristen im Bus mit dem Zielfernrohr zu erfassen. Trotz der großen Entfernung hatten sie gute Sicht, doch die Vibration und die plötzlichen Bewegungen des Helikopters machten es beinahe unmöglich, die Waffen ruhig zu halten.

»T1 an alle Einheiten! Phase Rot! Höchste Alarmbereitschaft«, knackte Bjørnar Lehmanns Stimme in den Ohrhörern.

»Sie!« Ramzan Jewlojew deutete auf den Busfahrer. »Sie holen das Geld!«

»Ich soll das Geld holen? Aus dem Lieferwagen?«, fragte der Fahrer, um etwas Zeit zu gewinnen. Er trug ein verstecktes Mikrofon am Körper, durch das alles, was er sagte, weitergegeben wurde.

»Jetzt!«

»Okay, okay, ich hole das Geld!«

Der Fahrer öffnete die Tür, ging die Treppe hinunter und sprang auf die Straße.

Einer der Terroristen pfiff und machte Ramzan auf den Polizeihelikopter aufmerksam, der immer näher kam. »Was, zum Teufel, haben die vor?«

Im Lieferwagen hörte Polizeikommissar Willy Skogen die Nachricht von Bjørnar Lehmann: »Sie schicken den Fahrer raus, *unseren Mann*, um das Geld zu holen. Ich wiederhole, es ist T20, den sie schicken, *unser Mann*!«

»T8 an T1, Nachricht empfangen! Wir überreichen T20 die Waffe, sobald er die Tür aufmacht!«, bestätigte Willy Skogen über Funk.

Curt Austli nahm das Maschinengewehr, das für den Busfahrer gedacht war, und hielt es bereit. Jede Sekunde zählte, wenn die Tür aufging und die Terroristen erkannten, dass sie in einen Hinterhalt gelockt worden waren.

Mit hämmerndem Herzen blickte Kristin zu Anette, die voller Angst von Kristin zum Helikopter blickte. Würde die Polizei angreifen? Näherte sich der Polizeihelikopter deshalb immer mehr?

Ramzan rief einen Befehl auf Tschetschenisch.

Kristin warf einen Blick auf den Helikopter, ehe sie nach draußen zum Busfahrer sah, der langsam zum Lieferwagen ging.

»Gott im Himmel«, murmelte Kristin vor sich hin. Sie rutschte auf den Sitz am Mittelgang. »Nicht schießen! Bitte! Nicht schießen!«

Das Geknatter des Polizeihelikopters übertönte ihre Stimme.

Es war blanker Zufall, dass Kristin die Bewegung bemerkte. Eine Luke am Boden bewegte sich.

Erst glaubte sie, das hätte etwas mit dem Motor zu tun. Doch dann fiel ihr ein, dass die Motoren der Busse ganz hinten waren und dass sich unter dem Boden des Fahrgastraumes ein Gepäckraum befand.

Gepäckraum?

Verwirrt warf sie Anette einen Blick zu. Anette runzelte die Stirn, auch sie hatte bemerkt, dass etwas nicht stimmte. Ihr Blick huschte im Bus umher, bis sie erkannte, was Kristin aufgefallen war.

Die Luke am Boden.

Der Busfahrer ging die wenigen Meter zum Lieferwagen.

Er betätigte den Handgriff, öffnete die Seitentür und tat so, als lehnte er sich in den Wagen, um das Geld herauszunehmen. Sein Polizeikollege reichte ihm das Maschinengewehr. Er presste die Waffe an die Brust und drehte sich um.

»Jetzt!«, brüllte Lehmann.

Im Gepäckraum des Busses hatte Polizeikommissar Leif Grønaasen die Blendgranate entsichert und umklammerte sie mit feuchten Fingern.

Als der Befehl seines Chefs durch den Ohrhörer dröhnte, schob er die Luke zur Fahrgastkabine mit der linken Hand auf.

»Njet!«, schrie Anette Wiik. Dann rief sie etwas auf Russisch.

Ramzan drehte sich blitzartig um. Kristin folgte seinem Blick.

Die Luke im Boden war halb geöffnet!

Sie sah eine Hand. Eine Hand, die etwas in den Bus warf… eine Granate?

Ramzan war rascher, als Kristin es für möglich gehalten hätte. Mit einem Satz war er bei der Granate und schoss sie mit dem Fuß zurück. Mit einem Knall schlug sie unten im Gepäckraum auf.

Sie detonierte mit einem scharfen Knall, der den Boden erbeben ließ.

Ramzan schrie einen Befehl. Anette heulte. Mit verbissenen Gesichtern begannen die Terroristen, durch den Boden zu schießen.

Trotz ihrer Panik bekam Kristin einen ganz bestimmten Gedanken nicht aus dem Kopf: Anette hatte die Terroristen gewarnt!

Die drei Polizisten lagen halb bewusstlos im Gepäckraum.

Wenngleich Blendgranaten nicht tödlich waren, waren die Männer durch den lauten Knall, die Druckwelle und die grellen Lichtblitze außer Gefecht gesetzt worden. Ihre Ohren pfiffen, die Trommelfelle waren geplatzt.

Um sie herum schlugen die Projektile ein. Benommen versuchten sie, sich in Sicherheit zu bringen, doch es gab keinen Ort, an dem sie sich hätten verstecken können.

»Sie schießen!«, rief Bjørnar Lehmann. »Holt sie aus dem Gepäckraum!«

Wieso schießen sie?, dachte Willy Skogen verwirrt, als er mit seinen Kollegen aus dem Laderaum stürmte. *Wir sollten sie doch überraschen?* Durch die Reflexe auf den großen Busscheiben sah er Terroristen und Geiseln eng beieinander.

Gemeinsam mit dem Busfahrer rannte Skogen zur Seitenluke des Busses. Die zwei anderen Polizisten zielten auf die Fenster, um ihren Kollegen Deckung zu geben.

Der Rauch der Granaten quoll aus dem Gepäckraum. Die Polizisten zogen je einen benommenen Polizisten heraus, Grønaasen und Haug – Viken blieb im Bus liegen. Einer der Schüsse hatte ihn im Gesicht getroffen.

Kristin kauerte auf dem Boden zwischen den Sitzen. Sie machte sich so klein, wie es nur ging, um nicht getroffen zu werden.

Die Terroristen schossen wild um sich.

Mehrere Fenster implodierten. Ein Splitterhagel schneite durch den Bus.

Jetzt sterbe ich, dachte sie, gleich trifft mich eine der Kugeln!

Das Fadenkreuz im Zielfernrohr des Scharfschützen im Helikopter teilte das Gesicht des Terroristen in vier gleich große Teile. Er wusste, dass er nicht zögern durfte. Der Zeigefinger krümmte sich in einer ruhigen, raschen Bewegung um den Abzug.

Im Lärm der Rotoren konnte er den Knall des Schusses nicht hören, aber er spürte den Rückstoß in der Schulter. Durch das Zielfernrohr sah er, dass die Scheibe pulverisiert wurde und der Terrorist zu Boden ging.

»T9 an T1 – ich habe einen getroffen!«

Während die zwei Polizisten, die ihnen Deckung gaben, vom Lieferwagen aus den Bus durch die Scheiben beschossen, zogen Skogen und der Busfahrer Grønaasen und Haug in Sicherheit hinter den Lieferwagen. Beide bluteten aus Nase und Ohren.

»T8 an T1 – zwei Verletzte in Sicherheit hinter dem Lieferwagen! Ein Mann wurde erschossen und liegt noch im Bus.«

»T1 an alle – Aktion abbrechen!«, antwortete Bjørnar Lehmann. »Ich wiederhole – Aktion abbrechen!«

Der Helikopter entfernte sich in einem weiten Bogen.

Berglien und Austli schlüpften zu den Kollegen hinter den Lieferwagen.

»Wer wurde getötet?«, fragte Austli.

»Viken! Sie haben durch den Boden geschossen!«

Grønaasen stöhnte und fasste sich an die Ohren.

Der Schusswechsel endete ebenso plötzlich, wie er begonnen hatte.

In der Stille, die folgte, rollte sich Kristin wie ein Ball zwischen den Bussitzen zusammen.

Die Terroristen redeten in kurzen, wütenden Sätzen aufeinander ein. Sie hörte, dass Anette etwas auf Russisch oder Tschetschenisch zu ihnen sagte. Vorsichtig wagte Kristin einen Blick nach oben. Sie hatte Glassplitter in den Haaren, auf den Schultern und auf dem Rücken. Ihre Ohren pfiffen nach der Explosion und all den Schüssen.

Anette hockte mit den Terroristen im Mittelgang. Etliche Scheiben waren zersplittert. Weiter hinten im Bus blickten Aslan und der Außenminister von ihren Zufluchtsorten zwischen den Sitzen auf.

Im Mittelgang lag einer der Terroristen. Tot. Es war Mowzar. Sein halber Kopf war weg.

Kristin kniff die Augen zusammen. Ihr wurde schwindelig. Als sie sie schließlich wieder öffnete, achtete sie darauf, nicht in Mowzars Richtung zu blicken. Anette wendete sich ab, als sich ihre Blicke begegneten.

Eine von denen? Kristin konnte es nicht fassen.

Sjamil hatte sich hinter das Steuer gesetzt und startete den Bus. Sie fuhren ein paar hundert Meter. Als sie zur Ausfahrt Olavsgaard kamen, bog Sjamil von der Autobahn ab.

Meine Zeit in Tschetschenien war vorüber. Mein mutiges Heer gab es nicht mehr. Die Frau, die ich liebte, war tot. Der Adler und seine geifernden Bluthunde würden mich jagen, bis ich keinen Zufluchtsort mehr hatte.

Ich versteckte mich ein paar Tage in einem Kartoffelkeller von Menschen, denen ich vertraute. Sie schmuggelten mich an den Militärposten vorbei. Mit falschen Papieren kam ich nach Dagestan und von dort nach Russland.

Mit meinem kostbaren Schatz – der peniblen Übersicht des Generals über das Komplott und die Ausbeutung meines Landes – floh ich nach Norwegen, um dort Asyl zu beantragen.

Ich sah aus wie ein Wilder. Hatte Haare und Bart zwei Jahre lang wachsen lassen. Mir war einmal etwas von einem norwegischen König zu Ohren gekommen, der sich erst dann wieder die Haare schneiden lassen wollte, wenn die Nation vereint war. Vielleicht hatte der mich inspiriert?

Die Norweger müssen mir geglaubt haben.

Ich bekam einen neuen Namen. Eine neue Identität. Ruslan Wlasow. Sie machten mich zu einem Russen. Welch Ironie. Welch grenzenlose Ironie.

Zu Hause in Tschetschenien wuchs der Durst nach Blut ins Unermessliche.

Die Tiere erwachten zu neuem Leben, fauchend und mit gefletschten Zähnen. Die Terroraktionen nahmen an Brutalität und Umfang zu. Meine Kameraden hörten auf, Menschen zu sein, Soldaten. Sie wurden zu wilden Tieren. Und ich saß machtlos in Norwegen und sah das Grauen im Fernsehen.

Kadirow wurde im Mai 2004 getötet.

Im August stürzten zwei Flugzeuge an ein und demselben Tag ab.

Die U-Bahn in Moskau.

Beslan …

Zwei Wochen nach der Tragödie in Beslan nahm ich Kontakt mit Kristin Bye auf.

Ich weiß nicht, auf was ich gehofft hatte. Tief in meinem Inneren wünschte ich wohl, dass sie ihr mächtiges Medium, das Fernsehen, dazu einsetzte aufzudecken, was wirklich in Tschetschenien geschah. Vielleicht hoffte ich darauf, dass die Aufmerksamkeit für das Schicksal meines Landes irgendetwas bewirkte.

Vielleicht war ich einfach nur naiv.

Vielleicht war ich ein Träumer.

07.40 Uhr – 08.05 Uhr

1

Flugplatz Kjeller, 07.40 – 08.05 Uhr

Thomas Fjell kauerte geschützt hinter dem Transformatorenhäuschen auf dem Parkplatz vor der Haupteinfahrt zum Flugplatz Kjeller. Durch seinen Ohrhörer schnurrte eine Kakophonie von Stimmen und geschrienen Kommandos. Irgendetwas schien bei Olavsgaard fürchterlich schiefzulaufen.

Die haben uns komplett verarscht!, dachte Thomas Fjell bitter. Sie haben uns sogar glauben lassen, wir wären besonders clever.

Hoch oben am Himmel kreisten die beiden F16-Flieger wie beharrliche Geier. Er hörte das Knattern des Polizeihelikopters und das Rauschen des Jets auf dem Rollfeld.

Jetzt hängt alles an uns, dachte er frustriert.

Aksel Schjelderup, Børre Henrichsen und Ronny Lystad waren zu dem großen, soliden Eingangstor gelaufen und suchten nach einer geeigneten Position, von wo aus sie nicht zu sehen waren und gleichzeitig freie Schussbahn auf das Flugzeug hatten. Aber der Ausblick auf das Rollfeld wurde durch eine Reihe von Gebäuden, Garagen und technischen Anlagen blockiert. Fjell rannte über den Parkplatz zu den anderen. Der obere Rand des Tores schloss mit scharfen Zacken ab, und der Maschendrahtzaun war von Stacheldraht gekrönt. Über den Ohrhörer bekam er mit, dass der Bus mit den Terroristen und Geiseln eben von der E6 abgefahren war.

Ramzan, du Teufel!

»Der Bus hat die E6 verlassen!«, rief er etwas zu laut, etwas zu engagiert.

Vier Polizisten gegen sechs Terroristen. *Wir haben keine Chance!*

Scheiße!, fluchte er innerlich.

Schjelderup griff nach dem Mikrofon, das an seiner Brust befestigt war.

»U-null-fünf-alpha an alle Einheiten! Der Bus befindet sich jetzt in Anfahrt auf den Flugplatz Kjeller. Die operativen Einheiten folgen ihm mit *größter Vorsicht!* Ihr dürft auf keinen Fall vom Bus aus zu sehen sein! Zwei Einheiten bleiben in dem Kreisverkehr direkt hinter dem Fluss und sperren die Straße für den nachfolgenden Verkehr!«

Er klemmte das Mikrofon wieder an seinen Platz. »Was haben die bloß vor?«, fragte er und starrte am Zaun entlang.

Børre Henrichsen rüttelte an dem Tor. »Zu solide, um mit dem Bus durchzufahren.«

Ronny Lystad zeigte an dem Maschendrahtzaun entlang. »Da hinten ist noch ein kleineres Tor! Ob die da mit dem Bus durchwollen?«

»Wie viel Zeit bleibt uns?«, fragte Fjell.

»Der Bus braucht von der E6 vier Minuten bis hierher«, sagte Schjelderup.

»Und wo ist das Flugzeug?«, fragte Lystad.

Fjell lauschte. Er hörte das ferne Rauschen der Jetmotoren und das Knattern des Helikopters, der, wie er annahm, dem Bus folgte.

Nachdem die Gulfstream langsam an das Nordwestende der Landebahn gerollt war, blieb sie ein paar Minuten still stehen.

Dann, als wollte sie direkt wieder starten, heulten die Motoren auf, und das Flugzeug machte eine Hundertachtzig-

Grad-Wende. Einen Augenblick stand die Maschine wieder still, ehe sie den gleichen Weg zurücknahm, den sie gekommen war.

Zwischen den Lichtreflexen auf den Scheiben des Cockpits waren die Köpfe der beiden Piloten als undeutliche Umrisse zu erkennen. Aus einem Waldstück hinter dem Flugplatz flatterte ein Schwarm Vögel auf. Hinter den Fenstern einiger Häuser jenseits des Rollfeldes tauchten Gesichter auf; neugierige, empörte Blicke. Flugaktivitäten um diese Tageszeit waren höchst ungewöhnlich.

Gemächlich rollte das silbrig schimmernde Flugzeug die Rollbahn hinunter.

»Was, zum Teufel, haben die vor?«, rief Aksel Schjelderup genervt. Er sah sich um, auf der Suche nach irgendetwas, einem Hinweis, einem Zeichen, einer Andeutung, wie die Terroristen gedachten, auf das Flugplatzgelände zu gelangen.

»Ein Fahrzeug!«, rief Fjell.

Auf dem Riksvei kam eine ausländische Limousine angerast. Diplomaten-Kennzeichen. Als der Wagen an ihnen vorbeipreschte, glaubte Schjelderup, den älteren Mann wiederzuerkennen, den er am Vorabend im ABC-Gebäude gesehen hatte. Gunnar Borg?

»Die müssen irgendwo durch den Zaun«, sagte Børre Henrichsen.

Schjelderup wandte seinen Blick von der Limousine ab, die weiter dem Riksvei folgte.

»Da das Haupttor zu solide ist«, fuhr Henrichsen fort, »vermute ich, dass sie eins der kleineren Tore im Maschendrahtzaun mit dem Bus durchbrechen. Die sind nur mit einer Kette und einem Vorhängeschloss gesichert.«

»Aber *welches* Tor?«, fragte Ronny Lystad.

»Und was ist mit dem Flugzeug?«, sagte Thomas Fjell. »Ziel der ganzen Aktion dürfte doch wohl sein, mit dem Bus zum Flugzeug zu gelangen.«

Sie versuchten, auf dem kurzen Stück Rollbahn, das sie zwischen den Gebäuden überblicken konnten, den Jet auszumachen.

»In zwei, drei Minuten ist der Bus hier!«, erinnerte Schjelderup.

»Okay«, sagte Fjell und fasste kurz zusammen. »Von hier aus sind zwei beziehungsweise drei Tore zu sehen, durch die der Bus möglicherweise fahren könnte. Eins drüben bei den Militärbaracken, eins gleich hier links neben dem Haupttor und das dritte ein Stück weiter in die andere Richtung.«

»Jeder von uns übernimmt ein Tor!«, sagte Schjelderup. »Fjell und ich beziehen Posten hinter der nächsten Trafostation neben der Zufahrt. Lystad, du gehst zu dem Kassenhäuschen in der Mitte des Parkplatzes, falls der Bus das hintere Tor nimmt. Henrichsen, du gehst hinter dem Ford-Transit in Deckung und übernimmst das vordere Tor.«

»Und was machen wir, wenn sie kommen?«, fragte Henrichsen.

Schjelderup seufzte. Er sah auf die Uhr. »Sie können jeden Augenblick da sein. Wir müssen unsere Positionen einnehmen.« Er sah Børre Henrichsen an. »Ich weiß es nicht. Wir müssen unsere Köpfe benutzen. Improvisieren. Aber sie dürfen uns auf keinen Fall sehen! Unser einziger Vorsprung ist das Überraschungsmoment. Sie wissen nicht, dass wir hier sind. Wenn wir es schaffen, uns unbemerkt an sie ranzupirschen, haben wir eine Chance! *Go! Go! Go!*«, rief Schjelderup.

Anette sah Kristin verzweifelt an. »Ich habe nicht damit gerechnet, dass er … jemanden umbringen würde«, flüsterte sie.

Kristin rutschte nervös hin und her. Der Schock über Anettes grenzenlosen Verrat lähmte sie.

Anette hatte sich auf den Platz vor Kristin gesetzt. Der Terrorist, der Anette bewachen sollte, hatte eingesehen, dass das doppelte Spiel aufgeflogen war, und starrte teilnahmslos aus dem Fenster. Eine Tankstelle, eine Werkstatt, kleine Häuser aus den Fünfziger- und Sechzigerjahren zogen an ihnen vorbei.

Anette sagte etwas auf Russisch oder Tschetschenisch zu Ramzan. Er lächelte und streichelte ihr über die Wange.

»Wir haben uns in Moskau kennen gelernt«, sagte Anette leise. »Gehörten der gleichen Clique an. Er ist nicht so, wie Sie glauben. Nicht wirklich.«

»Ist er kein Tschetschene?«

»Doch. Er ist dort geboren. Er und Aslan Gairbekow sind zusammen aufgewachsen.«

»Wie können Sie gutheißen, was er heute Nacht getan hat?«

»Das kann ich nicht… Aber…« Ihr Blick wurde hart. »Sie haben meine Mutter ermordet.«

»Wer?«

»Die Tschetschenen! Sie haben ihr die Kehle durchgeschnitten.«

»Wie grauenvoll!«

»Meine Mutter war Diplomatin. Aber mein Vater ist Russe. Ich bin bei meinem Stiefvater in Norwegen aufgewachsen. Er hat mich gehasst. Darum bin ich nach Moskau gegangen. Vielleicht, um meinem leiblichen Vater nahe zu sein? Wer weiß.«

Kristin sah aus dem Fenster. Fahren wir nach Lillestrøm?, dachte sie, als sie den Weg zum Fußballstadion in Åråsen wiedererkannte.

»Wieso sind Sie mit ins Studio gekommen?«, fragte Kristin.

»Sie brauchten jemanden, der Norwegisch spricht. Außerdem wollten sie, dass ich mich bei Aslan Gairbekow einschmeichele. Wir hatten viel früher mit ihm gerechnet.«

Kristin seufzte. »Anette – die Unschuldigen, die heute Nacht getötet wurden…«

»Das war so nicht geplant. Niemand hätte gedacht… ich habe nicht geglaubt, dass es so weit kommen würde. Dass jemand sterben muss. Das war nicht geplant.«

»Er hat sie kaltblütig abgeknallt, Anette.«

»Weil er musste. *Musste!* Hören Sie?«

Kristin sah in Anettes Blick, dass sie in dieser Nacht eine Menge Illusionen verloren hatte. Dass Ramzan Jewlojew nicht der Idealist war, für den sie ihn gehalten hatte.

»Die Menschen, die heute Nacht gestorben sind, hatten nichts mit dem Mord an Ihrer Mutter zu tun«, sagte Kristin.

»Und?«, antwortete Anette scharf. »Hatte meine Mutter vielleicht etwas mit dem Krieg in Tschetschenien zu tun? Sie war nur zufällig dort. Falsche Zeit, falscher Ort. So wie ihr im Studio zur falschen Zeit am falschen Ort wart.«

»Das meinen Sie nicht, Anette, nicht wirklich.«

Es verging eine Weile, ehe sie antwortete. »Für manche Dinge gibt es keine Erklärung. Manchmal geschehen Dinge – schreckliche Dinge –, die niemals hätten geschehen sollen. Aber sie geschehen. Und das Leben geht weiter. Es hätte nicht so enden müssen.«

Etwas in ihr muss unwiederbringlich zerbrochen sein, als ihre Mutter ermordet wurde, dachte Kristin.

»Wir haben einen Auftrag bekommen«, sagte Anette. »*Er* hat einen Auftrag bekommen. Einen Auftrag, der uns ein Vermögen in Aussicht stellt, von dem wir bis ans Ende unseres Lebens gut leben können. Wir sollten einfach nur Aslan Gairbekow finden. Wir haben ihn überall gesucht. Alle Asylantenheime haben wir abgeklappert. Aber wir konnten ihn nicht finden!«

»Sie haben geholfen, ihn zu suchen?«

»Ich bin Norwegerin, beherrsche die Sprache. Darum hab ich

mich auch bei Ihnen als Übersetzerin beworben. Sie wussten, dass er zu Ihnen Kontakt hatte, wegen Ihres Visumantrags bei der Botschaft.«

»Ich verstehe noch immer nicht. Ihr seid Russen? Keine Tschetschenen?«

»Das spielt doch keine Rolle. Jedenfalls im Augenblick nicht. Ihr habt der Welt gezeigt, was für brutale Schweine die tschetschenischen Extremisten sind. Und ihr habt unseren Auftraggebern die Dokumente beschafft. Und Aslan Gairbekow.«

Kristin sah rechts aus dem Bus und erblickte einen Windsack an einer hohen Stange. Im ersten Augenblick überlegte sie, was das sein könnte und wo sie waren. Kjeller! Der Flugplatz in Kjeller!

Sie richtete sich in ihrem Sitz auf. Sie hatte die ganze Zeit gedacht, sie wären auf dem Weg nach Gardermoen. In Kjeller war doch garantiert kein Polizist. Nur ein Flugzeug, das sie erwartete.

Von seinem Platz hinter dem Trafohäuschen sah Thomas Fjell den Bus näher kommen. Er war gespannt, auf welches der Tore er zusteuern würde. Gab es auf dem Gelände womöglich Komplizen?, schoss ihm durch den Kopf. Komplizen, die das Tor öffneten und sie reinließen? Komplizen, die längst die Polizisten entdeckt hatten, die auf dem Parkplatz hin und her gelaufen waren?

Er überlegte, ob er Schjelderup seine Vermutung mitteilen sollte, aber der Bus war schon zu nah. Er näherte sich mit hohem Tempo dem Kreisverkehr vor der Zufahrt zum Flugplatz.

Wieso ging er nicht mit dem Tempo runter? Der Bus würde unweigerlich umkippen, wenn er mit der Geschwindigkeit in das Rondell fuhr.

Verblüfft sahen Fjell und Schjelderup, wie der Bus einfach an dem Rondell vorbeifuhr und einen Weg wählte, der an dem Zaun entlangführte.

Sie blickten sich verständnislos an. Dann schien Schjelderup aufzugehen, was sie vorhatten. »Die Kurzlandebahn!«, brüllte er. »Die fahren zur Kurzlandebahn am Ostende des Platzes!«

»Igor?«, sagte Gunnar. »Was haben wir hier eigentlich verloren?«

»Ich will versuchen, meine Tochter zu retten. Wie ich dich kenne, würdest auch du alles dafür geben, die Frau zu retten, die du deine Tochter nennst?«

»Gegen sechs bewaffnete Terroristen?«

Mit der linken Hand am Steuer, lehnte sich Botschafter Igor Woronin über ihn und öffnete das Handschuhfach. Dort lagen zwei glänzende blanke P-9-Gyurza-Pistolen.

Die Gulfstream war bis an das äußere Ostende des Fugplatzes gerollt, wo nur noch ein Maschendrahtzaun die Rollbahn von der Straße nach Lillestrøm trennte. Dort hatte die Maschine gewendet.

Alles war zum Take-off bereit.

Die Motoren liefen. Die Sonne blinkte auf dem Flugzeugrumpf.

Aksel Schjelderup und Thomas Fjell rannten über den Parkplatz, überquerten die Straße und liefen zu der privaten Einfahrt, in der ihr Einsatzwagen parkte. Der Motor heulte auf, als Schjelderup den Wagen startete und rückwärts aus der Einfahrt schoss. Mit quietschenden Reifen schlingerte er auf die Straße. Er richtete den Wagen aus und trat das Gaspedal bis zum Anschlag durch. Der schwere Wagen schoss nach vorn. Fjell wurde von der Beschleunigung in den Sitz gepresst.

Schjelderup griff nach seinem Mikrofon. »U-null-fünf an alle Einheiten! Der Bus ist unterwegs zur Kurzlandebahn am östlichen Ende des Flugplatzes, ich wiederhole, am *östlichen* Ende des Flugplatzes, an der Straße nach Lillestrøm! Keine Sirenen! Kein Blaulicht!«

Schjelderup jagte mit rasantem Tempo die Straße entlang. Rechts von ihnen sahen sie Henrichsen und Lystad laufen. Auf der linken Seite wurden ein paar Geschäfte und eine Tankstelle sichtbar. Schjelderup machte eine Vollbremsung, als er vier- oder fünfhundert Meter vor sich plötzlich den Bus entdeckte, der wie erwartet an der Ampelkreuzung bei der Tankstelle rechts abbog und aus ihrem Blickfeld verschwand. Schjelderup gab wieder Gas. Der Motor dröhnte, als das Kommandofahrzeug beschleunigte.

Børre Henrichsen und Ronny Lystad rannten.

Lystad, der das Gewehrfutteral am Riemen auf dem Rücken trug, sprintete an dem Maschendrahtzaun entlang. Henrichsen, dessen MP5 vor seiner Brust hing, folgte ihm mit hundert Metern Abstand. Am Ende der Gebäudereihe kletterte Lystad über den Zaun, als wäre der scharfe Stacheldraht gar nicht vorhanden. Er rollte sich über die obere Zaunkante und landete weich wie eine Katze auf dem Gras auf der anderen Seite.

Henrichsen hatte größere Probleme. Ständig verhakte sich der Lauf seiner Maschinenpistole in dem Maschendraht, und als er sich endlich blutend über den Stacheldraht wälzte, landete er seitlich und mit einem lauten Stöhnen auf dem Boden. Hinkend nahm er Lystads Verfolgung auf, der ein paar hundert Meter vor ihm war.

Der Bus bog von der Hauptstraße ab, passierte einen überdachten Briefkasten und durchbrach eines der kleineren Tore. Dann bog er auf einen schmalen Weg ab, der durch ein lichtes Wäldchen führte. Rechter Hand des Busses waren zwischen den Baumstämmen ein paar flache Gebäude zu erkennen, Hangars für Kleinflugzeuge und Helikopter. Links lag die Rollbahn.

Dort wartete der Jet.

Schjelderup bremste abrupt vor der Einfahrt zur Kurzlandebahn. Der Bus war jetzt nur noch fünfzig Meter vor ihnen.

»Verdammt!«, fluchte Schjelderup. »Dichter kommen wir nicht ran, ohne dass sie uns bemerken. Siehst du das Flugzeug?«

Fjell guckte angestrengt durch das Gestrüpp und die niedrigen Bäume. »Jawoll. Ein Privatjet.« Am rechten Rand der Startbahn erblickte er die schwarze Botschaftslimousine. »Und ein Auto.«

»Glaubst du, sie nehmen die Geiseln mit an Bord?«

»Nicht, wenn sie uns nicht entdecken. Die Geiseln schaffen ihnen nur Probleme.«

»Aslan Gairbekow nehmen sie aber schon mit.«

Schjelderup seufzte. »Das wird sich wohl kaum verhindern lassen.«

»Wie schnell fährt die Karre hier?«

»Schnell genug.«

»Kannst du schneller fahren als das Flugzeug? So dass wir ihnen auf der Rollbahn den Weg abschneiden könnten?«

»Mit dem hier?« Schjelderup schlug auf das Lenkrad. »Das Teil ist zwar schnell, aber wohl kaum schneller als ein Jet.«

»Das Flugzeug steht am äußeren Ende der Rollbahn. Das bedeutet, dass wir ein paar hundert Meter zum Beschleunigen haben, bis wir etwa in gleicher Höhe mit ihnen sind.«

»Aber dann müssen wir noch an ihnen vorbei und uns vor sie setzen.«

»Ich denke ja nur laut…«

»Dafür bräuchten wir einen Ferrari-Einsatzwagen.«

Der Bus holperte auf die Rollbahn und schwenkte nach links in Richtung Flugzeug. Weiter vorne, am anderen Ende des Flugplatzes, erkannte Kristin eine Schule und ein Bürogebäude.

So endet das also, dachte sie. Sie nehmen uns mit nach Tschetschenien. Oder nach Moskau. Oder wohin auch immer sie, verdammt noch mal, wollen.

Der Bus raste mit hoher Geschwindigkeit über die Rollbahn. Ramzan Jewlojew kniete neben Sjamil und hielt Ausschau, ob irgendwo ein Hinterhalt zu befürchten war.

Am Ende der Rollbahn erkannte Kristin zwei fremde Männer, die an der Motorhaube eines Autos lehnten. Der eine grüßte in Richtung des Busses. Ramzan erhob sich und sagte etwas zu den anderen. Sie klatschten und streckten die Faust in die Luft.

Der Bus fuhr bis direkt an das Flugzeug heran. Ramzan sah sich wachsam um.

Botschafter Igor Woronin und Gunnar Borg hatten die Limousine hinter ein großes Bauzelt gefahren, in dem drei Cessnas und ein Hubschrauber der Marke HelikopterDrift standen. Die beiden korpulenten Männer hatten sich hinter einer Reihe Treibstoffkanister versteckt und beobachteten das Geschehen auf der Rollbahn.

»Verdammter Verräter!«, platzte Woronin heraus.

Gunnar blickte zu den zwei Männern, die an einem am Ende der Rollbahn geparkten Wagen lehnten. »Wer ist das?«

Woronin stierte aus zusammengekniffenen Augen zu ihnen hin. »Waleriy und Jaroff. Mein Sicherheitschef und der Chef des Nachrichtendienstes. Diese Verräter sind also Teil des Komplotts!«

Die Kabinentür hinter dem Cockpit der Gulfstream öffnete sich langsam.

Die ersten Polizeiwagen aus der Kolonne kamen mit so hoher Geschwindigkeit angejagt, dass Fjell befürchtete, sie würden in den Sondereinsatzwagen rasen. Aber sie bremsten, einer nach dem anderen, lautlos, vor der Einfahrt zum Flugplatz. Kurz darauf standen die Streifenwagen und Krankenwagen in Zweierreihe auf der Straße. Hoch über ihnen, kaum hörbar, hing der Helikopter.

Die Tür des Flugzeuges öffnete sich langsam. Ein Zwischending aus Leiter und Treppe wurde heruntergelassen.

Waleriy und Jaroff liefen von ihrem Fahrzeug zum Flugzeug. Waleriy ging als Erster an Bord, gefolgt von Jaroff.

»Hier endet unsere gemeinsame Reise.« Ramzan Jewlojew blickte mit einem triumphierenden Lächeln durch den Bus.

Gemeinsame Reise, dachte Kristin. Bedeutet das, dass er uns frei lässt? Oder will er uns umbringen?

»Aber noch sind wir nicht ganz fertig mit euch«, fuhr er fort. »Wir brauchen euch noch als Schutzschild, bis wir im Flugzeug sind. Ich glaube zwar nicht, dass die Polizei etwas von unserer Planänderung mitbekommen hat …« Er grinste selbstzufrieden. »Aber sicher ist sicher. Aslan Gairbekow wird uns weiter begleiten. Ihr anderen werdet frei gelassen, sobald wir sicher an Bord des Flugzeuges sind. Sjamil und Islam, ihr geht mit Aslan vor. Danach Edil und Roza zusammen mit Außenminister Bøe. Anette, du gehst direkt vor Kristin und mir. Okay«, rief er. »Es geht los! Sjamil und Islam!«

Die zwei Terroristen packten Aslan Gairbekow, schleppten ihn zwischen sich durch den Mittelgang, die Stufen der Fahrertür hinunter und nach draußen. Die Pistolen auf seinen Kopf gerichtet, schubsten sie ihn vor sich die Flugzeugtreppe hoch und in die Kabine.

»Edil! Roza!«, rief Ramzan.

Die zwei mussten Außenminister Bernt Bøe förmlich nach draußen tragen. Schwankend ging er zwischen ihnen zum Flugzeug. Sie schoben ihn die Treppe hoch und in die Kabine. Sobald sie sicher im Flugzeug waren, schubsten sie ihn wieder raus. Verdutzt stolperte er die Treppe runter und blieb unschlüssig auf der Rollbahn stehen. Plötzlich schien er aufzuwachen und setzte sich in Bewegung. Er lief am Bus vorbei und auf das Wäldchen und die Gebäude zu.

»*Zajotsika!*«

Kleines Häslein …

Igor Woronin lief keuchend auf das Flugzeug zu, dicht gefolgt von einem schnaufenden Gunnar Borg. Beide hinkten.

Anette blieb wie vom Blitz gerührt stehen.

Woronins und ihre Blicke trafen sich.

»Papa!«, rief sie.

»Geh nicht mit ihnen, Anette.«

»Was tust du hier?«

»Ich bin hier, um dich mitzunehmen.«

»Papa – du verstehst nicht.«

»Und ob ich verstehe, Zajotsika. Wir finden eine Lösung. Ich rede mit der Polizei … mit den norwegischen Behörden. Alles wird sich klären. Geh nicht mit denen.«

Ramzan Jewlojew stieg aus dem Bus. Er hatte seine Waffe auf Igor Woronin gerichtet. »Ich gebe Ihnen einen guten Rat, alter Mann! Drehen Sie sich ganz langsam um und verschwinden Sie. Das Gleiche gilt für Sie«, sagte er zu Gunnar.

Anette drehte sich um. »Er ist mein Vater!«

»Ich scheiß drauf, wer er ist. Er soll verschwinden! Auf der Stelle!«

»Papa, bitte … geh einfach. Zu deinem eigenen Besten!«

Er streckte die Hand aus. »Nur mit dir, *Zajotsika.*«

»Papa, bitte!«

»Woronin. Ich habe keine Zeit für solche Scherze! Verschwinden Sie!«

»Anette?«

»Papa … Bitte.«

Woronin steckte die Hand in die Jackentasche und zog die Pistole heraus. Er zielte auf Ramzan. »Wenn du schießt, du Abschaum, bring ich dich um!«

»Papa!«

Ramzan blickte verwundert auf die Waffe des Botschafters. »Eine P-9 Gyurza, Herr Botschafter? Seit wann rüstet sich denn die Botschaft mit den Dienstwaffen der Spetsnaz aus?«

Woronin fuchtelte ungeduldig mit der Pistole herum.

»Seien Sie vorsichtig, Woronin. Mit dem Ding können Sie sogar schusssichere Westen durchlöchern!«

Ramzan feuerte einen Schuss in den Asphalt und hob die Pistole. »Der nächste ist für Sie, Woronin.«

Anette drehte sich zu Ramzan um. »Was tust du da? Er ist mein Vater!«

»Geh ins Flugzeug!«

»Du bist ja genauso verrückt wie die anderen aus deinem Scheißland!«

»Tu, was ich sage!«

Sie sah ihn an. »Bist du bereit, mich zu opfern?«

»Geh aus dem Weg, Anette, damit ich dich nicht treffe!«

»Ich lasse nicht zu, dass du Papa erschießt!«

»Du sagst mir nicht, was ich zu tun habe!«

»Du wirst Papa nicht erschießen!«

»Halt die Klappe, Anette! Aus dem Weg, bevor ich schieße!«

Sie sah ihn lange an. Dann drehte sie sich um und ging auf Igor Woronin zu.

»Anette!«, schrie Ramzan.

Gunnar hatte die ganze Zeit befürchtet, dass Woronin erschossen werden würde, aber nun begriff er, dass es genauso gut Anette treffen konnte.

»Igor!«, rief er warnend.

Woronin zielte auf Ramzan. Gunnar hielt unsicher die Pistole in der Hand, die Igor ihm gegeben hatte, während Anette Schritt für Schritt näher kam.

Der Schuss kam von der Kabinentür. Von Jaroff. Woronin wurde nach hinten gedrückt und schwankte.

»Papa!«, schrie Anette.

Gunnar feuerte einen Schuss auf das Flugzeug ab. Jaroff sprang zurück.

Woronin war auf die Knie gesunken und schoss auf den Bus. Anette erreichte ihn und zog ihn mit Gunnars Hilfe um den Bug des Flugzeugs hinter die Gulfstream. Woronin sackte auf der Rollbahn zusammen.

Ramzan brüllte irgendwelche Befehle.

»Was sagt er?«, rief Gunnar Anette zu. Er kniete auf der Erde und zeigte abwechselnd auf das Cockpitfenster, von wo aus einer der Piloten mit aufgerissenen Augen das Drama verfolgte, und unter das Flugzeug, wo die Terroristen freie Schussbahn hatten.

»Er sagt, dass alle an Bord gehen sollen.«

»Kommen sie nicht hinter uns her?«

»Er ruft: ›Haut ab, haut ab‹.«

»Schnell!«, rief Ramzan Kristin zu. Ihr wurde schwindelig, als sie sich aufrichtete. Er richtete die Waffe auf ihren Kopf und zog sie aus dem Bus. Wo war nur Gunnar geblieben? Sie sah sich um. Wieso war er überhaupt hier?

»*Fuck you, Anette!*«, brüllte Ramzan Jewlojew.

Dann stieg er mit Kristin als lebendem Schutzschild die wackelige Treppe des Flugzeugs nach oben.

In der engen, aber luxuriös eingerichteten Flugkabine warteten die anderen Terroristen mit erhobenen Pistolen auf sie. Aslan saß in einem bequemen Sessel mit weißem Lederbezug. Die Flugzeugküche war mit dunklem Holz verkleidet, der Boden mit Teppichen ausgelegt.

Kristin wurde nach draußen geschubst. Kaum stand sie unten auf dem Asphalt, wurde auch schon die Treppe eingezogen und die Kabinentür geschlossen. Sie bildete sich ein, ein Jubeln zu hören.

Ronny Lystad hatte die flachen Gebäude am Ende des Flugplatzes erreicht und blieb stehen, weil er mehrere Schüsse hörte. Wenige hundert Meter vor sich sah er das Flugzeug und den Bus. Er warf sich flach auf den Boden, mit gespreizten Beinen. Er war gut in Form, aber der lange Sprint hatte ihn außer Puste gebracht. Von seinem Platz aus sah er nur die Front des Flugzeuges und die Rückseite des Busses.

Auch Børre Henrichsen warf sich neben ihm zu Boden. Auch er rang nach Luft. »Status?«, fragte er mit einem Nicken in Richtung Flugzeug.

»Unklar. Ich sehe den Bus, ein Auto und das Flugzeug. Es gab einen Schusswechsel. Aktivitäten um das Flugzeug herum, unklar, wer wer ist.«

»Sind sie an Bord?«

»Unklar! Schaffst du es zu dem Dickicht, um einen Blick ins Innere des Busses zu werfen?«

Henrichsen erhob sich und lief geduckt zu dem Wäldchen. Plötzlich blieb er stehen. Im Schutz eines Busches hockte ein Mann. Im nächsten Augenblick erkannte er ihn.

»Herr Außenminister!«, sagte Henrichsen.

»Die schießen!«, sagte Bøe.

Zeitgleich kam eine Mitteilung über den Polizeifunk. »U-null-fünf an alle Einheiten, es wurden Schüsse gemeldet. Die Terroristen und eine Geisel befinden sich an Bord! Drei Personen, Identität unklar, auf der Rollbahn beobachtet.« Pause. »U-null-fünf an alle Einheiten, wir stürmen! Ich wiederhole: Wir stürmen!«

Das Geräusch aufheulender Motoren stieg von dem Weg auf. Gleich darauf schoss eine Kolonne Streifenwagen durch das Wäldchen.

»Papa!«, schluchzte Anette.

»*Zajotsika.*« Woronin stöhnte und lächelte sie matt an.

Gunnar öffnete Woronins Jacke und riss das blutdurchtränkte Hemd auf. Aus einer großen Schusswunde in der Schulter pulste helles Blut. Gunnar presste die Hand auf die Wunde.

»Es wird alles gut!«, sagte er kurzatmig zu Woronin und Anette. »Eine Fleischwunde, alles wird gut!«

»Ich schaffe es«, flüsterte er.

»Papa!«

»Drücken Sie auf die Wunde!«, sagte Gunnar zu Anette. »Er darf nicht mehr Blut verlieren. Die Polizei und die Krankenwagen sind jetzt hier! – Halt durch!«, sagte er zu Woronin.

Der Boschafter drückte die Hand seiner Tochter.

Die beiden Rolls-Royce-Motoren der Gulfstream begannen zu heulen.

»Eins, zwei, drei«, sagte der Mann, der sich Ramzan nannte. Er ließ den Gurt einschnappen und sah Aslan Gairbekow an. »Bald sind wir zu Hause«, sagte er mit unergründlichem Lächeln.

»Zu Hause?«, wiederholte Aslan Gairbekow zynisch. »Fliegen wir nach Tschetschenien oder nach Moskau?«

»Was glaubst du?«

»Es dürfte lange her sein, dass Tschetschenien dein Zuhause war.«

»Fragst du dich gar nicht, wieso es uns so wichtig ist, die Dokumente zurückzubekommen, die du gestohlen hast?«

»Die Antwort liegt doch wohl auf der Hand.«

»Die Namen, Listen, Enthüllungen – klar, das an sich sind genügend Gründe. Aber da ist noch etwas. Bist du noch nicht darauf gekommen?«

Aslans Augen wurden schmal.

»Die Papiere des Generals verraten nicht nur, wer an der Operation beteiligt war, sondern auch, wie viele Milliarden Dollar auf welchen ausländischen Banken versteckt sind.«

»Milliarden? Dollar?«

»Gewinne aus den Ölreserven, die wir uns geborgt haben.«

»Geborgt?«, rief Aslan.

»Meine Auftraggeber haben große Pläne für Tschetschenien. Das Geld wird zurückfließen, wenn die Zeit reif ist, wenn der Aufstand niedergeschlagen ist und wir das Land wieder auf die Beine gebracht haben.«

»Dass ich nicht lache.«

»Du hattest nie Visionen für Tschetschenien. Das Einzige, was in deinem Kopf Platz hatte, war der Hass auf Russland. Nicht die Möglichkeiten! Tschetschenien soll eine neue wirtschaftliche Freistatt werden … wie die Schweiz, Monaco oder die Kaiman-Inseln. Ein Land, in dem Russlands Investoren und Finanziers ihre Gewinne parken können.«

»Größenwahn.«

»Eine Vision, Aslan! Eine Vision für Tschetschenien!«

»Und wo ist das Geld jetzt?«

»Die Milliarden sind außer Landes gebracht worden und parken auf verschiedenen Bankkonten rund um die Welt. Die komplette Übersicht über alle Banken, Bankkonten und Kontaktpersonen steht in den Dokumenten, mit denen du dich aus dem Staub gemacht hast.«

»So unvorsichtig ist doch niemand!«

»Natürlich nicht. Die Operation hatte drei Köpfe. Drei zentrale Männer. Mein Auftraggeber sitzt in Moskau. Der zweite ist ein Spitzenfunktionär vom MID. Und der dritte der General, den du getötet hast. Jeder von ihnen war im Besitz von Dokumenten, in denen ein Drittel der Informationen stand, mit denen das gesamte Vermögen und die Passwörter zu lokalisieren sind, die nötig sind, um an das Geld zu kommen. Auf diese Weise haben sie sich abgesichert, damit keiner von dem Triumvirat auf dumme Ideen kam und mit den Milliarden durchbrannte. Stell dir das Ganze als dreifach gesichertes Schloss vor, für das man drei Schlüssel braucht, um es öffnen zu können. Jeder der drei hatte einen Schlüssel, der zu dem Schloss passte.«

»Aber die müssen sich doch auch für den Fall abgesichert haben, dass einer von ihnen stirbt oder die Dokumente gestohlen werden?«

»Selbstverständlich. Jeder der drei hatte eine Kopie seines Drittels der Dokumente gemacht. Und als zusätzliche Sicherheitsmaßnahme wurde jede dieser Kopien nochmals in zwei Teile aufgeteilt, so dass es keine komplette Kopie gab. Die Hauptverantwortlichen hatten je ein Original, während die Kopien aufgeteilt wurden. Diese Hälften vertrauten sie zwei Personen an, denen sie hundertprozentig vertrauten. Jede Kopie für sich genommen ist wertlos. Erst wenn zwei Hälften einer Kopie zusammengebracht werden, kann man etwas damit anfangen.«

»Ich verstehe trotzdem noch nicht ganz, wo das Problem liegt. Ich habe das Original des Generals mitgenommen. Aber die anderen beiden hätten doch immer noch die Kopien gehabt?«

»Theoretisch ja, aber ihnen fehlte ein Sechstel der Dokumente.«

»Wieso?«

»Die eine Hälfte der Kopie haben sie gefunden. Das Problem ist nur, dass der General mir die andere Hälfte der Kopie anvertraut hatte.« Er sah Aslan an. »Um auf der sicheren Seite zu sein, versteckte ich die Dokumente zu Hause, im Haus meiner Eltern.«

Langsam dämmerte es Aslan. »Die Kopien von den Dokumenten des Generals waren in dem Haus versteckt, das ich in Schutt und Asche gelegt habe.«

Das hochfrequente Heulen der Flugzeugmotoren durchschnitt die Luft.

Kristin kam mühsam auf die Beine und rannte um das Flugzeug herum. Am Rand der Rollbahn sah sie Gunnar und Anette neben Igor Woronin sitzen, der am Boden lag.

Langsam setzte sich der Jet in Bewegung.

Die Streifenwagen schossen mit hoher Geschwindigkeit in einer Reihe aus dem Wäldchen und beschleunigten auf der Strecke bis zur Rollbahn.

Schjelderup drückte das Gaspedal bis zum Anschlag durch und spürte die stampfenden Pferdestärken des Motors im ganzen Körper. »Null-eins, hier U-null-fünf! Bringt den Helikopter so in Position, dass er den Take-off verhindert!«

Als er die Asphaltdecke der Rollbahn erreichte, war ihm klar, dass er es nicht schaffen würde, das Flugzeug zu überholen. Es war bereits viel zu schnell.

»Scheiße, Scheiße, Scheiße!«, schrie er und drückte das Gaspedal so fest durch, dass er befürchtete, es würde abbrechen. Den Bruchteil einer Sekunde überlegte er, ob er das Flugzeug einfach von der Seite rammen sollte.

»Null-eins an U-null-fünf, der Helikopterpilot fragt, an welches Ende der Rollbahn er fliegen soll?«

»Zu spät! Scheiße!«, fluchte Aksel Schjelderup.

Aslan wurde in den weichen Sitz gedrückt, als das Flugzeug beschleunigte. Das Heulen der Motoren wurde immer lauter. Ihm gegenüber, mit dem Rücken gegen die Fahrtrichtung, saß Ramzan.

Um ihn nicht ansehen zu müssen, blickte Aslan aus dem runden Fenster. Zwischen den Blättern und Ästen der Bäume sah er – Polizeiwagen?

Ramzan, der seine Reaktion bemerkte, beugte sich zum Fenster rüber und schaute nach draußen. Er schnalzte mit der Zunge und schüttelte mit einem selbstzufriedenen Grinsen den Kopf.

»U-null-fünf – schicken Sie unverzüglich einen Rettungswagen und eine Delta-Einheit ans Ende der Rollbahn!«, rief Aksel Schjelderup in das Funkgerät. »Ein Verletzter! Identität unbekannt!«

Kristin half Anette, Woronins Blutung zu stoppen. Anette schluchzte wie ein kleines Kind.

»Es wird alles gut, Anette, alles wird gut«, flüsterte sie.

»Papa!«, wimmerte Anette, von Weinkrämpfen geschüttelt.

»Schhh … Es wird alles gut. Schhh …«

Gunnar stand auf und sah dem Flugzeug ungläubig hinterher. Würden die Banditen wirklich so einfach davonkommen? Er spürte das Gewicht der Pistole in seiner Tasche, riss sie heraus und feuerte einen frustrierten Schuss hinter der Gulfstream her.

Børre Henrichsen lag auf dem Bauch, den Kolben seines Gewehres fest gegen die Schulter gestemmt. Er presste die Wange gegen das glatte Holz, während sein Blick das Fadenkreuz im Zielfernrohr fokussierte. Ein plötzlicher Schuss riss ihn kurz aus seiner Konzentration.

Er drückte den Finger auf den Abzug und schoss.

Der Vorderreifen der Gulfstream explodierte mit einem kräftigen Knall. Das Flugzeug geriet ins Schlingern und scherte nach rechts aus. Die Piloten fuhren trotzdem weiter. Die Geschwindigkeit war jetzt so hoch, dass sie jeden Augenblick abheben konnten.

Henrichsen zielte auf den linken Hauptreifen und drückte zweimal ab.

Die Gulfstream scherte noch weiter zur Seite aus. Die Reste der Gummireifen hingen in Fetzen von der Felge. Schließlich verstummten die Motoren, und mit einem letzten Ruck blieb die Maschine einen halben Meter vor der Rollbahn stehen.

Nur wenige Sekunden nach dem abrupten Stopp des Düsenjets waren die Streifenwagen an Ort und Stelle. Aksel Schjelderup fuhr an dem Flugzeug vorbei und stellte den Einsatzwagen quer vor den Bug, um jeden weiteren Fluchtversuch zu verhindern. Wenig später war das Flugzeug von Polizeiwagen eingekreist.

Anette und Kristin starrten fassungslos zur Gulfstream.

»Was ist passiert?«, murmelte Woronin.

»Das Flugzeug ist stehen geblieben!«, sagte Kristin.

»Jesses! Hab ich etwa getroffen?«, platzte Gunnar erstaunt heraus.

Aksel Schjelderup drückte den Sendeknopf des Funkgerätes. »U-null-fünf an alle Einheiten. Das Flugzeug ist eingekreist. Es hat zwei geplatzte Reifen. Drei der Geiseln sind frei und werden versorgt! Eine Geisel, Aslan Gairbekow, befindet sich noch an Bord der Maschine! Die Scharfschützen positionieren sich mit freier Sicht auf die Kabinentür. Keine Einheit unternimmt etwas, bevor ich nicht den Befehl dazu gebe. Wir versuchen zuerst, über die Flugkontrolle Kontakt mit den Piloten aufzunehmen. Bis dahin – abwarten!«

Ramzan Jewlojew, der sich an die Armlehnen geklammert hatte, als das Flugzeug zu schlingern begann, sprang aus seinem Sitz. »Was zum Teufel war das?«, rief er den Piloten zu.

»Ein geplatzter Reifen«, antwortete der Pilot.

»Zwei Reifen«, korrigierte ihn der Kopilot.

»Kann man auch mit geplatzten Reifen fliegen?«

Der Pilot schüttelte den Kopf. »Mit einer gehörigen Portion Glück würden wir es möglicherweise schaffen, in die Luft zu kommen. Das Problem ist die Landung.«

»Plus die Tatsache, dass vor dem Flugzeug ein Polizeifahrzeug steht«, sagte der Kopilot.

Ramzan sah aus dem Fenster. Sie waren von Polizeiwagen umringt. Mit vor Wut zusammengebissenen Zähnen ging er auf die andere Seite und blickte dort hinaus. Sie waren überall! Er lief zum Cockpit. Aus dem großen Polizeiwagen stieg soeben ein Mann mit schulterlangem Haar. Ramzan folgte dem Fremden mit dem Blick.

Thomas Fjell ging langsam über die Rollbahn und schaute zur Gulfstream hoch. Zwischen den Reflexen auf einem der Fenster erkannte er ein Gesicht, einen intensiven Blick.

Ramzan Jewlojew.

Fjell blieb stehen. Er grüßte mit zwei Fingern an der Schläfe. Ramzan neigte den Kopf. Als Antwort auf die Frage, die Fjell nur erahnen konnte, nickte er und lächelte schwach.

Durch das Fenster sah er Ramzan mit zwei Fingern an der Stirn grüßen.

Die Piloten schalteten die Motoren aus. Es dauerte eine Weile, bis sie still waren.

Niemand in der Kabine sagte etwas. Die Terroristen saßen reglos auf ihren Plätzen, resigniert, erschöpft.

Aslan Gairbekow blickte zu den Polizisten nach draußen, die hinter ihren Streifenwagen in Deckung gegangen waren. Durch das Cockpit des Flugzeugs sah er ein großes Polizeifahrzeug, das ihnen den weiteren Weg versperrte.

Es ist vorbei, dachte er. So oder so, es ist vorbei. Für sie. Für mich. Für uns.

Mit einem lauten Brüllen fuhr Ramzan herum und zielte mit seiner Pistole auf Aslans Kopf.

Aslan biss die Zähne zusammen. Aber der Schuss kam nicht. Mit einem Stöhnen ließ sich Ramzan auf seinen Sitz fallen.

»Was jetzt, Chef?«, fragte Sjamil.

Ramzan sah ihn an. »Ja, was jetzt? Was zum Teufel machen wir jetzt?«

»Wir haben eine Geisel«, sagte Edil.

»Und die zwei Piloten«, schlug Roza vor.

»Nicht die Piloten!«, sagte Ramzan. »Die stehen unter dem Schutz unserer Auftraggeber.« Er schaltete auf Englisch um. »Wie viele Fallschirme gibt es an Bord?«

»Keinen«, sagte der Pilot. »Sie haben zu viele Comics gelesen.«

»Können wir zurück in den Bus?«, sagte Edil. »Mit Aslan als Geisel?«

Ramzan breitete die Arme aus. »Da erwischen uns die Scharfschützen nach wenigen Schritten.«

Stille.

»Was tun wir also?«, fragte einer der Terroristen schließlich.
Erneute Stille.
»Wir haben wohl kaum die Wahl«, antwortete Ramzan.

Anette hielt die Hand ihres Vaters, als er auf die Bahre gehoben und in den Rettungswagen geschoben wurde.

Kristin entdeckte Außenminister Bøe in dem Wäldchen und lief zu ihm. Von dort wurden sie von Polizisten weiter zu ein paar Krankenwagen geführt, die wenige hundert Meter vom Flugzeug entfernt parkten. Kristin setzte sich auf eine Bahre. Bernt Bøe wurde in einen anderen Krankenwagen gebracht.

Besorgte, verständnisvolle, tröstende Blicke… Blutdruck, Fragen, Umarmungen…

Kristin sah auf die Hand, die auf ihrem Oberschenkel lag. Wie ich zittere, dachte sie, mein Gott, wie ich zittere.

Um Punkt 07.57 Uhr und sechsunddreißig Sekunden öffnete sich die Kabinentür.

»U-null-fünf-alpha an alle Einheiten – klarmachen!«, krächzte es in den Funkanlagen. »Scharfschützen – in Position!«

Die Gangway klappte auf.

»Alle Einheiten – observieren!«

Die offene Tür starrte sie an.

Dann tat sich etwas. Eine Person wurde sichtbar.

»U-null-fünf-alpha an alle Einheiten – nicht schießen, bevor ich den Befehl dazu gebe!«

Der Mann trat ins Helle und einen Schritt auf die Treppe hinaus.

»U-null-fünf-alpha – das ist die Geisel! Aslan Gairbekow! Nicht schießen! Ich wiederhole – nicht schießen! Das ist die Geisel!«

Mit über dem Kopf erhobenen Händen ging Aslan Gairbekow die Treppe hinunter und die wenigen Schritte bis zum nächsten Streifenwagen. Ein Polizist packte ihn am Arm und zog ihn hastig hinter den Wagen und auf den Boden.

»U-null-fünf-alpha – die Geisel ist in Sicherheit! Ich wiederhole: Die Geisel ist in Sicherheit. Fünf Terroristen, zwei unbekannte Personen und zwei Piloten befinden sich nach wie vor an Bord des Flugzeugs. Das heißt – neun, ich wiederhole: neun Objekte im Flugzeug.«

Eine weitere Person erschien in der Türöffnung. Die junge Terroristin. Roza. Die Arme über den Kopf gestreckt, kam sie die Treppe runter.

»Stehen bleiben!«, rief Aksel Schjelderup durch das Megafon. Sie blieb augenblicklich stehen. »Hinlegen!« Er drückte den Knopf des Polizeifunkgerätes. »Sie könnte bewaffnet oder mit Granaten oder Sprengstoff ausgerüstet sein. Aufklärungseinheit eins – untersucht sie!«

Drei Polizisten mit Helmen, Balaklavas-Sturmmasken, Plexiglasvisieren und dick gepolsterten Uniformen, die vor Explosionen schützen sollten, umstellten sie. Nach einer gründlichen Leibesvisitation hob einer von ihnen den Arm. »Alles klar!«, meldete ein anderer über Polizeifunk.

»Alles klar!«, bekräftigte Schjelderup. »Führt sie ab.«

Drei weitere Polizisten kamen angelaufen, packten sie an den Armen und zogen sie hinter einen der Streifenwagen.

Als Nächstes kamen die beiden Piloten. Keiner von beiden war bewaffnet. Ihnen folgten die zwei Männer, die der Polizei noch unbekannt waren. Sie beriefen sich auf diplomatische Immunität. Dann kamen die restlichen Terroristen. Einer nach dem anderen mussten sie sich auf den Boden legen und sich der Leibesvisitation unterziehen, bevor sie zu den wartenden Polizeiwagen gebracht wurden.

Als Letzter kam Ramzan Jewlojew.

Mit einem Lächeln, als wäre das Ganze ein einziger großer

Spaß, blieb er auf dem oberen Treppenabsatz stehen. Es sah aus, als halte er nach jemandem Ausschau. Als er Thomas Fjell hinter einem der Streifenwagen entdeckte, machte es fast den Eindruck, als salutiere er mit zwei Fingern.

Plötzlich krümmte er sich zusammen und schob die Hand unter seine Jacke. Die Scharfschützen reagierten instinktiv. Drei Schüsse, expandierende Munition, wurden gleichzeitig abgefeuert.

Ramzan war längst tot, als sein Körper über die Treppe nach unten stürzte und auf dem Boden liegen blieb.

2
Eilmeldung, NTB, 08.00 Uhr

Eilmeldung
Geiseldrama –

KJELLER, AKERSHUS (NTB). Das Geiseldrama ist beendet. Ein Geiselnehmer, vermutlich der Anführer, wurde erschossen, nachdem die Polizei vor wenigen Minuten einen Privatjet daran hinderte, vom Flugplatz Kjeller zu starten. Die Polizei bestätigt, dass alle Geiseln frei sind. Der russische Botschafter in Norwegen wurde bei einem Schusswechsel mit den Terroristen verletzt. Das Geiseldrama forderte fünf Menschenleben: eine Geisel, zwei Polizisten und zwei Terroristen.

---- ak – ol – bk
8.00 429 Zeichen

3
Flugplatz Kjeller, 08.00 Uhr

»Suchen Sie ihn nach den Papieren ab!«, rief Aslan Gairbekow. »Finden Sie die Dokumente!«

Die Polizisten, die den toten Ramzan Jewlojew untersuchten, verstanden nicht, was er meinte. Aber Thomas Fjell. »Sehen Sie nach, ob er einen Packen Dokumente bei sich hat!«, ordnete er an. »Unter der Jacke? Auf dem Rücken?«

Sie untersuchten ihn gründlich. »Keine Papiere!«

Aslan Gairbekows und Thomas Fjells Blicke wanderten gleichzeitig zum Flugzeug.

Als Kristin Ramzan die Gangway hinabstürzen sah, war ihr erster, irrationaler Gedanke, dass er sich bestimmt wehtun würde. Sie war von der Bahre aufgestanden und hatte sich aus dem Rettungswagen gelehnt, um besser sehen zu können. Arzt und Sanitäter hatten versucht, sie zurückzuhalten. Aber sie hatte die gepolsterten Polizisten gesehen, die vorstürmten und den Toten untersuchten.

Mit einer Art morbider Befriedigung verfolgte sie, wie Ramzan in einen schwarzen Leichensack gelegt wurde, der auf einer Bahre festgeschnallt und zu einem der Krankenwagen gebracht wurde.

Erst nachdem sie all dies gesehen hatte, ließ sie sich zurück in den Krankenwagen ziehen.

»Sollen wir Ihnen ein Beruhigungsmittel geben?«, fragte der Arzt, ein gut aussehender, junger Kerl mit randloser Brille.

»Nein, danke«, antwortete sie automatisch.

»Sie haben eine anstrengende Nacht hinter sich«, sagte der Krankenpfleger.

Was du nicht sagst, hätte sie ihn am liebsten angefahren. Stattdessen fing sie an zu weinen. Schluchzend rollte sie sich auf der Bahre zusammen, während Arzt und Krankenpfleger ihr beruhigend über den Rücken strichen.

»Ich glaube«, sagte sie zwischen den Schluchzern, »ich will doch ein Beruhigungsmittel.«

»Ich kann mir vorstellen, was er sich gedacht hat«, sagte Aslan Gairbekow. Er stand mit Thomas Fjell in der engen, exklusiven Passagierkabine.

»Sie kennen ihn«, sagte Fjell.

»Kannte«, korrigierte Aslan ihn, und zielte damit nicht nur auf die Tatsache ab, dass Ramzan tot war. »Er hat die Dokumente im Flugzeug versteckt. Ich weiß, dass er sie am Körper trug, als er an Bord ging. Ich habe gesehen, wie er sie unter die Jacke geschoben hat, als wir den Fernsehsender verlassen haben. Das Hauptziel der ganzen Aktion war es, den Auftraggebern die Dokumente zurückzubringen.«

»Und als ihm klar war, dass der Kampf verloren war, hat er sie versteckt. Darum ist er als Letzter rausgekommen.«

»Früher oder später geht das Flugzeug zurück an den Eigentümer. Offenbar hat er gehofft, dass die Polizei vergisst, nach den Papieren zu suchen, und diese somit samt dem Flugzeug zu den Auftraggebern zurückgelangen würden. Damit wäre sein Auftrag ausgeführt.«

Fjell sah sich in der Kabine um. »Aber wo hat er sie versteckt?«

»Das«, sagte Aslan Gairbekow, »weiß ich nicht.«

Sie sahen in allen Gepäckfächern nach. Aslan durchsuchte alle Taschen an den Rückseiten der Sitze, während Fjell die Stapel mit Lesestoff für die Passagiere durchblätterte. Sie achteten auf lose Teppichkanten und Wandverkleidungen. Sie untersuchten die Decke und die Türen. Nichts.

Am Ende hatte Fjell eine Idee.

Die luxuriösen Passagiersitze waren geräumig, gut gepolstert und mit weichem Leder bezogen. Zu jedem Platz gehörte eine Fußstütze, die ausgeklappt werden konnte.

Beim vierten Platz fanden sie die Dokumente zwischen Sitz und Fußstütze eingeklemmt. Ein Stapel verblichener Papiere. »Sind es die?«, fragte Fjell und zog den Papierstapel hervor, obwohl er natürlich wusste, dass es sich um die Dokumente handelte.

4
Eilmeldung, NTB, 08.04 Uhr

Eilmeldung
Geiseldrama –

KJELLER, AKERSHUS (NTB). Der Geiselnehmer, der bei der Ergreifung auf dem Flugplatz Kjeller erschossen wurde, war unbewaffnet, wie von der Polizei bestätigt wurde. Die tödlichen Schüsse fielen, als der Geiselnehmer nach einer, wie man annahm, Schusswaffe unter seiner Jacke griff.

---- aka – ol – bk
08.04   240 Zeichen

5
Flugplatz Kjeller, 08.05 Uhr

»Er wollte sterben«, sagte Thomas Fjell.

Er hatte sich einen Kaffee aus einer Thermoskanne eingeschenkt, die wundersamerweise von irgendwoher aufgetaucht war.

»Das war keine unbewusste oder zufällige Bewegung«, fuhr er fort, nachdem er ein paar Schlucke von der lauwarmen Plörre getrunken hatte. »Er *wollte*, dass wir die Bewegung als bedrohlich auffassten. Er *wollte*, dass wir glauben, er schießt oder er löst die Bombe aus.«

»Meine Männer haben absolut korrekt reagiert!«, sagte Bjørnar Lehmann, als müsse er sich gegen Kritik verteidigen, die keiner ausgesprochen hatte.

»Keine Frage!«, sagten Schjelderup und Fjell im Chor.

»Ich stimme mit Thomas überein«, sagte Schjelderup. »Er wollte, dass wir ihn erschießen.«

»Aber wieso?«, fragte Lehmann.

Sie sahen sich an. Fjell trank Kaffee. »Das werden wir wohl niemals erfahren«, sagte er schließlich. »Stolz? Ehrgefühl? Angst?«

»Wenn es stimmt, was Aslan Gairbekow sagt, wollte er den Auftrag zu Ende bringen, damit seine Auftraggeber in Moskau ihren Teil der Abmachung einhalten und sich um seinen Sohn kümmern.«

Schjelderup tippte Fjell vorsichtig an. »Oder was meinst du? Du hast ihn am besten von uns kennen gelernt«, sagte er halb scherzend.

Fjell lächelte nicht und blieb eine Antwort schuldig.

»Das muss man schon sagen«, sagte Lehmann, »es ist ja einiges schiefgelaufen, aber die Scharfschützen haben drei perfekte Schüsse abgegeben!«

»Unglaublich!«, platzte Außenminister Bernt Bøe heraus. »Sie behaupten also, die Dokumente enthalten alles? Alle Namen? Alle Beträge? Alle Banken?«

Aslan Gairbekow nickte. »Alles, mit Ausnahme der letzten Informationen, die nötig sind, um das Geld abzuheben.«

»Eine Verschwörung von dieser Größenordnung...« Der Außenminister schüttelte den Kopf; er dachte den Gedanken lieber nicht zu Ende.

»Diese Nacht hat keine Sieger«, sagte Aslan. »Bis die drei Dokumentensätze zusammenfinden, liegt das Geld unerreichbar auf verschiedenen Banken auf der ganzen Welt. Die Hintermänner werden gefasst werden. Ich bin sicher, dass der eine oder andere die Herausgabe der Dokumente anbietet, um mildernde Umstände für sich auszuhandeln. Damit die Gelder zurück nach Tschetschenien fließen können, wo sie rechtmäßig hingehören.«

»Unglaublich«, wiederholte Bøe.

Zwei Krankenpfleger und ein Polizist kamen und führten den Außenminister zu einem der Ambulanzfahrzeuge. Aslan selbst lehnte mit dem Rücken an dem Krankenwagen, der ihn zurück nach Oslo bringen sollte. Er wollte kein Beruhigungsmittel. Als der Wagen losfuhr, saß er auf dem Sitz neben der Bahre und blickte durch die klaren Streifen der mattierten Scheibe nach draußen.

6

Büro des Ministerpräsidenten, 08.05 Uhr

»Hier ist Bernt. Bøe!«, schob der Außenminister eilig nach, als könne jemand daran zweifeln.

»Es ist gut, deine Stimme zu hören, Bernt!« Der Ministerpräsident sprach voller Wärme. Er und sein Krisenstab waren um das laut gestellte Telefon versammelt.

»Ich sitze gerade in einem Krankenwagen...«

»Bist du verletzt?«

»Nein, nur der routinemäßige Gesundheitscheck – wie nennen die das? – Debriefing.«

»Wie geht es dir?« Der Justizminister beugte sich zum Telefon vor.

»Ich bin unendlich müde. Ansonsten geht es mir gut, danke der Nachfrage.«

»Ich habe heute Nacht als dein Stellvertreter fungiert. Es ist mir eine ausgesprochene Freude, in meinen eigentlichen Job zurückkehren und mich wieder meinen Handschellen und Zellen widmen zu können.«

Die Lacher aus der Runde klangen angestrengt. Die meisten warteten nur darauf, dass der Ministerpräsident endlich den Krisenstab auflöste, damit sie nach Hause gehen und schlafen konnten.

»Da wäre noch was«, setzte der Außenminister an.

»Noch etwas?«, sagte der Ministerpräsident.

»Ich habe etwas erfahren. Über den Hintergrund dieser Terroraktion.«

Abwartend: »Ja?«

Der Außenminister stöhnte. »Ich kann jetzt nicht im Detail darauf eingehen.«

»Geht es um Aslan Gairbekows Behauptung von einer Verschwörung zwischen russischen Unternehmern, Beamten und Offizieren?«

»Das ist nur der Anfang. Er sagt, sie hätten Milliarden Dollar auf internationale Bankkonten verteilt. Und die Dokumente, hinter denen die Terroristen her waren, sind ein Teil einer Art Rebus, der zu diesem Vermögen führt.«

Stille.

»Ich schlage vor, wir übergeben die Angelegenheit der UN«, sagte Bøe. »Sollen die und die Russen doch aufräumen.«

»Wollen wir das auf Morgen verschieben?«, schlug der Ministerpräsident vor.

7
Flugplatz Kjeller, 08.05 Uhr

Kristin saß auf der Bahre in dem Rettungswagen, als Gunnar angerannt kam.

Als sie ihn durch die offene Hintertür sah, stand sie schwankend auf, kletterte gebückt aus dem Krankenwagen und lief ihm entgegen. Sie umarmten sich so lange und fest, dass alle, die sie sahen, glauben mussten, er sei ihr Vater.

»Alles in Ordnung mit dir, mein Mädchen?«, fragte Gunnar besorgt.

Sie wollte ihm antworten, kriegte aber keinen Ton heraus, sonst wären ihr wieder die Tränen gekommen.

»Wein nur, Kristin, es ist überstanden.«

Ein paar Sekunden konnte sie sich noch beherrschen. Dann begann sie zu schluchzen, doch dieses Mal gemischt mit einem erleichterten Lachen.

»Ich war die ganze Zeit bei dir, weißt du«, sagte Gunnar mit belegter Stimme.

Kristin lächelte durch die Tränen. »Ich bin so müde, so schrecklich müde«, flüsterte sie.

»Du kannst dich jetzt ausruhen.« Er half ihr zurück zum Krankenwagen. Kristin schwankte. Der Pfleger streckte ihr seine Hand entgegen und zog sie in den Wagen. Kristin sank auf der Bahre zusammen. »Oje«, murmelte sie. »Warum bin ich denn so schlapp?«

»Sie haben Valium bekommen«, sagte der Krankenpfleger und half ihr, die Beine hochzulegen.

»Ich schlafe nicht ein«, nuschelte Kristin. »Ich muss nur die Augen ein bisschen ausruhen.«

»Ruh du nur deine Augen aus. Ich sehe dich in der Klinik!«, rief Gunnar, ehe die hintere Tür zuschlug.

Der Krankentransport fuhr los. An dem Tor, an dem die Presseleute zusammenströmten, ließ er die Sirene kurz aufheulen. Kristin zuckte zusammen und riss die Augen auf. »Was ist passiert?«, murmelte sie schlaftrunken. Dann glitten ihre Augen wieder zu, und der Wagen beschleunigte in Richtung Oslo. Während sie schlief, fiel ein morgendlicher Sonnenstrahl durch die matten Streifen des Seitenfensters. Sie drehte den Kopf weg vom Licht, weg von dem erwachenden Tag.

Glossar

01 – Abkürzung und Codename / Rufsignal für die Operationszentrale, in der erfahrene Polizisten die Notrufe von der Bevölkerung entgegennehmen und den weiteren Polizeieinsatz einstufen, koordinieren und leiten

Bravo – Codename / Rufsignal für den Bezirk Majorstua

Delta – Sondereinsatzkommando, polizeiliche Antiterroreinheit in Norwegen, die jederzeit für riskante, bewaffnete Aufträge gerüstet ist. Siehe auch UEH und FSK

FSB – Federalnaja Sluschba Besopasnosti, russischer Geheimdienst (früher KGB)

Foxtrott – Codename / Rufsignal für den Bezirk Grønland

FSK – militärisches Sondereinsatzkommando mit handverlesenen Spezialkräften aus der Marine und dem Jägerkommando des Heeres, wird in besonderen Fällen zur Unterstützung der Polizei herangezogen

MID – russisches Außenministerium

Mike – Codename / Rufsignal für den Bezirk Manglerud

November – Codename / Rufsignal für den Bezirk Stovner

OPD – Polizeipräsidium Oslo

OpStab – Operationsstab, Polizeipräsidium Oslo. Setzt sich zusammen aus dem Polizeipräsidenten (eventuell Übergabe an Polizeidirektion), dem Vize-Polizeipräsidenten und den Abteilungsleitern der betroffenen Abteilungen

Oscar – Codename / Rufsignal des PST (polizeilicher Überwachungsdienst)

POD – Polizeidirektion

PodStab – Operationsstab, Polizeidirektion. Setzt sich zusammen aus dem Leiter der Polizeidirektion (der an den Krisenstab überführt werden kann), dem assistierenden Polizeidirektor und den Abteilungsleitern der betroffenen Abteilungen

PST – Sicherheitsdienst der Polizei, Überwachung, Staatsschutz

PU – Einwanderungsdezernat der Polizei

Sierra – Codename / Rufsignal des Bezirks Zentrum

SMK – Büro des Ministerpräsidenten

Tango – Codename / Rufsignal der Verkehrspolizei

UD – norwegisches Außenministerium

UDI – norwegisches Dezernat für Einwanderung, Migration und Flüchtlinge

UEH – regionale Einsatztruppen, lokale Bereitschaftstruppen. Mehr als siebenhundert Polizisten im ganzen Land gehören regionalen Einsatztruppen an

Uniform / U-null-fünf – Codename / Rufsignal für den operativen Einsatzleiter vor Ort (mobile Einsatzleitstelle)

Victor – Codename / Rufsignal der Hundeeinheit

Danksagung

Eine lange Reihe von Polizisten und Experten in Behörden und Ministerien habe mir mit den Informationen zu diesem Buch geholfen. Dank all denen, die sich die Zeit genommen haben, meine Fragen zu beantworten und mich in Einsatzabläufe und Polizeimethoden, Verhandlungspsychologie und staatliche Vorgänge eingeweiht haben. Viele hilfreiche Informationen habe ich von kooperativen Quellen im Polizeipräsidium, der Polizeihochschule, dem Büro des Ministerpräsidenten, dem Auswärtigen Amt, den Rettungsdiensten, dem Flugplatz Kjeller und dem Flughafen in Gardermoen bekommen. Trotz aller hilfreicher Unterstützung: Für eventuelle Fehler und Defizite in *Wolfsnacht* bin einzig und allein ich verantwortlich.

Dank auch den vielen netten Kollegen von TV 2 – von den Journalisten bis zu den Elektrikern –, die mir mit ihren Ansichten und Anregungen weitergeholfen haben. Der Sender ABC ist nicht TV 2, aber es wäre ja noch schöner, wenn mich die dreizehn Jahre bei den TV-2-Nachrichten nicht geprägt hätten, und damit auch die Bücher, die ich schreibe.

Ein besonderer Dank gilt meiner Kollegin Siri Lill Mannes, Nachrichtenanker in der TV-2-Nachrichtenredaktion. Mit dem Hauptfach tschetschenische Geschichte hat Siri Lill Mannes mir wertvolle Anregungen, Einschätzungen und Korrektive gegeben. Als Auslandskorrespondentin von TV 2 hat sie viele tschetschenische Flüchtlinge in den Grenzgebieten des Kaukasus interviewt (Inguschetien, Nordossetien, Georgien), in Moskau und bei uns in Norwegen. Sie kennt persönlich viele, die geflohen – und geblieben – sind. Ich hatte sehr großen Nutzen von ihrem Buch *Livakt i helvete – Aleksandrog krigen i Tsetsjenia,* (Leibwächter in der Hölle. Aleksandr und der Krieg in Tschetschenien)*, ein Buch, das ich all denen nur wärmstens empfehlen kann, die sich detaillierter über die Hintergründe des Tschetschenien-Konfliktes informieren wollen, als die oberflächlichen Andeutungen dieses Thrillers es erlauben.

Dank meinen guten Stützpfeilern und kritischen Lesern bei Aschehoug – meinem Redakteur Øyvind Pharo und Alexander Opsal, Even Råkil und Arnstein Bjørkly – für die wertvollen Anregungen, gnadenlosen Fragen und den inspirierenden Beistand (und Widerstand) beim Entstehen des Manuskriptes.

Zuletzt ein Dank an meine Familie – für die Geduld und die Zeit.

Dies ist ein Roman. Obgleich die Handlung und damit der wesentliche Teil des Buches auf Informationen und Ratschlägen von professionellen Akteuren basiert, habe ich Details und Abläufe, Methoden und Vorgehensweisen, Taktiken, Funkcodes und konkrete Vorgänge so angeglichen, dass sie in die fiktive Geschichte passen. Das bedeutet, dass die Polizei und die involvierten Behörden in der realen Welt möglicherweise und wahrscheinlich mit vielen Dingen bei einer Geiselnahme wie dieser ganz anders verfahren wären. Aber, wer weiß… Es ist nun mal das Privileg eines Thrillerautors, seine Geschichte so spannend wie möglich zu erzählen.

Tom Egeland, April 2005

* Zum Erscheinungsdatum von *Wolfsnacht* nicht ins Deutsche übersetzt. A. d. R.